तेरा संगी कोई नहीं

उपन्यास

तेरा संगी कोई नहीं

मिथिलेश्वर

लोकभारती प्रकाशन

लोकभारती प्रकाशन
पहली मंजिल, दरबारी बिल्डिंग, महात्मा गांधी मार्ग,
प्रयागराज–211 001
वेबसाइट : www.lokbhartiprakashan.com
ई–मेल : info@lokbhartiprakashan.com

शाखाएँ : 1–बी, नेताजी सुभाष मार्ग, दरियागंज,
नई दिल्ली–110 002
अशोक राजपथ, साइंस कॉलेज के सामने,
पटना–800 006

पहला संस्करण : 2018
दूसरा संस्करण : 2022

बी.के. ऑफसेट
नवीन शाहदरा, दिल्ली–110 032
द्वारा मुद्रित

TERA SANGI KOI NAHIN
by Mithileshwar

ISBN : 978-93-86863-94-2

मूल्य : ₹ 350

डॉ. मुरली मनोहर प्रसाद सिंह
के नाम

तेरा संगी कोई नहीं

बलहारी गाँव। रोज की भाँति सुबह के तड़के अपने 'बत्तीस बिगहवा' की ओर चल पड़े बलेसर। यह वर्षों की उनकी दिनचर्या थी। वे अपने 'बत्तीस बिगहवा' के पास ही नित्य क्रिया से निबट हाथ-मुँह धोते और नहाते। जब वे छोटे थे तभी से अपने 'बत्तीस बिगहवा' के पास एक बड़ा-सा कुआँ देखते आ रहे थे। शायद वह कुआँ उनके पुरखों का ही बनाया हुआ था। वह कुआँ काफी गहरा था तथा उसका पानी एकदम ठण्ढा। सूखा पड़ने पर पहले उस कुएँ में ही 'मोट' (कुएँ से पानी निकालने का अत्यन्त प्राचीन कृषि उपकरण) डालकर उनके पुरखे पटवन करते। हालाँकि मोट से सीमित पटवन का ही कार्य होता। फिर रहट के आगमन पर 'मोट' की जगह रहट से पटवन होने लगा। बाद में सिंचाई की समस्या गम्भीर होने और रहट के पानी के कम पड़ते जाने से कुएँ के पास उन्हें बोरिंग गलवाकर पम्पिंगसेट की व्यवस्था करनी पड़ी। अब 'बत्तीस बिगहवा' से होकर बिजली गुजरने के बाद अपने कुएँ के पास उन्होंने पानी का मोटर भी लगवा दिया। इसके लिए अपने निजी बोरिंग पर मोटर के रखवार की व्यवस्था भी उन्हें करनी पड़ी।

वैसे सरकारी पैमाने पर उनका बत्तीस बिगहवा सिंचित क्षेत्र में आता था। माजगुजारी के साथ पनीवट की रकम भी उन्हें देनी पड़ती थी। लेकिन नहर का सरकारी पानी कभी समय पर नहीं आता और भरपूर मात्रा में तो आता भी नहीं। रातों में लोग जगह-जगह नहर काटकर चोरी से उसका पानी अपने खेतों में पहुँचा लेते। नहर के इस पानी की चोरी में ही उनके गाँव के सरभू सिंह की हत्या हो चुकी थी। उस हत्या ने समूचे बलहारी को दहला दिया था। उसकी याद से आज भी सिहर उठते हैं बलेसर।

उस साल खूब सूखा पड़ा था। खेत जल रहे थे। सब लोग त्राहि-त्राहि कर रहे थे—"अब क्या होगा? यह घामी तो उजाड़ देगी। हम बर्बाद हो जायेंगे...।"

ऐसे में सबका ध्यान नहर की ओर केन्द्रित था। बस, नहर से पानी आते ही लोग सजग-सक्रिय हो गये। बलहारी का पश्चिमी बधार उनचास पर था। वहाँ के खेतों को पानी की ज्यादा जरूरत थी। वे जल्द ही सूख जाते थे। बस, एक रात अपने परम्परित

और गुप्त हथियारों से लैश पश्चिमी बधार के लोग मुस्तैद हो गये। वे नहर बाँधकर उसका पानी अपने खेतों में पहुँचाने लगे। लेकिन इसकी भनक बलहारी के बादवाले गाँव सेवारी को मिल गयी। उनकी फसलें भी मर रही थीं। वे इस टोह में थे कि नहर का पानी कहाँ और कैसे रुक जाता है? बस हथियारों से लैस एक गिरोह के रूप में वे नहर पकड़कर उसकी सीध में चल पड़े। उनके लिए यह जीवन-मरण का प्रश्न था। बलहारी के किसानों की तरह वे भी खेती पर ही अवलम्बित थे।

अपनी तेज चाल में नहर के साथ वे बलहारी के पश्चिमी बधार में पहुँच गये जहाँ चोरी से नहर बाँधकर लोग अपने खेत पटा रहे थे। नहर का पानी अपने खेतों में मोड़कर किनारे के एक वृक्ष की आड़ में वे छिपकर बैठे थे। बस, वहाँ पहुँचते ही सेवारी के लोग वस्तुस्थिति से अवगत हो गये। फिर उन्होंने आव देखा न ताव, बलहारी के लोगों पर टूट पड़े—"पकड़ो! मारो! यही हमारा पानी रोक रहे हैं...। इन्हें छोड़ना नहीं है...।"

बलहारी के लोग अपनी कम संख्या देख डरकर फरार हो उठे—"भागो! भागो...।"

ऐसे में वृक्ष के तने से उठँगकर बैठे सरभू सिंह की आँख लग गयी थी। हो-हल्ले की आवाज़ से जब उनकी आँख खुली और परिस्थिति से अवगत हो उन्होंने भी भागने की कोशिश की। लेकिन तब तक सेवारी के आक्रोशित किसानों की पकड़ में वे आ गये। फिर किसी ने भी उनकी कोई बात नहीं सुनी। पानी चोरी में वे रँगे हाथों पकड़े गये थे। बस, घटनास्थल पर ही उन्होंने लाठी-डण्डे से पीट-पीटकर उनकी हत्या कर दी।

सुबह बलहारी और सेवारी, दोनों गाँवों के बीच भयंकर युद्ध छिड़ गया। पूरे दिन मार-काट, कुहराम और हो-हल्ला की स्थिति बनी रही। खबर से अवगत हो बड़ी संख्या में पुलिस के जवान जब आ धमके, तब स्थिति नियन्त्रण में आयी। एक बड़े युद्ध से दोनों गाँव बच सके...। सरभू सिंह की हत्या पर अज्ञात लोगों के नाम एफ. आई. आर. दर्ज हुआ। लेकिन कोई पकड़ में नहीं आया। किसी का कुछ भी नहीं बिगड़ा। बीतते समय के अनुसार लोग फिर वही करने लगे। पानी की फिर चोरी और सीना जोरी शुरू हो गयी। इस स्थिति को लक्ष्य कर बलेसर जैसे शान्तिप्रिय किसानों ने सिंचाई की व्यक्तिगत और असालतन (स्थायी) व्यवस्था कायम की। उन्हें प्रारम्भ में ही लग गया था कि आत्म निर्भरता के बगैर अच्छी खेती सम्भव नहीं।

हालाँकि 'मोट' से रहट, फिर पम्पिंगसेट से बोरिंग तक आते-आते बलेसर वार्धक्य में पहुँच आये। लेकिन 'बत्तीस बिगहवा' के खेतिहर होने और उससे उनके जुड़ाव ने उम्र के इस अहसास से उन्हें वंचित रखा। वे कहते भी थे—"जब तक मन से आदमी बूढ़ा नहीं होता तब तक तन का बुढ़ापा कुछ नहीं बिगाड़ता...।"

गाँव से बाहर निकल जटहवा बगीचे को लाँघते ही बलेसर को अपना बत्तीस बिगहवा दिखने लगा। धान के लम्बे-लम्बे लहराते पौधे। धान के रेंड़ने (गर्भ धारण

करने) का मौसम। इस मौसम में 'बत्तीस बिगहवा' में लहराते और रेंड़ते धानों को देखकर बलेसर का मन बल्लियों उछलने लगता। तब अपने जीवन एवं परिवार की सारी समस्याएँ उनके मन से गायब हो जातीं। ऐसी खेती के रहते कोई समस्या उनका कुछ नहीं बिगाड़ सकती। लेकिन उनके बड़े बेटे कुलराखन ने अब इस बुढ़ापे में ऐसी समस्या खड़ी कर दी थी कि 'बत्तीस बिगहवा' की पगडण्डी से गुजरते तथा उसके रेंड़ते और लहराते धानों के स्पर्श से भी वे राहत का अनुभव नहीं कर रहे थे। उन्होंने कभी सपने में भी नहीं सोचा था कि उनका अपना बड़ा बेटा कुलराखन ऐसी स्थिति भी कायम कर देगा...।

'बत्तीस बिगहवा' की पगडण्डी से ही बलेसर को बोरिंग के कमरे के दरवाजे पर खड़ा और अपनी तलहथी पर खैनी मल रहा कूदन नजर आ रहा था। कूदन उनका विश्वासपात्र घरवाह (घर से बाहर तक का कार्य सँभालनेवाला व्यक्ति), ईमानदार और कर्मठ। वे भी कूदन को देने में कमी नहीं करते। कूदन भी उनके लिए तत्पर और समर्पित रहता। बोरिंग के मोटर की देखभाल के साथ 'बत्तीस बिगहवा' की खेती में भी कूदन की भूमिका महत्त्वपूर्ण थी। क्षण-भर तक दरवाजे पर खड़े रहने के बाद कूदन जामुन के चबूतरे पर आकर बैठ गया। शायद 'बत्तीस बिगहवा' की पगडण्डी से उन्हें आते हुए उसने भी देख लिया था।

बलेसर ने अपने पिता से विरासत में प्राप्त इस खेती की जब शुरुआत की थी, कुएँ के पास एक झोंपड़ी हुआ करती थी। शायद उसके पिता और चाचा उसी झोंपड़ी से 'बत्तीस बिगहवा' की खेती का संचालन करते थे। लेकिन झोंपड़ी को अनुपयुक्त समझ बलेसर ने वहाँ पक्के ईंटों का कमरा बनवा दिया। यह देख उनके वृद्ध पिता ने खूब तारीफ की—"तू सूझ-बूझवाला आदमी निकला बलेसर। कितना अच्छा काम कर दिया। झोंपड़ी से बहुत असुविधा थी। लेकिन यह बात कभी हमारे मगज में नहीं आयी। तू 'बत्तीस बिगहवा' का सफल किसान साबित होगा। 'बत्तीस बिगहवा' का भाग चमका देगा...।"

खेतों में बिजली आने के बाद तो वह कमरा और महत्त्वपूर्ण बन गया। बोरिंग के मोटर की सुरक्षित और माकूल जगह। उस कमरे की ही भाँति जामुन के नीचे की व्यवस्था भी बलेसर ने दुरुस्त कर दी। कुएँ की तरह ही वहाँ पर जामुन का एक विशाल वृक्ष भी उन्हें अपने पुरखों से प्राप्त हुआ था। उस बधार के लोग घाम-पानी से बचने के लिए उस जामुन के वृक्ष के पास आकर बैठते थे। लेकिन बलेसर ने जामुन के तने को चारों ओर पक्के का गोल चबूतरा बनवा दिया। अब उस बधार के किसान और खेत मजदूर धूप और बारिश के वक्त वहाँ बैठते हुए आराम और सुकून का अनुभव करते। बलेसर के पड़ोसी किसान पण्डित रमेसर मिसिर तो अक्सर वहीं पड़े रहते। वे कहते भी—"तुमने जामुन के नीचे चबूतरा बनाकर यह बहुत पुण्य का काम किया है बलेसर। यहाँ अब जब भी बैठता हूँ, तुम्हें असीसता रहता हूँ। यहाँ जो भी घाम-पानी से बचने के लिए आता है, अवश्य उसकी आत्मा तुम्हें दुआ देती होगी।"

बलेसर को अब खुद गाँव की दालानों, बैठकों और चौपालों की अपेक्षा खेतों के बीच का यह सुकूनदायक और मनोरम स्थल बहुत अच्छा लगता, इसलिए उनका ज्यादा समय यहीं बीतता। गाँव के घर पर तो सिर्फ खाने और सोने के लिए ही वे जाते। यह देख बलेसर के आसपास के किसान भी वहाँ आ धमकते।

बलेसर के वहाँ पहुँचते ही अब कूदन जामुन के चबूतरे से उठकर खड़ा हो गया। फिर बलेसर के चेहरे पर नजर पड़ते ही बोल उठा—"आपकी तबीयत अच्छी नहीं लग रही है बाचा बाबू? मुखड़ा अइसा मुरझाया क्यों है?"

लेकिन बलेसर ने कोई जवाब नहीं दिया। सिर्फ माथा उठाकर कूदन को देखा। बलेसर को उनके पिता जी दुलार में 'बाचा' कहते थे। यह सुन कूदन की तरह गाँव के अधिकांश लोग भी उन्हें बाचा बाबू ही कहने लगे। यहाँ बाचा बाबू की चुप्पी कूदन को खल गयी, इसलिए वह पुनः बोल उठा—"इसका मतलब कि बड़का बबुआ(कुलराखन) अभी तक शान्त नहीं हुए। अब आप बुढ़ापे में अधिक चिन्ता-फिकिर लेकर मत रहिये बाचा बाबू! कह दीजिये बड़का, छोटका बबुआ को कि जो उचित लगे करें। अन्ततः आपके बाद तो सब-कुछ उन्हीं के जिम्मे चला जायेगा। फिर आप रोकने तो आयेंगे नहीं...।"

यह सुन बलेसर का चेहरा तन गया—"तू भी यह कहने लगा कूदन। तू तो जानता है कि यह मेरे जीते जी सम्भंव नहीं। फिर तू ऐसा क्यों बोल रहा? मैं तुझसे ही पूछता हूँ जो चीज तुम्हारी जिन्दगी से जुड़ी हो, जिस पर तुम्हारा जीवन अवलम्बित हो उसे तुम इस तरह छोड़ दोगे? फिर यह मेरी निजी मिल्कियत भी नहीं, यह तो पुश्तैनी जायदाद है...। इसे बेचने का मुझे क्या हक?"

जवाब में अपने को निरुत्तर महसूस कर चुप हो गया कूदन। फिर उसने तत्क्षण बात बदल दी—"मैं घर जा रहा हूँ बाचा बाबू। गाय को दूहना और सानी-पानी देना है...। तब तक यहाँ आप आराम से हाथ-मुँह धोइये...।"

इसके बाद गाँव की ओर चल पड़ा कूदन। 'बत्तीस बिगहवा' की जिस पगडण्डी से आये थे बलेसर, उसी पगडण्डी से जा रहा था कूदन। बलेसर उसे जाते हुए देखते रहे। अभी जिस समय से उनका गाँव गुजर रहा था, उसमें खेती और किसानी की सबसे बड़ी समस्या गाँव में खेत-मजदूरों का अभाव ही था। कभी ऐसा समय था कि एक खोजो तो दस मजदूर हाजिर। उस समय चुन-चुनकर वे मन लायक बनिहार-चरवाह रखते थे। अब तो बनिहार-चरवाह और खेत-मजदूरों का वह गँवई समय किसी स्वप्नलोक का स्मरण दिलाता है। समय और समाज ऐसा बदल जायेगा, बलेसर ने कभी सपने में भी नहीं सोचा था। वे आकलन करते हैं कि खेत-मजदूरों को किसानों से अलग होने के चाहे जो कारण रहे हों, उन कारणों ने दोनों को कमजोर किया है। इसका खामियाजा दोनों पक्षों को भुगतना पड़ा है। जहाँ एक ओर किसानों की खेती कमजोर हुई है, कृषि-व्यवस्था की बुनियाद डगमगायी है, वहीं जीविका के अपने परम्परित स्रोत से

अलग बनिहार, चरवाह और खेत-मजदूर गाँव से शहर तक अपना पेशा बदलते तथा गाँवों से पलायन करते रहे हैं। इस परिस्थिति में न किसान सुखी हुए और न उन मजदूरों की स्थिति बदली। आपसी सद्भाव और सहयोग के अभाव ने दोनों के जीवन को दुष्कर बना दिया। ऐसे में कूदन और उसका परिवार इसलिए उनके साथ कायम रहा कि उनके पुरखों ने अपनी जमीन देकर कूदन को बसाया था। साथ ही अपनी खेती के एक हिस्से का अनाज उसके परिवार को देते रहे थे। उस परम्परा के अनुसार बलेसर भी 'बत्तीस बिगहवा' के एक सीमित हिस्से की फसल कूदन के परिवार को सौंप देते थे। परिणाम में अपने परिवार के साथ कूदन भी 'बत्तीस बिगहवा' से उनके घर तक मुस्तैद रहता था।

नित्य क्रिया से निबट बलेसर अपने बोरिंग के ठण्ढे पानी से खूब नहाते हैं। वे चाहते हैं कि तन-मन का सारा क्लेश-सन्ताप बह जाये। पूर्व की भाँति वे तरोताज़ा हो उठें। बाह्य रूप में ऐसा होता भी है। लेकिन उनके अन्तर की पीड़ा शान्त नहीं होती। उस पीड़ा की प्रतिक्रिया के तहत उनके अन्दर यह लोकोक्ति गूँजती रहती है—"गया वंश कबीर का कि जन्मा पूत कमाल।"

अक्सर स्नान करने के बाद 'बत्तीस बिगहवा' का वे चक्कर लगाते थे कि कहीं पानी की कमी तो नहीं। किसी जगह की फसल सूख तो नहीं रही। फिर उसी रास्ते घर वापस हो जाते। इस दौरान उनके खाने का समय भी हो गया रहता। लेकिन अब 'बत्तीस बिगहवा' का चक्कर लगाने और घर जाने की उनकी इच्छा जाती रही थी। स्नान के बाद वे जामुन के चबूतरे पर चुपचाप बैठ गये और 'बत्तीस बिगहवा' की ओर देखने लगे। कुलराखन की बातों से अशान्त उनका मन इस शान्त स्थल में भी राहत का अनुभव नहीं कर रहा था—"खेती अब घाटे का सौदा हो गयी है पिता जी। खेती से जुड़े रहने में अब कोई लाभ नहीं। खेती में जितना श्रम, संघर्ष और खर्च है, उसकी तुलना में उपार्जन नगण्य, उल्टे खेती की परेशानियों से जीवन का सुख-चैन भी गायब, निरन्तर असुरक्षा और आतंक के माहौल में रहना। हमें समय रहते खेतों को बेचकर अपनी पूँजी शहर में स्थानान्तरित कर लेनी चाहिए। अभी खेतों के खरीददार हैं भी। समय जिस तेजी से बदल रहा है कि आगे के दिनों में खेतों के खरीददार भी नहीं मिलेंगे...।"

कुलराखन, बलेसर का बड़ा पुत्र था। बलेसर की शादी के बाद लम्बी प्रतीक्षा पर कुलराखन का जन्म हुआ था। कुलराखन से पहले पुत्री सुरभि पैदा हुई। फिर उसकी पीठ पर कुलराखन का जन्म। पुत्र के रूप में उनके कुल का रक्षक बनकर आया इसलिए उसका नाम कुलराखन रखा गया।

बलेसर अपने पिता के इकलौते पुत्र थे। कृषक परिवार में इकलौते पुत्र की पीड़ा से सब अवगत थे। एक पुत्र से क्या होनेवाला? बिना दूसरे के आये राम-लक्ष्मण की जोड़ी नहीं बनती। बस, दूसरा पुत्र भी आ गया मनराखन। मन की आन्तरिक इच्छा

उसके आगमन से पूरी हुई। बस, वह मनराखन बन गया। इसी कड़ी में तीसरे पुत्र जगपूरन के पदार्पण ने सांसारिक जीवन में उन्हें पूर्णकाम बना दिया। अपने लिये उसे जगपूरन समझ उन्होंने यही नाम उसे दे दिया। एक पुत्री और तीन पुत्रों के बाद यह परम्परा स्वतः स्थगित हो गयी। अगर स्थगित नहीं होती तो सम्भव था, अपने गँवई समाज में चाहते हुए भी बलेसर पति-पत्नी इसे रोक नहीं पाते। इस सम्बन्ध में घर-परिवार, टोला-पड़ोस और रिश्ते-नाते का कोई समर्थन भी उन्हें प्राप्त नहीं होता। जो हो, अब चार की संख्या से वे सन्तुष्ट थे।

गाँव की परम्परा के अनुसार गाँव की पाठशाला पास कर सयानी होते ही बलेसर ने पुत्री सुरभि की शादी कर दी। वे लक्ष्य कर रहे थे, सुरभि अब और पढ़ना भी नहीं चाहती थी। उसका मन पढ़ाई-लिखाई की अपेक्षा घर-गृहस्थी में ही अधिक रमता था...। इस सम्बन्ध में अपने पुत्रों का भविष्य निर्धारित करते हुए उन्होंने अपनी पत्नी से परामर्श किया—"अधिक पढ़ा-लिखाकर पुत्रों को भी नौकरी में भेजने पर हमारी खेती चौपट हो जायेगी। ऐसी खेती के रहते इन्हें नौकरी की क्या जरूरत? समय के अनुसार गाँव की पाठशाला और रामपुर कस्बे के हाईस्कूल तक पढ़ जायँ, यही बहुत होगा...।"

बलेसर की पतिभक्त पत्नी ने भी उनकी इस बात पर अपनी सहमति जतायी—"आप ठीक सोच रहे। दूसरों की चाकरी से अपनी खेती भली। यहाँ बेटे जैसे भी रहेंगे, हमारी आँखों के सामने रहेंगे...।"

लेकिन कुलराखन को लेकर बलेसर का निर्णय किसी काम नहीं आ सका। गाँव की पाठशाला और कस्बे का हाईस्कूल पास कर वह आई.ए. की पढ़ाई के लिए जब अपने दोस्तों के साथ शहर के कॉलेज में नाम लिखाने के लिए तत्पर हुआ तो बलेसर ने उसे समझाने की कोशिश की—"अब आगे पढ़कर क्या करोगे बेटा? कोई भी नौकरी हमारी इस खेती को नहीं पायेगी। हम भाग्यशाली हैं कि हमारे पुरखों ने हमारी खेती बचाकर रखी है। यह कहावत तो तुम जानते ही हो, 'उत्तम खेती, मध्यम वान, नीच चाकरी, भीख निदान।' जिसकी किस्मत में जमीन नहीं होती, उसी के लिए आगे की पढ़ाई और नौकरी होती है...।"

जवाब में कुलराखन ने भी अपने निर्णय से उन्हें अवगत करा दिया—"अभी तो मैं उच्च शिक्षा प्राप्त करना चाहता हूँ पिता जी! किसी भी विषय में ज्ञान प्राप्त करने के लिए कॉलेज की उच्च शिक्षा आवश्यक है। कॉलेज के बारे में यह मुहावरा आपने भी सुना होगा, 'नो नॉलेज बिदाउट कॉलेज यानी बिना कॉलेज की शिक्षा के ज्ञान सम्भव नहीं, नौकरी तो बाद की चीज है...।'

इस मामले में बलेसर की पतिभक्त पत्नी ने भी उनका साथ नहीं दिया। बल्कि उन्हें समझाते हुए कहा—"जिनके पास कुछ नहीं होता वे भी कर्ज आदि लेकर अपने बच्चों को पढ़ाते हैं। हमारे पास तो भगवान् ने सब-कुछ दिया है। फिर हम बेटे की पढ़ाई

से पाँव पीछे क्यों खींचें? कुलराखन पढ़ना नहीं चाहता तो बात दूसरी होती। वह तो स्वयं आगे पढ़ना चाह रहा है...। और फिर हमे सिर्फ यह एक ही लड़का तो नहीं। कुलराखन के पीछे अभी तो दो-दो बेटे हैं...।''

प्रारम्भ में पति के अनुकूल बोलनेवाली बलेसर की पत्नी, माता रूप में अब कुलराखन के साथ हो गयी थी। कुलराखन की यह बात कि 'मैं आगे पढ़ूँगा माँ' के पक्ष में वह खड़ी थी। इस तरह कुलराखन एच. डी. जैन कॉलेज, आरा का विद्यार्थी हो गया। उस समय मनराखन कस्बे के हाईस्कूल में था तथा जगपूरन गाँव की पाठशाला में।

आई.ए. के बाद बी.ए. में पढ़ते हुए ही कुलराखन दोस्तों की संगति में प्रतियोगिता परीक्षाएँ भी देने लगा था। ऐसी ही एक प्रतियोगिता परीक्षा में सचिवालय सहायक के लिए वह चुन लिया गया। फिर तो उसकी खुशी की सीमा नहीं रही। खुशी में आरा से भागते हुए वह गाँव पहुँचा। यह खबर तत्क्षण पूरे गाँव में इस छोर से उस छोर तक ऐसे पहुँच गयी जैसे कोई अनहोनी घटना हो। कुलराखन के गाँव के लिए इस माम़ले में वह अनहोनी घटना ही थी जहाँ गाँव के दर्जन भर लड़के नौकरी के लिए दर-दर भटकते हुए कहीं ठौर नहीं पा रहे थे। वहाँ नौकरी के लिए जरूरतमन्द न होने पर भी कुलराखन के नाम वह आ गयी थी।

हालाँकि इस सम्बन्ध में बलेसर को खुशी नहीं हुई। जिस बात से वह डर रहे थे, वही हो गया। उन्होंने कुलराखन के समक्ष अपनी मन्शा जाहिर करते हुए उसे रोकने की कोशिश की—''ऐसी नौकरी में जाकर क्या करोगे बेटा? यह तुम्हारी प्रतिष्ठा के अनुकूल नहीं है...। तुम्हें क्लर्क की नौकरी शोभा नहीं देगी...। तुम्हारे ऊपर का हर अधिकारी तुम्हें आदेश देगा। यहाँ के तुम एक अच्छे खेतिहर हो। तुम्हारे पुरखों द्वारा कायम यह सदाबहार खेती है। इस खेती से ही हम खा-पी रहे और मन लायक जीवन जी रहे...। यहाँ सबसे बड़ी बात यह है कि अपनी इस खेती में हम स्वतन्त्र हैं, किसी के गुलाम नहीं। लेकिन चाकरी तो गुलामी ही है वहाँ अधिकारियों के आदेश पर तुम्हारा जीवन परतन्त्र बना रहेगा...।''

यह सुन कुलराखन ने भी अपनी राय जाहिर की—''मुख्यमन्त्री सचिवालय में सहायक की नौकरी मिली है पिता जी। सचिवालय से ही राज्य और देश चलता है। जिस सहायक की नौकरी को आप गुलामी समझ रहे हैं, वह गुलामी नहीं। सहायक सरकार का अंग होता है। उसके बिना सरकार का काम चल ही नहीं सकता...।''

इस सम्बन्ध में पुनः बलेसर की पत्नी कुलराखन के पक्ष में ही खड़ी हो गयी—''हमारा बेटा पढ़ाई में अव्वल है तभी तो ऐसा रिजल्ट लेकर आ गया। सारा गाँव दंग है कुलराखन के इस परिणाम पर। हमारे मुद्दइयों का कलेजा फट रहा है। कुलराखन ने हमारा मस्तक ऊँचा कर दिया है। इस तरह पढ़ते हुए ही कहाँ किसी को ऐसी नौकरी मिलती है! ऐसी नौकरी के लिए तो सारे गाँव के लड़के तरस रहे हैं पर जब उनके

भाग्य में नौकरी बदी होगी तभी तो मिलेगी। हमारा बेटा अपने भाग्य में नौकरी लेकर आया है। फिर हम कौन होते हैं उसके भाग को बदलनेवाले? हमे दुःख होता अगर हमारा बेटा आवारा निकल जाता। हमें तो खुश होना चाहिए कि हमारा बेटा योग्य निकल गया।''

पत्नी की बात सुनकर बलेसर दंग रह गये। वह अनुभव कर रहे थे, माता रूप में उनकी पत्नी हर बार पुत्र के साथ खड़ी हो जाती है। बलेसर ने भी यह सोचकर हथियार डाल दिया कि खेती-बारी सँभालने के लिए और तो दो बेटे हैं ही। अच्छा हुआ कि एक लड़का नौकरी में भी चला गया। समय-समय पर उसकी पहुँच और पैरवी का अब लाभ भी मिलता रहेगा। खेती-गृहस्थी के लिए तो दो बेटे पर्याप्त हैं। लेकिन मनराखन भी हाईस्कूल पास करने के बाद कॉलेज जाने के लिए तत्पर हो गया। उसे रोकने के लिए बलेसर का समझाना फिर किसी काम नहीं आ सका। सीधे और संकोची मनराखन ने पिता बलेसर तक अपनी बात माँ के माध्यम से पहुँचा दी—''जब कुलराखन भैया को पिता जी ने नहीं रोका तो मुझे क्यों रोक रहे हैं? मैं भी आगे पढ़ना चाहता हूँ। मेरे सभी दोस्त आगे की पढ़ाई में जा रहे हैं। उन्हें यह सुनकर आश्चर्य होता है कि इतने अच्छे खेतिहर होते हुए भी मेरे पिता जी मुझे आगे पढ़ाना नहीं चाहते...।''

मनराखन की माँ यहाँ पुनः कुलराखन की तरह ही मनराखन के पक्ष में भी खड़ी हो गयी। इस सम्बन्ध में नौकरीशुदा बड़ा बेटा कुलराखन भी अब बोलनेवाला हो गया था। उसने पिता बलेसर को समझाते हुए कहा—''खेती के नाम पर आप किसी का जीवन क्यों बर्बाद करना चाहते हैं पिता जी? हमारे खेत कहीं भागे तो नहीं जा रहे। खेती हमारी है तो हमारी रहेगी। हम स्वयं खेती करें या फिर दूसरों से करायें। रुपये या अनाज पर बन्दोबस्त भी कर सकते हैं। अधिया या बटाई पर भी दे सकते हैं। खेती के नाम पर पढ़ाई छोड़कर बैठ जाना तो किसी भी दृष्टि से मुनासिब नहीं कहा जा सकता...।''

बलेसर ने सुना था कि बेटा जब बड़ा हो जाता है और उसमें पिता को समझाने की हिम्मत आ जाती है, तब वह पिता पर अंकुश लगाने में सफल हो जाता है। अब इस बात को वे स्वयं महसूस भी कर रहे थे। उनकी इच्छा हो रही थी कि कुलराखन को कसकर डाँट दें—''तुम कौन होते हो मुझे रोकने और परामर्श देनेवाले। मैं अच्छा-बुरा सब समझता हूँ। इस घर में वही होता है जो मैं चाहता हूँ और आगे भी वही होगा जो मैं चाहूँगा...।''

लेकिन चाहते हुए भी अपने सामने संवादरत कुलराखन से वे ऐसा नहीं कह सके। शायद उसके बड़े पुत्र होने का यह असर हो, आत्मनिर्भर बड़े पुत्र का। यहाँ बलेसर को इस बात का स्वतः एहसास हो रहा था कि औरों के लिए जवाब सूझ जाता है आदमी को। औरों से उलझने तथा औरों की बात नकारने में लोग देर भी नहीं करते। लेकिन अपनों की बात क्षण-भर में ही पस्त कर देती है।

मनराखन के प्रति माँ एवं कुलराखन की पक्षधरता के चलते उसका भी नाम कॉलेज में लिखा दिया गया। स्वयं कुलराखन ने कॉलेज में दाखिला छोटे शहर आरा में लिया था। लेकिर मनराखन का दाखिला उसने बड़े शहर पटना में कराया, क्योंकि वह स्वयं वहाँ रहता था। सचिवालय की नौकरी के लिए उसने पटना में किराये का जो घर लिया था, अब दोनों भाई उसी में साथ-साथ रहने लगे थे। साथ होने के चलते उन्हें सुविधा और सहूलियत भी थी। अब दोनों भाई एक-दूसरे के लिए सम्बल और सहयोगी बनकर रहने लगे थे।

इस क्रम में बलेसर का तीसरा पुत्र जगपूरन जब हाईस्कूल उत्तीर्ण हुआ तो बिना किसी वाद-विवाद के कुलराखन और मनराखन ने आगे की पढ़ाई के लिए उसे भी अपने साथ पटना बुला लिया। बलेसर को यह समझते देर नहीं लगी कि आगे की बैलगाड़ी परती जमीन में जो लीक बना देती है। पीछे की गाड़ियाँ उसी पर चलती हैं। जगपूरन के साथ भी वैसा ही हुआ...।

जगपूरन जब पटना कॉलेज में पहुँचा, मनराखन बी.ए. पास कर प्रतियोगिता परीक्षाओं की तैयारी पटना में रहकर ही कर रहा था। कुलराखन तो अब छुट्टियों में ही गाँव आता, जब सचिवालय के लिए घोषित अवकाश होता। लेकिन मनराखन और जगपूरन अक्सर आते रहते। वे गाँव से ही अनाज आदि ले जाते। उन्हीं दिनों एक दिन अपनी माँ से अपने छोटे बेटे जगपूरन को बलेसर ने यह कहते हुए भी सुना—"हमारे इस गाँव की तुलना में वहाँ शहर का जीवन बहुत अच्छा है माँ। यहाँ जैसी ऊबड़-खाबड़ टूटी हुई सड़कें नहीं, चमचमाती सड़कें हैं जिस पर फर्राटे से सवारियाँ दौड़ती रहती हैं। वहाँ जब जिस चीज़ की जरूरत पड़ जाय, निकट के मार्केट में सब उपलब्ध। यहाँ तो साधारण चीज़ के लिए भी दो मील पैदल चलकर रामपुर बाजार जाना पड़ता है। यहाँ किसी के बीमार पड़ने पर 'हा हो दइया' (हाय तोबा) मच जाता है। क्या करें? कहाँ दिखायें? स्थिति ज्यादा खराब होने पर टाँग-टूँगकर पहले रामपुर कस्बे में, फिर आरा...। लेकिन वहाँ जगह-जगह सरकारी और प्राइवेट अस्पताल भरे हैं, तनिक भी तबीयत खराब होने पर सहजता से चिकित्सा-सुविधा उपलब्ध। घूमने के लिए यहाँ कहीं कुछ नहीं, पाँक-पानी से भरी गाँव की गन्दी गलियाँ। गाँव से बाहर के उचाट और निर्जन खेत-खलिहान। लेकिन वहाँ पार्क, मन्दिर, अजायब घर, चिड़ियाखाना, गंगा घाट क्या नहीं है। वहाँ घूमते हुए पता ही नहीं चलता कि समय कब बीत गया! और यहाँ तो समय कटते नहीं कटता। यहाँ के दिन-रात पहाड़ की तरह होते हैं। यहाँ शाम होते ही सबके घर बन्द हो जाते हैं। खेत, खलिहान, गाँव की गलियाँ सब सूनीं। लेकिन वहाँ रात होती ही नहीं। रात में भी बिजली की दुधिया रोशनी जगमगाती रहती है। वहाँ दिन की ही तरह रात में भी कहीं आया-जाया जा सकता है...। अच्छा हुआ कि कुलराखन भैया को शहर में नौकरी मिल गयी। इस बार दशहरा घुमाने तुम्हें शहर ले चलूँगा माँ तब तुम खुद देखोगी कि हमारे गाँव से शहर कितना अच्छा होता है...।"

जगपूरन की बात सुन अन्दर-ही-अन्दर खौलकर रह गये बलेसर। यह लौंडा क्या जानता है। शहर की चकाचौंध में भुला गया है। जो मजबूत आधार हमारे पास है, वह शहर के रहवैयों के पास कहाँ? उनकी औकात दोनों जून कमाने-खाने भर होती है। किसी मिल्कियत के वे स्वामी नहीं होते...। यह जानता है कि हमने शहर नहीं देखा। इसे नहीं पता, कई बार और कई अवसरों पर शहर को इस छोर से उस छोर तक मैं नाप आया हूँ। इसे क्या पता कि शहर बाहर से जितना भरा-पूरा और सम्पन्न दिखता है, अन्दर से उतना ही खोखला होता है। शहर की सड़कों पर तेज धूप में तपते हुए अगर क्षण-भर के लिए कहीं बैठकर आप सुस्ताना चाहें तो कोई जगह नहीं...। सड़क के दोनों ओर चमचमाती दूकानें और रेस्टोरेण्ट...। लेकिन उनमें घुसकर आपके बैठते ही तत्काल दुकानदार और उसके कर्मचारी पूछ उठेंगे–"क्या लेना है?" फिर यह जानकर कि आपको कुछ लेना नहीं, आप आराम फरमाना चाहते हैं, बस, उसी क्षण वे वहाँ से आपको चलता कर देंगे–"चलिये, चलिये, आगे बढ़िये। यह कोई धर्मशाला नहीं कि बैठने आ गये...।"

अगर किनारे किसी का घर या कोई बँगला नजर आ जाय और उसके बाहरी बरामदे में रुककर आप सुस्ताना चाहें तो चौकस-सतर्क गृहस्वामी या उस घर का पहरेदार उसी क्षण सख्त रूप में आपसे मुखातिब हो जायेगा–"कौन हैं? क्या काम है? कोई काम नहीं। सुस्ताने आ गये...। अभी निकलिये, बाहर जाइये...। अजीब आदमी हैं आप। राह चलते घर में घुस आये। वह तो हमने देख लिया, नहीं तो कुछ लेकर गायब हो जाते...।"

वहाँ आप प्यास से मर रहे हों तब भी खरीदकर आपको पानी पीना है। शहर के लोगों का वश चले तो वहाँ की हवा पर भी वे नियन्त्रण लगा दें। उसे भी बेचने लगें। लेकिन उस पर उनका वश नहीं। इस लौंडे को जब शहर की असलियत से रू-ब-रू करूँगा तब इसे पता चलेगा कि अस्पतालों में मर चुके मरीजों को भी अस्पतालवाले जीवित घोषित कर पैसे उगाहने के लिए अपने यहाँ बनाये रहते हैं। यह लौंडा तो कुलराखन की साया में शहर के सिर्फ उजले पक्ष से अवगत है। शहर के श्याम पक्ष की सच्चाई का जब इसे पता चलेगा तब इसके होश ठिकाने आ जायेंगे।

और यह जानता है कि इसकी माँ ने शहर नहीं देखा। अपने हर बच्चे के जन्म के अवसर पर वह शहर जा चुकी है। वहाँ की लेडी डाक्टर की निगरानी में ही सभी बच्चे पैदा हुए हैं। खेती के चलते गाँव पर रहते हुए वे ऐसे नासमझ नहीं कि वक्त पर शहर न जा सकें। दशहरे के अवसरों पर भी दो-तीन बार कस्बे से जीप मँगाकर अपनी पत्नी को शहर घुमा चुके हैं। प्रारम्भ में शहर को लेकर पत्नी ने भी ऐसी ही राय व्यक्त की थी। लेकिन उनके समझाने पर यथार्थ से अवगत हो गयी कि गाँव या शहर जहाँ आदमी के पैरों के नीचे जमीन हो तो उस स्थल से बढ़कर कोई दूसरा स्थल नहीं होता।

बलेसर को यह समझते देर नहीं लगी कि कुलराखन के शहरवास से ही उनके अन्य दोनों बेटों पर भी शहरी हवा लगी है। लेकिन युवा उम्र के आकर्षण का यह ज्वार है।

आगे के समय में शहर से संघर्ष पर उनका यह ज्वार उतरना ही है...। फिर न चाहते हुए भी गाँव की जमीन पर उन्हें लौटना है। पुरखों की पैतृक सम्पत्ति के लिए लोग कहाँ-कहाँ से नहीं आते, शहर से गाँव आना तो कोई आना ही नहीं...। इस सम्बन्ध में बलेसर ने यह निर्णय कर लिया था कि बेटों के कहने या किसी अन्य दबाव से उन्हें गाँव की जमीन नहीं छोड़नी...।

'बत्तीस बिगहवा' की ओर निहारते विचारमग्न बलेसर इसी तरह अपने ध्यान में खोये थे कि बैजू के मधुर कण्ठ से अपना यह प्रिय गीत उन्हें सुनायी पड़ा—

"खेतवा घूमे रे किसनवा...।"

उन्होंने मुड़कर देखा, लँगड़ाते हुए बैजू उनकी ही ओर आ रहा था। शायद उनको देखकर ही उनका यह प्रिय गीत गाना शुरू कर दिया था। इस पर वे पूछ उठे—"इधर कहाँ से आ रहे हो बैजू?"

"आपसे ही मिलने आ रहा हूँ मलिकार। यहीं से रामपुर जानेवाले तिराहे पर चला जाऊँगा...। इधर कई दिनों से आपको देखा नहीं...।"

बैजू का यह संकेत समझ गये बलेसर। उन्होंने दस का एक नोट उसे पकड़ाते हुए कहा—"लो, जाकर कुछ खा लो...।"

प्रतिक्रिया में उन्हें सलामी बजाते हुए बैजू वहीं बैठ गया। फिर बलेसर का वह मनपसन्द गीत जो उन्हें देखते ही गाना शुरू कर दिया था, अब प्रेम से उन्हें सुनाने लगा—

"खेतवा घूमे रे किसनवा
झूमे खेतवा में धनवा
बहे पुरवावयरिया
बोले बाग में कोयलिया
गमके आम के मोजरिया
खेतवा घूमे रे किसनवा
झूमे खेतवा में धनवा
गोरिया लउके ली डगरिया
मनवा हुलसे ला किसनवा
मजिगर होइहें अबकी धनवा
खेतवा घूमे रे किसनवा
झूमे खेतवा में धनवा
चमकल गाँव के खलिहनवा
बड़की ढेरी लागल धनवा
विहँसे घरनी के मनवा
खेतवा घूमे रे किसनवा
झूमे खेतवा में धनवा

लक्ष्मी उतरली अँगनवा
खूब मगन बा किसनवा
छोड़ले बिरहा के तनवा
खेतवा घूमे रे किसनवा
झूमे खेतवा में धनवा''

यह गीत सुनते ही बलेसर का किसान मन एकदम ताज़गी से भर उठा। सामने 'बत्तीस बिगहवा' में लहराते धान के पौधे और कानों में मधुर कृषि गीत। वे हुलसित, पुलकित और उल्लसित हो उठे। उनका अन्तर कुलाँचे भरने लगा। उनकी इच्छा हुई कि सामने 'बत्तीस बिगहवा' में लहराते धानों के बीच दौड़ लगा दें। इस अवसर पर अब पुनः अपनी जब से दस का एक और नोट निकाल बैजू की ओर बढ़ाते हुए कहा–''आज तूने मेरा मन खुश कर दिया बैजू। मेरे 'बत्तीस बिगहवा' के पास और धान के इस मौसम में यह गीत सुनाकर तुमने मुझे झुमा दिया। मेरे मन की सारी पीड़ा हर ली...। अब इसे भी रखो और जाकर मन लायक अच्छी चीज़ खरीद कर खा लेना...।''

उन्हें सलामी बजाता बैजू अब चल पड़ा। पोलियोग्रस्त कमजोर पाँव से लँगड़ाते और धीरे-धीरे आगे बढ़ते बैजू को वे देखते रहे। उनके गाँव के सुगन राम का पुत्र है बैजू। गाँव के किनारे के दलित टोले का वासी। उसके पिता सुगन राम की अपनी कोई जमीन नहीं। गाँव के मुहाने पर सड़क के किनारे अपने अन्य दलित बन्धुओं की तरह सरकारी गैरमजरुआ जमीन में झोंपड़ी बनाकर वह रहता तथा मजदूरी कर जीविकोपार्जन करता था। उसकी पत्नी को पहले बच्चे के रूप में रूप में इस बैजू का जन्म हुआ। बैजू जन्मजात पोलियोग्रस्त था। उसकी माँ प्रारम्भ से ही बीमार रहती थी। दलित टोले के कुछ लोगों का कहना कि उसे टी.बी. की बीमारी थी। लेकिन कुछ लोग उसे खून की कमी का मरीज बताते थे। गरीबी के चलते चाहते हुए भी सुगन राम शहर ले जाकर उसका इलाज नहीं करा पाता। गाँवों में चलनेवाले झोला छाप डाक्टर की दवा खिलाता तथा ओझाई करके ही सन्तोष कर लेता। अपने टोला-पड़ोस के लोगों से कहता भी कि इसे किसी भूत-प्रेत ने ग्रस रखा है। ऐसे में कमजोर पड़ता उसका रुग्न शरीर अधिक समय तक कायम नहीं रह सका। बैजू के जन्म के तीन साल बीतते-बीतते वह गुजर गयी।

पत्नी के गुजरने के चन्द दिनों बाद ही सुगन राम ने दूसरी शादी कर ली। उसकी बिरादरी में शादी को लेकर कोई समस्या भी नहीं थी। पत्नियों के मरने पर पति तथा पतियों के मरने पर पत्नियाँ सहज ही अपने समाज में किसी को जीवन-साथी बना लेती थीं। रोज कमाने-खानेवाले जीवन में गुजरे व्यक्ति के नाम पर बैठना सम्भव भी नहीं था। लेकिन शादी होते ही उसकी दूसरी पत्नी सुगन राम को लेकर शहर चल पड़ी। गाँव की अपेक्षा शहर में नियमित काम पाने और अधिक कमाई करने के उद्देश्य से अनेक मजदूर परिवार के साथ शहर जा चुके थे। अब फिर कुछ मजदूर अपने परिवार

के साथ शहर जाने के लिए तत्पर थे, जिसमें अपनी नयी पत्नी के साथ सुगन राम भी था। लेकिन सुगन राम के समक्ष समस्या यह उत्पन्न हुई कि इस अपाहिज बैजू का क्या करे? इसे साथ लेकर शहर जाना सम्भव नहीं था, लेकिन यहाँ गाँव पर रखे तो किसके भरोसे? रहने के लिए फूस की झोंपड़ी छोड़कर यहाँ उसका और कुछ भी तो नहीं था। इस स्थिति में सुगन राम का मार्ग प्रशस्त करते हुए उसकी नयी पत्नी, जो बैजू की विमाता थी, बोल उठी—"इसे पड़ोस की चाची के हवाले छोड़ दिया जाय। यह उन्हीं के दरवाजे पड़ा रहता है। चाची की अपनी कोई सन्तान भी नहीं। वृद्ध चाची इसे मानती भी हैं...। इसके रहने से उनका भी मन लगता रहेगा और इसे भी ठहराव मिल जायेगा...।"

सुगन जानता था, चाची की अपनी दो सन्तानें थीं जो बचपन में ही किसी अज्ञात बीमारी से गुजर गयी थीं। अब अपने विकलांग पति के साथ वह रहती थी। मुर्गियाँ और बकरियाँ पालकर वे अपनी जीविका चलाते थे। बैजू के प्रति उनके स्वाभाविक लगाव से सुगन अवगत था। उसकी इस समस्या पर उसका मित्र बिगन जो उसके साथ ही शहर जा रहा था, उसे समझाते हुए बोल उठा—"बैजू जिस अपाहिज रूप में पैदा हुआ है सुगन, उस स्थिति में इसका प्रतिपाल न तो तुम्हारे लिये सम्भव होगा और न किसी और के लिए। ऐसे लोगों को भगवान् सँभालते हैं। यह माँग-खाकर जी जायेगा। इससे पहले भी अपनी बस्ती के दो-तीन अपाहिज माँग-खाकर जीते रहे हैं। वे चलने-फिरने लायक हैं, इसलिए पड़ोस के गाँवों और कस्बों तक माँगने चले जाते हैं। इसे अपने एक पेट के लिए कहीं नहीं जाना पड़ेगा...। इसी गाँव के लोग इसके जीने-खाने भर देते रहेंगे...।"

अपनी पत्नी और दोस्त की बात पर सुगन उसे छोड़कर शहर चला गया। उसके बाद फिर कभी गाँव वापस नहीं आया। पता चला, छोटे शहर आरा से बड़े काम के लिए कुछ मजदूर परिवारों के साथ वह भी कलकत्ता चला गया। इस सम्बन्ध में बलेसर के मन में जो विश्वास था, वैसा ही हुआ। वे जानते थे, अमीरों के समाज में किसी उपेक्षित व्यक्ति का निर्वाह नहीं हो पाता, वे अपने में ही लीन रहते हैं। लेकिन अपने बीच के उपेक्षित व्यक्ति को उसके साथ का गरीब समाज नहीं छोड़ता। बैजू के साथ भी ऐसा ही हुआ। वह जैसे-जैसे बड़ा होता गया उसके समाज और टोले के लोगों ने ही उसे रामपुर जानेवाले तिराहे पर बैठकर भीख माँगने की सलाह दी, क्योंकि शारीरिक दृष्टि से वह मजदूरी जैसा कुछ भी करने में असमर्थ था। तभी से लँगड़ाते हुए वह उस तिराहे पर पहुँच गमछा बिछाकर बैठ जाता। तीन-चार गाँवों के लोग उस तिराहे से होकर ही रामपुर बाजार जाते थे। इस स्थिति में उसे खाने पर पैसे मिल जाते...। उस तिराहे से होकर बलेसर का जाना भी होता रहता था। सतहवा पेड़ों के एक छोर पर वह तिराहा था जहाँ एक घने पेड़ की छाँव में बैजू बैठता था। वहाँ बैठने के उसके प्रारम्भिक दिनों में ही उसके टोले के लोगों ने उसे एक खँजड़ी खरीदकर दे दी थी। फिर तो खँजड़ी बजाकर वह गाता रहता था...।

बैजू ने जब गीत गाकर भीख माँगना शुरू किया तो सारे गाँव के लोग दंग रह गये। उस अपाहिज के पास गजब का सुरीला गला था। जब वह खँजड़ी बजाकर गाने लगता तो राह चलते हुए लोग रुक जाते और कुछ-न-कुछ देकर ही आगे बढ़ते। बैजू की यह स्थिति देख लोग यह कहने से बाज नहीं आते—"भगवान् हर आदमी के लिए कोई-न-कोई सहारा दे ही देते हैं। अब इस अपाहिज बैजू को ऐसा गला दे दिया कि इसके जीने-खाने की राह निकल गयी...।"

अपने गला की सराहना सुन बैजू को जहाँ कहीं और जिस किसी से कोई गीत मिल जाता वह उसे ग्रहण कर लेता। गाँव में गीत-गवनई का जब भी कोई कार्यक्रम होता वह सारी रात जगकर वहाँ जमा रहता। अपने इसी प्रयास से मधुर कृषि गीत भी उसने हासिल किया था।

बलेसर, बैजू को जाते हुए देखते रहे। उसके प्रति उनका मन सहज रूप से करुणार्द्र हो उठा था। उनकी दयालु पत्नी भी उसे बहुत मानती थी। जब भी उनके दरवाजे आ जाता, उसे बिना खिलाये या कुछ दिये नहीं जाने देती...।

बलेसर बैजू को जाते हुए अभी देख ही रहे थे कि अचानक उन्हें यह अभिवादन सुनायी पड़ा—"पा लागी (प्रणाम) चाचा!"

बलेसर ने मुड़कर देखा, तिरबेनी सामने खड़ा था। काफी समय बाद वे तिरबेनी को देख रहे थे।

"कब आये तिरबेनी?"

"अभी कल ही आया चाचा।"

"इस बार कितने दिन की छुट्टी पर आये हो तिरबेनी?"

"अब मैं बराबर के लिए वहाँ से मुक्त होकर आ गया चाचा!"

"अभी इसी उम्र में तुम रिटायर हो गये।"

"मिलिट्री में ऐसा ही होता है चाचा। और विभागों की तरह वहाँ साठ-पैंसठ वर्ष की नौकरी नहीं होती...।"

"तब तो बहुत अच्छा हो गया तिरबेनी।"

"हाँ, चाचा। पिता जी से अकेले खेती सँभल नहीं रही थी। अब उनकी उम्र भी तो हो गयी।"

यहाँ हठात् बलेसर को लगा कि काश उनका बेटा भी मिलिट्री में ही होता तो कभी शहखासी नहीं बनता। गाँव के जो लड़के मिलिट्री में गये उनमें से अधिकांश सेवानिवृत्त हो गाँव आ गये और अपनी पुश्तैनी खेती सँभाल ली। सचिवालय के शहखस ने ही उनके बेटे को शहरी बना दिया...। मिलिट्री के किसी बोर्डर से लौटकर आता तब कभी शहरी नहीं बनता।

बलेसर से मिलकर तिरबेनी चलने को हुआ तो उन्होंने उसे रोकने की कोशिश की—"बैठो तिरबेनी। यह क्या कि आते ही चले पड़े।"

"इधर के अपने खेतों को देखने आ गया चाचा जी कि उनमें लगे धान ठीक तो हैं न? इन्हें देखकर दक्खिन भर (दक्खिनी बधार में) भी मुझे जाना है। आप तो जानते हैं, दक्खिन भर भी मेरे कुछ खेत हैं... ।"

बलेसर जानते थे, तिरबेनी के पिता अमरेन्द्र छोटे किसान, पन्द्रह बीघे के काश्तकार। इस पर भी आठ बीघे इस बधार में तो चार बीघे दक्खिनी बधार में तो तीन बीघे पश्चिमी बधार में। इस क्षण अनायास तिरबेनी के मुँह से निकल गया—"आप भाग्यशाली हैं चाचा कि एक ही जगह आपकी सारी खेती है--बत्तीस बीघे का एक ही चक। ऐसी खेती करने में ही मज़ा है, कई बधारों में बिखरी खेती से तो परेशानी ही होती है... ।"

इस पर बलेसर ने छूटते ही जवाब दिया—"ऐसा बहुत प्रयास करने पर हुआ है तिरबेनी। इधर-उधर के कुछ खेतों को हटाकर यहाँ एक जगह करने में कुछ तो मेरे पिता जी का भी हाथ रहा है। बाद में पूरब की सात बीघे अपनी जमीन राजदेव को देकर इधर की उनकी पाँच बीघे जमीन पर ही मुझे सन्तोष करना पड़ा। राजदेव मान ही नहीं रहे थे। उन्हें बदलैन के लिए तैयार करने के वास्ते मुझे पाँच की जगह सात बीघे जमीन देनी पड़ी, तब जाकर मेरा यह चक बना। सरकार ने भी चकबन्दी के माध्यम से ऐसा प्रयास किया था। लेकिन उसके कायदे-कानून ऐसे थे कि सब उससे लाभान्वित नहीं हो सके... ।"

इस दौरान बत्तीस बिगहवा को निहारते तिरबेनी ने चलते-चलते अपनी प्रतिक्रिया भी जाहिर कर दी—"आपकी खेती देखकर तो मन खुश हो जाता है चाचा। आपके खेतों के धान लहरा रहे हैं। खूब जमकर उपजे हैं। खेती करना तो कोई आपसे सीखे चाचा... ।"

जवाब में बलेसर के भी बोल फूट पड़े—"मेरे खेत मटीगर (उपजाऊ) हैं तिरबेनी। टाँड़ (बंजर) जमीन पर मैं लाख प्रयास करता तब भी ऐसी फसल नहीं उपजती। उस पर भी समय से खाद-पानी देना कभी नहीं भूलता... । धान अच्छी तरह रेंड जायँ इसके लिए अभी एक पटवन और यूरिया खाद आवश्यक है... । इनकी यह जरूरत भी मैं जल्द ही पूरा करूँगा... ।"

अब तिरबेनी अपने खेतों की ओर मुड़ गया—"चलता हूँ चाचा।"

ठीक इसी समय कूदन गाँव से आ पहुँचा—"मालकिन आपको खोजते हैं बाचा बाबू। आज इतना अबेर (विलम्ब) काहे कर दिये? बाल-बच्चों की बात पर अइसा (ऐसा) इरखा (गुस्सा) नहीं करते। खाने के बखत आपको इहँवाँ (यहाँ) नहीं रहना। जाइये घर। मैं घूमकर 'बत्तीस बिगहवा' देख लेता हूँ। पानी अब हर टोपरी (क्यारी) का सूख गया होगा। बिना बारिश के इस तेज धूप में बोरिंग का पानी कब तक ठहरनेवाला... । घूमने के बाद बोरिंग चलाकर पटाना शुरू कर दूँगा, आप निश्चिन्त रहियेगा... ।"

खाना खाने के बाद बलेसर दालान के अपने कमरे में आ गये। यह उनकी रोज की दिनचर्या थी। खेतों से लौटकर दिन के खाने के बाद दालान के अपने कमरे में वे दो-तीन घण्टे अवश्य आराम करते। फिर खेतों की ओर निकल जाते। उनका दालान, घर से सटे हुए ही था, घर से निकलकर सीधे दालान में आ जाते।

बलेसर का घर पाँच कमरों का सामान्य घर था। उन्होंने जब होश सँभाला था, उनका घर कच्ची मिट्टी और खपरैल छत का था। दालान की जगह फूस की मँड़ई थी। तब गाँव के अधिकांश किसानों का घर-द्वार ऐसा ही था। लेकिन अपनी उठान में (अपने विकास में) उनके पिता ने धीरे-धीरे मिट्टी के घर को पक्के ईंटों के घर के तब्दील कर दिया। अब उसी क्रम में मँड़ई के स्थान पर पक्के ईंटों के दालान की भी उनकी योजना थी। लेकिन यह कार्य अपने स्वामित्व में बलेसर ने किया। उनके पिता का समय पूरा हो गया था। दालान बनाने के लिए वे नहीं रह सके थे।

बलेसर ने अपना दालान लम्बा बनवाया था ताकि वक्त-बेवक्त गाँव में आये तिलक नेहरू और गौनें-दोंगे की छोटी बरातें उसमें रुक सकें। अपने उस दालान में बलेसर चार-पाँच चौकियाँ डलवा दी थीं। घर पर होते हुए बलेसर अपने इस दालान में ही पड़े रहते। घर के अन्दर तो खाना खाने या पत्नी से कोई जरूरी बात करने ही जाते। गाँव या टोला-पड़ोस से सम्बन्धित किसी सामूहिक विषय पर उनके किसान मित्र जुटते तो इसी दालान में उनकी चौपाल लगती। कूदन की पत्नी उनके घर और दालान की सफाई करती। कूदन के बच्चे उनके दालान की परती जमीन में खेलते-कूदते। चहारदीवारी से घिरी वह परती जमीन बच्चों के खेल-कूद के लिए उपयोगी और सुरक्षित थी। उनके बच्चे भी घर के आगे की इसी जमीन में खेल-कूदकर बड़े हुए थे। इस जमीन के एक किनारे सारघर की शक्ल में नाद-चरण बने थे, जहाँ गाय-बैल रहते थे। बाद में खेती के लिए बैलों की उपयोगिता समाप्त होने पर सिर्फ गायें रहने लगी थीं। बिना लगहर धेन (दुधारू गाय) के बलेसर कभी नहीं रहते। दूध, दही या मट्ठे के बिना उनका काम चलता ही नहीं...।

दालान की अपनी चौकी पर जब आराम करने पहुँचे बलेसर; उनके तीनों बेटे वहाँ मौजूद थे। वे गाँव पर जब भी होते, इस दालान में ही रहते। गाँव के उनके दोस्त भी यहाँ आ जमते। सचिवालय लगातार चार दिनों तक बन्द था, दो दिन ईद का अवकाश, तीसरे दिन शनिवार तथा चौथे दिन रविवार के चलते। बस, वे गाँव आ गये थे...।

बलेसर जब पहुँचे उनके पुत्रों के दो दोस्त वहाँ मौजूद थे। वे सब ताश खेल रहे थे। लेकिन बलेसर को देखते ही ताश समेट लिया। अनुशासनप्रिय तथा गम्भीर प्रवृत्ति के बलेसर का लिहाज उनके लड़कों के साथ-साथ गाँव के अन्य लड़के भी करते थे। बलेसर के सामने बीड़ी-सिगरेट पीने या ताश खेलने में कतराते थे। अब उनकी उपस्थिति को लक्ष्य कर उनके लड़कों के दोस्त अपने मित्रों से विदा ले चल पड़े...।

बलेसर अब अपनी चौकी पर इतमीनान से लेट गये। उनका पुत्र कुलराखन शायद इसी अवसर की प्रतीक्षा में अपने भाइयों के साथ यहाँ जमा था। अब उसने विनीत स्वर में प्रेम से बलेसर को समझाना शुरू कर दिया—"मुझे माफ कीजियेगा पिता जी। मैं जानता हूँ, मेरी ही वजह से आप देर से खाने के लिए आये। शायद रात को कहीं मेरी बात आपको लग गयी। हालाँकि मेरा इरादा आपको कभी दुःख पहुँचाना नहीं रहा है। मैं तो आपके लिए ही समझा रहा था कि अब बुढ़ापे में कृषि कार्य से और परेशान हो जायेंगे। आपकी अवस्था अब तेज धूप सहते हुए बधार में आने-जाने और पाँक-पानी से भरे खेतों में घुसकर कष्ट सहने की नहीं। सारा जीवन तो आपने यही सब सहा। अब आपके हम बच्चे बड़े हो गये हैं। हम चाहते हैं कि अब आप सुख और आराम से रहें। सारी जिम्मेदारियाँ हम पर छोड़ दीजिये। सुबह नित्यक्रिया से निबट चाय-नाश्ते के साथ समाचार-पत्र पढ़िये। अपनी रुचि का खाना खाइये...। सुबह-शाम भ्रमण के लिए जिधर इच्छा हो निकल जाया कीजिये। खेती-बारी के चक्कर में अब तक माँ के साथ आपने तीर्थाटन भी नहीं किया। निकट के एक-दो तीर्थों को छोड़ कहीं नहीं जा सके। माँ कहती है, 'रामचरितमानस' आपको बहुत प्रिय है। साल में एक बार उसे आप अवश्य पढ़ते हैं। राम के जन्मस्थल अयोध्या जाने और वहाँ दो-तीन दिन रहने की अपनी इच्छा भी माँ से आपने व्यक्त की है। लेकिन कृषि के भँवर में फँसकर आपकी वह इच्छा भी अब तक पूरी नहीं हो सकी। कभी धान की रोपनी, सोहनी, कटनी, दवनी तो कभी गेहूँ की, तो कभी चना, मटर, खेसारी, तीसी आदि की। सालों भर की उलझन। लेकिन अब हम चाहते हैं कि माँ के साथ आपका शेष जीवन तीर्थाटन के सुख से भी लाभान्वित हो।

"इस विषय पर बहुत सोच-विचार और सचिवालय के योग्य लोगों से राय-परामर्श के बाद ही मैंने आपको सुझाव दिया था कि अब खेती से जुड़े रहना किसी भी दृष्टि से फायदेमन्द नहीं। कृषि कार्य तो अब घाटे और कष्ट का सबब बन गया है। जैसा कि माँ बताती हैं और होश सँभालने के बाद मैं स्वयं देखते आ रहा हूँ, इस खेती से उबरने की अपेक्षा हम अधिक परेशान ही होते रहे हैं। खा-पीकर बच्चों को पढ़ाने-लिखाने

भर कुछ बचा लेने में ही हमारा सारा उपार्जन सिमट जाता है। जब सुरभि दीदी की शादी में दहेज की जरूरत पड़ी तो कहाँ थे आपके पास रुपये? अन्ततः तीन बीघे खेत रेहन (गिरवी) रखने पड़े। चार साल बीत गये, लेकिन रेहन से उन खेतों को हम कहाँ मुक्त कर सके? हमारे 'बत्तीस बिगहवा' के तीन बीघे जगराम सिंह के नाम रेहन हैं। हमारी खेती के बीच तीन बीघे पर उनका अधिकार है, इसे न चाहते हुए भी हम झेल रहे हैं। पता नहीं, फसल की आय से हम उसे कब छुड़ा पायेंगे...? आनेवाले समय में खेती-बधारी को लेकर और मुश्किलें कायम होंगी...। अक्सर सचिवालय की मीटिंगों में उपस्थित कृषि और मौसम वैज्ञानिक बताते हैं कि जलवायु में निरन्तर होते परिवर्तन से बढ़ता तापमान आगे भी कृषि कार्य को बहुत क्षति पहुँचायेगा। अब मौसम पहले की तरह नहीं होते। सावन में तेज धूप और लू की लहरें अच्छा संकेत नहीं देतीं। विशेषज्ञ बताते हैं कि पहले अच्छी बारिश से खेतों में जल-जमाव की स्थिति कायम होती थी। उस जल-जमाव के बाद रबी फसल के लिए हमारी जमीन और उपजाऊ हो जाती थी। लेकिन इधर जल-जमाव की स्थिति बनती ही नहीं...। अब पहले की तरह हमारे क्षेत्र की नदियाँ भी बाढ़ में मिट्टी के स्थान पर बालू लाती हैं जो खरीफ और रबी दोनों फसलों के लिए अच्छी नहीं होती। कृषि के जानकार कहते हैं कि पहले खेतों के आसपास आहर, पइन और तालाब में संचित बारिश के पानी का उपयोग किसान अपने सूखते खेतों के लिए करते थे। लेकिन आसपास के किसान आहर और पइन को काट-काटकर अपने खेतों में मिलाते गये। उनका शेष अस्तित्व सरकारी योजनाओं में समाप्त हो गया। आप तो खुद महसूस कर रहे हैं पिता जी कि कृषि-कार्य के लिए अब पहले जैसे मजदूर नहीं मिलते। खेती की अपेक्षा अन्य कार्यों में वे चले जाते हैं। अब खेती की सीमित आय से उनकी पोसाई (गुजर-बसर) सम्भव नहीं। इस स्थिति में ट्रैक्टर, थ्रेसर, हार्वेस्टर आदि के आगमन पर भी बिना मजदूरों के सहयोग के अच्छी खेती कहाँ सम्भव...?

"यह सब स्थिति जान-समझकर और सचिवालय में रोज इसकी चर्चा सुनकर मुझे लगा कि अब समय रहते हमें भी अपनी कृषि सम्पत्ति शहर में स्थानान्तरित कर लेनी चाहिए...। यही सोचकर खेतों की बिक्री के लिए मैंने अनुरोध किया था। अगर मेरी बात से आप नाराज हो गये हों, तो मुझे माफ कर दीजियेगा। आपकी बढ़ती अवस्था और कृषि की घनघोर होती दुरूह समस्या को देखकर ही मैं ऐसा चाह रहा हूँ। बीज, खाद और पानी के लिए हमारे इलाके के अन्य किसानों की तरह हर वर्ष आप कितने परेशान रहते हैं, यह बात हमसे छिपी नहीं है। इस स्थिति से त्रस्त होकर ही विभिन्न गाँवों के किसान अब आये दिन अपनी जमीन-जायदाद बेचकर शहरों में बसने लगे और नये कारोबार से जुड़ने लगे। कृषि पर जो चर्चा मैं सुन रहा हूँ, उसके अनुसार अब वही लोग कृषि से जुड़े रह पायेंगे जो किसी लायक नहीं होंगे और जिनके वंशज भी उन्हें उबारने की स्थिति में नहीं। लेकिन हम आपको ऐसी हालत में नहीं रहने देना

चाहते पिता जी। इस सम्बन्ध में आप जो चाहेंगे वही होगा। यह बस मेरा सुझाव भर है...।''

इससे पहले कि बलेसर कुछ कहते उनका दूसरा पुत्र मनराखन अब बोल उठा—''भैया एकदम ठीक कह रहे हैं पिता जी। मेरे साथ नौकरी के लिए प्रतियोगिता परीक्षा देनेवाले दो लड़कों को मैं अच्छी तरह जानता हूँ। वे गाँव से ही आते हैं। वे मुझसे पहले से प्रयासरत थे। जब देर तक कहीं नहीं लग सके तो अपने खेत बेच दो मशहूर दवा कम्पनियों की एजेन्सियाँ ले लीं। अब उनसे मिलता हूँ तो उनकी ठाठ-बाट और हैसियत देख दंग रह जाता हूँ। कहते हैं—बदलते समय में अब खेतों का महत्त्व इसी बात में है कि उन्हें बेचकर शहर में अपनी जमीन कायम कर ली जाय...।

''हमारे लिये यह संयोग ही है कि कुलराखन भैया सचिवालय परीक्षा में चुन लिये गये। नौकरी की प्रतियोगिताएँ अब निरन्तर कठिन और जटिल होती जा रही हैं...। उसमें आ पाना मुश्किल हो गया है...।''

मनराखन की बात जैसे ही पूरी हुई, जगपूरन भी अब अपने को रोक नहीं सका—''पिता जी! वहाँ शहर में मेरा एक दोस्त है रघुवर। वह मेरे ही साथ पढ़ता है। मेरी ही तरह गाँव का लड़का है, इसलिए मेरे साथ उसकी खूब पटती है। उसका घर देखियेगा तो दंग रह जाइयेगा। बड़ा-सा तीन तल्ला मकान। हर तल्ले पर दो-दो फ्लैट। उसमें से एक फ्लैट अपने जिम्मे रख उसके परिवार ने पाँच फ्लैटों को किराये पर लगा दिया है। उसके पिता जी नौकरी नहीं करते, इसीलिए पूछा कि तुम्हारा इतना बड़ा घर कैसे बना? जवाब में उसने बताया कि गाँव की खेती बेचकर यह किया गया है। अब आराम से पाँच फ्लैट का किराया वसूल कर वे राज करते हैं। उसके पिता अब खुद कहते हैं कि गाँव से यहाँ आकर उन्होंने बहुत अच्छा किया। अब यहाँ इतमीनान का ठौर और सुकून मिल गया। इसलिए कुलराखन भैया बहुत अच्छा सोच रहे हैं पिता जी...।''

अब तक चुपचाप सुन रहे बलेसर का अन्तर अब खौल उठा। वे 'बत्तीस बिगहवा' से यह सोचकर आये थे कि इस विषय पर कोई बातचीत नहीं करेंगे। रात में ही कुलराखन को उन्होंने स्पष्ट कर दिया था कि किसी भी स्थिति में अपने खेत उन्हें नहीं बेचने। लेकिन उनके लड़कों ने अब पुनः उन्हें बोलने के लिए बाध्य कर ही दिया—''तुम लोग थोड़ा पढ़-लिख गये और शहर में रहने लगे तो अपने को तीसमार खाँ (बहुत काबिल) समझने लगे हो। लेकिन मुझे गाँव में किसानी करते देख मूर्ख मत समझो। अपने जमाने का मैं मैट्रिक पास हूँ। सब-कुछ देख-सुन रहा हूँ। तुम लोगों ने जो कहा है, मैं उसे पहले से ही जानता हूँ। लेकिन तुम लोगों के कहे पर अपनी जगह-जमीन बेचकर मैं पलायन करनेवाला नहीं...। कृषि-कार्य से मैंने संघर्ष करना सीखा है और यह जानता हूँ कि संघर्ष ही जीवन है...।

''तुम लोग जिस खेती को परेशानी और घाटे का कारोबार समझ रहे हो, यह तुम लोगों की नासमझी और भूल है। इसी खेती की आय से पल-बढ़कर आज तुम तीनों बड़े हुए और शहरिया बने हो। मैंने कभी सपने में भी नहीं सोचा था कि मेरे जैसे

किसान के पुत्र ऐसे भगेड़ू और शहरवासी हो जायेंगे... । मैं तुम लोगों से पूछता हूँ, जो चीज़ हमने खरीदी नहीं। अपने उपार्जन से हासिल नहीं की, उसे बेचने का हमारा क्या अधिकार? हमारे पुरखे तुम लोगों की तरह होते तो आज जन्मजात हम 'बत्तीस बिगहवा' के स्वामी नहीं हो जाते। खेत-बधार पुश्त-दर-पुश्त चलनेवाला जीविका का साधन होता है। शहर में कमाने-खानेवालों की हैसियत खेत खरीदने की कभी नहीं हो सकती। जिस सचिवालय में तुम नौकरी कर रहे हो, रिटायर होते ही वह सचिवालय तुम्हें बाहर कर देगा। लेकिन अपनी खेती-गृहस्थी के मालिक किसान को रिटायरमेण्ट के नाम पर कोई उसकी जमीन से अलग नहीं कर सकता। चार दिन के पैदा हुए तुम लोग खेतों का महत्त्व क्या समझोगे। लगता है, यह कहावत तुम लोग भूल गये हो—'जब तक खाओ घर का सोना, तब तक खाओ खेत का कोना... ।''

''एक बात तुम लोग समझ लो, शहर का कोई कार्यालय, कोई कल-कारखाना अनाज नहीं पैदा कर सकता, जिसे खाकर पूरी दुनिया जीवित रहती है। इसका मतलब यह कि शहर का जीवन भी किसानों पर ही निर्भर है। यह ठीक है कि समय बदल गया है। अब हल-बैलोंवाली खेती नहीं रही। मौसम भी अधिकतर प्रतिकूल रहने लगा है। लेकिन इसका मतलब यह नहीं कि अपनी खेती छोड़कर हम शहर का पराश्रित जीवन अपना लें। हमारी खेती के अपने फायदे और नुकसान हैं। अभी हमारे समक्ष जो परेशानियाँ आयी हैं, वे दूर होकर रहेंगी। कोई भी सरकार कृषि की उपेक्षा कर नहीं चल सकती। हमारा देश कृषिप्रधान है। कृषि ही यहाँ का मुख्य आधार है। पता नहीं, तुम लोगों ने सुना है या नहीं, नहीं सुना हो तो सुन लो, प्याज जैसे एक सामान्य खाद्य पदार्थ को लेकर यहाँ सरकारें बदल जाती हैं। प्याज की कमी और उसकी बढ़ती महँगाई को न रोक पानेवाली सरकार चली गयी थी। हमारे कृषि में जो परेशानियाँ बढ़ रही हैं। सरकार के गले का फाँस बन रही हैं। हमें परेशानी में डालकर सरकार चलानेवाले अपनी गद्दी कायम नहीं रख सकेंगे। हम धरती पुत्र हैं। हमारे जैसे किसान हार मानकर शहर में पलायन करनेवाले नहीं। मुझे आश्चर्य है कि मेरे जैसे व्यक्ति के पुत्र तुम लोग ऐसे कायर और बुजदिल कैसे हो गये? तुम लोग कान खोलकर सुन लो, परिस्थिति चाहे जैसी आ जाय, अपनी खेती बेचकर मैं शहरवासी नहीं हो सकता। कृषि की समस्याओं के बीच ही मैं इस अवस्था तक पहुँचा हूँ। बाढ़, सूखा, ओलावृष्टि, कीड़े आदि एक-से-एक समस्याएँ आती रही हैं, लेकिन उसे झेलते हुए हम अपनी खेती कायम रख सके हैं। आगे भी समस्याओं से हमें हारना और घबराना नहीं, उसका सामना करते हुए अपनी खेती को कायम रखना है। अपने खेतों के हम स्वामी हैं, किसी के चाकर नहीं, यह शक्ति हमें कभी कमजोर होने नहीं देती... ।''

बलेसर का यह निर्णय सुन क्षण-भर के लिए उनके तीनों लड़के निरुत्तर हो गये। शायद उनके दृढ़ निश्चय ने उन्हें पस्त कर दिया। लेकिन कुछ समय बाद कुलराखन ने पुनः अपना मोर्चा सँभाल लिया। शायद इस बार वह यह सोचकर ही आया था कि

पिता जी को समझाने में कोई कसर बाकी नहीं रखेगा, इसलिए फिर संवादरत हो गया–"आपकी बात से मैं सहमत हूँ पिता जी। आपका आदेश सर आँखों पर। आपकी इच्छा की अवहेलना हम नहीं कर सकते। लेकिन मुझे लगता है, गाँव में रहने के चलते सच्चाई से आप अनभिज्ञ हैं। अगर आप अन्यथा न लें और मुझे बोलने की अनुमति दें तो मैं कुछ कहना चाहूँगा?"

इस पर बलेसर ने गम्भीर आवाज में कहा–"बोलो, क्या बोलना चाहते हो? वह कौन-सी सच्चाई है जो तुम जानते हो और मैं नहीं जानता।"

जवाब में कुलराखन ने विनीत स्वर में ही कहना शुरू किया–"अब आपके समयवाली सरकारें नहीं हैं पिता जी। प्याज पर सरकार बदलने के कारण राजनीति प्रेरित थे, कृषि का दबाव नहीं। अब तो सरकारों के एजेण्डे में कृषि कार्य अन्तिम पायदान पर होता है, इसलिए कृषि के समक्ष उत्पन्न संकट और गहराते ही जा रहे हैं। आगे यह सिलसिला खत्म होने की बजाय और बढ़ता ही जायेगा। जैसा कि मैंने सुना है, आप के समय की खेती स्वतन्त्र थी। आप लोग आत्मनिर्भर थे। लेकिन अब बदलते समय ने आपकी खेती को पराश्रित बना दिया है। पहले अपनी पैदावार से आप लोग अगले वर्षों तक के लिए बीज सँजोकर रखते थे। वे बीज निष्फल नहीं होते थे। उनसे उपजे फसल से फिर-फिर आप बीज रखते जाते थे। लेकिन कम्पनियों के बीज ने आपके बीजों की सदाबहार परम्परा खत्म कर दी। अब हर वर्ष कम्पनी से बीज खरीदने के लिए आप बाध्य हैं। जैसा कि आप स्वयं जानते हैं, कम्पनी के बीज की उपज क्षमता सिर्फ एक बार तक ही सीमित होती है...। यानी हर बार, हर फसल के लिए कम्पनी से बीज खरीद के लिए आप विवश हैं...।

"यही स्थिति खाद को लेकर भी है। विशेषज्ञ बताते हैं कि पहले घूर पात डालकर अपने खेतों को हम उपजाऊ बनाये रहते थे। लेकिन अब केमिकल्स के माध्यम से तैयार खाद ने खेतों की उर्वरता समाप्त कर किसानों को अपने ऊपर निर्भर बना दिया है। शायद यही वजह है कि बिना खाद के अब कोई फसल होती ही नहीं। किसानों के प्रति अपना सहयोग जताने के लिए सरकार ने रियायती दर पर बीज और खाद के वितरण का प्रावधान भी किया है। लेकिन जैसे अधिकांश सरकारी योजनाएँ कागजों पर ही बनती और क्रियान्वित होती हैं, लाभार्थी तक नहीं पहुँच पातीं, वही स्थिति बीज और खाद के वितरण की भी है, जिसके भुक्तभोगी आप स्वयं हैं। रियायती दरों पर कुछ पा गये तो पा गये, अन्यथा हर वर्ष तो आप समय से खेती के लिए कालाबाजारी की दुकानों से ही महँगी दरों पर बीज और खाद लेते हैं।

पानी की समस्या तो बीज और खाद से भी अधिक जटिल है। समय से अगर बारिश नहीं हुई तो खेतों को सूखे से बचाना अत्यन्त कष्टकर और दुष्कर हो जाता है। फसल को खत-पतवार और कीड़ों से बचानेवाली दवाएँ भी जहाँ एक ओर महँगी हैं वही दूसरी ओर नकली भी। आपने तो सुना ही होगा, अभी इसी वर्ष नकली कीटनाशक दवाओं

से कपास की खेती बर्बाद हो गयी। सफेद मक्खियों के प्रकोप से कपास की फसल को नकली कीटनाशक दवाएँ नहीं बचा सकीं। इसकी प्रतिक्रिया में पहले महाराष्ट्र के, फिर पंजाब के अनेक किसानों ने आत्महत्याएँ कर लीं। जानकारों के अनुसार अब इससे बड़ी कृषि की क्षति और क्या हो सकती है? आत्महत्याओं पर सरकारी मुआवजे से कृषि समस्या का समाधान नहीं हो सकता। मुआवजे के नाम पर किसानों की क्षति-पूर्ति की सरकारी व्यवस्था अब किसी से छिपी नहीं है। पहले पचास फीसदी नुकसान पर सरकारी मुआवजे की व्यवस्था थी जिसे अब तैंतीस फीसदी नुकसान पर कर दिया गया है...। क्षतिपूर्ति के नाम पर किसानों की मरहम-पट्टी का खेल खेलनेवाली सरकार कभी यह जानने की कोशिश क्यों नहीं करती कि निर्धारित मुआवजों का क्रियान्वयन भी होता है या नहीं? नुकसान मापने का कार्य सरकारी कर्मचारी करते हैं जो अपने विभागीय संकेत पर साठ फीसदी नुकसान को भी पच्चीस फीसदी से अधिक नहीं बताते...। ऐसी बात नहीं कि सरकार चलानेवाले इसे न जानते हों। वे अच्छी तरह जानते हैं। इस सम्बन्ध में राज्य सरकारें केन्द्र पर आरोप लगाती हैं कि कृषि मद में वह पर्याप्त धनराशि नहीं देती। जवाब में केन्द्र सरकार सारा दोषारोपण राज्य सरकार पर मढ़ देती है। दोनों सरकारें अच्छी तरह जानती हैं कि समाज के निचले पायदान पर खड़े किसान उनका कुछ नहीं बिगाड़ सकते...।

पिछले दिनों एक कृषि पत्रकार द्वारा जारी आँकड़े के अनुसार किसानों की लागत के अनुपात में उनका कृषि उपार्जन अधिक नहीं होता। उनका सारा उतजोग सिर्फ जीवित रहने भर ही बना रहता है, ताकि पुनः अगले वर्ष वे कृषि में लग सकें। इस आँकड़े के साथ ही उस पत्रकार ने यह आँकड़ा भी दिया था कि शायद इसी वजह से किसानों और खेत मजदूरों का कृषि से पलायन जारी है...।"

कुलराखन की बात चुपचाप सुन रहे बलेसर अब उसके रुकते ही तल्ख आवाज़ में बोल उठे—"तो हो गया तुम्हारा भाषण। यही सच्चाई तुम बताना चाहते थे। यह सारी बात मैं पहले ही से जानता था। इसमें कुछ भी तो नया नहीं। तुम यह मत समझो कि गाँव में रहने के चलते किसान पहले जैसे अनभिज्ञ हैं। जितनी समस्याएँ तुम बता रहे हो, उन सबका सामना हम रोज करते हैं। तुम्हें दूर से वह भयावह लग रही है, लेकिन उससे मुठभेड़ करते हुए हमने जीना सीख लिया है। हमारे पास खेत है, तभी तो समस्याएँ हैं। हम भूमिहीन होते तो इस तरह की कोई समस्या होती ही नहीं। जहाँ गुड़ होता है, वहीं चींटियाँ लगती हैं...। जो घोड़े पर चढ़ता है, वही गिरता है। जो घोड़े पर चढ़ा ही नहीं वह गिरना क्या जानेगा? आत्महत्या करनेवाले किसान संघर्षचेता नहीं रहे। आत्महत्या के स्थान पर उन्हें संघर्ष की राह अपनानी चाहिए थी। समूह के रूप में जब अपना अनवरत संघर्ष वे जारी कर देते, प्रशासन की नाकेबन्दी जैसा संघर्ष, तब मरने पर जो मुआवजा उन्होंने प्राप्त किया, वह जीवित रहते ही पा जाते। सरकार को लगता है कि उसके बनने-बिगड़ने में किसानों की कोई भूमिका नहीं हो सकती।

लेकिन आनेवाले समय में सरकार को पता चल जायेगा... । किसान अब जाग रहे हैं। अपनी समस्याओं को समझ रहे हैं। बस, उनके संगठित होने भर की देर है। तुम्हारी बात सुनकर तो मुझे ऐसा लग रहा था कि अब लोग खेती करना नहीं चाहेंगे। किसान खेती से पलायन कर जायेंगे। तब फिर खेती कौन करेगा, यह मैं तुमसे ही पूछता हूँ। जब खेत हैं, तब फिर खेती तो होनी ही है। अनाज का उत्पादन बन्द नहीं होना है। अनाज उत्पादन के बगैर देश चल ही नहीं सकता।''

जवाब में कुलराखन ने विनीत लहजे में ही कहा—''खेती होगी पिता जी, बन्द नहीं होगी। लेकिन परिवर्तित रूप में होगी। आनेवाले समय में बड़े-बड़े उद्योगपति खेतों को खरीद लेंगे। फिर विस्तृत चकलों में उनकी घेरेबन्दी कर मजदूरों से उन्नत खेती करायेंगे। अपनी सामर्थ्य पर सरकार से कृषि के लिए पर्याप्त अनुदान और सहयोग ले लेंगे। अपनी उस खेती से पैदा उपज स्वतन्त्र बाजार में महँगे दामों पर बेचेंगे। इस तरह कृषि कार्य भी उनके उद्योगों की तरह ही लाभ का जरिया बन जायेगा, जैसा अमेरिका में होता है... । अमेरिका की विकसित खेती ही हमारे देश के लिए भी विकल्प बनेगी... ।''

यह सुनते ही बलेसर अब अपने को रोक नहीं सके—''यह अमेरिका नहीं है कुलराखन, भारत है, भारत! तुम कान खोलकर सुन लो, हमारा देश कभी अमेरिका नहीं बन सकता। मैट्रिक की अपनी पुस्तक में ही मैंने पढ़ा था कि विभिन्न धर्मों, भाषाओं और संस्कृतियोंवाला विविधता से भरा यह बड़ा देश कभी किसी एक ढर्रे पर चल ही नहीं सकता... । यहां की जो परम्पराएँ हैं वह बनी रहेंगी। हमारी खेती भी इसी तरह उतार-चढ़ाव के साथ कायम रहेगी। हवाई और आधारहीन बातों को इस कान से सुनकर उस कान से उड़ा दो कुलराखन। जिसकी कोई अपनी जमीन नहीं होती या जमीन से कटता जाता है, वही ऐसे उदाहरण प्रस्तुत करता है। इसलिए तुम तीनों भाई अपने मन से यह बात निकाल दो कि अपनी खेती हमें बेचनी है। तुम्हें तो यह संकल्प लेना चाहिए कि ऐसा हमें हर्गिज नहीं करना है। हम शहर और गाँव दोनों जगह रहेंगे। जिसे मनलायक नौकरी नहीं मिलेगी, वह कहाँ जायेगा? अन्ततः यह खेत ही उसके लिए सम्बल बनेंगे... ।''

बलेसर की इस बात ने उनके तीनों पुत्रों को अब धराशायी कर दिया। मनराखन और जगपूरन तो कुलराखन पर ही निर्भर थे। कुलराखन को मौन होते देख वे अन्दर-ही-अन्दर कमजोर पड़ गये। बलेसर अब किसी विजेता की भाँति अपने बिस्तरे पर आराम से लेट गये। हालाँकि उनका ध्यान कूदन की ओर ही लगा रहा। 'बत्तीस बिगहवा' घूमकर कूदन अवश्य बोरिंग चला रहा होगा... ।

अपने निर्धारित समय तक आराम कर बलेसर उठ बैठे। इस बीच उनके तीनों पुत्र दालान से जा चुके थे। शायद उन्हें समझाने के उनके सारे तर्क चुक गये थे। सम्भव है, अब गाँव में अपने दोस्तों के पास निकल गये हों। इधर बलेसर अब दालान के

सामने चापाकल पर हाथ-मुँह धोने लगे। फिर एक लोटा ठण्ढा जल ग्रहण किया। इसके बाद घर के अन्दर जा पत्नी को बता दिया—"बत्तीस बिगहवा जा रहा हूँ। उधर से ही पुरुवारी पट्टी जाऊँगा। निहोरा राय के दालान पर आज बिटोर (बैठक) है...। आने में देर हो सकती है...।"

अपने दालान से उतरकर बलेसर गाँव की गली में मुड़ गये। अपनी (मँड़ईनुमा दालान) के आगे पड़ी चौकी पर बैठे नरेश सिंह उन्हें देखते ही बोल उठे—"बिटोर की खबर है न बलेसर भाई?"

जवाब में आगे बढ़ते हुए ही बलेसर ने कहा—"हाँ, है। 'बत्तीस बिगहवा' होते हुए वहाँ आ जाऊँगा...।"

गाँव की सीधी, टेढ़ी गलियों को पारकर बलेसर बाहर आ गये। बिमल महतो के खेत गाँव के पास से ही शुरू हो जाते थे। उन खेतों के किनारे से होकर एक पगडण्डी जटहवा बगीचे तक पहुँचती थी। फिर वही पगडण्डी 'बत्तीस बिगहवा' की ओर चली जाती थी। उस पगडण्डी पर आगे बढ़ चले बलेसर। बिमल महतो पन्द्रह बीघे के काश्तकार थे। बलहारी गाँव से शुरू होकर जटहवा बगीचे तक उनके खेत थे। फिर वहीं से बलेसर का 'बत्तीस बिगहवा' नजर आने लगता था।

बलेसर के पाँव उनके तन को लेकर चल रहे थे, लेकिन उनके मन में तो कुलराखन की बातें अपने पूरे प्रभाव के साथ उमड़-घुमड़ रही थीं। दालान में आमने-सामने का उनका संवाद खत्म हो गया था, लेकिन अब मन के धरातल पर वह जारी था। बलेसर ने अनुभव किया था, जहाँ और जब भी किसी से उनकी कहा-सुनी होती थी, वह बातचीत या तो हफ्तों या कभी-कभी महीनों उनके अन्तर में बजती रहती थी। कुलराखन की बातों को कमजोर साबित कर उसके बढ़ते मन को रोकना उनके किसान जीवन की अनिवार्यता थी। लेकिन अब मन के धरातल पर वे महसूस कर रहे थे कि कुलराखन का कहना बिल्कुल गलत नहीं था। कृषिकार्य अब तलवार की धार पर चलने से कम कठिन कार्य नहीं रह गया था। न प्रकृति का सहयोग और न सरकार का। अपने खुद की सामर्थ्य पर फसल उपजाना। बलेसर देख रहे थे कि उनके गाँव के कई छोटे किसान (दस-पन्द्रह बीघे तक के काश्तकार) शहर चले गये थे। उनमें से कुछ ने अपने खेत बेच भी दिये थे, कुछ ने खेतों को नकदी या टीका-बटाई पर बन्दोबस्त कर दिया था। बलेसर अनुभव कर रहे थे, अब गाँव का सफल किसान वही होता था जिसका एक पाँव शहर में तो दूसरा गाँव में हो। शहर की आय को जोड़कर ही गाँव की अच्छी खेती सम्भव थी। या तो किसी किसान परिवार का एक सदस्य शहर में कमाता हो और दूसरा गाँव में खेती। या फिर शहर की नौकरी से सेवानिवृत्त हो पेन्शन लेते हुए गाँव में आकर खेती करता हो। इस तरह शहर की आय के सहयोग से ही उनकी खेती चमकती है...। तब उन्हें बीज, खाद और पानी के लिए कर्ज लेने नहीं पड़ते...।

अपने आन्तरिक संवाद में मग्न बलेसर कब अपने बत्तीस बिगहवा से होकर गुजरने लगे उन्हें पता तक नहीं चला। जब बत्तीस बिगहवा के एक कोने पर जयराम सिंह को उन्होंने देखा तब वे प्रकृतिस्थ हुए। जयराम सिंह बत्तीस बिगहवा के कोने पर रेहन लिये अपने खेतों में खाद छींट रहे थे। वे खेत खाले में थे, इसलिए उसका पानी अभी नहीं सूखा था। बलेसर को भी एक पटवन के बाद पुनः खाद छींटना था। लेकिन जयराम सिंह पर नजर पड़ते ही उनका मन कचोटकर रह गया। अपने बत्तीस बिगहवा में जब भी वे जयराम सिंह को देखते थे, अन्दर-ही-अन्दर उनका मन व्यथा से भर उठता था। तब अपनी सारी खुशी पर वे वज्रपात का अनुभव करते थे। तब बत्तीस बिगहवा के स्वामी होने का गर्व उन्हें खुद अपना मुँह चिढ़ाता जान पड़ता। उन्होंने सपने में भी नहीं सोचा था कि उनके बत्तीस बिगहवा के एक हिस्से का कोई और स्वामी बन जायेगा। लेकिन सुरभि की शादी में वे विवश हो गये। तीन पुत्रों के बीच अकेली पुत्री। अपने जैसे परिवार और अपने स्तर के किसान से नीचे उतर नहीं सकते थे। इस स्थिति में बिना दहेज के सुरभि की शादी सम्भव नहीं थी। तीन वर्ष तक वे दौड़ते रहे। लेकिन हर जगह दहेज की माँग और समय के अनुसार बढ़ती दहेज की रकम। तब पत्नी ने उन्हें समझाया—"अब और विलम्ब ठीक नहीं। खेतों को छोड़कर दहेज देने का कोई दूसरा साधन तो हमारे पास है नहीं। और फिर हम ही क्या, पूरे गाँव में देख लीजिये, जिसकी बेटी की शादी लगती है, उसे अपने कुछ खेत हटाने ही पड़ते हैं, चाहे बेचकर या रेहन रखकर। जिसकी कोई खेती नहीं, उसकी बात अलग है। वह तो अपने ही जैसे भूमिहीन, निर्धन के यहाँ बेटी ब्याह देता है। लेकिन अपनी सुरभि के लिए हमें कुछ भी उठा नहीं रखना है। वह तो हमारी एक ही दुलारी धिया (पुत्री) है...।"

अन्ततः न चाहते हुए भी मन मसोसकर बलेसर ने तीन बीघे खेत रेहन रखकर सुरभि की शादी की। इस सम्बन्ध में अपने मन को और अपनी पत्नी को संकल्पित शब्दों में आश्वस्त किया—"मैं जल्द ही अपने खेत छुड़ाकर रहूँगा कुलराखन की माँ। बत्तीस बिगहवा के साथ-साथ हमें तीन-तीन बेटे भी हैं। अपने उन खेतों को मैं अधिक समय तक बन्धक नहीं रहने दूँगा...।"

लेकिन अब ठीक कह रहा कुलराखन। कहाँ छुड़ा सके अपने वे खेत। उसका यह कहना भी वाजिब है कि बत्तीस बिगहवा की आय से उन रेहन खेतों को हम कभी नहीं छुड़ा सकेंगे। बलेसर खुद इस यथार्थ से अवगत हैं, इसलिए उनका ध्यान कुलराखन की शादी की ओर ही लगा है। उसकी शादी से ही रेहन रखे खेतों की मुक्ति सम्भव है। लेकिन यह सुयोग जल्द घटित हो ही नहीं रहा। गाँव के पण्डित रामानुज तिवारी कहते हैं—"लड़की हो या लड़का, किसी की भी शादी पर हमारा वश नहीं होता। जिसकी शादी जब, जहाँ और जिसके साथ होनी होती है, उसी के साथ होती है। शादी के लिए हम कहाँ-कहाँ नहीं दौड़ते हैं, लेकिन जब उसका समय आ जाता है तब वह हमारे आसपास ही घटित हो जाती है। तब हमें मानना पड़ता है कि हमारे प्रयास की अपेक्षा होनी ही प्रबल है।"

बलेसर अनुभव कर रहे थे, उनके पुत्र कुलराखन की शादी भी ऐसी ही हो गयी थी। उनके साथ यह समस्या नहीं कि कुलराखन के लिए रिश्ते न आ रहे हों। रिश्ते खूब आ रहे थे। लेकिन उनके बीच अब तक कोई रिश्ता उन्हें अनुकूल जँचा ही नहीं। वे पूरे मन से प्रयासरत थे कि जल्द कोई अनुकूल रिश्ता मिल जाय, ताकि बत्तीस बिगहवा के बीच से जयराम सिंह को हटा सकें...। लेकिन चाहकर भी वे कुछ कर नहीं पा रहे थे।

कुलराखन की शादी के लिए बलेसर पति-पत्नी ने आपसी विमर्श से अपनी इच्छा निर्धारित कर ली थी। बलेसर ने कहा था—"सुरभि की शादी में हमने जो दिया है उससे कम हमें नहीं लेना कुलराखन की माँ। जिस घर में हमने सुरभि को ब्याहा है, उस घरवालों से हमारी हैसियत उन्नीस नहीं, बल्कि बीस ही है। लेकिन इससे भी जरूरी यह है कि लड़की हमारे जैसे किसान परिवार की ही हो। खेती-गृहस्थी की जानकार और सहयोगी। खेतिहर परिवार की कुशल गृहिणी, जो समय आने पर खेती-गृहस्थी की हमारी विरासत को सँभाल सके, उसे बचाये, बनाये रखे...।"

इस पर उनकी पत्नी ने भी अपनी सहमति जतायी थी—"आपने बहुत अच्छा निर्णय किया है। कोई शहरी लड़की आ जायेगी तो दो-चार दिन भी यहाँ गाँव में नहीं टिकेगी। हमारी खेती-गृहस्थी को जंजाल समझेगी...। तब हमारी बनी-बनायी खानदानी खेती चौपट हो जायेगी...।"

पत्नी से इस परामर्श के बाद कुलराखन की शादी के लिए आनेवाले कन्या पक्ष के लोगों को वे परखने लगे थे। इस सम्बन्ध में कम दहेज के चलते किसी को उन्होंने नहीं लौटाया। उनके यहाँ आनेवाले उनकी हैसियत जानकर ही आते थे। लेकिन उनमें अधिकांश शहर के होते थे। शायद शहर में कुलराखन की नौकरी को देखकर ही यहाँ पहुँचते थे। वे गाँव से भी अपना सम्बन्ध बताते थे। गाँव में जमीन होने की बात भी कहते थे। लेकिन अनुभवी बलेसर से वे छिप नहीं पाते। किसान परिवार के व्यक्ति की रग-रग से बलेसर परिचित थे। बाद में छानबीन पर वे जान ही जाते थे कि आनेवालों में से कुछ की लड़कियाँ शहर में पढ़ रही होती थीं, तो कुछ शहर से ही उच्च शिक्षा प्राप्त होती थीं। सुख-सुविधाओं में पली-बढ़ी वे शहरवासी लड़कियाँ थीं। उनके पिता से दहेज लेकर बत्तीस बिगहवा के रेहन खेतों को तो वे छुड़ा सकते थे, लेकिन बहू के रूप में जिस कन्या को घर लाते वह उनकी पुश्तौनी खेती कभी नहीं सँभाल पाती। बलेसर इस तथ्य से अवगत थे कि जिस किसान की पत्नी कृषि जीवन से जुड़ी होती है, कृषि के सुख-दुःख को ही अपना सुख-दुःख मानती है, उसी के घर की खेती कायम रह पाती है, उसी की खेती चमकती और उजियाती रहती है। पति के शहरवइया मन को भी वही खेती की डोर से बाँधे रखती है।

एक कन्या का पिता ऐसा आया जो बलेसर को अपनी तरह का ही किसान जँचा। वह वास्तव में किसान था भी। चालीस बीघे जमीन का स्वामी। उसने बलेसर से स्पष्ट

कहा—''मुझे जानकारी मिली है, अपनी बेटी में आपने क्या खर्च किया है? आप निश्चिन्त रहियेगा, उससे कम खर्च मैं नहीं करनेवाला। अपनी इस छोटी बेटी की शादी मुझे बढ़-चढ़कर करनी है। इससे बड़ी की शादी भी एक अच्छे घराने में की है। अपने इलाके के वे बड़े खेतिहर हैं...। और फिर जैसी बहू की आप इच्छा रखते हैं, मेरी पुत्री को वैसी ही पाइयेगा। एक खेतिहर परिवार की लड़की ही दूसरे खेतिहर परिवार को जान-समझ सकती है, उसे सँभाल सकती है...।''

इस कन्या के पिता की बात से बलेसर दोनों पति-पत्नी का मन खुशी से भर उठा। उन्हें लगा शायद, कुलराखन का लगन अब चरचरा गया है (शादी का मुहूर्त्त आ गया है)। उनके बन्धक खेत अब मुक्त होकर रहेंगे। लेकिन उस कन्या के पिता से बातचीत के बाद अपने स्रोतों से बलेसर ने जब छानबीन शुरू की तो खोदा पहाड़, निकली चुहिया वाली बात साबित हुई। लड़की एकदम विपरीत थी, जैसा उसके पिता ने बताया था। लड़की का मामा शहर में अधिकारी था। वह बचपन से ही मामा के यहाँ शहर में रहकर पढ़ी-लिखी थी। शादी के लिए उसके पिता ने झूठ बोल दिया था। शादी-ब्याह की समस्या देखते हुए अच्छे घर-वर के लिए कन्या के पिता ने लड़की के बारे में बढ़ा-चढ़ाकर बता दिया था। ऐसे लोग यह मानकर चलते थे कि शादी के बाद सब ठीक हो जाता है। सचिवालय में कार्यरत लड़के के साथ अन्ततः लड़की को शहर में ही तो रहना है। पति की नौकरी छोड़ गाँव में वह क्यों रहेगी? लेकिन पारखी बलेसर ने उस लड़की के पिता का प्रस्ताव अस्वीकार कर दिया...। अब पण्डित रामानुज तिवारी की बात के अनुसार वे समय की ही प्रतीक्षा करने लगे थे।

बत्तीस बिगहवा के रेहन खेतों को मुक्त कराने की बात जब-जब बलेसर के मन में उठती थी, तब-तब यह विचार अनायास उनके मानस में कौंध उठता था कि अगर उनकी बेटी सुरभि न होती, सिर्फ तीन बेटे ही होते तो आज उनके खेत कभी बन्धक नहीं रह पाते। लड़के-लड़की के बीच फर्क की बात पहले उन्हें नहीं जँचती थी। गाँव के लोग कहते तो वे प्रतिवाद कर उठते थे—''दोनों हमारी सन्तानें हैं। दोनों में कोई अन्तर नहीं, सिर्फ समझ का फेर है...।''

अपने घर पर वे ऐसा महसूस भी करते थे। वे क्या चाहते हैं? उन्हें कब क्या चाहिए? इसका ख्याल पत्नी और बेटों से अधिक सुरभि ही रखती थी। जब तक वह कुआरी थी, घर में न सिर्फ उनकी सबसे प्रिय थी, बल्कि उनकी अनिवार्यता भी बन गयी थी। लेकिन उसकी शादी ने उन्हें बता दिया कि लड़के और लड़की में क्या फर्क होता है? किसी दूसरे अवसर पर उतनी बड़ी रकम उन्हें नहीं देनी पड़ती जितनी पुत्री के पिता के नाते उन्हें देनी पड़ी। रकम के साथ-साथ घर के लिए उपयोगी वह लड़की भी चली गयी। इस अवसर ने ही उन्हें समझा दिया कि क्यों समाज दोनों में अन्तर महसूस करता है?

विचारों में मग्न बलेसर आगे बढ़ते हुए अपने बोरिंग तक पहुँच आये। उनका अनुमान था, बोरिंग चलाकर कूदन बत्तीस बिगहवा को पटा रहा होगा। लेकिन देखा,

बोरिंग का कमरा बन्द था। वहाँ आसपास कूदन भी नहीं। क्षण-भर के लिए वे ठिठक गये। कहाँ चला गया कूदन? अब उनकी नजरें कूदन की खोज में बत्तीस बिगहवा और उसके आसपास के खेतों की ओर दौड़ने लगीं। फिर यह सोचकर कि किसी जरूरत पर कहीं गया होगा कूदन, जल्द ही आ जायेगा। वे जामुन के चबूतरे की ओर बढ़ चले। फिलहाल उनका मन खुले में जामुन के चबूतरे पर बैठकर आराम करने की थी। लेकिन यह क्या? जामुन के चबूतरे पर बैठते ही वहीं दूसरी ओर नींद में साये कूदन पर उनकी नजर पड़ गयी। जामुन के मोटे तने के दूसरी तरफ वह सोया था, इसलिए आते हुए उन्हें नहीं दिखा था। उनका चबूतरा जामुन के तने के चारों ओर गोलाकार था जिससे दूसरी तरफ सोया, बैठा आदमी छिप जाता था। यह सोचकर कि यह कोई सोने का समय नहीं, उन्होंने आवाज दी—"कूदन।"

लेकिन कूदन नहीं जगा। वे जानते थे, एक आवाज में नहीं जागता कूदन। अब उन्होंने कुछ ऊँचे स्वर में दूसरी तथा तीसरी आवाज लगायी—"कूदन! कूदन!"

अब कूदन उठकर बैठ गया। फिर उन पर नजर पड़ते ही सकपका गया—"कब आये बाचा बाबू?"

"अभी आया...।"

"खेत सब सूख गये हैं बाचा बाबू। पटवन जरूरी है। खाद की माँग भी खेत कर रहे हैं...। एक पटवन और खाद के बाद खेत जी उठेंगे। तब हमारे धान पुष्ट होकर फूटेंगे। बाकिर ऐन मौके पर बिजली गायब हो गयी है...। जब देर तक लाइन नहीं आयी तो खोज-बीन के लिए निकला। वहीं पता चला कि ट्रान्सफारमर जल गया है। देखें, अब कब तक नया ट्रान्सफारमर आ पाता है...?"

यह खबर सुनते ही बलेसर का मन आहत हो उठा, जैसे राह चलते हुए ठोकर लग गयी हो। उनके पुत्रों ने अप्रिय प्रसंग छेड़कर पहले ही उनके मन को व्यथित कर दिया था, अब इस समस्या ने उनकी पीड़ा और बढ़ा दी। स्कूल में उनके विद्वान् संस्कृत शिक्षक अक्सर कहते थे—"प्रिय बोलोगे, प्रिय करोगे तो प्रिय घटित होगा। अप्रिय बोलोगे, अप्रिय करोगे तो परिणाम में अप्रिय ही पाओगे...।"

इस सम्बन्ध में अब बलेसर महसूस कर रहे थे, उनके पुत्रों ने अप्रिय की शुरुआत कर पूरा माहौल अप्रिय बना दिया था। अब उन्होंने कूदन से कहा—"जब बिजली ही नहीं तो यहाँ रहकर क्या करोगे? बोरिंग के कमरे में ताला बन्द कर कुंजी अपने साथ लेते जा। फिर रात में तुझे आना ही है। मैं यहीं से पुरुबारी पट्टी निहोरा राय के दालान पर जाऊँगा। वहाँ जुटान है। जुटान में जब तक कोई राय-मशविरा तय नहीं हो जाता। वह जारी रहेगी। ऐसे में कब घर पहुँचूंगा, कोई ठीक नहीं। तुम मेरी प्रतीक्षा मत करना। खाना खाकर बोरिंग पर आ जाना...।"

बलेसर जानते थे, नीलगायों से फसलों की रक्षा और बोरिंग के मोटर की रखवारी के प्रति कूदन स्वयं तत्पर रहता था। अब वह बलेसर से विदा ले चल पड़ा। लेकिन उसकी बात ने अब फिर से उन्हें बत्तीस बिगहवा की ओर केन्द्रित कर दिया। उनके

गाँव और आसपास के किसानों के दबाव पर ट्रांसफरमर तो फिर बदला जायेगा। पहले भी दो-तीन बार ट्रान्सफारमर की खराबी पर उनके गाँव के लोगों को समूह की शक्ल में बिजली ऑफिस का घेराव करना पड़ा था; तब ट्रान्सफारमर या तो बना दिया गया था या बदल दिया गया था। लेकिन अब शीघ्र खाद का इन्तजाम वे कैसे कर पायेंगे? पिछले वर्ष के धान के पैसे अभी तक पैक्स से प्राप्त नहीं हुए थे। उन्हें विश्वास था, खाद के दूसरे समय तक पैसे अवश्य मिल जायेंगे। उसी पैसे की प्रतीक्षा में वे अब तक खाद नहीं ले सके थे। उससे पहले के जो संचित पैसे बचे थे, रोपनी के समय का पहला खाद उन्होंने उसी से लिया था। लेकिन अब कहाँ से लें? अवश्य निहोरा भाई के दालान पर इसी को लेकर 'बिटोर' है। कई दिनों से इसकी चर्चा सुन रहे थे। उनकी तरह ही सभी किसानों को जरूरत है...। बाद में देकर ही वे क्या करेंगे? यह लोकोक्ति अब बरबस उनकी जुबान पर आ गयी—"का बरसा जब कृषि सुखानी!"

इस अवसर पर गाँव के वे लोग निश्चिन्त थे, जिनके घर का कोई सवाँग (सदस्य) शहर में नौकरीशुदा था। ऐसे आड़े वक्त नौकरी की आय से ही वे खाद खरीद लेते थे। फिर अनाजों की बकाया रकम पाते ही नौकरी की आय से लिये रुपये वापस रख देते थे। ऐसी सुविधा बलेसर को भी थी। लेकिन उन्होंने स्वयं इस सुविधा से अपने को वंचित कर लिया था। अपना हाथ खुद काट लिया था...।

उन्हें अच्छी तरह याद है, कुलराखन को सचिवालय से जब पहला वेतन मिला था तो वह उनके पास लेकर आया था—"इसे रख लीजिये पिता जी, यह मेरी पहली तनखाह है...।"

जवाब में उन्होंने कहा था—"शहर में रहते हुए तुम्हें इसकी ज्यादा जरूरत पड़ेगी...। अपने ही पास रखे रहो...। मुझे आवश्यकता नहीं...।"

इस पर उसने पुनः अनुरोध किया था—"मुझे जब जितनी जरूरत पड़ेगी, आपसे माँग लूँगा...।"

लेकिन बलेसर अपने निर्णय पर कायम रहे थे—"तुम अपनी आय अपने ही पास संचित रखो कुलराखन। यहाँ हम लोगों के लिए बत्तीस बिगहवा की आय ही बहुत है।"

कहने के लिए तो कह दिया था बलेसर ने लेकिन वे जानते थे, बत्तीस बिगहवा की आय क्या थी। अकसरुआ (अकेले) होने के चलते कुलराखन को वे नौकरी में जाने देना नहीं चाहते थे। उसे रोकने का भरसक प्रयास किया था उन्होंने। लेकिन उनकी इच्छा के खिलाफ वह नौकरी में चला गया था। इस स्थिति में अब उससे पैसा लेना अपनी और उसकी नजर में गिरना था जो अब उन्हें गवारा नहीं था। उन्हें इस बात का पूरा विश्वास था कि अगर उनके बेटे नौकरी में न जाकर उसके साथ खेती में ही लग जाते तब इसी बत्तीस बिगहवा से वे सोना उपजाकर गाँव को दिखा देते...। अपनी खेती को चमकाने की कई योजनाएँ उनके मन में थीं। लेकिन मानव सहयोग के अभाव में वे कुछ नहीं कर सकते थे। उन्होंने देखा था, गाँव में जिसके घर भी खेती से जुड़े

सदस्यों की संख्या अधिक होती, उसकी खेती निश्चय ही गाँव ऊपर रहती। इस स्थिति में अपनी इच्छा के खिलाफ नौकरी करनेवाले बेटे से वे पैसे ले ही नहीं सकते थे। अब जब कि वह खेती बेचने की बात कर रहा था। उससे पैसे लेना तो उसका मनोबल बढ़ाना था। अब भले ही खाद के अभाव में उसकी फसल कमजोर हो जाय, पर अपने बेटे से पैसे लेने की भूल वे हर्गिज नहीं करेंगे।

समय का अन्दाज कर बलेसर चल पड़े। उत्तरपट्टी के निहोरा राय से पहले दक्खिन पट्टी के अपने दोस्त चन्द्रदेव के यहाँ पहले पहुँचना उन्होंने तय किया। फिर चन्द्रदेव के साथ ही बिटोर में जाने का कार्यक्रम बना लिया। बलहारी गाँव में उनके एकमात्र दोस्त चन्द्रदेव ही ऐसे थे जिन पर न सिर्फ वे पूरा भरोसा करते, बल्कि चन्द्रदेव भी उन्हें ही अपना वास्तविक विश्वासपात्र मानते। वे दोनों तो बाल-सखा थे ही। जवानी में भी एक-दूसरे के पक्के संगतिया (दोस्त) रह चुके थे। स्कूली शिक्षा के दौरान तो वे एक-दूसरे से ऐसे घनिष्ठ थे कि उनमें से किसी एक के साथ किसी छात्र की तकरार हो जाती तो दोनों मिलकर उसे परास्त कर देते। यह बात स्कूल से लेकर गाँव तक सभी जानते थे। इसे लेकर कई शातिरों ने उन दोनों के बीच अनबन कायम करने की कोशिश भी की थी। कुछ क्षण के लिए उन दोनों को विचलित करने में वे सफल भी हो गये। लेकिन बात सामने आते और सच्चाई खुलते ही उनकी घनिष्ठता और बढ़ती चली गयी। अब वैसे शातिरों औंर साजिशकर्त्ताओं ने प्रयास करना भी बन्द कर दिया था, क्योंकि ऐसा करते हुए अब स्वयं उल्हा (आउट, बेनकाब) होने का डर उन्हें सताने लगा था।

बलेसर के पुत्रों ने जो प्रसंग छेड़ दिया था, उसने उनके अन्तरमन में जैसे भूचाल ला दिया था। अपनी पुश्तैनी खेती को अलविदा कह देना, जिस खेती से जुड़कर उनके खानदान की कई पीढ़ियाँ गुजर गयीं, गाँव से इलाके तक जिस खेती ने उन्हें प्रतिष्ठित बनाये रखा, उससे नाता तोड़ देना। अपने जवाब से कुछ समय के लिए पुत्रों को उन्होंने निरुत्तर जरूर कर दिया था, लेकिन जब उन्होंने आवाज़ उठायी है और खेती से अपने को समेटा है तो फिर अपना प्रयास वे जारी ही रखेंगे। ऐसे में किसी आत्मीय व्यक्ति से परामर्श के लिए उनका मन बेचैन हो गया था। उस आत्मीय व्यक्ति से अपने मन की बात कहने और उस आत्मीय के परामर्श जानने के लिए उनका मन आतुर था। किसी अन्य अवसर पर अपनी पत्नी को भी इस कार्य के लिए वे उपयोगी समझते थे। लेकिन पुत्रों के मामलों में वे देख चुके थे। उनकी हर बात मानने और उनकी हर इच्छा शिरोधार्य रखनेवाली पत्नी भी माता रूप में अब पुत्रों के साथ हो जाती थी। इस स्थिति में अब एकमात्र मित्र चन्द्रदेव ही उनकी दृष्टिपथ में नजर आ रहे थे।

बलेसर, जब चन्द्रदेव के दरवाजे पहुँचे, वे अपनी गाय को सहला रहे थे। नजदीक जाने पर उन्होंने देखा, उनकी गाय की पीठ पर एक ज़ख्म हो गया था, जिस पर चन्द्रदेव एक हाथ से मलहम लगा रहे थे तथा दूसरे हाथ से उसे सहलाते जा रहे थे ताकि वह सहजता से मलहम लगवा सके। बलेसर जानते थे, ऐसा कार्य कोई कुशल पशुपालक

किसान ही कर सकता है। इस मामले में चन्द्रदेव को प्रारम्भ से ही बलेसर देखते आ रहे थे। वे दो-तीन से कम गाय-भैंसें कभी नहीं रखते। अपने परिवार से अधिक दूध बेच देते। दूध के खरीदार सुबह-शाम बर्तन लेकर उनके दरवाजे पहुँच आते। बलेसर की उपस्थिति पर भी वहाँ दो खरीदार बर्तन लेकर मौजूद थे। अब बलेसर को देखते ही चन्द्रदेव खुशी से बोल उठे—"आओ बलेसर। आज मेरा मन कह रहा था कि तुम बिटोर के लिए इधर से ही जाओगे। अच्छा हुआ आ गये। पता नहीं क्यों, आज तुम्हारी याद खूब आ रही थी। बस, थोड़ी देर बैठो, इस गाय को दूहकर चलता हूँ। दो धेनें दुहा चुकी हैं। अब एक यही बाकी है...।"

बलेसर के लिए चन्द्रदेव का घर-द्वार चिर-परिचित था। दालान के बरामदे में पड़ी एक चौकी पर आराम से बैठ गये। अपने चहेते मित्र की उपस्थिति ने अब चन्द्रदेव को अतिरिक्त रूप से तत्पर और सक्रिय कर दिया था। अपनी धेनों को आराम से दूहनेवाले चन्द्रदेव के हाथ अब तेजी से चलने लगे थे। फिर जल्द ही वह गाय दूहकर उन्होंने फुर्ती से खरीदारों को दूध दे दिया। अब शेष दूध घर के अन्दर रख वे बलेसर के पास आ गये—"चाय पीकर इतमीनान से चला जायेगा बलेसर। अँधेरा घिरने से पहले जुटान में लोग नहीं पहुँच पायेंगे। सब अपने खेत-बधार और माल-मवेशी से निपटकर ही आते हैं...।"

"यही सोचकर मैं भी कुछ पहले आया चन्द्रदेव। इधर कई दिनों से तुम्हारे साथ बैठ नहीं सका, अपनी खेती-बारी और घर-गृहस्थी के गोरखधन्धे में फँसा रहा...।"

"तुम्हारे समाचार मुझे मिलते रहे हैं बलेसर। तुम्हारे बेटे आये हैं। लेकिन यह क्या सुन रहा हूँ। कुलराखन शायद खेत बेचने की बात कर रहा है। गाँव के उसके दोस्तों से मुझे यह जानकारी मिली है। दबी जुबान यह चर्चा पूरे गाँव में है।"

बलेसर जानते थे, परम्परा से खेती से जुड़े किसानों द्वारा खेत बेचना, संगी-साथी किसानों की नजर में किसी चोरी, अपराध या बेटी बेचने जैसे कुकृत्य से कम नहीं समझा जाता, शायद इसीलिए दबी जुबान पूरे गाँव में यह खबर व्याप गयी थी। लेकिन उनके बेटों को इससे क्या? गाँव की नजर से अब वे देख तो नहीं रहे थे। गाँव की नजर से देखना तो शायद अब वे भूल गये थे। जवाब में बलेसर ने कहा—"तुमने ठीक सुना है चन्द्रदेव। जिस भरोसे पर अपने सपूतों को पाल-पोसकर बड़ा बनाया, आवश्यकता भर उन्हें पढ़ाया भी, उन सपूतों ने मेरे उद्देश्य पर पानी फेर दिया। दूसरों की चाकरी करेंगे। लेकिन अपनी खेती के स्वाभिमान से नहीं जुड़ेंगे। मुझे 'सवांगी का जोड़' (घर के पुरुष सदस्यों का साथ) प्राप्त होता तो इसी बत्तीस बिगड्वा में खेती कर मैं गाँव को दिखा देता कि खेती कैसे की जाती है? लेकिन सहयोगियों के अभाव में चाहते हुए भी कुछ कर नहीं पा रहा हूँ...। एक 'घरवाह' कूदन क्या कर सकता है? उसका सारा दिन तो घर से बत्तीस बिगहवा आने-जाने में ही बीत जाता है।"

"इसे लेकर फिकर मत करो बलेसर! ऐसा सिर्फ तुम्हारे बच्चे ही नहीं, हर घर के बच्चे सोचने लगे हैं। अब शहर-बाजार के किसी दफ्तर में चपरासी का काम उन्हें भाता

है, लेकिन खेती गृहस्थी का अपना काम झंझट जान पड़ता है। ऐसे अधिकांश छोकरे सोचकर ही रह जाते हैं, क्योंकि शहर में सरकारी नौकरी अब आसान नहीं...। उनके लिये तो सिर्फ मिलिट्री की राह ही सुगम होती है। लेकिन मिलिट्री में जाना शहरी बनना नहीं होता। मिलिट्री के लड़के तो सेवानिवृत्त हो गाँव वापस आ खेती सँभाल लेते हैं। तुम्हारे कुलराखन को पढ़ते हुए ही शहर की सरकारी नौकरी मिल गयी, यह चमत्कार जैसा ही हो गया। उसी नौकरी से कुलराखन को पंख निकल आये हैं...।''

इससे पहले कि चन्द्रदेव और कुछ कहते, उनकी पुत्री सविता चाय लेकर आ गयी। चाय रखकर उसने बलेसर का चरण-स्पर्श किया। बलेसर के मुँह से आशीर्वाद के बोल फूट पड़े–''खुश रहो बेटा। सदा सुखी रहो। स्वस्थ रहो...।''

अब जैसे ही सविता वापस हुई, चन्द्रदेव ने कहा–''इसकी शादी तय कर दी है बलेसर। तगड़ा दहेज देना पड़ रहा है। लेकिन अच्छा घर-वर मिल गया। उसकी खेती मुझसे भी अच्छी है। अब दहेज के लिए दिक्खिनी बधार के दो बीघे खेत मुझे रेहन रखने हैं बिना रेहन रखे काम चल ही नहीं सकता...।''

यह सुन बलेसर अपने को रोक नहीं सके–''रेहनवाले खेत जल्द छूटते नहीं चन्द्रदेव। वे एक परेशानी बन जाते हैं...।''

''ऐसा क्यों सोच रहे हो बलेसर? पूरे गाँव में रेहन रखकर ही तो लोग बेटी की शादी करते हैं। फिर बेटी को दिया बेटे में वसूलकर खेत छुड़ा लेते हैं। जिसे बेटे नहीं होते फिर उसके खेत तो बेटी के ही होते हैं। बेटी के ससुरालवाले अपनी गरज से उसे छुड़ाते हैं...।''

चन्द्रदेव की इस बात पर अब दोनों मित्र क्षण-भर मौन रह चाय पीने लगे। चाय पीते हुए ही चन्द्रदेव ने अब पूछा–''तुमने कुलराखन को क्या जवाब दिया बलेसर?''

''क्या जवाब देता चन्द्रदेव। गुस्से में तो मन कर रहा था कि तीनों लौंडों को घर से भगा दें। कह दें कि तुम तीनों शहर चले जाओ। इस घर में और इस गाँव में फिर दुबारा कदम मत रखना। लेकिन इस ढलती उम्र में खून का घूँट पीकर रह गया। पत्नी भी तो माँ बनकर अब बेटों के साथ हो गयी है। ऐसे में समझ-बूझ से काम लिया। उसके सारे तर्कों को काटकर उसके ख्वाब को चकनाचूर कर दिया...।''

''ठीक किया बलेसर। अपनी जमीन छोड़कर हवा में उड़नेवाले औंधे मुँह गिरते हैं। लेकिन उससे पहले ही उनका पर कतर दिया जाय तो इससे अच्छा और कुछ नहीं होता। पर तुम्हारा कुलराखन इस तरह जल्द परास्त होनेवाला नहीं, क्योंकि शहर में ढंग की नौकरी ने उसके मन को सातवें आसमान में पहुँचा दिया है। उसके शहरवासी मन को साथ रहनेवाले दोनों भाइयों से और बढ़ावा मिल रहा है। इस सम्बन्ध में वह फिर-फिर अपना प्रस्ताव और प्रयास जारी रखेगा। इसे लेकर आगे तुम क्या करोगे? तुम्हें भी अपना पक्ष निर्धारित कर लेना चाहिए...।''

''मैं क्या कर सकता हूँ चन्द्रदेव? इस पूरे गाँव में मेरा तुमसे बड़ा शुभचिन्तक और घनिष्ठ मित्र कोई दूसरा नहीं। अब इस अवस्था में मुझे क्या करना चाहिए; तुम्हीं

बताओ? स्वयं मुझे कुछ भी सूझ नहीं रहा। वे माँ-बेटे चार की संख्या में जब लगातार दबाव बनायेंगे, तो अकेले का मेरा विरोध कब तक कायम रह सकेगा?''

''तुम्हारे साथ ऐसा कुछ भी नहीं होगा बलेसर। मेरे रहते तुम अपने को कभी अकेला मत समझो। जब जिस अवसर पर खोजोगे, मैं तुम्हारे साथ खड़ा हो जाऊँगा। अब समय आ गया है कि बचपन और जवानी की अपेक्षा इस बुढ़ापे में हमारे लिये एक-दूसरे का संग-साथ ज्यादा जरूरी है...।''

''तो बताओ बलेसर, अब अगर फिर-फिर वे प्रयास करें, अपना प्रस्ताव रखें तो मुझे क्या करना चाहिए?''

''बुढ़ापे में अपने बाल-बच्चों से हमें उलझना नहीं बलेसर। उनसे सीधे तकरार मोल लेना भी ठीक नहीं। सख्त विरोध की जगह हमें असहयोग से काम निकालना है। अब वे जब भी तुमसे आग्रह करें तुम शान्त-सहज शब्दों में अपना स्थायी जवाब उन्हें सुना दो कि अपने जीवन में यह पुश्तैनी खेती मै नहीं बेच सकता। मेरे पिता जी ने बचपन में ही मुझसे यह सौगन्ध ले लिया था कि मुझे जो कुछ करना है, अपने उपार्जन से ही करना है। पुरखों-पुरनियों और दादों-परदादों की इस खेती को नहीं हटाना, इसमें उनकी आत्मा बसी हुई है, इसलिए अपने जीते जी यह काम मैं नहीं कर सकता। मेरे बाद जब तुम लोग मालिक बन जाओगे तो जो मन में आये करना, मैं देखने तो आऊँगा नहीं, इसलिए मुझसे यह बात अब तुम लोग मत कहा करो। मैं किसी भी हालत में अपने माथे पर यह कलंक नहीं ले सकता। और फिर तुम देखना बलेसर, तुम्हारे इस स्थायी जवाब से वे निरुत्तर हो जायेंगे। फिर तुम्हारे बाद तो तुम्हारी पुश्तैनी खेती वे चाहते हुए भी आसानी से बेच नहीं सकेंगे, क्योंकि तब तुम्हारी पत्नी के साथ तुम्हारे सारे वंशज उसके समान हकदार हो जायेंगे, तीनों बेटों के साथ बेटी सुरभि भी। ऐसे में उन सबकी राय एक हो ही नहीं सकती। तुम्हारे स्वामित्व पर वे एक हुए हैं, अपने अलग-अलग स्वामित्व पर वे एक नहीं हो सकते। जो काम चाहते हुए भी हम नहीं कर पाते, समय उसे उसे करा देता है बलेसर। समय बड़ा प्रबल होता है। अपने जवाब के बाद तुम सब-कुछ समय पर छोड़ दो। कोई जरूरी नहीं कि कुलराखन की तरह तुम्हारे अन्य दोनों बेटों को ढंग की नौकरी मिल ही जायेगी। सुख-सुविधा में पढ़े तुम्हारे वे बेटे प्रतिकूल नौकरी में नहीं जा सकते और अनुकूल नौकरी आज के युग में टेढ़ी खीर है। तब फिर जीविका के स्थायी स्रोत अपने इन खेतों को छोड़कर वे कहाँ जायेंगे? लौट पीटकर अपनी परम्परित खेती को ही वे अपनायेंगे। फिर कुलराखन को भी इसे बेचने से रोकेंगे। और अगर उन्हें नौकरी मिल भी गयी, तब भी अपने खुद के स्वामित्व पर उनका उद्देश्य एक नहीं रह जायेगा। इस तरह हमें यह मानकर चलना है बलेसर कि अगर हम स्वयं अपनी खेती नहीं बेचेंगे तो बाद में भी वे कायम रह सकेंगे। यह मानने के सिवा हम कुछ कर भी नहीं सकते। हमारे अधिकार-क्षेत्र में बस इतना भर ही है...।''

चन्द्रदेव का परामर्श सुन बलेसर का मन आश्वस्त हो गया। उनके डाँवाँडोल मन को जैसे मजबूत सहारा मिल गया। इस सम्बन्ध में अपने उद्‌गार व्यक्त करने से वे अपने को रोक नहीं सके–"तुम बहुत सूझ-बूझ रखते हो चन्द्रदेव। इस स्थिति में यही माकूल राह हो सकती है...। तुमने बहुत अच्छी राह सुझा दी। अब मेरा मन स्थिर हो गया। तुमने तो मेरी सारी चिन्ता ही दूर कर दी...।"

इस पर चन्द्रदेव ने कहा–"अब निश्चिन्त होकर चलो बिटोर में। अँधेरा घिर रहा है। यह बिटोर और पहले होना चाहिए था। अब चुप रहने से हम किसानों का काम चलनेवाला नहीं...। इस विटोर में कोई निर्णय ले ही लेना है...।"

बलेसर ने देखा, सामने की गली से कुछ लोग आगे बढ़ते जा रहे थे। शायद बिटोर में जानेवाले लोग ही थे। अब चन्द्रदेव ने दरवाजे के अन्दर से ही अपनी आवाज घर के अन्दर पहुँचा दी–"हम बिटोर जा रहे हैं। महँगू बाजार से आटा पिसवाकर आ रहा होगा। वह धेनों (गायों) को देखेगा...।"

बलेसर जानते थे, कूदन की तरह महँगू, चन्द्रदेव का घरवाह था। निकट के बाजार में ही आटा चक्कियाँ थीं। बलहारी के लोग वहीं से आटा पिसवाते थे। अब वे दोनों मित्र चल पड़े। इस क्षण चन्द्रदेव की वह बेटी भी दरवाजे पर आ गयी थी जो चाय लेकर आयी थी। शायद इस बार उसकी उपस्थिति घर के अन्दर चन्द्रदेव की आवाज पहुँचने की सूचना पर थी।

•

निहोरा राय के दालान पर चार-पाँच लालटेनें टँग चुकी थीं। आनेवाले लोग दालान में बिछी चौकियों पर बैठते जा रहे थे। बलेसर को यह समझते देर नहीं लगी कि ट्रान्सफारमर की खराबी ने ही लालटेनें टँगवा दीं। बिजली रहने पर यह बड़ा दालान जगमगा उठता था। हालाँकि अभी कुछ ही वर्षों से इस गाँव में बिजली आयी है, लेकिन उसकी आपूर्ति इतनी बाधित रही है कि लालटेनों की परम्परा खत्म नहीं हुई।

बलेसर जानते थे, निहोरा राय का स्थान गाँव के दो-तीन बड़े किसानों में था। पूरे चालीस बीघे के वे काश्तकार थे। उनका दालान गाँव का सबसे बड़ा दालान था। उस दालान में एक साथ बीस से पच्चीस चौकियाँ बिछ जाती थीं। हालाँकि उस दालान पर बिटोर की वजह सिर्फ उसका बड़ा होना ही नहीं था। बलेसर के दालान पर भी बिटोर हो चुका था। बलेसर से छोटे किसानों के दालानों पर भी। अपने यहाँ बिटोर की सूचना लेकर जो पूरे गाँव में दौड़ जाता, उसके दालान पर ही लोग जुटते। इस मामले में निहोरा राय सबसे अधिक सक्रिय थे। वे न सिर्फ कृषि-कार्यों में विशेष रुचि रखते, बल्कि कृषि की समस्याओं से निपटने में भी उनकी तत्परता पूरे गाँव में सबसे अधिक होती। इसलिए उनके यहाँ की जुटान में एकत्रित लोगों को भी अच्छा लगता, क्योंकि उस बड़े दालान में उन्हें आराम से बैठने और बोलने की सुविधा रहती।

बलेसर और चन्द्रदेव वहाँ पहुँचते ही एक चौकी पर आराम से बैठ गये। बस, निहोरा राय का चरवाह (घरवाह) जीतन उनके पास गुड़ और पानी लेकर आ गया। अपने यहाँ की जुटान में पहुँचनेवालों को निहोरा राय जलपान अवश्य कराते थे।

लेकिन चन्द्रदेव ने उसे आगे बढ़ा दिया–"हम अभी-अभी चाय पीकर चले हैं जीतन। जाओ, दूसरे लोगों को पिलाओ...।"

देखते-ही-देखते गाँव के अधिकांश लोग वहाँ एकत्रित हो गये। यह अनुभव कर कि बिटोर में पर्याप्त लोग जुट आये, निहोरा राय ने सबको एकत्रित करने की वजह का खुलासा करना शुरू कर दिया–"भाइयो, यह जुटान मैं और पहले बुलानेवाला था, लेकिन पत्नी की बीमारी में दस दिनों तक फँसा रहा। अभी कल ही शहर से लौटा

हूँ...। फिलहाल अपनी खेती को हमें बचाना है। मैं बेचैन था कि कब शहर से गाँव पहुँचूँ, इसलिए आते ही जुटान बुला दी...।''

यह सुनते ही बलेसर बीच में ही पूछ उठे—''क्या हो गया था आपकी पत्नी को। पहले तो किसी ने कुछ नहीं बताया।''

जवाब में निहोरा राय के छोटे भाई मनोहर ने स्पष्ट कर दिया—''गाल ब्लाडर में स्टोन हो गया था। परेशानी इतनी बढ़ गयी थी कि शहर के डाक्टर से ऑपरेशन कराना पड़ा...।''

इस पर बलेसर ने अपनी सहमति व्यक्त की—''ठीक हुआ। मैंने सुना है, गाल ब्लाडर में पथरी का इलाज ऑपरेशन ही होता है...।

सुख-दुःख के समाचारों का आदान-प्रदान और न बढ़े यह सोचकर चन्द्रदेव ने अब तत्क्षण मुख्य विषय पर सबको केन्द्रित करने की कोशिश की। खेती की समस्या से उबलते-उफनते चन्द्रदेव बोल उठे—

''निहोरा भाई का कहना बिल्कुल जायज है...। यह जुटान और पहले होनी चाहिए थी। पानी अब गले से ऊपर बहनेवाला है। अगर आज हम लोग यहाँ नहीं जुटते तो कल-परसों में यह जुटान मैं अपने यहाँ अवश्य बुलाता...।''

चन्द्रदेव के इस संकेत पर अब निहोरा राय मुख्य विषय पर आ गये—''तो भाई लोगो! इस जुटान के उद्देश्य से आप अनभिज्ञ नहीं होंगे। वैसे तो हमारी खेती को लेकर अनेक समस्याएँ बनी हुई हैं जिन पर पहले भी हम चर्चा कर चुके हैं। यहाँ पुनः अन्त में हम उनके निराकरण का मार्ग ढूँढ़ेंगे। लेकिन फिलहाल जो दो बड़ी समस्याएँ हमारे समक्ष उपस्थित हैं उनका समाधान हमें तत्काल ढूँढ़ना है। ये समस्याएँ पानी और खाद को लेकर हैं। पानी के अभाव में हमारे खेत सूख रहे हैं। धान के लहराते पौधे मुरझाने लगे हैं। अगर इनका त्वरित निदान हम अभी नहीं कर सके तो इस वर्ष धान की हमारी खेती बर्बाद हो जायेगी। इस सूखे का असर रबी की खेती पर भी पड़ेगा...।''

निहोरा ने जिन शब्दों से बैठक की शुरुआत की बलेसर उससे अवगत थे। निहोरा के वर्ग सहपाठी थे बलेसर। पढ़ने-लिखने में बलेसर भी अच्छे थे। लेकिन निहोरा का स्थान पूरे वर्ग में अव्वल था। बलेसर की तरह ही अपनी अच्छी खेती के चलते निहोरा के पिता ने उन्हें मैट्रिक के बाद आगे पढ़ने नहीं भेजा, अब गाँव की बैठकों में निहोरा की वह काबिलियत फूट पड़ती थी।

''निहोरा भाई बिल्कुल ठीक कह रहे।''—जगतनारायण अब बीच में ही बोल उठे—''मेरे सात बिगहवा के धान मर रहे हैं भाई लोग। खूब अच्छी उठान लेकर बढ़े थे। अब उनके रेंड़ने का समय था। लेकिन खाद और पानी के अभाव में वे चौपट हो रहे हैं...।''

यह सुनते ही बहोरन सिंह बोल उठे—''तुझे सिर्फ अपना सत बिगहवा दिखता है...मेरे पच्चीस बीघे के धान खत्म होने की कगार पर हैं। उन्हें देखता हूँ तो समझ नहीं पाता हूँ कि क्या करूँ। दुःख भी होता है और गुस्से से खून भी खौल उठता है...।''

यहाँ फिर लोगों को विषयान्तर होने से चन्द्रदेव ने रोकने की कोशिश की–''भाई लोगो, हमें एक-एक कर अपनी खेती की व्यथा नहीं सुनानी। जिनके खेत खाले में हैं और जिन्होंने ब्लैक से भी खाद खरीदने के पैसे सँजो रखे हैं, वैसे दो-चार लोग ही हैं। उनके अतिरिक्त पूरे गाँव की हालत एक जैसी है, 'जो गति तोरी, सो गति मोरी' वाली स्थिति, इसलिए हमें सामूहिक रूप में ही अपनी बात रखनी है:...।''

चन्द्रदेव के इस संकेत पर निहोरा राय ने अब जुटान की कमान सँभाल ली–''तो भाइयो, चन्द्रदेव का कहना जायज है। हम सबकी स्थिति एक जैसी ही है। फिलहाल अपनी इस स्थिति के समाधान के लिए ही हम यहाँ जुटे हैं। हमें आपस में सनमत-सलाह (संयुक्त सहमति) से यह तय करना है कि अपनी इस समस्या को हम तत्काल कैसे दूर कर सकते हैं। जैसा कि मैं कह चुका हूँ और आप सब लोग महसूस कर रहे हैं, पानी और खाद को लेकर हमें अभी कुछ करना है। इनमें से एक-एक पर हमें निर्णय लेना है। अगर समय रहते अभी हम कुछ नहीं कर सके तो बाद में फसल की बर्बादी पर सिर्फ पछताकर रह जायेंगे...।''

''नहीं निहोरा भाई। हम महटिआयेंगे नहीं। जो कुछ करना होगा, अभी करेंगे। इस तरह अपनी खेती चौपट होते नहीं देख सकते–'' पराहू सिंह बोल उठे। यह सुनते ही निहोरा अब मुद्दे पर आ गये–''तो ठीक है भाई लोगो। पहले खाद पर हम विचार कर लें, फिर पानी पर निर्णय करेंगे...। हमारे ऐन मौके पर यूरिया की कालाबाजारी शुरू हो गयी है। कालाबाजारीवाले जानते हैं कि इस समय हमारे धान की फसल को यूरिया की अत्यन्त आवश्यकता है। जैसा कि आप जानते हैं, सरकार ने हम किसानों के लिए यूरिया का मूल्य निर्धारित कर रखा है। हमारे क्षेत्र में वितरण की दूकानें भी हैं। लेकिन वे दूकानें अक्सर बन्द रहती हैं। खुलती भी हैं तो वितरण साफ जवाब दे देते हैं–'निधारित रेटवाला यूरिया अभी नहीं आया...।'' लेकिन हम देख रहे हैं, वही यूरिया खुले में मनमाने दामों पर बिक रहा है। इसके लिए हमें समूह में चलकर अपने हक के लिए आन्दोलन करना है। हमारे चुपचाप बैठे रहने से कुछ होनेवाला नहीं। पिछले वर्ष हमारे आन्दोलन पर ही नहर का रुका हुआ पानी आया था और सरकारी रेट पर बीज वितरण की धाँधली भी रुकी थी। हमें यूरिया वितरण की सरकारी दूकानों पर चलकर ताला जड़ देना है। जब निर्धारित रेट पर वह हमें मिलना ही नहीं तब उन वितरण केन्द्रों को क्यों खुले रहना। इसके बाद हमें ब्लाक ऑफिस का भी घेराव करना है। जैसा कि हम सभी जानते हैं, हम किसानों के लिए सरकारी राहत की जो भी योजनाएँ बनती हैं, उसका क्रियान्वयन ब्लाक से ही होता है, इसलिए निर्धारित दर पर यूरिया का वितरण न होने का भागीदार ब्लाक आफिस ही है। लेकिन भाइयो, यूरिया खरीद के लिए हमारे पास रुपये भी तो चाहिए। हमारे आन्दोलन पर यूरिया का वितरण होने लगे तो उसे तत्काल हमें खरीद लेना है। इसलिए अब सबसे पहले हमें पैक्स में फंसे पिछले वर्ष के बकाये का भुगतान चाहिए। बिना भुगतान हाथ में आये यूरिया

की लड़ाई लड़कर भी हम कुछ नहीं कर सकेंगे। जहाँ तक मैं समझता हूँ, हममें से अधिकांश लोगों के पास खाद के लिए पहले से संचित रुपये नहीं...। घर खर्च, महँगाई और खेती में लागत इतनी है कि हमारे पास संचित रुपये ठहर ही कहाँ पाते हैं। अब समय आ गया है कि एक साथ कई मोर्चों पर हमें लड़ना है। पहले की तरह हाथ-पर-हाथ रखकर खेती करने का समय अब नहीं रहा...।''

यह सुन बलेसर अब अपने को रोक नहीं सके—''निहोरा भाई, हम हर मोर्चे पर लड़ेंगे...। अभी सबसे पहले पैक्स से हमें निपटना है...।'' पैक्स ने इस बार हमें जबर्दस्त धोखा दिया। धान लेने के बाद दो माह के अन्दर ही भुगतान का आश्वासन दिया था। लेकिन एक वर्ष होने जा रहे हैं। हम समझते थे कि पिछले वर्ष बिके हमारे धान के वे रुपये पहले ही मिल जायेंगे...। अपने उन्हीं रुपयों को ध्यान में रखकर हमने इधर-उधर से कुछ भी इन्तजाम नहीं किया। अब इस समय तो वे रुपये हर हालत में हमें मिलने ही चाहिए। अपने उन रुपयों के लिए हमें जो करना हो सब करेंगे। हमारे खून-पसीने और खेतों की वह कमाई है, किसी की बपौती नहीं...।''

नयी कृषि-व्यवस्था में सरकारी स्तर पर धान खरीद के तीन क्रय केन्द्र बनाये गये थे पैक्स, व्यापार मण्डल और राज्य खाद्य निगम। इन क्रय केन्द्रों की स्थापना के तहत सरकार का यह उद्देश्य प्रचारित किया गया कि व्यापारियों की लूट से किसानों को बचाने के लिए निर्धारित सरकारी दर पर बोनस के साथ धान की खरीद होगी ताकि किसानों को अपनी फसल का उचित मूल्य प्राप्त हो सके। लेकिन सरकार की अन्य कल्याणकारी योजनाओं की तरह यह योजना भी हाथी के खाने और दिखानेवाले दाँतों ही तरह की साबित हुई। इसमें पैक्स को अपने निकट पा बलहारी के किसान उसी में अपने धान बेचते रहे। लेकिन पैक्स में धान खरीद के जो नियम बनाये गये, उससे किसानों की अपेक्षा विचौलिये और पैक्स अध्यक्ष ही लाभान्वित होते रहे। धान में नमी के आधार पर उसे जल्द न खरीदना। नमी का बहाना पैक्सों के लिए सबसे कारगर। नमी मापक यन्त्र क्रय केन्द्रों पर रखने की योजना के बावजूद क्रय केन्द्र नहीं रखते और हाथ से ही धान देखकर घूस के लिए नमी का आरोप लगा देते। नमी के अतिरिक्त अन्य तत्त्वों की अधिक मात्रा के नाम पर भी बहाना, जैसे मिट्टी, भूसा, बदरंग, अंकुरित, डैमेज, अपरिपक्व, निचली श्रेणी के धान आदि। खरीद के लिए खेतों की रसीद आवश्यक। कई संयुक्त परिवारों में मृत व्यक्ति के नाम पर ही मालगुजारी की रसीद। बिना बँटवारा रसीद अलग नहीं। इस स्थिति में पैक्स को न खरीदने का बहाना। इससे बिना बिचौलियों को सुविधा शुल्क दिये यह सरकारी बाधा किसान पार नहीं कर पाते। ऐसी बाधा पार कर ही बलहारी के किसानों ने धान बेचे थे। लेकिन अब भुगतान को लेकर भी यह नयी बाधा पैदा हुई, जिसके तीव्र प्रतिकार के लिए बलेसर का गुस्सा फूट पड़ा।

बलेसर की तीखी प्रतिक्रिया सुन जयराम सिंह ने उसे ठण्ढा करने की कोशिश की—''धान बिक्री का हमारा वह पैसा हमें मिलना ही है। हमारे धान खरीद की उन्होंने

पक्की रसीद दी है। वह सरकारी रसीद है। सरकारी रसीद का भुगतान कोई रोक नहीं सकता... ।"

बलेसर जानते थे, जयराम पैक्स अध्यक्ष का दलाल है। पैक्स अध्यक्ष के साथ उसकी मिली भगत है। घूस देनेवाले किसानो को मुँह न खोलने की हिदायत दे गोपनीय रूप से उनका भुगतान करा देता है। अपने धान का पैसा भी यह चुपके-चुपके पा चुका है, इसलिए बात को अब दूसरी ओर घुमा रहा है, लेकिन यहाँ बलेसर से वह बच निकलनेवाला नहीं–"कौन कहता है कि सरकारी रसीद का पैसा मिलना ही है। हम इस मुगालते में नहीं रहेंगे जयराम। चीनी मिलवाली बात तुम चार वर्ष में ही कैसे भूल गये। ईख बिक्री की रसीद, अभी तक हम सबके पास है। लेकिन कहाँ हुआ उसका भुगतान? मिल बन्द होने के बाद अपने भुगतान के लिए हम दो-तीन वर्षों तक खूब दौड़ते रहे। सिर्फ कहने और सान्त्वना देने के लिए अधिकारियों ने कहा कि सरकारी स्तर पर उसका भुगतान हो जायेगा। अब बीतते समय के अनुसार यह कहते हुए अधिकारियों ने उसे ठण्डे बस्ते में डाल दिया कि हम प्रयासरत हैं, मिल फिर से चालू हो जाय, तब सबका भुगतान निश्चय हो जायेगा।"

बलेसर की इस बात से क्षण भर में ही सबके मस्तिष्क में उस समय की याद ताज़ा हो गयी जब इस गाँव में ईख की खेती खूब होती थी। इलाके में ईख की खेती के लिए बलहारी गाँव जाना जाता था। जब खेतों से ईख कटते और उनके बण्डलें मिल में जाने लगते तब खेत से गाँव तक की हवा में ईखों की मिठास ब्यापती रहती। तब इधर-उधर मधुमक्खियाँ भनभनाती नजर आतीं। उस वक्त खेत-खलिहान में आते-जाते किसान ईख चूसना नहीं भूलते। कई लोग तो सुबह मुँह धोते हुए अपने खेतों की ओर ही निकल जाते। फिर किसी टोपरी से तैयार एक गठा हुआ (पका हुआ) ईख तोड़ वहीं मेंड़ पर बैठ उसे चूसते हुए 'खराई मेटवान' (जलपान) कर लेते। लेकिन चीनी मिल बन्द होते ही वह सारा परिदृश्य बदल गया। गाँव से वह मिठास गायब हो गयी।

बलेसर की यह बात सुनते ही मास्टर जगतनन्दन बोल उठे–"बलेसर का कहना बिल्कुल सही है। सरकारी रसीद का अब कोई भरोसा नहीं। खाऊँगा तो जानूँगा। वह रसीद रखकर ही हम क्या करेंगे। मिल में ईख बेचने और पैक्स में धान देने की रसीदों से भी पक्की और बड़ी रसीदें लेकर अनेक किसान भटक रहे हैं। समाचार-पत्र समय-समय पर उनकी व्यथा को प्रकाशित भी करते रहे हैं। ये वे किसान हैं जिनकी जमीन सरकार ने सड़क और बाँध के निर्माण में या किसी अन्य परियोजना के लिए ले ली है। इनमें से कुछ ने सम्बन्धित अधिकारियों को कमीशन दे मुआवजा राशि प्राप्त कर ली। जो सरकार के भरोसे रहे उनके कुछ प्रतिशत ही मिले, शेष के लिए रसीदें लेकर वे हलकान-परेशान हैं, इसलिए हमें रसीदों पर नहीं महटियाना। उसका भुगतान ले लेना है। भुगतान में विलम्ब से यह बात स्पष्ट है कि देनेवाले की मन्शा साफ नहीं... । इधर तो समाचार-पत्रों में एक क्षेत्र के पैक्स द्वारा किसानों को नकली रसीद

देने का एक ऐसा मामला प्रकाश में आया है जिसने रसीदों पर से भरोसा ही उठा दिया है... ।''

मास्टर जगतनन्दन गाँव के उन चन्द किसानों में थे जो नौकरी करते हुए खेती से जुड़े रहे। गाँव की पाठशाला से शुरुआत कर इलाके के विभिन्न स्कूलों में रहते हुए वे अपनी खेती भी सँभालते थे। पिछले कुछ वर्षों से सेवानिवृत्त हो अब पूरी तरह खेती में ही लग गये थे। फिर भी रेडियो और समाचार-पत्र से देख-समाज का हाल जानना वे नहीं भूलते। पास के कस्बे से प्रतिदिन समाचार-पत्र मँगा लेते थे। गाँव के कई पढ़े-लिखे लोग इस लालच में ही उनके दालान पर जमे रहते कि वहाँ उन्हें रेडियो सुनने और समाचार-पत्र पढ़ने को मिलेंगे।

मास्टर जगतनन्दन की बात को तपेसर ने और साफ कर दिया–''पैक्स की मन्शा हम किसानों के प्रति एकदम खराब है। पहले हमसे खेतों की रसीदें ली गयीं। फिर यह कहा गया कि अब हमारा भुगतान सीधे हमारे बैंक खाते में जायेगा। इसके लिए हम सबसे बैंक में खाता खुलवाया गया। अब जबकि हम सबके खाते हैं तब हमारे पैसे वे क्यों नहीं भेजते? इसके लिए हमें सिर्फ दबाव ही नहीं बनाना, उनका जीना हराम कर देना है। वे हमारे अपने खेतों की उपज के पैसे हैं। अपना खून-पसीना बहाकर अपनी वह उपज उन्हें दी है। अब सबसे पहले अपने उन पैसों के लिए हमें पैक्स से ब्लाक तक की घेरेबन्दी का कार्यक्रम तय करना है... ।''

''हाँ, हाँ इस कार्यक्रम में हमें अब देर नहीं करना चाहिए... ।'' काशीनाथ ने छूटते ही तपेसर की बात का समर्थन किया। इस समर्थन में कई किसानों ने अपनी सहमति जतायी–''अब एकमात्र यही रास्ता है। इसमें विलम्ब करना उचित नहीं... ।''

इस पर मास्टर जगतनन्दन अब पुनः बोल उठे–''हाँ, तो निहोरा भाई, अब पहला कार्यक्रम धान के हमारे बकाये पैसों की वसूली के लिए जुझारू संघर्ष का होना चाहिए। और यह कार्य एक-दो दिन के अन्दर ही हो। इसका समय तय करके ही अब दूसरी समस्या पर हम बात करें।''

लेकिन इससे पहले कि निहोरा राय कुछ कहें, रजेसर तपाक से बीच में कूद गया–''अभी कल ही पैक्स अध्यक्ष से मैं मिला था। अपने भुगतान के लिए उनसे मेरी बातचीत हुई है। उन्होंने मुझसे साफ कहा है कि दो दिनों के अन्दर सबके खाते में पैसे चले जायेंगे। उन्होंने यह भी बताया कि अगली बार से तनिक भी विलम्ब नहीं होगा। इस बार नये नियम के चलते विलम्ब हुआ। पुराने नियम पर धान खरीदे गये, तब तक खाते में भेजने का नया प्रावधान आ गया। अब नये नियम के अनुसार सबके खाते खुले। फिर पुराने नियम पर खरीदे धान को खाते में भेजने की कागजी कार्रवाई हुई। उसमें समय लगा। उन्होंने मुझे बताया कि अब जाकर सारा काम दुरुस्त हो गया है। भुगतान में अब देर नहीं होगी... ।''

बलेसर जानते थे, जयराम के बाद रजेसर ही पैक्स का दूसरा दलाल था, बल्कि जयराम से भी बढ़कर। उसने देख लिया कि पैक्स के खिलाफ पूरा गाँव संगठित हो

गया, इसलिए वह भी बीच में कूद आया। लेकिन बलेसर यहाँ उसकी दलाली चलने नहीं देंगे...। उसके मन्सूबे को ध्वस्त करने के लिए अब वे बोलने ही जा रहे थे कि निहोरा राय ने रजेसर को घेर लिया—"हाँ तो भाई लोगों, रजेसर कह रहा है कि पैक्स से अब हमारा भुगतान दो दिनों के अन्दर हो जायेगा...। तो यह बात हम रजेसर पर ही छोड़ देते हैं। रजेसर! अब इस जुटान के बाद तत्काल तुम्हें सीधे पैक्स अध्यक्ष से मिलकर हमारा निर्णय बता देना है। अगर दो दिनों के अन्दर हमारे खातों में पैसे नहीं आयेंगे तो फिर वे जानेंगे और उनका काम जानेगा। फिर तुम्हारे नाम पर भी बट्टा लग जायेगा। पूरे गाँव में तुम्हारे नाम की भद होगी...।"

निहोरा राय की बात सुन रजेसर की बोलती बन्द हो गयी, जैसे उसकी चोरी पकड़ ली गयी हो। बलेसर जानते थे, उनकी तरह सारे गाँव को रजेसर भी दलाली का पता था। गाँव में एक-दूसरे के लिए कुछ भी गोपनीय कहाँ था? कौन क्या करता है? किसकी किससे बनती है कौन किस घाट का पानी पीता है? किसकी, किससे हितारो है और किससे मुखालफत सब जानते रहते थे।

एक क्षण तक मौन रहने के बाद रजेसर को लगा कि कहीं उसकी पोल न खुल जाय, इसलिए वह बोल उठा—"भाइयो। जुटान के निर्णय के अनुसार मैं पैक्स अध्यक्ष को सब-कुछ बता दूँगा। कह दूँगा कि अपने कहे अनुसार दो दिनों के अन्दर हम सबका भुगतान कर दें...।"

इस पर बलेसर अब अपने को रोक नहीं सके—'कर दें नहीं रजेसर, करा देना है...। तुमसे जब उनकी बात हुई है तो तुम्हें दो दिनों के अन्दर हमारा भुगतान करा देता है?"

यह सुन रजेसर भी अब गर्म हो उठा—"मैं करा कैसे सकता हूँ? पैक्स पर मेरा अधिकार ही क्या? मैं बटोर की राय उन्हें बता दूँगा...। किन्तु बलेसर! तुम जो 'भाखा' बोल रहे हो वह मैं समझ रहा हूँ। उड़ती चिड़िया में हल्दी लगाना जानता हूँ। तुम अपने को समझते क्या हो? अपने से मुझे कम मत बूझो। जैसे तुम इस बिटोर में आये हो, वैसे ही मैं भी आया हूँ...।"

निहोरा राय को लगा कि कहीं आपस में तू-तू, मैं-मैं होकर बात बिगड़ न जाय, इसलिए तत्क्षण बीच में कूद गये—"रजेसर का कहना सही है बलेसर। वह पैक्स अध्यक्ष को बिटोर की राय बता देगा। लेकिन जब रजेसर से दो दिनों के अन्दर भुगतान करने के लिए उन्होंने कहा है तो उन्हें करना ही होगा। रजेसर से झूठ बोलकर हम उन्हें नहीं निकलने देंगे...।"

निहोरा राय ने अपनी अक्ल से रजेसर और बलेसर दोनों को शान्त कर दिया। वहाँ एकत्रित सब समझ गये कि निहोरा ने समझदारी से काम लिया है। रजेसर अब भुगतान कराकर रहेगा। इससे पहले कि कोई और बोले पानी के लिए परेशान यदुनाथ ने तत्काल दूसरी बात आगे बढ़ा दी—"एक मसले पर तो हमने निर्णय कर लिया भाइय! जैसे इतने दिनों तक प्रतीक्षा की, वैसे और दो दिन कर लेंगे। लेकिन दो दिन

के बाद हमारा भुगतान नहीं होगा तो फिर हमें कुछ भी उठा नहीं रखना। पैक्स से लेकर ब्लाक ऑफिस तक की नाकेबन्दी कर देनी है...। हम जब संगठित होकर भिड़ जायेंगे तो वह काम होना ही है। पहले भी एक-दो बार सामूहिक प्रयास पर ही हमारे कार्य हुए थे। यह हमारे हक की लड़ाई है। इससे हमें पीछे नहीं हटना। अब इससे भी बड़ी समस्या हमारे समक्ष पानी को लेकर उत्पन्न है। पानी के बिना हमारी फसलें मर रही हैं। मेरे खेत उनचास (ऊँचाई) पर हैं, इसलिए पहले ही सूखकर ठनठना गये हैं। उनमें अब दरारें फट रही हैं...। प्रकृति ने जब दगा दे दिया तो अपने पुरुषार्थ का ही अब भरोसा है। तत्काल हमारे सूखते धानों को पानी चाहिए। पानी के जो भी विकल्प सामने हैं उन सबको हमें आजमाना है, फिलहाल किसी भी तरह अपने खेतों को हमें पानी मुहैया कराना है...।''

यदुनाथ सेवानिवृत्त सैनिक थे। जब तक वे सेवा में थे, उनके परिजन किसी तरह खेती कराते थे। लेकिन सेना से रिटायर होकर आते ही अपनी खेती को उसने चमका दिया था। दो मजदूरों के बराबर अकेले खटने की क्षमता उसमें थी। वैसे गाँव में सेना से मुक्त होकर खेती करनेवाले और तीन-चार किसान थे। वे सब मिहनती और अपनी खेती के प्रति समर्पित थे। लेकिन उन सबमें यदुनाथ का स्थान पहले नम्बर पर था। बलहारी गाँव के लिए दूसरी नौकरियों की अपेक्षा सेना में जाना आसान था, इसलिए यहाँ कई कार्यरत और सेनानिवृत्त सैनिक थे।

यदुनाथ की इस बात पर चन्द्रदेव ने अब मोर्चा सँभाल लिया--''हाँ, तो भाइयो, पानी के लिए हमारे पास सिर्फ तीन विकल्प हैं--नहर, बिजली-बोरिंग और पम्पिंग सेट। इसमें सबके लिए समान रूप से उपयोगी नहर है, इसलिए सबसे पहले हमें नहर के पानी के लिए ही प्रयास करना है। हम जानते हैं, पिछली बार की तरह इस बार भी सिंचाई विभाग के अधिकारी यह कहकर हमें लौटाना चाहेंगे कि इन्द्रपुरी बराज से पर्याप्त मात्रा में पानी नहीं आ रहा, इसलिए नहर से पानी बलहारी तक नहीं पहुँच पाता। लेकिन इन्द्रपुरी बराज से पूरा पानी क्यों नहीं आता, यह वे समझें। जब हमारे गाँव तक पानी नहीं आयेगा तो नहर से किसी क्षेत्र में हम पानी नहीं जाने देंगे...। इसके लिए भाइयो, हमें समूह में ही चलना और समूह में ही प्रयास करना है...। ऐसे ही मामले में हमारे गाँव के सरभू सिंह मारे जा चुके है। गाँव का समूह उनके साथ होता तो वे कभी मारे नहीं जाते...। ऐसी गफलत से अब हमें बचना है...। हमारे गाँव की सामूहिक शक्ति का सामना न तो सिंचाई विभाग के लोग कर सकेंगे और न आसपास के गाँवों के लोग ही। तो यदुनाथ भाई के अनुसार इस कार्य में हमें अब विलम्ब नहीं करना चाहिए। निहोरा जी अब कार्यक्रम निर्धारित करें कि कब, गाँव के किस स्थल पर एकत्रित होकर सबसे पहले हमें कहाँ दबाव बनाना है ताकि नहर का रुका पानी तत्काल हमारे गाँव आ सके। हमें ऐसे स्थल पर दबाव बनाना चाहिए जो कारगर हो और हमारे लिये तत्काल लाभप्रद भी।''

यह बात सुनते ही कपिलदेव, निहोरा से पहले ही बोल उठे– "चन्द्रदेव ने बिल्कुल सही कहा है, पानी की लड़ाई में हमें देर नहीं करनी है। लेकिन नहर के पानी के लिए संघर्ष के साथ ही बिजली ऑफिस का भी हमें घेराव करना चाहिए। जैसा कि आप सभी जानते हैं, ट्रान्सफारमर जल गया है जिससे पानी की सभी मोटरें ठप पड़ी हैं। बिना हमारे दबाव के वे ट्रान्सफारमर बनाने या बदलनेवाले नहीं...। इस कार्य को भी हमें नहर के साथ जोड़कर ही करना है। पम्पिंगसेट के लिए डीजल अनुदान की बात भी हम सुनते आ रहे हैं। उसके लिए भी हमें प्रयास करना है, चाहे जिस माध्यम से सम्भव हो, तत्काल हमारे खेतों को पानी चाहिए...।"

यह सुन शिवधन का साला उमेश बोल उठा–"बिजली विभाग से निपटना आसान नहीं। बिजली न देने और रोकने के एक-से-एक बहाने उनके पास हैं। बिजली विभाग के लफड़े में हमारे गाँव का स्टेट बोरिंग वर्षों से बन्द है। अब उसके चालू होने की कोई उम्मीद नहीं। विभाग ने हमारे गाँव पर बिजली का इतना बकाया साबित कर दिया है कि उसकी भरपाई सम्भव नहीं...। अब तो स्टेट बोरिंग के करहे भी टूट गये। मोटर भी खराब हो गयी...।"

उमेश अपने बहनोई शिवधन के साथ बिटोर में आया था। बलहारी वह इतना आता-जाता था कि बलहारी के लोग उसे अपने गाँव का ही समझते थे। उसकी एकमात्र बहन शिवधन से ब्याही थी। माँ-बाप की मृत्यु के बाद उस बहन ने ही उमेश को पाल-पोसकर बड़ा किया था, इस नाते बहन और बहनोई से उसका गहरा लगाव था।

राज्य सरकार ने कृषि नीति के तहत सिंचित और असिंचित क्षेत्र के अनुसार सिंचाई विभाग और लघु सिंचाई विभाग की स्थापना की थी। नहरवाले क्षेत्र को सिंचित माना गया तथा जिन क्षेत्रों में नहर की पहुँच नहीं उन्हें असिंचित करार दिया गया। सिंचित क्षेत्र सिंचाई विभाग के जिम्मे रहा। नहर में पानी आने, नहर की सफाई और नहर की निगरानी का दायित्व सिंचाई विभाग का था, इससे अलग असिंचित क्षेत्र में स्टेट बोरिंग का निर्माण और उसका संचालन लघु सिंचाई विभाग को करना था। लेकिन दोनों क्षेत्रों में सरकारी-कर्मियों की लापरवाही और कोताही के चलते सम्बन्धित किसान पानी के लिए परेशान रहे। ऐन मौके पर नहर में पानी न आने की समस्या स्थायी बनती गयी। सफाई और खुदाई के अभाव में मिट्टी से नहरें पटती चली गयीं। दूसरी ओर स्टेट बोरिंग की स्थिति इससे भी खस्ता रही। जहाँ-जहाँ जिस गाँव के जिसकी जमीन में स्टेट बोरिंग का निर्माण हुआ, लघु सिंचाई विभाग उसका ऑपरेटर उस जमीन मालिक को ही बना दिया। फिर बिजली खपत की वसूली का दायित्व उसी को सौंपा गया। ऐसे में अपने बकाये के लिए बिजली विभाग कनेक्सन काटता रहा। ट्रान्सफरमर में खराबी आने पर उसे बदलने के नाम पर पैंतरेबाजी होती रही...। ग्रामीण जनता के संगठन के अभाव में स्टेट बोरिंग ठप पड़ते चले गये। ऐसे में चोर विद्युत् तार और मोटर के साथ करहे की ईंटें भी उखाड़कर लेते गये...। अन्ततः कुछ अच्छे किसानों ने पानी की निजी मोटरें कायम कीं।

चूँकि बलहारी गाँव सिंचित क्षेत्र था, इसलिए स्टेट बोरिंग का निर्माण वहाँ नहीं हो सका था। इस स्थिति में निरन्तर सूखते नहर के चलते वहाँ के कई किसानों ने भी पानी की निजी मोटरें लगवा ली थीं। साथ में पम्पिंग सेट भी रखा कि बिजली आपूर्ति बाधित होने पर डीजल का मशीन चलाकर पानी निकाल सकें। ऐसे में अपने खेतों के साथ-साथ भाड़े पर अन्य किसानों के खेत भी वे पटाते रहे। अपनी सीमाओं के बावजूद किसानों की यह निजी व्यवस्था सफल साबित हुई इसलिए कपिलदेव की बात का किसी ने भी विरोध नहीं किया। इस सम्बन्ध में बलेसर ने यह सुझाव भी दिया—"डीजल अनुदान की हमारी रकम कागजी कार्रवाई और कार्य में परेशानी के चलते सरकारी कर्मचारी या तो लौटा देते हैं या अपने यहाँ फण्ड में बनाये रखते हैं...। इस बार अपनी यह रकम भी हमें हासिल करनी है...।"

यह सुनते ही निहोरा राय ने अब फिर कमान सँभाल ली—"तो भाइयो, बारी-बारी अपनी समस्याओं से हमें लड़ना है...। अभी पानी के लिए कल से ही अपने अभियान में हमें लग जाना है...। कल सुबह नौ से दस के बीच सबको तैयार होकर बरगद के पास एकत्रित होना है। वहीं से अपने अभियान को हम अंजाम देंगे। पहले नहर के पानी के लिए प्रयास करेंगे। फिर बिजली और डीजल अनुदान के लिए। सम्भव है इसमें दो-तीन दिन भी लग जाय। इस अवधि में हमें एकजुट होकर संगठित बने रहना है। पीछे नहीं हटना...।"

निहोरा राय की इस बात का समर्थन अब एक साथ कई किसानों ने किया—"हम पीछे नहीं हटेंगे निहोरा भाई। एकदम निश्चिन्त होकर कार्यक्रम निर्धारित कीजिये। हम कल सुबह बरगद के पास पहुँच आयेंगे।"

बरगद का पेड़ गाँव का केन्द्रीय स्थल था। वह किसी के दरवाजे पर नहीं। गाँव की गलियों के चौमुहाने पर था इस दृष्टि से समूचे गाँव का वहाँ आना-जाना होता रहता था। गाँव में बन्दर-भालू नचाने तथा खेल-तमाशा दिखानेवाले भी वहीं आते थे। गाँव में आनेवाली रामलीला पार्टियाँ वहीं रामलीला करती थीं। प्रवचनकर्त्ता भी वही प्रवचन करते थे।

इस पर निहोरा राय ने कहा—"ठीक है भाइयो, बिजली और डीजल के लिए तो हमारा कार्यक्रम तय है, सीधे बिजली ऑफिस और ब्लॉक का घेराव। उसके लिए हमें इधर-उधर प्रयास नहीं करना। लेकिन नहर के पानी के लिए हमें कहाँ से शुरुआत करनी चाहिए। यह भी हमें तय कर लेना है। जैसा कि हम सभी जानते हैं, हमारे पास आन्दोलन के तीन रास्ते हैं—पहला यह कि नहर की सीध में हमें वहाँ तक पहुँचना है जहाँ इसका पानी रुका हो और उस रुकावट को अपने संघर्ष से दूर कर पानी बलहारी तक लाना है। दूसरा मार्ग सिंचाई ऑफिस पर हमारा सामूहिक दबाव, प्रदर्शन और घेराव है तथा तीसरा मार्ग शहर जानेवाली मुख्य सड़क को बाधित कर आवागमन ठप कर देना है, ताकि घटना स्थल पर ही हमारी बात सुनने और हमारी समस्या के समाधान के लिए जिला प्रशासन को वहाँ पहुँचना पड़े...।"

यह सुन तत्क्षण यदुनाथ ने अपनी राय जाहिर की—"शीघ्र पानी की उपलब्धता के लिए हमें नहर की सीध में चलकर रुकावट दूर करना ही उचित रहेगा। नहर ऑफिस का घेराव या सड़क जाम का परिणाम भी तो यही होगा कि रुका हुआ पानी हमें प्राप्त होगा। लेकिन इसमें समय लगेगा। इससे सम्बन्धित अधिकारी हमें आश्वासन देंगे। लेकिन उनका आश्वासन कब कार्यान्वित होगा कुछ कहा नहीं जा सकता। अपने संघर्ष से उस रुकावट को ही अगर हम दूर कर देंगे तो हमें शीघ्र पानी मिल जायेगा...। और अगर कहीं रुक़ावट ही न हो, हर जगह नहर सूखी ही हो तब हमें नहर ऑफिस का घेराव या सड़क जाम को अंजाम देना होगा...।"

लेकिन चन्द्रमा चौबे ने यदुनाथ की बात पर सवाल खड़े कर दिये—"यह तो कानून अपने हाथ में लेना होगा यदुनाथ भाई! इस पर जिला प्रशासन हमारे ऊपर कार्रवाई कर सकता है। पानी रोककर जिस क्षेत्र के लोग अपने खेत पटा रहे होंगे, ऐसे मामले में खूनी संघर्ष भी निश्चित है...।"

चन्द्रमा चौबे भी मास्टर जगतनन्दन की तरह ही शिक्षक थे। वे अभी सेवानिवृत्त नहीं थे। पड़ोसी गाँव ललनडिहरा के मिडिल स्कूल में प्रधानाध्यापक थे। साइकिल से ललनडिहरा आते-जाते थे। स्कूल सँभालते हुए अपनी खेती भी करते थे।

उनकी बात सुनते ही शिवधन बोल उठे—"हमारा ऐसा करना गलत नहीं होगा चन्द्रमा जी। सरकारी फाइलों में हमारा गाँव सिंचित क्षेत्र माना जाता है। हम पनीवट की रसीद भी कटाते हैं। ऐसे में नहर के पानी पर हमारा भी उतना ही हक है जितना अन्य सिंचित क्षेत्र का। रह गया खूनी संघर्ष का मामला। तो अपने सामूहिक आन्दोलन को हम चाहे जितना अहिंसक बनाने का प्रयास करें, यह हमारे जीने-मरने का आन्दोलन है। सम्भव है, यह खूनी रूप भी ले-ले। लेकिन इससे हमें विचलित नहीं होना और घबराना भी नहीं...। अपने जायज हक के लिए किया गया संघर्ष गलत नहीं होता...।"

शिवधन अपने समय के पहलवान थे उनकी जोड़ का दूसरा पहलवान इस इलाके में नहीं था। पचास की अवस्था के बाद कुश्ती लड़ना उन्होंने बन्द कर दिया था। अब अपने पहलवान शरीर का उपयोग खेती में करते थे। सुबह से शाम तक वे अपने खेतों के बीच ही नजर आते—कभी खाद छींटते, तो कभी खर-पतवार से रक्षा के लिए कीटनाशक दवा देते, तो कभी पम्पिंग सेट से अपने खेतों में पानी चढ़ाते, तो कभी खेतों की पगडण्डियों को कुदाल लेकर दुरुस्त करते...।

शिवधन की इस बात का समर्थन अधिकांश किसानों ने किया—"शिवधन का कहना जायज है...। यही उचित होगा। हमें सबसे पहले रुकावटवाले स्थल पर पहुँचकर ही उसे दूर करना है...।"

इस पर गाँव के कातिब नवीनचन्द्र लाल ने कहा—"अभी कल ही मैं पचडिहरा गाँव से लौटा हूँ। जैसा कि आप सब लोग जानते हैं, नहर के रास्ते ही वहाँ आना-जाना होता

है। लेकिन मुझे कहीं नहर में पानी नजर नहीं आया। पानी जब नहर से आयेगा तभी न लोग उसे रोकेंगे। मुझे तो लगता है कि नहर में पानी छोड़ा ही नहीं गया है...।"

नवीनचन्द्र की बात ने अब क्षण-भर के लिए सबको किंकर्त्तव्यविमूढ़ बना दिया। लेकिन निहोरा राय ने इस स्थिति को भी सँभाल लिया—"अच्छा हुआ नवीन लाल ने इस ओर हमें आगाह कर दिया।लेकिन पचडिहरा तो हमसे निकट का गाँव है। हमें पचडिहरा से आगे जाकर देखना है। अगर वहाँ रुकावट नहीं तब हमें दूसरे विकल्प को आजमाना है। इसके लिए हमारे बीच से साइकिल सवार दो नौजवानों को सुबह के तड़के ही नहर की सीध में निकल जाना है और दस-ग्यारह बजते-बजते सूचना लेकर लौट आना है। उनके आने के बाद ही बरगद से हम समूह रूप में अपनी कार्रवाई प्रारम्भ करेंगे...। तो इसके लिए हमारे बीच से जो दो नौजवान साइकिल सवार, इस कार्य के लिए जाना चाहें, उनका स्वागत है...।"

यह सुनते ही तिरबेनी बोल उठा—"अपने दोस्त रमाकान्त के साथ मैं कल सुबह होते-होते निकल आऊँगा। फिर दूर तक जाकर मुआयना कर आऊँगा कि पानी कहीं रुका है या नहर में पानी छोड़ा ही नहीं गया...। रमाकान्त के पास मोटर साइकिल है। उससे हमें आने-जाने में अधिक समय नहीं लगेगा...।"

"शाबाश तिरबेनी...।"

"वाह! खूब! बहुत अच्छा...!"

"यह होता है मिलिट्री के जवान का परिचय।"

"खूब आबाद रहो तिरबेनी, लम्बी उम्र पाओ...।"

"अपनी खेती और अपने गाँव के लिए हम सबको इसी तरह तैयार रहना है...।"

मिलिट्री के रिटायर युवक तिरबेनी को उसके इस निर्णय पर एक साथ बलहारी के अनेक बुजुर्ग किसानों ने शाबाशी दी...। बैठक में उपस्थित रमाकान्त के पिता ओम नारायण ने भी समर्थन दिया—"रमाकान्त चला जायेगा...। ऐसे ही अवसर के लिए तो उसकी मोटर साइकिल है...।"

बलहारी में साइकिल की संख्या ही अधिक थी। मोटर साइकिल तो रमाकान्त और नन्दकुमार नामक दो ही युवकों के पास था। ये दोनों मोटर साइकिल उनकी शादियों पर दहेज के रूप में मिले थे। बलहारी के वे अच्छे और खानदानी किसान थे। अपने पुत्रों की इच्छा के अनुसार उनके पिताओं ने दहेज में मोटर साइकिल की अनिवार्य शर्त लगा दी थी। उसी शर्त के फलस्वरूप गाँव में वे दोनों मोटर साइकिलें थीं।

खाद और पानी को लेकर गाँव के इस सामूहिक निर्णय ने बलेसर के मन को आश्वस्त कर दिया। अपने गाँव की इस सामूहिक शक्ति से वे परिचित थे। अब निश्चय ही खाद और पानी की उपलब्धता कायम होकर रहेगी, भले ही वह सीमित मात्रा में ही क्यों न हो। इस तरह संगठित होकर उनके गाँव ने जब भी प्रयास किया है, उन्हें सफलता मिली है। पहले उनका गाँव इस रूप में संगठित नहीं, बिखरा था। लोग टुकड़ों में बँटे थे। बाद में नक्सलवादी आन्दोलन ने गाँव के किसानों और खेत-मजदूरों के बीच

दूरी कायम कर दी। इस दूरी ने कृषिकार्य को और बाधित और कमजोर किया। लेकिन पिछले कुछ वर्षों से उनके जैसे किसानों ने अपने को पुनः सक्रिय और समर्थ बना लिया। फिर कृषि की एक जैसी परेशानियों और आवश्यकताओं ने उन्हें इस तरह संगठित होकर निर्णय करना भी सिखाया। इस संगठन ने सचमुच उनकी कमजोर होती खेती को बहुत सम्बल प्रदान किया। इस अवसर पर बलेसर अब अपने को रोक नहीं सके—"भाई लोगों! खाद और पानी को लेकर हम लोगों ने माकूल निर्णय ले लिया। निहोरा भाई का कहना सही था। हमारी यह जुटान और पहले होनी चाहिए थी। मुझे अफसोस है कि निहोरा भाई शहर थे तो हम लोगों में से किसी और ने यह जुटान क्यों नहीं बुलायी? मैं स्वयं यह जुटान बुला सकता था। भविष्य में अपनी इस जुटान में हमें देर नहीं करनी। अकेले-अकेले हम कुछ नहीं कर सकते। यह कहावत गलत नहीं है कि अकेला चना भांड़ नहीं फोड़ता। तुलसीदास ने भी लिखा है—'संघे शक्तिः कलियुगे'। तो इसी तरह अपनी कई समस्याओं पर हमें सामूहिक निर्णय लेना है। ईख का हमारा बकाया अब तक हमें नहीं मिला। वह एक बड़ी रकम है। मिल बन्द होने से क्या हुआ। सरकार तो चल रही है। हमारे संघर्ष पर प्रारम्भ में जिला प्रशासन ने शीघ्र भुगतान का आश्वासन दिया था। लेकिन हमारे महटियाने से अब तक वह हमें नहीं मिला। उसके लिए भी हमें लगना है। वह भी हमारी जमीन और खून-पसीने की कमाई है।"

बलेसर की इस बात को चन्द्रदेव ने सँभाल लिया—"हम अपना वह बकाया भूले नहीं हैं बलेसर। खेती की रोज की आवश्यकताओं और नये बकायों में उलझे रहे। अच्छा हुआ कि तुमने याद दिला दिया।"

इस पर यदुनाथ ने कहा—हाँ भाई! ईख के हमारे रुपये मिलने चाहिए। बकाये में देर से देनेवाले की मन्शा बदलने लगती है...।"

यह सुनते ही निहोरा राय अब बोल उठे—"भाई लोगो। ईख का हमारा बकाया हम सबके मन में कसक की तरह बना है। चन्द्रदेव ने ठीक कहा, नये बकायों में हमारे उलझने से ही यह छूटा था। लेकिन अब इसी जुटान में हम लोग यह तय कर लें कि खाद और पानी के बाद अपने इस बकाये के लिए भी हमें भिड़ जाना है...। हमारा यह बकाया हमें मिल जायेगा तो खेती के लिए हमारे हाथ मजबूत हो जायेंगे। अपने कई रुके कार्य हम कर सकेंगे। और इस बार जब पूरे मन से हम लग जायेंगे तो यह हमें मिलना ही है। यह कोई भीख माँगने हम नहीं जा रहे। यह हमारा वाजिब हक है। अव्वल तो हमारा अधिकार उस रकम को अब सूद के साथ लेने का है...।"

जवाब में चारों ओर से समर्थन की आवाजें गूँज उठीं—"हाँ, निहोरा भाई, हाँ।"

"इस बार एकदम लग जाना है।"

"खाद और पानी की लड़ाई के बाद अब अगली जुटान इसी पर होनी चाहिए...।"

"हाँ भाई, हाँ...।"

"हम सब तैयार हैं...।"

एक साथ दो-दो निर्णय से जुटान को ऊर्जस्वित देख गाँव के पण्डित सीताराम जी अब अपने को रोक नहीं सके—भाई लोगों। यहाँ लगभग सारा गाँव जुट आया है। सबके हित में दो निर्णय भी लिये गये। अब एक बात मैं भी कहना चाहता हूँ। आप सब लोग अनुभव कर रहे हैं कि प्रकृति और मौसम में कितना बदलाव आया है। जब बारिश की जरूरत नहीं होती है तब घनघोर बारिश होने लगती है। सूखा प्रायः हर साल पड़ रहा है। खेती को बर्बाद करने के लिए नये-नये कीट-पतंग पैदा हो रहे हैं। नयी-नयी बीमारियाँ होने लगी हैं। खेती से लेकर हमारा जीवन तक त्रस्त है। ऐसी स्थिति में हम भगवत् कृपा से ही उबर सकते हैं। ठाकुरबारी पर अखण्ड हरिकीर्त्तन हुए काफी समय हो गया। अपने संघर्ष और आन्दोलन के साथ हमें ठाकुरबारी पर अखण्ड हरिकीर्त्तन का कार्यक्रम भी रखना चाहिए...। ईश्वर की कृपा जब हम पर बनी रहेगी तभी हमारे सारे कार्य सहजता से सम्पन्न होते जायेंगे...। गीता में भगवान् श्रीकृष्ण ने कर्म करने की बात कही है, लेकिन फल का दाता ईश्वर को ही बताया है। ईश्वर के प्रति समर्पण के साथ ही किसी भी कार्य को श्रेष्ठ माना है...।''

पण्डित सीताराम जी की बात का जोरदार समर्थन काशीनाथ ने किया—''भाइयो! पण्डित जी ने एकदम सही समय पर एक सही कार्य के लिए हम सबका ध्यान आकृष्ट किया है। आन्दोलन और संघर्ष का हमारा कार्यक्रम पूर्ववत् जारी रहेगा। लेकिन उसके बाद अखण्ड-हरिकीर्त्तन के रूप में ईश्वर की आराधना भी हमें करनी चाहिए।''

यह सुन शिक्षक चन्द्रमा चौबे भी अब अपने उद्‌गार व्यक्त कर उठे—गाँधी जी ठीक ही कहते थे कि धरती पर जब पाप बढ़ता है तभी प्राकृतिक आपदाएँ आती हैं। अभी हम जिस समय से गुजर रहे हैं, वह प्राकृतिक आपदाओं का ही समय है। बरसात में बारिश का न होना और सर्दी में ठण्डा न पड़ना प्राकृतिक आपदा नहीं तो और क्या है? इधर निरन्तर गर्मी की अतिशयता का बढ़ते जाना भी प्राकृतिक प्रकोप का ही सूचक है...। ऐसे अवसर पर हमें समय निकालकर ईश आराधना अवश्य करनी चाहिए...।''

इस पर अब अधिकांश लोग बोल उठे—''यह बहुत अच्छा सुझाव है...।''

''बीच-बीच में ऐसा होना ही चाहिए...।''

''अखण्ड हरिकीर्त्तन का कार्यक्रम बनाइये पण्डित जी। हम सब उसमें आयेंगे...।

''यह तो हमारे लिये नेकी की बात है, नेकी भी पूछ-पूछकर...।''

बलहारी गाँव की बहुसंख्यक जनता आस्तिक थी। यहाँ नास्तिक लोगों की संख्या मात्र दो-चार थी, इसलिए वे सिमटकर रहते थे। गाँव की बहुसंख्यक जनता के समक्ष उनकी राय नगण्य थी।

निहोरा राय ने इस प्रस्ताव को भी अब निर्णायक रूप देते हुए कहा—''ठीक है पण्डित जी। आन्दोलन के अपने कार्यक्रम के बाद हम अखण्ड हरिकीर्त्तन भी कर लेंगे...।''

लेकिन पण्डित जी को इस आश्वासन भर से कहाँ सन्तोष? उन्होंने कहा—"ठीक है भाइयो। इधर के अपने कार्यक्रमों के बाद ही हम हरिकीर्त्तन करेंगे...। इधर के हमारे कार्यक्रम एक सप्ताह से अधिक के नहीं। मैं अगले सप्ताह मंगलवार के दिन इसके लिए निर्धारित कर रहा हूँ। मंगलवार महावीर जी का दिन है। वे हमारा कल्याण करेंगे। मात्र 24 घण्टे का ही हमारा हरिकीर्त्तन होगा। इसमें जिसको जब समय मिले कुछ देर के लिए भी आ जाना है...। इससे गाँव का वातावरण बदल जायेगा। ईश्वरीय कृपा हमें प्राप्त होगी...।"

पण्डित जी के इस प्रस्ताव का समर्थन जुटान ने गर्मजोशी से किया—"ठीक है पण्डित जी...। हम आ जायेंगे...। आप निश्चिन्त रहिये...। अखण्ड हरिकीर्त्तन का आयोजन रखिये...। हम सब तैयार हैं...।"

गाँव में ठाकुरबारी की स्थापना पुरानी घटना थी, बहुत पुरानी। ठाकुरबारी के साथ ही गाँव में काली मन्दिर, शिवाला और हनुमान चबूतरा भी था। बाद में ब्रह्म स्थान भी कायम हुआ। लेकिन गाँव के अधिकांश धार्मिक अनुष्ठान, सामूहिक पूजा-पाठ और व्रत त्योहार ठाकुरबारी पर ही सम्पन्न होते। इसके मूल में गाँव के ही एक स्वामी जी की भूमिका थी। उस स्वामी ने अपने हिस्से की जमीन ठाकुरबारी के नाम लिखकर ठाकुरबारी को सम्पन्न और महत्त्वपूर्ण बना दिया था।

स्वामी जी का नाम क्या था, गाँव के पुराने लोगों को छोड़कर नये लोगों को ज्ञात नहीं। अपने कार्य की वजह से वे स्वामी कहलाने लगे थे। छोटी उम्र से ही उनका मन पढ़ाई-लिखाई और खेती-गृहस्थी की अपेक्षा पूजा-पाठ में ही अधिक रमता। उन्होंने शादी भी नहीं की। युवावस्था में ही उनकी मुक्ति जब चरम पर पहुँची तो अपने हिस्से की जमीन उन्होंने ठाकुरबारी के नाम लिख दीं। फिर तो ठाकुरबारी में पुजारी और महन्त के साथ साधु-सन्त रहने लगे। स्वामी जी की देख-रेख में ठाकुरबारी की व्यवस्था और धार्मिक अनुष्ठान ने पूरे गाँव को अपने प्रभाव में ले लिया। तभी से ठाकुरबारी में समय-समय पर अखण्ड हरिकीर्त्तन की योजना स्वामी जी ने ही कायम की।

अखण्ड हरिकीर्त्तन के लिए ठाकुरबारी के प्रांगण में तम्बू टँग जाता। नीचे दरियाँ बिछ जातीं। तम्बू के मध्य लकड़ी के सहारे विभिन्न देवी-देवताओं की मूर्तियाँ फूल-मालाओं से सजा दी जातीं। फिर झाल और ढोल लेकर उन मूर्तियों के चारों ओर घूमते हुए लोग कीर्त्तन प्रारम्भ कर देते—"हरे राम, हरे राम, राम-राम, हरे हरे...। हरे कृष्ण, हरे कृष्ण, कृष्ण-कृष्ण हरे हरे...।"

जो धूम-धूमकर गाते-गाते थक जाते वे अलग होकर आराम करने लगते या फिर घर चले जाते। उनके स्थान पर दूसरे ग्रामीण आ जाते। अविराम रूप से पूरे दिन और पूरी रात था। यह आयोजन अखण्ड हरिकीर्त्तन कहा जाता। अखण्ड हरिकीर्त्तन के बाद प्रसाद के रूप में ठाकुर जी को हलुआ-पूड़ी का जो भोग लगता उसका वितरण सारे ग्राम-वासियों के बीच किया जाता। ऐसे अवसरों पर अपनी सामर्थ्य एवं सुविधा के अनुसार लोग ठाकुरबारी में चढ़ावा भी अर्पित करते...।

पण्डित जी के इस प्रस्ताव के बाद निहोरा राय अब जुटान की कार्यवाही समाप्त होने की घोषणा करने ही जा रहे थे कि मास्टर जगतनन्दन को सम्बोधित करते हुए यदुनाथ बोल उठे—''मास्टर साहब! आप अखबार पढ़ते और रेडियो सुनते रहते हैं। किसी-किसी से मुझे पता चलता है कि हम किसानों और कृषि के लिए सरकार बहुत-सारी योजनाएँ बना रही है। हमारे लिये कहाँ क्या-क्या हो रहा है कुछ बताइये। जुटान का यह अच्छा अवसर है। खेती-बारी से सम्बन्धित जानकारी का यहाँ आदान-प्रदान होना चाहिए...।''

यह सुनते ही निरन्तर खेती के समाचारों से अवगत जगतनन्दन को अपनी प्रतिक्रिया व्यक्त करने के लिए यह माकूल अवसर जान पड़ा। बस, वे फट पड़े—''यदुनाथ भाई, ठाक के तीन पात की तरह सरकारी योजनाएँ सिर्फ प्रचार में ही दिखती हैं, व्यावहारिक स्तर पर उनसे किसानों के लाभान्वित होने की सूचना कहीं से भी नहीं आती...। एक ओर विकास की आँधी में जहाँ शहर तेजी से बदल रहे हैं, सुख-सुविधाओं के केन्द्र बनते जा रहे हैं। वहीं गाँव के हम किसान आज भी प्रकृति पर ही आश्रित हैं। प्रकृति जिस वर्ष हम पर अनुकूल रहती है, उस वर्ष हम मजिगर खेती कर लेते हैं, अन्यथा लाख प्रयास के बाद भी अच्छी फसल नहीं उपजा पाते। आप जानना चाहते हैं तो जान लीजिये बदलते समय में किसानों की स्थिति देश में सबसे अधिक चिन्तनीय है। हमारे देश की चौपट होती कृषि-व्यवस्था को लेकर पिछले दिनों एक समाचार-पत्र ने यह आँकड़ा प्रकाशित किया कि वर्ष 1995 से 2015 तक के बीच गिरते हुए जलस्तर, बढ़ती महँगाई, सूखते कुएँ एवं तालाब तथा कीड़ों से फसलों के भारी नुकसान और क्षति को लेकर भारत में 2,96,3,48 (दो लाख छियानबे हजार तीर सौ अड़तालीस) किसान आत्महत्या कर चुके हैं। इसमें अकेले महाराष्ट्र के किसानों की संख्या साठ हजार से ऊपर है। कभी पंजाब हरित क्रान्ति का अगुआ माना जाता था। पंजाब की एकमात्र राज्य है जहाँ किसानों को बिजली निःशुल्क उपलब्ध करायी जाती है। उस पंजाब में नकली कीटनाशक दवा के चलते सफेद मक्खियों ने कपास की खेती नष्ट कर दी। जहाँ एक बीघे से सात से आठ क्विटण्ल कपास का उत्पादन होता था, वहाँ अब घटकर सात से आठ किलो हो गया तो प्रतिक्रिया में अनेक किसानों ने आत्महत्या कर ली। पंजाब जैसे उन्नत और विकसित कृषि प्रदेश में किसानों की आत्महत्याओं से यह बात स्पष्ट है कि सरकारों का ध्यान अन्य मुद्दों पर होता है। किसान उनकी प्राथमिकता की सूची में अन्तिम पायदान पर होते हैं।

''यदुनाथ भाई, यह तो हम सभी देख रहे हैं कि हम किसानों के लिए पैक्स से लेकर विभिन्न क्रय केन्द्र तथा खाद, बीज और डीजल के लिए अनुदान के साथ कृषि विभाग के माध्यम से कृषि संयन्त्रों एवं अन्य लाभों के लिए हमें नाकों चने चबाने पड़ते हैं। सरकारी अनुदान तक पहुँचते-पहुँचते हमें पता चलता है कि सरकार द्वारा मिलनेवाली सब्सिडी दौड़धूप करने और नजराना दिये जाने में ही समाप्त हो गयी...। इधर एक

प्रखण्ड को लेकर यह समाचार भी प्रकाश में आया है कि कृषि की क्षतिपूर्ति के लिए अनुदान वितरण के लिए आयी रकम में से 45 लाख रुपये उसने जिला मुख्यालय को लौटा दिया। इस तरह के अनेक प्रसंग हैं जहाँ कृषि अनुदान के नाम पर आवण्टित करोड़ों की रकम वितरण प्रणालियों द्वारा वापस कर दी जाती है...। कार्यालयों की घूसखोरी और कामचोरी के चलते उसके अधिकारी-कर्मचारी किसानों तक उनका लाभ पहुँचने नहीं देते। "सिंचाई को लेकर भी इधर कई समाचार आये हैं। किसानों की सबसे बड़ी समस्या समय पर पानी की कमी है। इसके लिए सरकार कभी कारगर व्यवस्था नहीं कर पाती है। दुर्गावती जलाशय परियोजना को लेकर यह खबर प्रकाशित हुई कि उस जलाशय को ठीक करने के लिए उस क्षेत्र के किसानों ने जब स्वयं पहल की तो सरकार पीछे हट गयी। महादेव जलाशय डैम के पुनर्निर्माण का बीड़ा जब किसानों ने उठाया तो सरकार ने सहयोग नहीं किया। यह डैम पहले से बना था, लेकिन इसमें पूरा पानी नहीं आता था। किसानों का कहना कि अगर काव नदी को काटकर उससे इस डैम को जोड़ दिया जाय तो 20 से 25 गाँवों का संकट हल हो जायेगा। इस कार्य के लिए पिछले 27 वर्षों से किसान लड़ रहे हैं। इस डैम के पुनर्निर्माण के लिए इलाके कि किसान चन्दा करके 30 लाख रुपये लगा चुके हैं। अब सरकार को एक बड़ी रकम लगानी है। लेकिन सरकारी सहयोग के अभाव में इसका निर्माण नहीं हो पा रहा है...। इसी तरह ढ़ेहुआ पम्प से पानी नहीं मिलने का भी समाचार आया है। सोन नदी से पानी निकालकर खेतों तक पहुँचाने के लिए ढ़ेहुआ पम्प नहर परियोजना को काफी समय से अस्तित्व में लाने की कोशिश अब तक सफल नहीं हुई। काफी पहले राज्य सरकार ने इसका शिलान्यास भी किया था। तब चार अरब से अधिक खर्च की योजना थी। अब आकलन में निरन्तर बढ़ते खर्च को लेकर सरकार ने चुप्पी साध ली।

इधर समाचार-पत्र लगातार ऐसी खबरें प्रकाशित कर रहे हैं कि कृषि और किसानों के नाम पर बनी संस्थाएँ अच्छे बीज और खाद की जानकारी, उन्नत कृषि के बारे में प्रचार, मिट्टी अनुसन्धान, कृषि बीमा, कृषि अनुसन्धान आदि से किसानों को लाभ नहीं। किसानों के नाम पर ये संस्थाएँ और इससे जुड़े लोग ही लाभान्वित होते रहे...।

"सरकार के नये नियम के अनुसार तो कृषि के क्षेत्र में परेशानी और बढ़नेवाली है। बटाईदारों को भी अब जमीन का पर्चा दिया जायेगा। एक बार नक्सलवादी संघर्ष के दौरान किसान और खेत मजदूर एक-दूसरे से अलग हो गये थे। काफी समय बाद समय की माँग के तहत वे फिर करीब आ रहे थे। लेकिन इस सरकारी नियम से अब उनकी दूरी पुनः बढ़ेगी...। इस स्थिति में अब लोग बटाईदार को खेत देंगे ही नहीं...। अपने से खेती सम्भव न होगी तो उसे परती छोड़ देंगे। बटाईदार को देकर अपने खेतों के स्वामित्व में हकदार क्यों खड़ा करेंगे। असल बात यह है कि सरकारों के लिए विकास के माध्यम नयी तकनीक, निवेश और उद्योग-धन्धे हैं, कृषि और किसान उनकी प्राथमिकता में सबसे नीचे हैं...।"

मास्टर जगतनन्दन की इन सूचनाओं ने बिटोर में जुटे सभी किसानों को दुःखी कर दिया। क्षण-भर पहले के उनके सारे उत्साह पर जैसे इन सूचनाओं ने वज्रपात कर दिया हो। यह सुन यदुनाथ तत्क्षण बोल उठे–"तो यह बात है मास्टर साहब! इसका कुछ अन्दाज हमको था, लेकिन इतनी जानकारी नहीं थी। अब मैं समझ गया कि खेती करने के नाम पर मेरा लड़का क्यों बिदक जाता है। वह साफ कहता है कि शहर में भले ही कुली-खलासी का काम कर लूँगा, लेकिन गाँव की यह खेती नहीं करूँगा।"

इस पर काशीनाथ ने कहा–"अइसा सिर्फ आपका लड़का ही नहीं कह रहा यदुनाथ जी, गाँव के उन अधिकांश लड़कों का यही कहना है जो पढ़ने के लिए शहर जाते और देश-विदेश के समाचारों से अवगत होते हैं...। अब हमारे जमाने की वह पहलेवाली खेती नहीं रही। उन्नत और विकसित खेती के नाम पर लागत और परेशानी की तुलना में खेती की आय सन्तोषजनक नहीं। खेती अब सहज, सुलभ और आसान कार्य नहीं रहा। हम पुराने लोग शुरू से ही इसमें लगे रहे पर नये लड़के अब इसमें बँधना नहीं चाहते...।"

पहले से ही आहत-व्यथित बलेसर के मन की पीड़ा इन बातों से जहाँ एक ओर बढ़ी वहीं दूसरी ओर उन्होंने कुछ राहत का भी अनुभव किया। भरोसे की खेती ने उनके जीवन को एक मजबूत सम्बल प्रदान किया था। तमाम परेशानियों और बाधाओं के बीच भी जीने-खाने भर का अनाज वे उपजा ही लेते थे। सबसे बड़ा सुकून और इतमीनान यह था कि वे किसी की चाकरी में नहीं, अपने स्वयं की खेती में हैं, जहाँ अपनी मर्जी के अनुसार रहने और जीने की पूरी आजादी उन्हें थी। उस खेती पर मँड़राते संकट ने उनकी तकलीफ बढ़ा दी, लेकिन दूसरी ओर इस जानकारी से उन्होंने राहत का अनुभव किया कि सिर्फ उनके लड़के ही खेती छोड़ने की बात नहीं कर रहे, गाँव के अधिकांश लड़कों की यही मनःस्थिति है।

जुटान को गम्भीर और गमगीन देख शिक्षक चन्द्रमा चौबे अब अपने को रोक नहीं सके–"भाई लोगो, मास्टर साहब की बात मैं काट नहीं रहा। उन्होंने हमारे कृषि जगत् का सच सबके सामने रख दिया है। लेकिन सच का वह एक पहलू भर है। हमारी खेती और हम किसानों के लिए बहुत-कुछ अच्छा भी हो रहा है, जो हमें आशान्वित करता है, जिसका लाभ देर-सबेर हमें मिलना ही है...। सरकार ने हमारे लिये कृषि अनुसन्धान केन्द्र की स्थापना की है। नयी विधि से धान की रोपनी के तरीके विकसित किये जा रहे हैं। हाईब्रिड बीज तैयार होने लगे हैं। जीरो टिलेज यन्त्र से, जीरो टिलेज विधि से अच्छी खेती का प्रशिक्षण दिया जा रहा है। ब्लॉकों में रबी महोत्सव का आयोजन होता है, जहाँ कम लागत में रबी की अच्छी पैदावार के लिए रबी फसल की खेती की नयी तकनीक बतायी जाती है। अभी इसी सप्ताह यह घोषणा हुई है कि नाबार्ड के सहयोग से कुछ गाँवों में पइन और आहर का निर्माण शीघ्र किया जायेगा जिस पर तेरह करोड़ रुपये खर्च होंगे। लोकसभा में किसानों के लिए कृषक आयोग बनाने की माँग भी उठी है। यह सब हम किसानों के पक्ष में ही है।

"मास्टर साहब का कहना सच है कि हमारे लाभ की योजनाएँ सरकारी कर्मचारियों की लापरवाही, कामचोरी और घूसखोरी के चलते पूरी तरह हम तक नहीं पहुँच पातीं लेकिन आंशिक रूप में तो पहुँचती ही हैं...। इधर हम किसानों और हमारी कृषि के लिए कई अच्छी योजनाएँ आयी हैं, जैसे प्रधानमन्त्री कृषि योजना के तहत सामुदायिक तालाबों का निर्माण होगा तथा सूखे तालाबों का जीर्णोद्धार किया जायेगा। अभी पिछले दिनों एक समाचार प्रकाशित हुआ कि किसानों के लिए राज्य सरकार से प्रदान डीजल अनुदान की राशि में अगर कोताही बरती जायेगी तो उस जिले के डी.एम. नपेंगे। यह सब हम किसानों और हमारी कृषि को लेकर ही हो रहा है...। हमारे लिये कृषि बीमा योजना थी। लेकिन वह पर्याप्त लाभप्रद नहीं थी। इधर प्रधानमन्त्री फसल बीमा योजना की घोषणा के अनुसार खड़ी फसल, खलिहान में पड़ी उपज अथवा बुवाई के बाद पौधों का बीमा अब हम किसान कर सकेंगे। कम प्रीमियम, बड़ा बीमा के तहत प्राकृतिक आपदा में फसल नष्ट होने पर हम किसानों को पूरा मुआवजा मिलेगा। इसके लिए रबी फसल की बीमा का प्रीमियम मात्र डेढ़ (1.5) फीसदी रखा गया है तथा खरीफ फसलों का प्रीमियम सिर्फ दो फीसदी। मैं जिस गाँव में पढ़ाने जाता हूँ, उसके बगल के गाँव की एकदम ताजा सूचना दे रहा हूँ। स्थानीय विधायक के प्रयास से वहाँ के आहर की उड़ाही के लिए लघु जल संसाधन विभाग ने लगभग 90 लाख रुपये का आवण्टन किया है। इससे 150 एकड़ से अधिक की खेती का पटवन हो सकेगा।

"तो भाइयो, हमें निराश होने की जरूरत नहीं है। बस, हमें संगठित होकर रहना है। अब समय आ गया है कि हाथ-पर-हाथ रखकर बैठने से हमारा काम चलनेवाला नहीं। हमारे लिये प्रखण्ड कार्यालय में जो भी योजनाएँ आ रही हैं, उसका लाभ पाने के लिए हमें भिड़ जाना है। इस पंचायती राज में हमारे मुखिया की भी महत्त्वपूर्ण भूमिका है। अभी परसों ही अपने मुखिया नारायण महतो से मेरी बात हुई है। उनका नाती मेरे ही स्कूल में पढ़ता है। कह रहे थे कि प्रखण्ड कार्यालय में हमारे लिये स्वीकृत अनुदान को देने में अगर कहीं कोई कोताही बरते तो वे हमारे साथ चलने को तैयार हैं। इस मामले में उनके पास संवैधानिक अधिकार है। तो भाइयो, हमारे हिस्से का लाभ कोई और हड़पे, इससे पहले ही अपना हिस्सा हमें ले लेना है। हमारा देश कृषिप्रधान है। कोई भी सरकार हमारी उपेक्षा कर नहीं चल सकती...।"

पाँच हजार की जनसंख्या पर एक पंचायत की व्यवस्था के तहत बलहारी की पंचायत तीन गाँवों को लेकर बनी थी—बलहारी, खवासडीह और रतनपुर। इसमें मुखिया नारायण महतो खवासडीह के निवासी थे। प्राप्त अधिकार के तहत कुछ अन्य मुखियों की विवादित भूमिका से नारायण महतो ने अब तक अपने को बचाये रखा था, इसीलिए बलहारी के लोगों की आवश्यकता पर भी वे तत्पर हो जाते थे...।

चन्द्रमा चौबे की बात ने बलेसर के साथ-साथ पूरी जुटान को उत्साहित कर दिया। अनेक लोगों के मुँह से उद्गार फूट उठे—"चन्द्रमा भाई ठीक कह रहे। हमारी अनदेखी करके सरकारें बनी नहीं रह सकतीं...।"

"हमारे लिये जो योजनाएँ लागू की गयी हैं, उस पर हमें सजग-सतर्क रहना है। समय पर अपना हक लेने के लिए हम तत्पर रहेंगे तो कोई और उसे हड़प ही नहीं सकता... ।"

"पहले की तरह अलग-अलग बनकर रहने और जीने से अब हमारा काम चलनेवाला नहीं। जरूरत अब संगठित होकर रहने की है। हम जब संगठित होकर प्रयास करेंगे, आवाज़ उठायेंगे तो फिर कोई समस्या हमारे आड़े नहीं आयेगी।"

बलेसर भी अब अपने को रोक नहीं सके—"हमारी खेती में उतार-चढ़ाव कब नहीं हुए हैं... । कभी बाढ़ तो कभी सूखे से हमारा सामना होता रहा है। लेकिन अपनी खेती के सुख-दुःख में हमारे मन को जो इतमीनान रहा है वह किसी दूसरे धन्धे में रह ही नहीं सकता... । हम अपने किसान जीवन के बादशाह हैं, किसी की गुलामी नहीं बजाते। परेशानियाँ, कठिनाइयाँ, अड़चनें कहाँ नहीं हैं। हर जगह हैं, हर काम में हैं। यह जीवन ही समस्याओं का पुंज है, इसीलिए खेती की समस्याओं और परेशानियों से हमें नहीं घबराना। उनके बिना हमारा काम चल जायेगा। लेकिन हमारे बिना उनका काम नहीं चल सकता। हम जो अनाज पैदा करते हैं वही खाकर वे शहर और उद्योग-धन्धे चलाते हैं। उनके जनक और पोषक तो हम हैं, वे हमारी उपेक्षा क्या करेंगे? हमारी खेती को उत्तम बताने की बुजुर्गों की धारणा कभी गलत नहीं हो सकती। उन्होंने ठीक ही कहा है—"उत्तम खेती; मध्यम बाना..., नीच चाकरी, भीख निदान... ।"

बलेसर के इस कथन के बाद निहोरा राय ने अब घोषणा कि—"आज की जुटान यहीं समाप्त की जाती है। जैसा कि हम निर्णय कर चुके हैं, कल सुबह बरगद के पास हमें एकत्रित होना है। आगे के कार्य वहीं से सम्पन्न होंगे... ।"

●

मन लायक सम्बन्ध न मिलने के बावजूद बलेसर को अपने पुत्र कुलराखन की शादी के लिए राजी होना पड़ा। ऐसे रिश्ते के लिए वे हरगिज तैयार नहीं थे। यह शादी न हो, इसका पुरजोर विरोध उन्होंने किया। लेकिन अन्ततः पिता-पुत्र के खूनी सम्बन्ध और अपने पारिवारिक सन्तुलन के लिए उन्हें हामी भरनी पड़ी...।

अपनी पुत्री सुरभि की शादी के बाद से ही बलेसर कुलराखन की शादी के लिए आनेवाले अगुओं की प्रतीक्षा करने लगे थे। इसके पीछे दो कारण न सिर्फ प्रेरक और नियामक थे, बल्कि उन्हें बेचैन और परेशान भी किये थे। पहला कारण सुरभि की शादी में खेतों का रेहन रहना था। अपने बत्तीस बिगहवा में रेहनदार की उपस्थिति से उनका मन निरन्तर आहत और व्यथित बना रहता था। रेहन की रकम इतनी थी कि बिना बेटे के दहेज के उसकी भरपाई सम्भव नहीं। दूसरा कारण अपने जैसे किसान परिवार की लड़की से कुलराखन की शादी कर उसके बढ़े हुए मन पर लगाम लगाते हुए उसके पाँवों में पैकड़ डालना था। उनके जैसे किसान परिवार की लड़की जब बहू बनकर आयेगी तब कुलराखन के डाँवाँडोल शहरी मन को वह नियन्त्रित कर लेगी। फिर तो उनकी मनोकामना स्वतः पूरी हो जायेगी। उनके दोनों हाथों में लड्डू होगा। जहाँ एक ओर उनके रेहन खेत छूट जायेंगे, वहीं दूसरी ओर कुलराखन भी रास्ते पर आ जायेगा। तब खेत बेचने और गाँव छोड़ने की उसकी धारणा स्वतः खत्म हो जायेगी...। उसके बाद बलेसर की खेती चमक उठेगी। उनके कृषक-जीवन में बहार आ जायेगी।

बलेसर जानते थे, उनके ग्रामीण समाज की मान्यता और परम्परा के अनुसार लड़के की शादी के लिए लड़केवालों की ओर से स्वयं पहल किया जाना अच्छा नहीं माना जाता। इस पर लोगों को यह कहते देर नहीं लगती कि बेटे की शादी के लिए कोई पूँछ उठानेवाला नहीं तो अब स्वयं हाँक लगाने लगे हैं। लेकिन व्यग्र-बेचैन बलेसर के मन ने यह वर्जना स्वीकार नहीं की। इस सीमा का अतिक्रमण करते हुए अपने हित-मित्र और रिश्ते-नाते के लोगों से उन्होंने कहना प्रारम्भ कर दिया था—"कुलराखन की शादी के लिए मेरी कोई बड़ी माँग नहीं...। अधिक दहेज लेकर मैं क्या करूँगा?

मुझे किसी चीज की कमी नहीं। अपनी लड़की सुरभि में जितना दिया है, बस मुझे उतना ही चाहिए...। लेकिन लड़की हमारे ही जैसे किसान परिवार की हो जो घर-गृहस्थी सब सँभाल ले...। शहरी लड़की हमारे यहाँ नहीं चलेगी। कम पढ़ी हो या अधिक पढ़ी, इसको लेकर भी हमारे यहाँ कोई विशेष आग्रह, दुराग्रह नहीं। बस, मैट्रिक तक भी पढ़ी हो तो बहुत है। हमारी खेती-गृहस्थी में घर की रानी बनाकर उसे रहना है...।''

बलेसर के इस प्रयास पर उनके हित-मित्र और सम्बन्धी रिश्ते भेजने लगे थे। गाँव में बलेसर की इज्जत-प्रतिष्ठा, अपनी खेती-गृहस्थी तथा खानदानी परिवार ने लड़कीवालों को सहज ही आकृष्ट करना प्रारम्भ कर दिया था। फिर तो उनके यहाँ अगुओं का ताँता लगने लगा। इस अवसर पर अपनी मान-मरजाद के अनुसार बलेसर ने अगुओं के स्वागत-सत्कार का पूरा इन्तजाम कर रखा था। बाजार से अच्छी मिठाइयाँ तथा नमकीन मँगवाकर रख लिया था। साथ में घर के बने नाश्ते पर गाय के दूध की दमदार चाय। ऐसा नाश्ता ग्रहण करते हुए अगुओं के चेहरों पर सन्तुष्टि और सुकून के भाव सहज ही परिलक्षित हो उठते। शिष्टाचारवश नाश्ता करते हुए उनके मुँह से यह निकल ही जाता—''यह तो बहुत है बलेसर बाबू! इतना सब करने की क्या जरूरत है?''

प्रतिक्रिया में बलेसर हँसते हुए ही कहते—''यह तो कुछ भी नहीं...। यह तो हमारे यहाँ का आम जलपान है...।''

कुछ अगुए जो दूर से आते, उन्हें बलेसर बिना खाना खिलाये नहीं जाने देते। संकोच में वे ना-ना कहते, लेकिन बलेसर नहीं मानते—''आप उतनी दूर से आ रहे हैं, फिर खाने का समय भी तो हो गया है...। इस वक्त बिना खिलाये आपको जाने देना उचित नहीं...।''

इस पर संकोच प्रकट करते हुए अगुए कहते—''अभी तो आपके यहाँ कोई सम्बन्ध भी नहीं बना बलेसर बाबू! सम्बन्ध बनने पर तो खाना-पीना होता ही रहेगा...।''

यह सुन बलेसर के मुँह से सहज-स्वाभाविक बोल फूट उठते—''सम्बन्ध तो भाग्य और संयोग पर निर्भर है भाई जी। नियति के अनुसार जहाँ निर्धारित होता है, सम्बन्ध वहीं होता है। लेकिन अपने संस्कार के अनुसार अतिथि बन्धुओं का सत्कार हमारा धर्म है। इससे पीछे हम नहीं हट सकते...। सम्बन्ध होना अपनी जगह पर है और आगन्तुक भाइयों का आतिथ्य-सत्कार अपनी जगह पर...।''

ऐसे अवसर पर कूदन की पत्नी और बाल-बच्चे बलेसर के यहाँ ही सहयोग में जुटे रहते। कूदन के परिवार को बलेसर इतना देते थे कि उनके यहाँ कुछ भी करने में उसका परिवार आनाकानी नहीं करता था...। किसानों और खेत मजदूरों के बीच जब अन्य गाँवों की तरह इस गाँव में भी नक्सलवादी संघर्ष के दौरान दूरी बननी शुरू हो गयी थी तब भी कूदन का परिवार उनसे अलग नहीं हुआ था। इसके मूल में यह बात ही निर्णायक थी कि दोनों को एक-दूसरे का पर्याप्त सहयोग प्राप्त था...। अपनी

आवश्यकता के अनुसार कूदन जो कुछ माँगता, बलेसर ना नहीं करते। परिणामतः बत्तीस बिगहवा से लेकर बलेसर के घर तक कूदन का परिवार छाया रहता..।

इस तरह बलेसर के यहाँ आनेवाले अगुए नाश्ते और खाने के रूप में प्राप्त पहले सत्कार से ही आश्वस्त हो जाते कि ऐसे सम्पन्न और सुसंस्कारी घर में उनकी लड़की को कोई तकलीफ नहीं होगी...। फिर तो बलेसर के यहाँ बेटी व्याहने के लिए अपनी आय और हैसियत से अधिक दहेज देने का मन बना लेते। ऐसे घर में बेटी ब्याहने के लिए अपने कुछ खेत वय या रेहन करने से भी उन्हें पीछे नहीं हटना। ऐसे अगुओं में से तीन-चार बारी-बारी से बलेसर को जँच भी गये थे। बलेसर की माँग से बढ़-चढ़कर देने को वे तैयार थे। उनकी लड़कियों की तस्वीरें उन दोनों पति-पत्नी को पसन्द आ गयी थीं। गांव के पण्डित जी से कुण्डलियों का मेल भी करा लिया गया था। लेकिन बारी-बारी से उन हर लड़कीवालों में दोष बताकर कुलराखन ने सम्बन्ध करने से मना कर दिया। वह गाँव आकर अपनी माँ से सारी जानकारी लेता था और माँ को ही अपनी राय बता देता था। इस स्थिति में न चाहते हुए भी बलेसर को अपने बढ़े हुए हाथ पीछे खींचने पड़ जाते। एक जगह की तय शादी पर वह आकर कह गया–"उस लड़की का चाल-चलन अच्छा नहीं है माँ। सचिवालय के मेरे एक मित्र की शादी उसी गाँव में हुई है। उससे मुझे सब पता चल गया है। गाँव के एक लड़के से ही उसका नाजायज सम्बन्ध है। दो-दो बार पकड़ी जा चुकी है। हमारे यहाँ खपाने के लिए ही उसका पिता मोटी रकम देने को तैयार है। तीन-चार वर्षों से उस लड़की के लिए दौड़ रहा है। लेकिन ऐसी बातें छिपती कहाँ हैं! लोग जान ही जाते हैं। फिर उसे फुटा देते हैं...।"

एक दूसरी जगह की शादी पर उसने कहा–"इस लड़की को मिरगी की बीमारी है। जिस डाक्टर से उसका इलाज चलता है उसका कम्पाउण्डर हमारे चपरासी का भाई है। एक काम से हमारे ऑफिस में आया था। उस समय इस लड़की तस्वीर मैं अपने एक दोस्त को दिखा रहा था, बस, उस पर नजर पड़ते ही बोल उठा–'अरे साहब! यह लड़की तो मिरगी की मरीज है।' मैंने पूछा, 'तुम इस कैसे जानते हो?' जवाब में उसने कहा कि मेरे डाक्टर साहब के यहाँ ही इसका इलाज चलता है। कई बार आ चुकी है...।"

इस पर बलेसर ने कहा–"कोई दूसरी लड़की भी तो हो सकती है। सिर्फ तस्वीर से किसी को नहीं जाना जा सकता। कई लड़कियों की तस्वीरें एक जैसी होती हैं। मैं अपने स्तर से पता करूँगा...।"

जवाब में कुलराखन ने कहा–"अरे नहीं पिता जी। अब कुछ भी पता नहीं करना। उस कम्पाउण्डर ने लड़की का नाम पता सब बता दिया है। तब मैं आश्वस्त हुआ...।"

अब एक तीसरी जगह बलेसर जब उसकी शादी तय करने लगे तो अपने स्तर से उन्होंने सारी जानकारी प्राप्त कर ली। उनके अनुसार वह लड़की और उसका परिवार दोषमुक्त था। लेकिन कुलराखन ने लड़की के खानदान को कोढ़वंश बताकर बलेसर

की यह तीसरी तैयारी भी ध्वस्त कर दी। कुलराखन के अनुसार लड़की के पूर्वजों में से एक व्यक्ति का निधन कोढ़ से ही हुआ था...।"

इस पर बलेसर ने कुलराखन को समझाने की कोशिश की—"तुम पढ़े-लिखे होकर ऐसे दकियानूस विचार रखते हो। मैंने तो कई जगह पढ़ा है, कोढ़ न तो छूआछूत की बीमारी है और न वंश परम्परागत चलनेवाली...। यह घर-परिवार बहुत अच्छा है। यहाँ ना-नुकर मत करो।"

लेकिन कुलराखन की माँ अड़ गयी—"कोढ़वंश परिवार की लड़की को हम अपनी बहू नहीं बना सकते...।"

अपने पुत्र के साथ कोढ़वंश की धारणा से वह भी ग्रस्त थी।

बलेसर समझ नहीं पा रहे थे कि कुलराखन की शादी अब वे कैसे करें? हालाँकि अब उनके मन को इस बात का एहसास भी होने लगा था कि कुलराखन जान-बूझकर ऐसा कर रहा है। उनके द्वारा तय शादी वह करना ही नहीं चाहता। खेतीवाली बात की तरह इस मामले में स्पष्ट रूप से सामने न आकर दूसरे तरीके अपना रहा है। ऐसे ही अवसर पर पड़ोसी गाँव खड़गपुर के बादल सिंह अपनी पुत्री का रिश्ता लेकर आ गये...।

बादल सिंह को बलेसर अच्छी तरह जानते थे। उनके इलाके के ख्यात व्यक्ति थे। दबंग होने के साथ-साथ चतुर और चालाक भी। अपनी पंचायत में पिछली बार मुखिया भी रह चुके थे। शहर और गाँव दोनों जगह उनके पाँव जमे हुए थे। शहर में भी जमीन लेकर एक घर बना रखा था। लेकिन उनकी आय और मुख्य स्रोत गाँव की खेती-गृहस्थी ही थी। अपनी खेती उन्होंने इतनी बढ़ा ली थी कि अभी खड़गपुर में उनसे अधिक जमीन किसी के पास नहीं। लेकिन मुखिया रह चुकने और बड़े खेतिहर होने के बावजूद उनके दंबग चरित्र और कुछ कारनामों के चलते बलेसर के मन में उनके प्रति सम्मान का भाव नहीं था। लेकिन उन्होंने आते ही ऐसी बात कही कि बलेसर का ध्यान अपनी ओर आकृष्ट कर लिया—"भाई जी, हम एक-दूसरे के निकट के रहवैये हैं। एक-दूसरे का कुछ भी हमसे छिपा नहीं है...। बलहारी और खड़गपुर के बीच दूरी ही क्या है! मैं जानता हूँ, कुलराखन का मन शहरिया हो गया है। पर यह सिर्फ आपके लड़के के साथ ही नहीं है। हमारे लड़कों की भी यही स्थिति है। शहर की हवा लगते ही अब वे गाँव में रहना और खेती-गृहस्थी सँभालना नहीं चाहते। मेरा लड़का भी गाँव में शादी के नाम पर ऐसे ही छान-पगहा तुड़ा रहा था। लेकिन एक ऐसे मजबूत खेतिहर की लड़की से ब्याह दिया कि रास्ते पर आ गया। इसलिए भाई जी, आप हमारे यहाँ शादी के लिए 'हाँ' करके देख लीजिये, सारी मुश्किल आसान न हो गयी तो फिर मुझे कहियेगा...। मेरी लड़की बी.ए. तक पढ़ी जरूर है, फिर भी मेरी पूरी घर-गृहस्थी वही सँभालती है। मेरी पत्नी तो अस्वस्थ रहती है। मेरी इतनी खेती-बारी जो आप देख रहे हैं, उसकी कुशल गृहिणी मेरी बेटी ही है। जहाँ तक कुलराखन को तैयार करने का प्रश्न है, तो कुछ आप कर देंगे, कुछ मैं कर दूँगा और शेष हम दोनों का सम्मिलित दबाव

करेगा। जब हम दोनों समधी पूरे मन से तैयार हो जायेंगे तो लड़के को तैयार होना ही है। वह जो बहाना बनाना चाहेगा, हम दोनों मिलकर उसकी काट प्रस्तुत करेंगे। हमारे लड़के जब शहरी हवा में बहकना शुरू कर दें तो हमें दृढ़ता अपनाकर उन्हें रास्ते पर लाना ही चाहिए। जब अपनी शहरी दुनिया में वे पूरी तरह रम जायेंगे तब फिर हमारी दृढ़ता किसी काम नहीं आयेगी। मैं यह नहीं कहता कि शादी के बाद कुलराखन अपनी नौकरी छोड़ दे। सचिवालय की अपनी नौकरी वह करता रहे। लेकिन मेरी बेटी उसे गाँव की खेती-गृहस्थी भी छोड़ने नहीं देगी। मेरे जैसे किसान की बेटी है—कृषि के सुख-दुःख में पगी तथा इस खेतिहर जीवन के मर्म और आनन्द से परिचित!"

किसी अप्रिय अतिथि के आगमन की भाँति बादल सिंह की औचक उपस्थिति पर बलेसर का मन कुछ तिक्त हो उठा था। लेकिन अब कुछ ही क्षण बाद वे उन्हें अपना परम शुभचिन्तक और आत्मीय लगने लगे थे। उनकी बातें अमृत के बूँदों की तरह उनके मन में उतरती चली गयी थीं। प्रतिक्रिया में उनके चेहरे पर कायम हुए सकारात्मक भाव पारखी बादल सिंह से छिप नहीं सके—"शादी के निमित्त यह मेरा पहला प्रयास है बलेसर भाई। आज पहली बार आपके यहाँ आया। अब इससे अधिक कुछ नहीं कह सकता...। अपनी पुत्री की तस्वीर और कुण्डली छोड़कर जा रहा हूँ। भाभी जी से सलाह-मशविरा कर इतमीनान से सोचियेगा। हमारे बीच यह बहुत अच्छा रिश्ता होगा। हमारे मनीषियों ने कहा भी है—"लायक ही सो कीजिये, ब्याह, वैर और प्रीत...।"

इस पर बलेसर ने मुँह से तो कुछ नहीं कहा, लेकिन अपने आतिथ्य से बादल सिंह को सकारात्मक संकेत दे दिया। बादल सिंह के ना-ना कहने के बावजूद जमकर नाश्ता कराया तथा उन्हें गाँव के सिवान तक जाकर छोड़ा। इससे पूर्व किसी भी अगुए को छोड़ने वे यहाँ तक नहीं आते थे।

बादल सिंह को विदा कर घर लौटते बलेसर अब अपने पाँवों में एक नयी शक्ति और स्फूर्ति का अहसास कर रहे थे। उनके मन के बुझते दीये में तेल सींचकर बादल सिंह ने अचानक उसे प्रज्वलित कर दिया था। अब उन्हें लगने लगा था कि लगातार कुलराखन जिस तरह उनके मन्सूबों पर पानी फेरता जा रहा है, शायद अब वह ऐसा नहीं कर सके। अब बादल सिंह के रूप में उसकी काट उन्हें मिल गयी है। अकेले के उनके प्रयास को वह फिर झटक देता, लेकिन बादल सिंह के साथ के संयुक्त प्रयास पर अब नहीं निकल पायेगा। बलहारी और खड़गपुर इतने आस-पास हैं कि हर अवसर पर बादल सिंह उपस्थित हो जायेंगे। बादल सिंह के यहाँ का कुछ भी इनके लिए गोपनीय नहीं। बादल सिंह से बातचीत के बाद बलेसर का मन इस बात के प्रति आश्वस्त हो गया था कि कुलराखन की गतिविधियों से पूरी तथा अवगत हैं बादल सिंह। उन्हें कुछ भी बताने की जरूरत नहीं पड़ी। सारा-कुछ उन्होंने स्वयं बयान कर दिया। अब कुलराखन भी उनकी लड़की के बारे में कुछ कहकर नहीं निकल सकता।

बादल सिंह की दबंगई और धूर्तता को लेकर भले ही कोई कुछ कह दे, लेकिन उनकी लड़की को लेकर कोई कुछ नहीं कह सकता क्योंकि उनके परिवार को लेकर कहीं से भी कोई शिकायत नहीं थी।

बलेसर का मन अब अपनी पत्नी से सब-कुछ बताने के लिए व्यग्र हो उठा, इसलिए घर पहुँचते ही पत्नी के पास बैठ गये—"कुलराखन की माँ! भगवान् ने हमारे भाग से ही बादल सिंह को भेजा है। नौकरी करने और शहर में रहने से कुलराखन को पंख निकल आये हैं। अगर समय रहते उसके पंखों को हम न कुतर सके तो फिर वह हमारी पकड़ में नहीं आयेगा। जिस समय के लिए उसको पाल-पोसकर हमने बड़ा किया और पढ़ाया-लिखाया, वह समय अब आ गया है। उसकी उड़ान और भटकन को अब हमें वश में करना होगा। इस सम्बन्ध में बादल सिंह का पूरा सहयोग हमें मिलेगा। वे सब-कुछ जानते हैं, उनसे कुछ भी छिपा नहीं...। उन्होंने मुझे आश्वस्त किया है कि कुलराखन को अब कोई बहाना बनाकर निकलने नहीं दिया जायेगा। मैं जानता हूँ, वे समर्थ आदमी हैं। उनकी पकड़ और पहुँच ऊपर तक है। कुलराखन को रास्ते पर लाने के लिए उनका सहयोग हमें लेना ही पड़ेगा। अगर बादल सिंह हमारे समधी बन जाते हैं तो यह हमारे लिये दोहरे लाभ का घटक होगा। जहाँ एक ओर हमारी खेती में उन जैसे निकटस्थ और उपयोगी व्यक्ति का सहयोग हमें मिलेगा, वहीं दूसरी ओर उन जैसे सम्पन्न और सफल किसान की लड़की हमारे यहाँ की कुशल गृहिणी साबित होगी। फिर कुलराखन भी सुबह का भूला शाम को घर आया की तरह अपनी जमीन से जुड़ जायेगा। तब गाँव और खेत-बधार से 'भाग-परा' की उसकी धारणा स्वतः खत्म हो जायेगी।"

बलेसर की पत्नी भी पड़ोसी बादल सिंह के मुखिया रह चुकने और दबंग होने से परिचित थी। उन्होंने बस, इतना ही कहा—"भगवान् करें कि कुलराखन इस सम्बन्ध के लिए राजी हो जाये...। हर बार तय होती उसकी शादी का टूटना मुझे अच्छा नहीं लगता है...।"

इस पर बलेसर ने जोर देते हुए कहा—"यह शादी अब नहीं टूटेगी कुलराखन की माँ। अब उसे राजी होना ही पड़ेगा। हम उसे अब राजी कराकर ही मानेंगे। अब और अगर देर हमने कर दी और इस बीच किसी शहरिया लड़की से वह उलझ गया तो फिर हमारे सारे अरमान और सपने चकनाचूर होकर रह जायेंगे...।"

इसके बाद बलेसर ने वही किया जैसा संकेत बादल सिंह ने दिया था। इस बार जानकारी पर शहर से वापस आकर कुलराखन ने जैसे ही कहा—"बादल सिंह के यहाँ शादी ठीक नहीं होगी पिता जी। वे बदनाम आदमी हैं। मुखिया होने के दौरान उन्होंने क्या-क्या नहीं किया, किसी से भी छिपा नहीं।"

जवाब में बलेसर ने नहले पर दहला दे मारा—"तुम्हारी शादी बादल सिंह से नहीं, उनकी बेटी कुसुम से होने जा रही है...। कुसुम के बारे में मैं सब पता लगा चुका हूँ।

वह बी.ए. तक पढ़ी होने के साथ-साथ हमारे घर के लिए कुशल बहू साबित होगी... ।''

प्रतिक्रिया में कुलराखन पुनः बोल उठा—''नहीं पिता जी! वैसे बाप की बेटी कभी अच्छी नहीं हो सकती... । बाँस की कोंपल से बाँस ही फूटता है। फिर हमें लेने को देन पड़ जायेंगे। उनके यहाँ किसी भी स्थिति में हमें शादी नहीं करनी... ।''

यह सुनते ही अब बलेसर सख्त हो उठे—''तुम्हारी हर बार की बात मैं मान लेता था कुलराखन। लेकिन यह बात अब नहीं मान सकता! बाप के दुर्गुण बेटी में हों ऐसा सोचना कदापि उचित नहीं। कोयले की खान से ही हीरा निकलता है।''

बलेसर का यह निर्णय सुन क्षण-भर के लिए कुलराखन हतप्रभ रह गया। अब पिता से सीधे-सीधे उलझना उचित न समझ वह माँ के पास जा पहुँचा—''बादल सिंह के यहाँ मैं किसी भी स्थिति में शादी नहीं करूँगा माँ। पिता जी को आप समझा दीजिये। मेरी इच्छा के खिलाफ मेरा रिश्ता तय न करें... ।''

इस पर माँ भी अड़ गयी—''तुम बाप-बेटे के बीच अब मैं भी पड़ना नहीं चाहती कुलराखन। तुम्हें जो कुछ कहना हो जाकर सीधे उन्हीं से कहो... । उनके द्वारा तुम्हारी शादी तय करने और तुम्हारे द्वारा उसे तोड़ते जाने से मैं आजिज आ गयी हूँ। कहीं भी शादी करोगे तो कुछ-न-कुछ कमी तो दिखेगी ही। ऐसी कोई भी जगह नहीं जो सब तरह से ठीक और पूर्ण हो। तुम हमी लोगों के बारे में विचार करोगे तो तुम्हें कई कमियाँ नजर आ जायेंगी... ।''

इस पर अपनी बेरुखी प्रकट करते हुए कुलराखन ने कहा—''तो तुम भी अब पिता जी की ही भाषा बोलने लगी हो। मैं उनसे उलझना नहीं चाहता इसलिए तुम्हें ही बता देता हूँ, बादल सिंह के यहाँ शादी मैं किसी भी मूल्य पर नहीं करूँगा... । तुम लोगों को बहुत जल्दी है तो मनराखन की शादी कर लो। मेरी जान के पीछे न पड़ो... ।''

इसके बाद कुलराखन अपनी नाराजगी जाहिर करने के लिए उसी दिन शहर लौट गया। माँ के लाख रोकने पर भी नहीं रुका। माँ का करुणार्द्र मन रुआँसा हो उठा। इस जानकारी पर बलेसर ने उन्हें आश्वस्त किया—''यह अच्छा संकेत है कुलराखन की माँ। अब उसे लग गया है कि उसकी चाल हम पकड़ने लगे हैं। हमारी गिरफ्त से निकलने के लिए ही वह ऐसा कर रहा है। अगर इस स्थिति में अपनी गिरफ्त हमने सख्त नहीं की तब फिर वह कभी हमारी पकड़ में नहीं आयेगा।''

अपने इस निर्णय के अनुसार बलेसर ने बादल सिंह के यहाँ रिश्ता तय कर दिया। बादल सिंह की खुशी की कोई सीमा नहीं रही। बलेसर को उन्होंने बाँहों में भरकर टाँग लिया—''मुझे सब पता है बलेसर भाई, अपनी लड़की सुरभि में आपने क्या दिया है? अगर उससे अधिक की भरपाई नहीं की तो मेरा नाम बादल सिंह नहीं। कुसुम मेरी बड़ी पुत्री है। उसके लिए कुछ भी उठा नहीं रखूँगा... ।''

बलेसर के इस निर्णय के बाद दोनों ओर से सगुण की मिठाइयों का आदान-प्रदान हुआ। दोनों घरों में खुशी की लहर दौड़ गयी। हालाँकि बलेसर पति-पत्नी के मन में आशंका बनी रही। उनके जमाने में नाराजगी के बावजूद माँ-बाप का आदेश लड़के शिरोधार्य करते थे। लेकिन आज के लड़कों का अब क्या भरोसा! इस सम्बन्ध में अपने निर्णय पर दृढ़ बनी रहने की पूरी कोशिश बलेसर ने की। लेकिन प्राप्त जानकारी पर कुलराखन ने अपने छोटे भाई जगपूरन को गाँव भेजकर अपनी प्रतिक्रिया से उन्हें अवगत करा दिया। जगपूरन ने कहा—"भैया यह शादी कदापि नहीं करेंगे माँ। उन्होंने कहा है कि अब वे गाँव भी नहीं आयेंगे...। उनसे बगैर पूछे जब पिता जी ने शादी तय कर दी तब पिता जी समझें...। उनको इससे कुछ मतलब नहीं है...।"

कुलराखन के इस जवाब से बलेसर ने बादल सिंह को भी अवगत करा दिया। बादल सिंह ने उन्हें अपने निर्णय पर डटे रहने को कहा तथा कुलराखन को रास्ते पर लाने के लिए अपने स्वयं के प्रयास का भी आश्वासन दिया—"मैं अपने स्तर से भी देख रहा हूँ बलेसर भाई। हम दोनों जब राजी हैं तो लड़के को भी राजी होना पड़ेगा...। आप चिन्ता न करें...।"

बादल सिंह के इस आश्वासन पर बलेसर ने अपने मन को कड़ा बनाये रखा। लेकिन अपने पुत्र की इस बेरुखी से उनकी पत्नी अन्दर-ही-अन्दर ढहने लगी—"मेरा बड़ा बेटा है कुलराखन। कितने लाड़-प्यार से हमने उसे पाला है...। उसे अपने से विमुख और नाराज कर हम कैसे रह सकते हैं...?"

बलेसर ने पत्नी को भी समझा दिया—"हमारे द्वारा तय शादी पर ही वह नखड़ा पसार रहा...। बाद में स्वयं रास्ते पर आ जायेगा। उसकी इस नाराजगी को तुम बराबर की नाराजगी मत समझो...।"

इधर अब बादल सिंह भी अपने स्तर से लग गये। उनके हित-मित्र और परिचित जब कुलराखन तक सचिवालय पहुँचकर उसे घेरने, समझाने और उस पर दबाव बनाने लगे तब कुलराखन ने अपने अनुज मनराखन को गाँव भेजकर अपनी सख्त नाराजगी का इजहार करते हुए अपने जीवन के गोपन रहस्य का उद्‌घाटन भी कर दिया। मनराखन ने कहा—"भैया बहुत नाराज और दुःखी हैं माँ। बादल सिंह के लोग उन्हें शहर जाकर परेशान कर रहे हैं। अगर बादल सिंह को आप लोग नहीं रोकियेगा तो उन्होंने आत्महत्या कर लेने को कहा है। वे संकोचवश आप लोगों से कह नहीं रहे थे, अपनी शादी उन्होंने तय कर ली है। एक मन्दिर में उस लड़की का हाथ भी थाम चुके हैं। अब सिर्फ शादी की रस्म भर बाकी है...।"

कुलराखन की इस सूचना ने बलेसर के संघर्ष पर जैसे वज्रपात-सा कर दिया। बलेसर की सारी तैयारी धराशायी हो गयी। मनराखन से प्राप्त जानकारी के अनुसार अपने कार्यालय के आप्त सचिव की लड़की से ही उसने शादी तय की थी। इस पर बलेसर ने मनराखन को भी इसमें भागीदार समझ आरोप के लहजे में पूछा—"कुलराखन

के साथ ही तुम रहते हो। अवश्य तुम्हें यह सब-कुछ पता होगा...। फिर अब तक हम लोगों से क्यों छिपाया था?''

जवाब में सफाई देते हुए मनराखन ने कहा– 'नहीं पिता जी! मैं एकदम नहीं जानता था। आप मुझसे जो कसम लेना चाहें, ले सकते हैं। मुझे इसकी तनिक भी भनक होती तो अवश्य मैंने आप लोगों को सूचित कर दिया होता। वैसे वे रोज शाम को यह कहकर अपने आप्त सचिव के यहाँ जाते थे कि फाइल वर्क करना है। कार्यालय अवधि में सारी फाइलों का काम पूरा नहीं हो पाता। फिर वे रात गये तक लौटते थे। अब जब बात बढ़ी है तो उन्होंने हमें बताया है...।''

इस पर बलेसर ने आवेश में ही पूछा–''वह आप्त सचिव किस जाति का है?''

मनराखन ने बता दिया–''अपनी ही जाति का!''

बलेसर को अब यह समझते देर नहीं लगी कि चतुर आप्त सचिव ने अच्छे घर का अच्छा लड़का देख अपनी लड़की से फँसवा दिया। इस पर आग बबूला होते हुए उन्होंने मनराखन से कहा–''तुम जाकर कुलराखन को बता दो कि इस शादी को मैं कभी अपनी स्वीकृति नहीं दे सकता...। जैसे उसने स्वयं यह रिश्ता तय किया है वैसे स्वयं ही शादी कर ले। अब उस आप्त सचिव को ही अपना पिता समझे। मैं अपने मन को समझा लूँगा कि मेरा एक बड़ा पुत्र था, जो खत्म हो गया। मुझे अब सिर्फ दो ही पुत्र हैं...।''

लेकिन उनकी इस राय के विपरीत उनकी भली चंगी पत्नी को कुलराखन का यह सन्देश किसी सदमे की तरह लगा...। अचानक इस सूचना ने उन्हें कमजोर और अस्वस्थ कर दिया, जैसे उनका सब-कुछ लुट गया हो, जैसे वे हताश, निरुपाय और असहाय हो गयी हों...। उनके पास माता का हृदय था। उस मातृ हृदय को ढाढ़स बँधाने की उन्होंने लाख कोशिश की। लेकिन अपने मन को नहीं समझा सकीं। इस स्थिति में जब खाना-पीना छोड़ वे खाटसायी होने लगीं तो बलेसर की सारी दृढ़ता और अकड़ ढीली पड़ गयी–''तुम इस तरह देह छोड़ने लगोगी कुलराखन की माँ तो अकेले मैं क्या कर सकता हूँ...?''

जवाब में पत्नी ने उन्हें प्रेम से समझाया–''उसकी तय शादी हमें मान लेनी चाहिए...। अच्छा हुआ कि उसने स्वयं तय कर ली है। हम लोग तय करते तो मन लायक पत्नी और ससुराल न मिलने पर जीवन भर वह हमें कोसता रहता है। लेकिन अपने निर्णय पर अब किसी से कुछ कहने का उनका मुँह नहीं रहेगा। हमारी खेती पर वह आश्रित रहता तो अपना सही-गलत निर्णय हम उस पर थोप भी सकते थे। लेकिन हम पर तो वह आश्रित है ही नहीं...। इस स्थिति में उसकी बात मानने के सिवा दूसरा रास्ता हमारे पास नहीं...। उसे झटककर हम अपने पाँव में ही कुल्हाड़ी मार लेंगे। हमारे मनराखन और जगपूरन भी तो उसी के साथ रहते हैं। हो सकता है, आगे चलकर वे भी वैसा ही करें...। तब सभी बेटों को अपने से दूर कर हम किसके लिए

अपने खेत-बधार और घर-द्वार सँगोरेंगे। (सँभालेंगे)? तब हमारे रहने और जीने का आधार ही क्या होगा?''

बलेसर अपनी पत्नी की सूझबूझ और समझदारी से अवगत थे। घर में ऐसी पत्नी की उपस्थिति का ही यह परिणाम था कि अपनी खेती के प्रति वे समर्पित थे। कृषि से लेकर घर-परिवार की समस्याओं पर भी पत्नी का सुझाव उन्हें अक्सर उपयुक्त जान पड़ता। इस मसले पर भी पत्नी की राय उन्हें वाजिब जान पड़ी। दृढ़ता और सख्ती का निर्णय वही कारगर हो पाता है जहाँ सम्बन्धित मामला बिल्कुल अपने दायरे में हो...। कुलराखन उनके दायरे से बाहर निकल चुका था। इसलिए उनकी दृढ़ता और सख्ती का उस पर कोई प्रभाव नहीं। अब वह किसी भी बात के लिए उन पर निर्भर तो था नहीं...। इस स्थिति में तत्काल बादल सिंह से उन्होंने अपनी असमर्थता जाहिर कर दी। लेकिन बादल सिंह ने हाथ पीछे खींचने से उन्हें रोकने की जोरदार कोशिश की–''बेटे की बन्दर घुड़की पर आपको नहीं डरना चाहिए बलेसर भाई। जवानी में सबका मन बहक जाता है। हमारी स्थिति भी ऐसी ही थी। लेकिन शादी होते ही सब-कुछ ठीक हो जाता है। जवानी की सारी उड़ान और भटकन पर विराम लग जाता है। ऐसे मामले में हमें अब और प्रतीक्षा नहीं करनी चाहिए। 'चट मँगनी पट ब्याह' वाली कहावत चरितार्थ कर देनी चाहिए। बस, आप अपने निर्णय पर डटे रहिये बलेसर जी। मैं जल्द ही कुछ करता हूँ...। कोई मार्ग निकालता हूँ।''

बादल सिंह की इस बात ने बलेसर को आशंकित कर दिया। उनका संकेत समझने में बलेसर को देर नहीं हुई। बादल सिंह की पहुँच और हिम्मत से वे परिचित थे। सचिवालय से ही कुलराखन का अपहरण कराकर अपनी बेटी से शादी रचा सकते थे। इलाके में इस तरह की दो-दो शादियाँ हो चुकी थीं। लेकिन बलेसर ने अब साफ मना कर दिया–''मेरे हाथ में अब कुछ नहीं बादल भाई! हमारे और आपके बीच अब तक जो बातचीत हुई, उसे अब यहीं समाप्त समझिये...!''

जवाब में बादल सिंह अड़ गये–''ऐसा नहीं हो सकता बलेसर जी! मुझे इतना आगे बढ़ाकर आप हाथ पीछे नहीं खींच सकते...।''

इस पर बलेसर ने अपनी पहली बात ही दुहरायी–''मेरे हाथ में अब कुछ नहीं बादल जी। अब मैं कुछ नहीं कर सकता। अपनी लड़की के लिए अब आप अन्यत्र प्रयास कीजिये...।''

इतना कहकर बलेसर बादल सिंह से विदा हो चल पड़े। लेकिन उन्हें वापस होते हुए बादल सिंह ने अपनी नाराजगी का अहसास करा ही दिया–''मेरे साथ यह आपने अच्छा नहीं किया बलेसर जी। मैंने सपने में भी नहीं सोचा था कि मुझे इतना भरोसा देकर आप इस तरह झटक देंगे...!''

जवाब में अब कुछ भी कहकर विवाद बढ़ाना उचित न समझ बलेसर ने मौन साध लिया। हालाँकि इस मौन के बावजूद बादल सिंह की बात का दंश वे महसूस करते रहे। जानते थे, ऐसे व्यक्ति की नाराजगी अच्छी नहीं हो सकती!

जिस उद्देश्य और उत्साह के साथ बलेसर ने कुलराखन की शादी के लिए प्रयास शुरू किया था, परिणाम में अब उन्हें मुँह की खानी पड़ी थी। अब उनकी पहली प्राथमिकता रुग्ण पत्नी को स्वस्थ करना था। बाहर से टूटे-हारे वे अपने घर की शक्ति-स्रोत से भी वंचित हो जायँ तब फिर न तो अपनी कृषि सँभाल सकेंगे और न अपना जीवन। वे जानते थे, पत्नी किसी बाहरी व्याधि की शिकार नहीं। पत्नी को स्वस्थ करने के लिए कुलराखन की नाजायज माँग उन्हें स्वीकार करनी होगी। इस स्थिति में कोई और विकल्प सम्भव न देख बलेसर ने हथियार डाल दिये। फिर तो कुलराखन खुशी-खुशी घर आने-जाने लगा। उसके अनुयायी दोनों छोटे भाई भी प्रसन्न हो गये। उनकी पत्नी की सहजता और स्वाभाविकता भी वापस आ गयी। घर में अब उनकी जीवन्त उपस्थिति का एहसास होने लगा। लेकिन ऊपर से अपने को सहज-सामान्य बनाने के बावजूद बलेसर अन्दर से सामान्य नहीं हो सके। उनके अन्दर कबीर की यह पंक्ति बजती रही—'गया वंश कबीर का, उपजा पूत कमाल...।'

बीतते समय के अनुसार माँ-बेटे की योजना के तहत शादी की तिथि निर्धारित करने के लिए दीपू नामक वह प्रशाखा पदाधिकारी भी एक दिन बलेसर के यहाँ आ पहुँचा। बलेसर की पत्नी ने उन्हें समझा दिया था—"अब बेटे की खुशी में ही हमें अपनी खुशी माननी है...। कुलराखन ने ही इन्हें भेजा है। शादी के लिए ये जिस तरह से कहें हमें राजी हो जाना है...।"

अपने मन के धरातल पर बलेसर ने स्वयं ऐसा तय कर लिया था। पत्नी न भी कहती तो भी वे ऐसा ही करते। अब जब उस प्रशाखा पदाधिकारी दीपू के साथ आमने-सामने बैठे तो प्रथम दृष्टि में ही बलेसर को वह काइयाँ, धूर्त्त और घूसखोर अधिकारी जान पड़ा। उसकी एक आँख कुछ टेढ़ी तथा नाक चिपटी थी। माथे के बाल आधे झड़े हुए। रंग साँवला तथा चेहरे पर जगह-जगह उठे बेतरतीब मस्से। थुलथुले शरीर के अनुपात में आगे निकली तोंद। बलेसर ने मन-ही-मन अपने भाग्य को कोसा कि ऐसा व्यक्ति उनका समधी बन रहा, उनका अपना बेटा जो न करा दे...।

इस व्यक्ति को देखने के बाद बलेसर को लगा, चाहे और मामलों में यह जो कमी करे, लेन-देन में पीछे नहीं हट सकता। अपने रंग-रूप से यह बलेसर को रुपये उगाहने और बटोरनेवाला जोगाड़ी व्यक्ति जान पड़ा। सम्भव है, कुलराखन ने अपनी शादी के अपने निर्णय की स्वतन्त्रता के एवज में उनकी नाराजगी दूर करने के लिए इससे कुछ दहेज दिलवा दे, फिर तो रेहन रखे खेतों को मुक्त कराने का उनका एक बड़ा काम हो जायेगा। लेकिन दीपू ने अपने प्रथम संवाद में ही उनके इस ख्वाब को चकनाचूर कर दिया—"बलेसर बाबू! आप तो जमींदार आदमी हैं और मैं शहर का एक मामूली नौकरी पेशा। मेरी हैसियत आपके यहाँ शादी करने की नहीं थी। लेकिन लड़की के भाग्य ने मुझे यहाँ पहुँचा दिया...। इस लड़की में मैं दिल खोलकर खर्च करना चाहता था। कुछ भी उठा नहीं रखता। लेकिन अभी दो साल पहले इससे बड़ी लड़की की शादी

की है। इसी दौरान शहर में अपना एक छोटा-सा घर भी बनाया है। अब ये दोनों कार्य ऐसे रहे कि पास का बचा-खुचा तो सब खर्च हो ही गया, कर्ज भी लेने पड़े। फिर भी आप लोगों के स्वागत-सत्कार में मैं कोई कमी नहीं होने दूँगा...।''

बलेसर के मन में आया कि कह दें—''अब किसी स्वागत-सत्कार की जरूरत नहीं...। जब बेटे को ही फँसा लिया, वही आपके हाथ में चला गया, तब फिर क्या देना और क्यों देना? मुफ्त में जहाँ सब-कुछ उपलब्ध हो वहाँ खर्च करने की मूर्खता कोई क्यों करें? लेकिन पत्नी की शर्त के अनुसार अन्दर से उबलते-उफनते हुए भी ऐसा कुछ नहीं कह सके। पर जवाब में यह कहने से अपने को रोक भी नहीं सके—''मैं जमींदार नहीं दीपू जी, एक किसान हूँ। अब गाँवों में जमींदार कहाँ रहे? शायद आप जैसे शहरी बाबू लोगों को अब भी गाँव के किसान जमींदार ही नजर आते हैं।''

इस पर दीपू ने अपने को सँभालते-सहेजते हुए कहा—''अरे, नहीं बलेसर बाबू। मेरे कहने का आशय यह नहीं था। किसान से बड़ा तो कोई और होता ही नहीं। हमारे पूर्व प्रधानमन्त्री लालबहादुर शास्त्री ने यह नारा भी दिया था--जय जवान, जय किसान। किसान और जवान ही देश के लिए सर्वोपरि होते हैं...।''

इस सम्बन्ध में अब निरुद्देश्य संवाद बढ़ाना उचित न समझ बलेसर ने दीपू द्वारा निर्धारित शादी की तिथि पर अपनी सहमति प्रदान कर दी। यहाँ उनका किसान मन यह पूछने से अपने को रोक नहीं सका—''आप और आपकी बेटी को गाँव और गाँव की खेत-बारी से कुछ भी परिचय रहा है कि नहीं...?''

जवाब में दीपू ने उन्हें आश्वस्त कर दिया—''हम भी गाँव के ही निवासी हैं बलेसर बाबू। नौकरी के चलते शहर में रह जरूर रहे हैं। पर गाँव में हमारी भी खेती-बारी है। हमारे गोतिया-पट्टीदार उसे सँभालते हैं। समय-समय पर हम भी जाते हैं...।''

यह सुन बलेसर पुनः पूछ उठे—''अपकी लड़की भी गाँव जाती है?''

इस प्रश्न पर भी दीपू ने उसी सहजता और विश्वास के साथ कहा—''हाँ, हाँ बलेसर बाबू। हमारी बेटी रूबी भी हमारे साथ गाँव जाती है। गाँव और गाँव के खेत-बधार उसे भी बहुत पसन्द हैं...।''

इसके बाद बलेसर ने और कुछ नहीं पूछा। इस सूचना से उनके मन के गहराते अँधेरे में रोशनी की हल्की टिमटिमाहट कायम हो गयी। दीपू की बेटी रूबी गाँव और खेत-बधार से परिचित है। एकदम निपट शहरिया छोकरी नहीं है...। सम्भव है, समय के अनुसार इस घर के लिए अनुकूल हो जाये। किसी से जो कार्य चाहकर भी हम नहीं करा पाते, समय करा देता है। समय की मार अचूक होती है। समय के प्रवाह से कोई बच नहीं पाता...।

अपने कृषि जीवन पर मँडराते संकट को समय के नाम पर छोड़ बलेसर घर-परिवार की खुशी के लिए कुलराखन की शादी में लग गये। लड़के के पिता के रूप में वैवाहिक अनुष्ठान की रस्मों को वे यन्त्रवत् निभाते चले गये। अपने मन के समझौते के तहत

कहीं कोई आवाज नहीं उठायी। कहीं कोई अवरोध उपस्थित नहीं होने दिया...। लेकिन शादी के बाद कुलराखन की बहू उनके घर पहुँची तो उन्होंने अपने को न सिर्फ आसमान से जमीन पर गिरा महसूस किया, बल्कि खोदा पहाड़ निकली चुहिया की कहावत भी उन्हें फीकी जान पड़ी। उस क्षण भोजपुरी की यह कहावत उन्हें अपने यहाँ चरितार्थ होती दिखी—'नरकों में ठेला-ठेली...।'

उन्होंने सपने में भी नहीं सोचा था कि रूबी कुछ सामान्य परिवर्तन के साथ अपने पिता की हम शक्ल होगी। अक्सर बदरूप और बेढंगे पिताओं की पुत्रियों को उन्होंने सुन्दर होते पाया था। इस रूबी से शादी के लिए कुलराखन जिस तरह अड़ा था उससे इसके अतिशय सुन्दर होने की कल्पना भी बलेसर के मन में थी। लेकिन यहाँ तो परिणाम कुछ और निकला। इस स्थिति में बलेसर ने अपने प्रति उत्पन्न मतित्व से तत्क्षण अपने को संयत कर लिया। जब इसी लड़की के लिए कुलराखन गाँव-घर और माँ-बाप तक को छोड़ने के लिए तैयार था तो फिर उनकी नजर में इसके सुरूप और कुरूप होने से क्या फर्क? यह चाहे जैसी हो, कुलराखन की वजह से अब इस घर की बहू है। लेकिन उसे देखने के बाद उनकी पत्नी अपने को रोक नहीं सकी। उनके चेहरे के भाव जिस तेजी से बदले कि बलेसर ने आशंकित अनुभव किया। लेकिन गनीमत रही कि अपनी प्रतिक्रिया किसी और से व्यक्त न कर वह सीधे उनके कमरे में आ पहुँची जहाँ वे खिड़की से सब-कुछ देख रहे थे। फिर उन्हें पकड़कर ऐसे फफक पड़ी जैसे उनका सब-कुछ लुट चुका हो। वह सब-कुछ हार चुकी हों। इस स्थिति में अपनी भावनाओं पर काबू रखते हुए बलेसर ने उन्हें मजबूत शब्दों का सहारा दिया—"इस तरह कमजोर पड़ जाना ठीक नहीं होगा कुलराखन की माँ। हमें अपने को सँभालकर नियन्त्रण में रखना है।"

इस पर उनकी व्यथा फूट पड़ी—"इस लड़की में क्या देखकर कुलराखन ने इसे पसन्द किया। अब कुलराखन के साथ इसकी जोड़ी देखकर पूरा गाँव थू-थू, छीः-छीः करेगा...। मैं समझ नहीं पा रही हूँ कि कुलराखन को यह कैसे जँच गयी?"

जवाब में बलेसर ने उन्हें समझाया—"सम्पर्क के बाद रूप का आकर्षण गौण हो जाता है कुलराखन की माँ। कुरूप लड़की के भी सम्पर्क में जब कोई लड़का चला जाता है तो वही लड़की उसे परी जान पड़ने लगती है। चालाक दीपू ने अपनी इस बेटी से कुलराखन का संसर्ग कराकर यह सब सम्भव बना दिया।"

लेकिन इस पर भी उन्हें विश्वास नहीं हुआ—"कोई लाख सम्पर्क-संसर्ग करा दे, ऐसी लड़की किसी अच्छे लड़के के चित्त पर चढ़ ही कैसे सकती है? इसके किसी भी अंग में कोई सुन्दरता नहीं...!"

तब बलेसर ने उदाहरण के साथ उनके सीधे-सच्चे मन को प्रतीति करायी—"ऐसा ही होता है कुलराखन की माँ। पूरी दुनिया जानती है कि लैला काली थी, लेकिन मजनूँ उसी पर मरता था...।"

इसके बाद बलेसर की पत्नी ने न कुछ और पूछा और न कुछ और कहा। आँसू पोंछकर फटी-फटी आँखों से एक बार बलेसर को देखा, जैसे कह रही हो, अब मैं भी सब-कुछ समझ गयी। फिर अपने को संयत कर उनके कमरे से आँगन में चली गयी जहाँ रिश्ते-नाते की औरतों के बीच बहू घिरी थी।

दो से तीन दिन के अन्दर रिश्ते-नाते के स्त्री-पुरुष उन दोनों पति-पत्नी से विदा ले चल पड़े। सब अपने घर-परिवार और रोजी-रोजगार की व्यस्तताओं में घिरे थे। सम्बन्धों के निर्वाह के लिए समय निकालकर आये थे। बलेसर ने अनुभव किया था, अब पहले की तरह बैठे ठाले लोग कम होते जा रहे थे जो किसी रिश्ते में जाते तो महीनों जमे रहते। अब वैसे लोगों को कोई तवज्जो भी नहीं देता। लेकिन यह देखकर बलेसर को अजीब लगा कि रिश्ते-नाते के लोगों की तरह उनकी बहू भी कुलराखन के साथ शहर जाने के लिए बेचैन हो गयी। इस स्थिति में उनकी पत्नी ने प्रेम से समझाते हुए अनुरोध किया—"बिना चौठारी के कहीं आया-जाया नहीं जाता बहू...। दो-तीन दिन में चौठारी की सभी रस्में पूरी हो जायेंगी, तब चली जाना।" लेकिन बलेसर को रूबी का इस तरह और इतनी जल्दी जाना नागवार लगा। यहाँ उन्हें दीपू की यह बात बरबस याद आ गयी कि हमारे साथ हमारी बेटी रूबी भी गाँव जाती है। गाँव और गाँव के खेत-बधार उसे भी बहुत पसन्द हैं, तो क्या उसने शादी के लिए यह झूठ बोला था? अगर नहीं तब फिर ससुराल के अपने इस गाँव से वह इतनी जल्दी भागने के लिए बेचैन क्यों हो गयी?

इस बात के अगले दिन ही बलेसर को बहू का एक और परिचय प्राप्त हो गया जिसने उन्हें आसमान से उठाकर जमीन पर पटक दिया। हर साल की भाँति बिक्री से बचे हुए धान कोनेवाले भण्डार घर में रखे हुए थे। उस धान पर नजर पड़ते ही बहू ने उनकी पत्नी से पूछा—"यह इस घर में पीला-पीला इतना अधिक क्या रखा है अम्माँ?"

जवाब में चौंकते हुए उनकी पत्नी ने कहा—"यह धान है बहू! धान तुमने नहीं देखा है क्या?"

इस पर सहजता से ही वह बोल उठी—"नहीं अम्माँ! हमारे यहाँ यह धान कभी नहीं आता था। फिर इतना धान तो मैंने कभी देखा ही नहीं था...।"

इस पर उनकी पत्नी पूछ उठी—"तो क्या तुम अपने गाँव नहीं जाती थी? वहाँ खेती-गृहस्थी नहीं होती...?"

उत्तर में उसने बताया—नहीं अम्माँ। मेरा तो जनम-करम सब शहर में ही हुआ। शहर में ही मैं पढ़ी-लिखी...।"

फिर जिज्ञासु होते हुए उसने पूछा—"इस धान का क्या होगा अम्माँ?"

यह सुन बुझे मन से ही उन्होंने बताया—"चावल बनेगा।"

इस पर चौंकते हुए उसने पूछा—"चावल तो सफेद और चिकना होता है अम्माँ। यह तो पीला और रुखड़ा है।"

जवाब में अनिच्छा से ही उन्होंने कहा–"इसी के भीतर चावल होता है...।"

यह सुन कौतुक और जिज्ञासा से धान के दो-चार दाने हाथ में लेकर वह छिलके हटाने लगी। फिर उसके अन्दर सफेद चावल देख सुखद आश्चर्य से चौंक उठी–"अरे हाँ अम्माँ! सचमुच इसके अन्दर तो सफेद चावल है...। सफेद और चिकने। वाह खूब! यह तो मैंने कभी देखा ही नहीं था...।"

इस दृश्य से अवगत बलेसर अब अपने को रोक नहीं सके। सख्त होते हुए बहू के रू-ब-रू खड़े हो गये–"तो गाँव और गाँव के खेत-बधार से तुम्हारा कभी कोई वास्ता नहीं रहा है...। वास्ता रहता तो धान की ढेरी देख तुम इस तरह नहीं चौंकती। लेकिन तुम्हारे पिता दीपू तो कह रहे थे कि उनके साथ तुम गाँव जाती थी। गाँव और गाँव के खेत-बधार तुम्हें बहुत पसन्द हैं!"

बलेसर के इस औचक हस्तक्षेप तथा कड़े सवाल से क्षणभर के लिए वह घबरा उठी। फिर पास ही आँगन की चौकी पर बैठे कुलराखन की ओर इशारा करते हुए कहा–"इन्होंने ही मेरे पिता जी से कहा था कि आपके मन लायक बात करनी है। किसी विषय को लेकर ना-नुकर नहीं करना है...।"

प्रतिक्रिया में बलेसर ने कुलराखन की ओर देखा। लेकिन कुलराखन ने कोई जवाब नहीं दिया। वह आँगन की चौकी से उठकर सीधे बाहर के दरवाजे से दालान पर चला गया। बलेसर को यह समझते देर नहीं लगी कि इस रूप में उसने अपने कथन की सहमति स्वीकार की है। अब बहू से कुछ और पूछना उचित न समझ वे अपने कमरे में चले आये।

चौठारी के बाद अपने तय कार्यक्रम के अनुसार उनकी बहू कुलराखन के साथ शहर चली गयी। उसे शहर ले जाने के लिए कुलराखन ने भाड़े की कार मँगवा रखी थी। इसका लाभ उसके दोनों छोटे भाइयों ने भी उठाया। कुलराखन के साथ वे भी शहर में पढ़ते और नौकरी की तैयारियाँ करते थे। गाँव से एक-दो दिन आगे-पीछे भी वे शहर जा सकते थे। लेकिन कार की वजह से उनके साथ ही चले गये।

बलेसर दोनों पति-पत्नी जैसे पहले अकेले थे, अब फिर अकेले हो गये। हालाँकि पहले का अकेलापन उन्हें अखरता नहीं था, लेकिन बेटे की शादी के बाद के इस अकेलेपन ने उन्हें डसना प्रारम्भ कर दिया। अपना यह घर उन्हें अतिशय प्रिय था। लेकिन अब अपने इस घर में उन्हें रिक्तता और सूनेपन का एहसास होने लगा था। उस रात वे देर तक सो नहीं सके। अपनी व्यथा-पीड़ा एक-दूसरे से बाँटते रहे। उनकी पत्नी ने कहा–"आज के बहू-बेटे अब साथ रहनेवाले नहीं...। उनकी दुनिया अपने दोनों तक ही सीमित हो जाती है...। गिरती उम्र में माँ-बाप अकेले कैसे रहेंगे, इसका लेश मात्र ख्याल भी उन्हें नहीं होता। कुलराखन को अभी इतनी जल्दी क्या थी? बहू को हमारे पास कुछ समय के लिए छोड़ देता। इसी बहाने शहर से गाँव आता-जाता रहता...।"

इस पर उन्हें समझाते हुए बलेसर ने कहा—"कुलराखन ऐसा कर ही नहीं सकता। उसके हाथ में यह था ही नहीं। हमारे द्वारा तय शादी पर वह ऐसा विवश नहीं होता। लेकिन जिस गलत तरीके से उसने यह शादी की उसमें उसे अब वही करना है जो वह लड़की कहेगी...। उस लड़की के संकेत पर ही उसे चलना है...।"

यह सुन उन्होंने अब दूसरी चिन्ता व्यक्त की—"अगर मनराखन और जगपूरन भी इसी राह पर चले गये तो क्या होगा? उन्हें रोकने के लिए हमें अभी से कुछ करना चाहिए...।"

जवाब में बलेसर ने सम्भावित स्थिति स्पष्ट कर दी—"अब हमारे रोकने से भी वे रुकनेवाले नहीं कुलराखन की माँ। गाँव से शहर जाकर पढ़ने और नौकरी से जुड़नेवाले लड़कों पर हमारा जोर नहीं चल सकता...।"

इस बात से आहत उनकी पत्नी ने अपने मन की यह शंका जाहिर की—"जब से रामसुन्दर सिंह और बजरंग तिवारी के लड़के उन्हें छोड़कर शहर जा बसे तभी से मैं डर रही थी। लेकिन आप मुझे समझा देते थे कि हमारे लड़के वैसा नहीं करेंगे...!"

"यह मेरी भूल थी कुलराखन की माँ। ठोकर लगने के बाद ही आदमी को ज्ञान होता है। जब तक अपने पर घटित नहीं हुआ था तब तक हमें लगता था कि हमारे साथ ऐसा नहीं हो सकता। अब मुझे महाभारत का वह यक्ष प्रश्न याद आता है जिसमें यक्ष ने युधिष्ठिर से पूछा था कि संसार का सबसे बड़ा आश्चर्य क्या है? जवाब में युधिष्ठिर ने बताया था कि दूसरों की रोज मरते हुए देखकर भी हम अपने मरने की बात नहीं सोच पाते—संसार का सबसे बड़ा आश्चर्य यही है। 'जग मरिहौं, हम ना मरिहौं, मैं इसी भ्रान्ति का शिकार था...।"

"इस स्थिति में बेटों की बात हमें मान लेनी चाहिए। आखिर कब तक हम अकेले रह सकेंगे? अन्ततः उनके साथ ही तो हमें रहना पड़ेगा...।"

"ऐसा मत सोचो कुलराखन की माँ। अपने साथ हमें रखने के लिए वे हमें बर्बाद कर देंगे...। कहेंगे कि गाँव का खेत-बधार, घर-द्वार सब बेचकर हम उनके साथ शहर चल चलें...। लेकिन यह हमारे लिये कभी उचित नहीं हो सकता। अब इस बुढ़ापे में शहर जाकर नया घर बनाना और नयी दुनिया बसाना हमारे लिये सम्भव भी नहीं। वहाँ उनका पराश्रित होकर ही हमें रहना और जीना पड़ेगा। यहाँ अकेलेपन के बावजूद अपनी मर्जी से रहने और जीने के लिए हम स्वतन्त्र हैं। यहाँ के हम स्वामी हैं...। इस स्थिति में वहाँ की पाबन्दियाँ हमारे लिये कष्टदायक और यातनापूर्ण होंगी। गाँव की जगह-जमीन बेच बेटों के साथ रहनेवाले दो-तीन लोगों को मैं अच्छी तरह जानता हूँ। जब कभी शहर से गाँव आते हैं तो अपना दुखड़ा बयान करते नहीं थकते। उनका कष्ट सुनोगी तो कहोगी कि ऐसे वंश से निरवंशी होकर जीना भला...।"

"तब क्या बुढ़ापे में भी हम यहीं पड़े रहेंगे? इसी के लिए हमने बाल-बच्चों को पैदा किया। पाल-पोसकर बड़ा बनाया...।"

"अब हमारा भला यहीं अपनी जमीन पर कायम रहने में ही होगा कुलराखन की माँ। जिस बेटे का संस्कार जब जगेगा और उसे प्रेरित करेगा तब वह आकर हमसे मिल जाया करेगा। लेकिन हमारा सम्बल पहले की तरह हमारा बत्तीस बिगहवा ही बना रहेगा। हमें उसी के भरोसे रहना और जीना है। बेटे-बहुओं को सब-कुछ देकर भी हम उनके ऊपर बोझ ही बने रहेंगे। लेकिन यहाँ जिस जरूरतमन्द को जो कुछ देंगे, वह हमारे लिये कुछ भी उठा नहीं रखेगा। फिर अपने पुश्तैनी घर, चिर-परिचित समाज और अपनी जगह-जमीन का स्वामी बनकर यहाँ रहने की बात ही कुछ और है। हमारे लिये इससे अच्छी जगह कहीं और हो ही नहीं सकती...।"

बलेसर के इस जवाब के बाद उनकी पत्नी ने अब और कुछ भी नहीं पूछा। शायद उनकी जिज्ञासा शान्त हो गयी थी। शायद मन के धरातल पर अब उन्हें ठौर मिल गया था। बस, उनकी आँख लग गयी। इस दौरान बलेसर जब तक जगे रहे, अपने संघर्षचेता मन को आश्वस्त करते रहे कि बेटों के समक्ष हथियार डालकर उन्हें कभी अपने को विवश-लाचार नहीं होने देना है। इस क्षण गीता की उनकी वह प्रिय पंक्ति जो हर विपरीत परिस्थिति में उन्हें बल प्रदान करती थी, बरबस उनके होंठों पर आ गयी—'कर्मण्येवाधिकारस्ते मा फलेषु कदाचन'...यानी फल की चिन्ता कर उन्हें विचलित नहीं होना है। कर्म के पथ पर ही अपने को केन्द्रित बनाये रखना है...।

इसके बाद बलेसर की भी आँख कब लग गयी, उन्हें पता तक नहीं चला...।

•

कुलराखन की शादी के बाद अगले मौसम में एक सुबह एकदम तड़के भूचाल की तरह यह खबर पूरे बलहारी गाँव में दौड़ गयी कि बलेसर की बत्तीस बिगहवा में आग लग गयी है। वह धान का मौसम था। खेतों में धान की खड़ी फसलें पककर तैयार थीं। बलेसर आजकल में कटनी करानेवाले थे। लेकिन उससे पहले ही यह वाक्या घटित हो गया।

बलेसर के यहाँ यह सूचना लेकर हाँफती हुई कूदन की पत्नी पहुँची। उस वक्त कूदन अपने बीमार समधी को देखने अपनी बेटी के ससुराल गया था। बलेसर अभी बिस्तर पर ही थे। कुलराखन की शादी के बाद जाने-अनजाने कारणों से उन्हें अच्छी नींद नहीं आती थी जिससे पहले की तरह ब्रह्म मुहूर्त्त में उठने की उनकी दिनचर्या शिथिल पड़ गयी थी। लेकिन इस सूचना से अवगत होते ही वे चौंककर उठ बैठे—"यह क्या हो गया...?"

बस, उसी क्षण बत्तीस बिगहवा की ओर वे भाग चले। उस वर्ष धान की फसल खूब अच्छी हुई थी। उस अच्छी फसल को लेकर बलेसर का मन आशान्वित था। वे समझ गये थे, बेटों की आय से उनके रेहन खेत छूटनेवाले नहीं। अब खेतों को अपनी आय का ही उन्हें भरोसा था। लेकिन इस सूचना ने उनके भरोसे पर जैसे वज्रपात कर दिया...।

वार्धक्य की अवस्था के चलते चाहते हुए भी बलेसर तेजी से दौड़ नहीं पा रहे थे। बत्तीस बिगहवा के पास जल्द-से-जल्द पहुँच जाने के लिए उनका मन बेचैन था। लेकिन पहले की तरह उनके मन का साथ अब उनका तन नहीं दे रहा था। वे देख रहे थे, गाँव के लोग भी उनके बत्तीस बिगहवा की ओर ही भागते जा रहे थे। बलेसर जानते थे, ऐसी घटनाओं पर उनके गाँव को जुटते देर नहीं लगती।

गाँव से बाहर निकलते ही बत्तीस बिगहवा से उठते धुएँ को देख बलेसर का कलेजा धक् से कर उठा। खूब कसकर आग लगी है तभी इस तरह धुआँ उठ रहा है। उनके पहुँचने तक वहाँ गाँव के अधिकांश लोग एकत्रित हो चुके थे और आपस में चीख-चिल्ला रहे थे—"पानी! पानी! जल्दी आग बुझायी जाये...। पानी का इन्तजाम

शीघ्र किया जाय, नहीं तो यह आग पूरे बधार में फैल जायेगी... । धान की आग को पसरते देर नहीं लगती... ।''

ऐसे में बलेसर के पहुँचते ही लोगों ने उन्हें घेर लिया—''क्या किया जाय बलेसर भाई! जल्द-से-जल्द कुछ इन्तजाम किया जाय नहीं तो पूरी खेती जलकर राख हो जायेगी!''

बलेसर को लगा जैसे लोग उनकी ही प्रतीक्षा कर रहे थे। घटना उनके खेत में घटी थी, इसलिए लोगों द्वारा उनकी प्रतीक्षा स्वाभाविक थी। उस समय भी कुछ दिनों से बिजली गायब थी। आसपास पानी का कोई पोखरा या तालाब भी नहीं था। इस स्थिति में पम्पिंग सेट से पानी निकालकर ही आग बुझायी जा सकती थी। बस, बलेसर तत्क्षण बोल उठे—''अरे भाई लोगों, पम्पिंग सेट की हमारी मशीन तो घर पर है। उसे जल्द-से-जल्द कैसे मँगवायी जाय? डीजल भी रखा है... । हमारा कूदन तो अपने रिश्ते में गया है... ।''

बलेसर की यह बात सुनते ही गाँव के तीन-चार बलिष्ठ किसान उनके घर की ओर दौड़ चले। मशीनों की चोरी के चलते अक्सर किसान उसे घर पर ही रखते थे। जरूरत पर ही बधार में ले आते। बलेसर की वह मशीन तो कूदन के जिम्मे थी। जब वह रखवाली में रहता तो उसे बत्तीस बिगहवा के पास ही रखता। लेकिन कहीं बाहर आते-जाते उसे घर पहुँचा देता था। इस आपात् स्थिति में तत्काल बलेसर की मशीन लेकर लोग पहुँच आये। कोई और अवसर होता तो वह भारी मशीन इतनी जल्दी नहीं आ पाती। लेकिन गाँव के सामूहिक सहयोग की तत्परता ने किसी चमत्कार की तरह उसे तत्क्षण उपस्थित कर दिया। फिर तो मशीन से पानी निकलते ही बत्तीस बिगहवा की आग पर फेंकना लोगों ने शुरू कर दिया। अनेक बाल्टियाँ आ गयीं। लोगों के सामूहिक प्रयास ने आग को विस्तार पाने से रोक दिया। कुछ समय लगा, लेकिन आग बुझ गयी। लोगों ने मन-ही-मन आकलन किया, इस बीच बलेसर की लगभग दस बीघे की फसल जल चुकी थी। अब हताश-परेशान बलेसर ने दोनों हाथ उठाकर लोगों के प्रति अपनी कृतज्ञता ज्ञापित की—''भाई लोगों, मेरे लिये आप लोगों ने आज जो किया, उसके लिए मैं आप सब का ऋणी हूँ। अगर आप लोग इस तरह नहीं लगते तो मेरा पूरा बत्तीस बिगहवा जल जाता... ।''

इस पर निहोरा राय ने कहा—''ऐसा मत कहो बलेसर भाई। यह तो हमारा फर्ज था। हम किसानों का यही तो संग-साथ और आपसी सहयोग है... ।''

निहोरा की इस बात का समर्थन गाँव के अधिकांश लोगों ने भी किया। मास्टर जगतनन्दन ने सबके समर्थन को मजबूत शब्दों का सहारा दे दिया—''इस तरह की घटनाओं पर हम एकजुट नहीं होंगे तो कब होंगे? आज तुम्हारे साथ यह हुआ है बलेसर भाई, कल किसी और के साथ हो सकता है... । ऐसे में हम सबको एकजुट होकर इसका मुकाबला करना है... । हम इसी तरह संगठित बने रहेंगे तो ऐसी घटनाएँ हमें अधिक नुकसान नहीं पहुँचा सकेंगी।''

लोगों से घिरे बलेसर अब जामुन के अपने चबूतरे पर बैठ गये। अक्सर बत्तीस बिगहवा के अपने इस चबूतरे पर वे सुकून का अनुभव करते थे। लेकिन अब सामने जले उनके खेत उन्हें पीड़ा पहुँचा रहे थे। इस क्षण देर से पहुँचे काशीनाथ पूछ उठे—''यह सब कैसे हो गया बलेसर भाई?''

जवाब में बलेसर ने कहा—''मुझे कुछ भी मालूम नहीं। सुबह कूदन की पत्नी ने आकर मुझे बताया तब जान सका...। मैं तो अभी बिस्तर पर ही था...।''

इस पर तपेसर ने कहा—''यह किसी बीड़ी पीनेवाले का काम है बलेसर भाई। बीड़ी पीकर फेक दिया होगा। उसी से आग लग गयी। तैयार धान के खेत में आग पकड़ते देर भी तो नहीं लगती...। बीड़ी पीनेवाले राही आग-पाछ नहीं सोचते...। जहाँ बीड़ी खत्म होती है, वहीं फेंक देते हैं। उसे बुझाते भी नहीं।''

यह सुन यदुनाथ ने एक और सम्भावना जाहिर की—''सिर्फ बीड़ी पीनेवालों के चलते ही नहीं, आग तापनेवालों से भी ऐसा होता है...। अपने खेतों के रखवार या चोर-उचक्के बधार में आग तापने से बाज नहीं आते...। उनके चलते भी ऐसी आग लगी होती है...।''

इन बातों के विपरीत जयराम सिंह ने अपनी अलग राय जाहिर की—''दुश्मनी साधने के लिए भी लोग ऐसा करते हैं। अब बलेसर जी को किससे दुश्मनी हो सकती है, यह तो वे ही जानते होंगे...!''

लेकिन इससे पहले कि इस बात से अनावश्यक विवाद कायम हो, बलेसर के मित्र चन्द्रदेव ने इसे तत्क्षण खारिज कर दिया—''सारा गाँव जानता है, बलेसर को किसी से कोई दुश्मनी नहीं...। बीड़ी और आग तापने से ही ऐसा हुआ है...।''

अपने मित्र के इस सहयोग ने बलेसर को सम्बल प्रदान किया। वे जानते थे, आफत और संकट के क्षणों में भी जयराम सिंह जैसे लोग नया विवाद कायम कर लुत्फ उठाना चाहते हैं। इस पर अब मास्टर चन्द्रमा चौबे ने इस घटना को आम करार देकर सबकी जिज्ञासा शान्त कर दी'' यह कोई अनहोनी नहीं। इसको लेकर अधिक माथा-पच्ची क्या करना? धान के इस मौसम में अक्सर ऐसा होता है। अभी इसी सप्ताह दो-तीन गाँवों में ऐसा हो चुका है। इधर के समाचार-पत्रों में विस्तार से आया है। बीड़ी पीने और आग तापने के चलते ही ऐसा होता है। धान की तैयार फसल और हवा के झोंके से कोई हल्की चिनगारी भी आग बन जाती है।''

आग बुझते और मामला शान्त होते ही गाँव के लोग धीरे-धीरे घटना-स्थल से खिसकने लगे। धान के इस मौसम में सबके जिम्मे अपने कार्य थे। बस, देखते-ही-देखते कुछ ही समय बाद गाँव के लोग वहाँ से चले गये। लेकिन बलेसर के मित्र चन्द्रदेव उन्हें इस हालत में छोड़ तत्काल नहीं जा सके। चन्द्रदेव के सिवा जब वहाँ कोई नहीं बचा तब बलेसर अपने को रोक नहीं सके—''गलत समझौते का परिणाम कभी सही नहीं होता चन्द्रदेव। मेरा मन कहता था तय शादी टूटने के बाद बादल सिंह दुश्मनी साधेगा ही। यह उसी का काम है...।''

जवाब में चन्द्रदेव ने बलेसर की इस आशंका पर अपनी मुहर लगा दी—''एकदम तुम्हारा ख्याल सही है। यह काम बादल सिंह का ही है। कुलराखन की शादी के बाद ही इसका घटित होना इस बात का पक्का प्रमाण भी है...। इससे पहले तुम्हारे बत्तीस बिगहवा में तो आग कभी नहीं लगी थी। फिर अचानक कैसे लग सकती है? बादल सिंह से जिस किसी की दुश्मनी हुई है, उसका अनिष्ट उसने किया ही है...। वह अपनी प्रकृति से बाज नहीं आता...।''

''तो इस बार मैं भी बता दूँगा चन्द्रदेव''—बलेसर गुस्से में आ गये—''मैं उसकी तरह नीचता पर तो नहीं उतर सकता, लेकिन उसके खिलाफ एफ.आई.आर. दर्ज कराकर उसे परेशान तो कर ही सकता हूँ। खेत जलाने का उसे मजा चखाना ही होगा।''

''तुम्हें ऐसा कुछ भी नहीं करना है बलेसर!''—चन्द्रदेव ने मित्र धर्म का पालन करते हुए बलेसर को समझाने की कोशिश की—''बादल सिंह जैसे लोगों का एक पाँव गाँव में होता है तो दूसरा कोर्ट-कचहरी में। अपने ऊपर एक और मुकदमा हो जाने से उसे कोई फर्क पड़नेवाला नहीं। लेकिन खेती-गृहस्थी छोड़कर मुकदमेबाजी में तो हम स्वयं तबाह-परेशान हो जायेंगे। फिर तुम्हारे लड़के भी तो इस मामले में तुम्हारा साथ नहीं देंगे। वे तो खुद चाहते हैं कि तुम खेत-बधार बेचकर उनके साथ शहरी बन जाओ...।''

''तब क्या करूँ चन्द्रदेव, तुम्हीं बताओ? तुम्हारे सिवा किसी और से पूछ भी तो नहीं सकता! क्या बादल सिंह की ऐसी दुष्टता पर भी महटिया जाऊँ?''

''महटिया जाने में ही तुम्हारा भला है बलेसर। अगर तुम पहले की तरह ही शान्ति से खेती-बारी करते हुए गाँव में रहना चाहते हो तो इस बात को आयी-गयी समझकर इसे भूल जाओ। इसके बाद अब बादल दुबारा तुम्हारे साथ कुछ नहीं करेगा। इस घटना के रूप मे अपने मन का खुन्नस उसने निकाल लिया...।''

चन्द्रदेव की इस बात का असर बलेसर ने अपने ऊपर महसूस किया। मित्र चन्द्रदेव का कहना सही है। अब उनका उद्विग्न-आवेशित मन शान्त होने लगा। इस सन्दर्भ में बलेसर के चेहरे के परिवर्तित भावों को लक्ष्य कर चन्द्रदेव ने पुनः कहा—''और यह बात अब किसी और से तुम्हें नहीं कहनी। तुम्हारे मुँह से यह बात निकलते ही लोग उसे बतंगड़ बना देंगे। फिर चाहते हुए भी तुम शान्त और इतमीनान नहीं रह सकोगे।''

बलेसर अब अपने को रोक नहीं सके—''तुम्हारे सिवा मैं किसी से भी अपने मन की बात नहीं कहता चन्द्रदेव। कह भी नहीं सकता। तुमसे अधिक मेरा अपना कोई और है भी नहीं...।''

''तो अब इस बात को यहीं खत्म कर दो बलेसर। दिन चढ़ रहा है। घर जाकर हाथ-मुँह धोओ और अपनी दिनचर्या में लग जाओ। जो नुकसान हो गया, वह अब लौट कर आनेवाला नहीं। मेरे जिम्मे भी अभी कई काम हैं। घर जा रहा हूँ। जब जरूरत हो आ जाना या खबर भेजकर मुझे बुला लेना...।''

बलेसर को आश्वस्त कर चन्द्रदेव भी चले गये। बलेसर अब अकेले बच गये। सचमुच दिन चढ़ रहा था। न चाहते हुए भी उनकी नजरें बार-बार अपने जले खेतों पर चली जाती थीं। इस दौरान फसल बीमावाली बात भी उनके जेहन में आ गयी। पिछले दो-तीन वर्षों से वे फसल बीमा की चर्चा सुनते आ रहे थे। लेकिन उस योजना से अपने गाँव के किसी किसान को उन्होंने लाभान्वित होते नहीं पाया था। उनके गाँव के कपिलदेव और शिवधन ने सरकारी कर्मचारियों के कहने पर फसल बीमा करवायी थी। बीमा की किश्तें भी उन्होंने जमा की थीं। लेकिन बाढ़ से अपनी फसलों की बर्बादी पर बीमा राशि पाने के लिए जब उन्होंने प्रयास किया तो इस ऑफिस से उस ऑफिस तक दौड़ने और बाबुओं को नजराना देने में ही वह रकम समाप्त हो गयी...। उसके बाद फिर बलहारी के किसी ने फसल बीमा नहीं करायी। मास्टर जगतनन्दन कह रहे थे कि फसल बीमा को लेकर कुछ नयी योजनाएँ भी आयी हैं। पता नहीं वे कितनी लाभप्रद हैं...। जो हो, इस क्षण उन्हें लगा कि अगर उन्होंने फसल बीमा करवायी होती तो शायद इस औचक नुकसान पर सचिवालय में कार्यरत उनका पुत्र भरपाई करा देता। सचिवालय के आदेश की अवहेलना प्रखण्ड स्तर के छोटे कार्यालय नहीं कर सकते...। लेकिन दूसरे ही क्षण अपने इस विचार पर उन्हें खेद भी हुआ। जो पुत्र उनसे खेत बेचने को कह रहा, वह उनकी खेती की व्यवस्था सुचारु करने में कभी सहयोग करनेवाला नहीं...।

बलेसर को लगा, अब उन्हें घर चलना चाहिए। बिना हाथ-मुँह धोये इसी तरह देर तक यहाँ बैठे रहे तो खराई मारते देर नहीं लगेगी। संयम-नियम से रहकर ही उन्होंने अब तक अपने को ठीक रखा है। इस वार्धक्य में स्वास्थ्य के प्रति लापरवाही उचित नहीं। वे भले-चंगे हैं तभी अपने खेत-बधार, घर-द्वार सँभाल रहे हैं। अस्वस्थ होने पर तो कुछ भी नहीं कर सकेंगे। इस स्थिति में उन्हें ठीक ही रहना है। बस, वे चलने के लिए उठ खड़े हुए। लेकिन इसी क्षण मशीन पर नजर पड़ते ही फिर बैठ गये। यहाँ खुले में मशीन छोड़कर कैसे जा सकते थे? कूदन भी तो नहीं। इस तरह मशीन को खुले बधार में छोड़ना उचित नहीं...। अगलगी की घटना पर सामूहिक सहयोग के तहत उत्साह-आवेग में लोग उनकी मशीन घर से यहाँ लेते आये थे। लेकिन आग बुझाने तक ही उनका सामूहिक सहयोग सम्भव था। अब मशीन को अपने घर ले जाने का जिम्मा मशीन मालिक का ही था।

बलेसर चारों ओर नजर दौड़ाने लगे कि मजदूर वर्ग के दो-तीन लोग कहीं नजर आ जायँ ताकि उन्हें कुछ नगद देकर मशीन अपने घर ले जा सकें...। लेकिन उस समय उन्हें कहीं कोई नहीं दिखा। इस सम्बन्ध में पिछले कई वर्षों से बलेसर यह अनुभव करते आ रहे थे कि गाँवों में खेत-मजदूरों की संख्या निरन्तर घटती जा रही है। कभी ऐसा वक्त भी था कि एक खोजो तो चार मजदूर उपलब्ध। वह हल-बैल से खेती होने के उनेक कृषक जीवन का प्रथम दौर था। जब बनिहार, चरवाह के अतिरिक्त खेती

की आवश्यकता पर पर्याप्त खेत-मजदूर सहज उपलब्ध रहते थे। तब किसान और खेत-मजदूर दोनों एक-दूसरे पर अवलम्बित थे। तब खेती तो अच्छी होती ही, दोनों का जीवन भी अपने ढंग से चलता रहता था। इसमें ऐसा भी नहीं था कि किसान बहुत सुखी हों और खेत-मजदूर बहुत-दुःखी। अपनी-अपनी सीमाओं में दोनों ने जीना सीख लिया था। किसान, खेत-मजदूरों से अच्छा खाते और रहते हों यह भी नहीं था। उन दोनों के बीच अन्तर सिर्फ इस बात को लेकर ही था कि किसान अपने को खेत मालिक समझते और मजदूर अपने को किसानों के कामगार और आश्रयदाता...। हालाँकि दोनों का कार्य एक-दूसरे के बिना चलनेवाला नहीं था। दोनों एक-दूसरे पर निर्भर थे। ऐसे में बलेसर अपने बनिहार-चरवाह और अन्य खेत-मजदूरों को कभी हेय दृष्टि से नहीं देखते। अपने कृषिकार्य का उन्हें सहयोगी मानते। इसलिए उन्हें बनिहार, चरवाह और खेत-मजदूरों की कभी कमी नहीं होती। उनके जैसे अन्य किसान भी थे। लेकिन जहाँ और लोग बनिहार-चरवाह खोजते रहते, वहाँ स्वयं बनिहार-चरवाह बलेसर के यहाँ काम पाने के लिए तत्पर रहते। इसके विपरीत कुछ सम्पन्न और दबंग किसान ऐसे भी थे जो अपने बनिहार, चरवाह को बँधुआ बनाकर न सिर्फ उनका शोषण करते, बल्कि उनकी बहू-बेटियों को अपनी जागीर समझते। ये वैसे दबंग किसान थे जिन्होंने अपनी जमीन में अपने आश्रित खेत-मजदूरों को बसाकर तथा अपने कर्ज और उसके सूद के बढ़ते बोझ से उन्हें अपना मातहत बनाये रखा था।

बलेसर को लगता था, कि इन दबंग किसानों के शोषण की प्रतिक्रिया और सामाजिक-राजनैतिक परिवर्तन की लहर के संयुक्त परिणाम के रूप में ही नक्सलवादी आन्दोलन आया, जिसने गाँव और खेत-बधार को ही अपना केन्द्र बना लिया। फिर तो किसान और खेत-मजदूर जो एक-दूसरे के सहयोगी और पूरक थे, एक-दूसरे के दुश्मन बन गये। दोनों ओर से गोलबन्दियाँ होने लगीं। मारकाट और नारेबाजी शुरू हो गयी—''रोपे, बोये, काटे धान, खेत का मालिक वही किसान।''

''खून का बदला खून से लेंगे। एक की जगह दस मारेंगे...।''

बलेसर के किसान जीवन में वह सबसे बड़ा तूफान था। पूरा गाँव त्रस्त और अस्त-व्यस्त हो गया था। उनके गाँव में तो नहीं, लेकिन इलाके में कई दबंग किसान मारे गये थे तथा कुछ खेत-मजदूरों की भी हत्याएँ हुई थीं। बलेसर ने अनुभव किया था, उनके कृषक जीवन की बर्बादी और तबाही का वह सबसे खराब समय था। बनिहार, चरवाह तथा खेत-मजदूरों के अभाव में खेती-गृहस्थी की बनी-बनायी परम्परा ध्वस्त हो गयी थी। जो किसान और उनके परिवार स्वयं जितनी खेती कर सकते थे, उतने पर ही सिमट आये थे। शेष खेती परती रहने लगी थी। ऐसे में खेत-मजदूरों के नेता उन परती खेतों पर अपने झण्डे गाड़ आते। प्रतिक्रिया में संगठित किसान उन झण्डों को उखाड़ फेंकते। इधर जैसे-जैसे मजदूर संगठन आक्रामक होते गये, वैसे-वैसे किसानों के तेवर भी जुझारू बनते चले गये। फिर जाति सेनाओं का निर्माण शुरू हो

गया। बलेसर समझ नहीं पाते थे कि जो किसान-मजदूर एक-दूसरे के सहयोगी थे, एक-दूसरे पर ही उनकी निर्भरता और सामाजिक व्यवस्था कायम थी, वे अब एक-दूसरे को अपना दुश्मन क्यों समझते थे? दोनों को ऐसा क्यों लगता था कि एक-दूसरे से लड़कर ही वे अपनी आजादी हासिल कर लेंगे, जबकि कुछ सामान्य अन्तर के बावजूद दोनों का जीवन एक जैसा ही था, सुविधाओं से वंचित, उपेक्षित और अभावग्रस्त जीवन। अव्वल तो अपने हक के लिए शहरों-महानगरों में बैठकर देश चलानेवाले और बड़े-बड़े कारोबारों के पूँजीपतियों से उन्हें लड़ना चाहिए था, जो देश के नियामक थे। उनके पक्ष का निर्धारण वही करते थे। वहाँ लड़कर वे कुछ पा भी सकते थे। यहाँ की लड़ाई में तो उन्हें सिर्फ खोना-ही-खोना था। किसानों की बैठकों में बलेसर अपना यह तर्क भी रखते—''भाई लोगो, अपने बनिहार-चरवाह और मजदूरों पर जवाबी कार्रवाई में हमें हमले नहीं करने चाहिए। उन्हें समझाने की जरूरत है। बाहरी हवा और लोगों के प्रभाव में वे दिग्भ्रमित हो गये हैं। जब समझ जायेंगे तो स्वयं रास्ते पर आ जायेंगे...।''

इस सम्बन्ध में जहाँ कहीं अपने परिचित बनिहार-चरवाह और खेत-मजदूर बलेसर को मिलते तो उन्हें भी समझाने से वे पीछे नहीं हटते—''किसी को खेती में मिहनताना लेकर सहयोग करने से कोई उस खेत का मालिक नहीं हो जाता। खेतों की खरीद-बिक्री होती है। खेती के स्वामित्व के पुश्तैनी कागज होते हैं। कई जगह मजदूर-वर्ग के लोग भी अपने अर्जन-उपार्जन से खेतों का स्वामित्व हासिल कर लेते हैं। यही कानूनसम्मत परम्परा भी रही है। इसलिए जोर-जबर्दस्ती और हिंसा के बल पर किसी और का खेत दखल करना उचित नहीं। ऐसी दखल को न तो सरकारी मान्यता मिल सकती है और न वह प्रामाणिक ही हो सकती है...।''

बलेसर अनुभव कर रहे थे, उनकी जायज बात लोगों को जँचती जरूर, उनके चेहरे के भावों से वे लख जाते, लेकिन गर्म और उत्तेजित माहौल की वजह से अपनी सहमति व्यक्त नहीं कर पाते। इस सम्बन्ध में न चाहते हुए भी कुछ बनिहार-चरवाह और खेत-मजदूर इस गोलबन्दी के शिकार हो ही जाते। उन्हें संगठित करनेवालों की ऐसी सख्त हिदायत थी कि खेत मालिक किसानों से उन्हें बिल्कुल दूरी बनाकर ही रहना है। अपना महत्त्व उन्हें बता देना है कि उनके बगैर वे खेती नहीं कर सकेंगे...। कूदन और उसके जैसे कई बनिहार-चरवाह इसी विवशता के तहत अपने खेत मालिकों से अलग हो गये थे। ऐसे में एक रात छिपकर कूदन उनसे आकर कह गया था—''मैं आपको कभी नहीं छोड़ सकता बाचा बाबू। आप घबराइयेगा मत। अभी गाँव का माहौल एकदम अशान्त है। मामला कुछ ठण्ढाते ही मैं आ जाऊँगा...।''

जवाब में कूदन को भी उन्होंने आश्वस्त कर दिया था—''जब जिस चीज़ की जरूरत हो ले जाना। किसी भी स्थिति में अपने परिवार को भूखे नहीं रखना है। तुम्हारे लिये मेर घर का दरवाजा सदैव खुला रहता है...।''

असल में बलेसर, कूदन और उसके परिवार को इतना मानते थे कि वह उन्हें अपना मददगार छोड़कर शत्रु समझ ही नहीं सकता था। उनकी तरह के कुछ और किसानों

का अपने बनिहार-चरवाहों से ऐसा ही सम्बन्ध था। लेकिन ऐसे लोगों की संख्या कम थी। एक-दूसरे को शोषक और शोषित समझनेवाले ही अधिक थे। ऐसे समय का ही यह प्रभाव था कि गाँव के बनिहार-चरवाह और खेत-मजदूर काम करने के लिए शहर जाने लगे। किसी आन्दोलन और संघर्ष के नाम पर परिवार को वे भूखे तो रख नहीं सकते। फिर कुछ ही वर्षों बाद समय की मार ने इस आग को स्वतः शान्त कर दिया। कूदन जैसे विश्वस्त अपने किसान मालिकों के यहाँ पुनः लौट आये। लेकिन अधिकांश बनिहार-चरवाह और खेत-मजदूर अब कृषिकार्य में वापस नहीं हुए। शहरी आय की तुलना में कृषि आय उन्हें नगण्य जान पड़ी। उनका यह आकलन सही भी था। कृषि कार्य से किसानों की आय स्वतः सीमित थी, इस स्थिति में अपने बनिहार-चरवाह और खेत-मजदूरों को वे अधिक दे भी नहीं सकते थे। उसी समय से गाँव में मजदूरों की कमी कायम होती चली गयी। सम्भवतः इसे लक्ष्य कर ही कृषिकार्य के लिए अनेक यन्त्रों और उपकरणों का आविष्कार और निर्माण हुआ। फिर भी मनुष्य सहयोग के अभाव में अच्छी खेती सम्भव नहीं...। मनुष्य सहयोग का अभाव बना रहा।

बलेसर ने यह भी अनुभव किया कि उस आन्दोलन से मजदूरों की इस मानसिकता में भी बदलाव आया कि उन्हें किसानों का मातहत बनकर कृषि के परम्परित कार्य से ही जुड़े रहना नहीं, स्वतन्त्र रोजगार अपनाना है, जहाँ किसी के अधीन नहीं रहना और किसी का रोब-दाब नहीं सहना। ऐसे रोजगारों में शहरी कार्य के अतिरिक्त गाँव में मवेशी पालन और सब्जियों की खेती को भी उन्होंने मुफीद समझा...।

बलेसर देख रहे थे, उनके गाँव के कुछ मजदूर जो गाय-भैंस रखने में समर्थ होते, वे गाय-भैंस रखते। वैसे मजदूर उन गाय-भैसों का दूध, दही, मट्ठा, घी और उपले बेच-कर अपने परिवार का भरण-पोषण कर लेते। दूध-दही का महत्त्व और उनकी उपयोगिता निरन्तर बढ़ते जाने से इस आय में उन्हें इजाफा ही होते जाना था। इनसे अलग आर्थिक दृष्टि से कमजोर मजदूर मुर्गियों और बकरियों का पालन करते। बकरियों के बच्चे तथा मुर्गे-मुर्गियाँ बाजारों में बेचकर वे अपनी जीविका चलाते...। मुर्गियों के अण्डे अलग से बेचते। मांसाहारी वर्ग में इन चीजों की माँग भी निरन्तर बढ़ती जा रही थी। वैसे लोग अपने पूरे परिवार के साथ अपने पशु-पक्षियों में ही लगे होते। वे समय से अपने पशु-पक्षियों को खिलाने, चराने और उनकी शुश्रूषा पर अपना ध्यान केन्द्रित रखते...। ऐसे कार्य में आय के साथ वे स्वतन्त्र अनुभव करते...। अपनी ऐसी स्वतन्त्रता छोड़कर बनिहार-चरवाह बनना अब उन्हें कतई गवारा नहीं था।

इनसे कुछ अलग कोटि के मजदूर जिनकी अपनी सीमित जमीन होती, उस जमीन में सब्जियों की खेती कर वे अपनी जीविका चला लेते...। अपने पूरे परिवार के साथ जी तोड़ मेहनत कर उस जमीन को उपजाऊ बनाते हुए उसमें इतनी और ऐसी सब्जियाँ पैदा करते कि उनका वह कारोबार सालों भर चलता रहता...। सब्जियों की माँग का निरन्तर बने रहना और उनके भाव बढ़ते जाना उनके लिए लाभप्रद होता। ऐसे मजदूर

अपनी जमीन के पासवाले किसान की भी कुछ जमीन मालगुजारी (नकद की बन्दोबस्ती) पर लेकर सब्जियों की अपनी खेती को बढ़ा लेते। इस तरह बलेसर जैसे किसानों के लिए खेत-मजदूरों का अभाव कायम होता गया। इस स्थिति में पंचायती राज्य-व्यवस्था की 'मनरेगा' जैसी योजनाओं ने उस अभाव को और बढ़ा दिया। बलेसर 'मनरेगा' जैसी योजना के विरोधी नहीं। ग्रामीण मजदूरों के पक्ष में सरकार की यह अच्छी योजना है। इस योजना के तहत ग्रामीण मजदूरों को 100 दिन काम की गारण्टी और सरकारी भुगतान की व्यवस्था हैं। लेकिन इस कार्य को पाने और भुगतान हासिल करने के लिए जॉब कार्ड से लेकर मुखिया और मनरेगा के कर्मचारियों-अधिकारियों तक की प्रक्रिया के चलते मजदूर इससे पूर्णतः लाभान्वित नहीं हो पाते। फिर भी कृषिकार्य की तुलना में यह मेहनताना उन्हें अच्छा जान पड़ता। इस योजना ने भी खेत-मजदूरों को कृषि कार्य से विमुख किया।

बलेसर को लगता है कि ग्रामीण मजदूरों की इस योजना की तरह ग्रामीण किसानों के लिए ऐसी कोई योजना लेकर सरकार क्यों नहीं आती? तब उनके गाँवों के खेत-मजदूर दूसरे कार्यों को नहीं अपनाते। कृषि क्षेत्र में कुछ अनुदान, सब्सिडी और कृषि यन्त्रों के निर्माण से ही सरकार किसानों के लिए अपनी भूमिका को पर्याप्त मान लेती। लेकिन व्यावहारिक स्तर पर बलेसर ने यह महसूस किया है कि बिना पर्याप्त श्रमिकों के सहयोग के अच्छी खेती कदापि सम्भव नहीं। खेत से खलिहान और किसानों के घर तक श्रमिक सहयोग की अपेक्षा बनी रहती है। उनके अपने गाँव में जिस परिवार के अधिक लोग कृषि कार्य में लगे होते हैं उनकी अधिक उपज का मुकाबला इक्के-दुक्के परिवारवाले किसान नहीं कर पाते...।

जामुन के अपने चबूतरे पर मजदूरों की प्रतीक्षा में बैठे बलेसर ने जब अपने समक्ष उपस्थित कूदन की पत्नी को देखा तब वे प्रकृतिस्थ हुए। अब पहुँचते ही कूदन की पत्नी ने कहा—"जितना धान जलना था, जल गया, उसके लिए अइसा फिकर मत कीजिये मलिकार। इतना टैम बीत गया। मालकिन घर पर अलग परेशान-बेहाल हैं। अब जल्दी घर चलिये...।"

बलेसर ने भी अनुभव किया, सचमुच दिन काफी चढ़ गया था। उन्होंने अभी तक अपनी दिनचर्या भी प्रारम्भ नहीं की थी। वे तो सुबह बिस्तरे से उठते ही सीधे यहाँ भागते आ पहुँचे थे। जवाब में कूदन की पत्नी को बताया—"मजदूरों की प्रतीक्षा में बैठा था। यहाँ खुले में मशीन छोड़कर जाना ठीक नहीं लगा...।"

इस पर वह चट बोल उठी—"आज शाम तक वे भी समधियाने से लौट आयेंगे। अगर नहीं भी आयेंगे तो अपने टोला-पड़ोस के लोगों से मशीन घर पहुँचवा दूँगी...।"

कूदन की पत्नी के इस आश्वासन पर बलेसर का मन आर्द्र हो आया—"मैं जानता था कूदन बहू कि तुम कुछ-न-कुछ उपाय जरूर करोगी। फिर भी देख रहा था कि कुछ मजदूर नजर आ जायँ तो उन्हें कुछ देकर मशीन घर लेते चलें...।"

इस पर कूदन की पत्नी पुनः बोल उठी–"अइसे छोटे-छोटे कामों के लिए आप नाहक परेशान होते हैं मलिकार! आपका दिया ही हम खाते हैं। अइसे मौके पर हम काम नहीं आयेंगे तो फिर कब आयेंगे?"

बलेसर अब कूदन की पत्नी के साथ घर की ओर चल पड़े। आगे-आगे बलेसर और उनके पीछे-पीछे कूदन की पत्नी। बलेसर को अक्सर ऐसा लगता है कि अगर कूदन के परिवार का ऐसा सहयोग उन्हें नहीं मिलता तो अकेले ही अपने खेती में वे छितरा जाते। जोताई, बोआई, कटनी, दवनी, ढोआई आदि अवसरों पर कूदन जरूरत के अनुसार कहीं-न-कहीं से मजदूरों को ढूँढ़कर ले आता है। उसकी अपनी बिरादरी, कुनबे और मुहल्ले के मजदूर सीधे-सीधे उनके कहने पर नहीं आते हैं। लेकिन कूदन के कहने पर आ जाते हैं। अब अक्सर यह विचार भी उनके मन में उठने लगा था कि जब उनके अपने बेटे खेती से कटते जा रहे हैं, तब फिर कूदन के परिवार पर उन्हें और खर्च करना चाहिए। जो उनका सहयोगी और उनके कृषि कार्य का कर्त्ता-धर्ता है उसे उन्हें अपने परिवार से कम नहीं समझना चाहिए और यह विचार आते ही वे अपने अन्दर एक मजबूत सम्बल का एहसास कर उठते। कूदन के सहयोग से अपनी बर्बाद खेती को फिर आबाद कर लेंगे। जले खेल की भरपाई फिर हो जायेगी...।

घर पहुँचकर पत्नी के पीले, मुरझाये और उदास चेहरे को देखते ही बलेसर की अपनी पीड़ा जैसे क्षण-भर में ही काफूर हो गयी। उन्हें यह समझते देर नहीं लगी कि पहले से अस्वस्थ पत्नी को इस सूचना ने और गिरा दिया है। अपनी पत्नी की इस दिनचर्या से भी वे अवगत थे कि जब तक हाथ-मुँह धोकर वे कुछ मुँह में नहीं डालते तब तक उनकी पत्नी भी कुछ ग्रहण नहीं करती। वे जानते थे, कृषि जीवन की उनकी सफलता और खुशहाली के पीछे घर के अन्दर उनकी पत्नी की ही भूमिका थी। उनकी पत्नी एक किसान की कुशल गृहिणी और सह धर्मिणी थी। बस, तत्क्षण वे सजग-सचेत हो गये–"ऐसा कुछ भी नहीं हुआ कुलराखन की माँ जिससे तुम इतनी चिन्तित हो...। बहुत थोड़ा-सा ही धान जला है। घर से मशीन ले जाकर गाँव के लोगों ने बुझा दिया। ऐसे मौकों पर अपने गाँव को एकजुट होते देर नहीं लगती...। कृषि जीवन में ऐसा कुछ होता ही रहता है। अब जल्दी से हाथ-मुँह धोकर कुछ खाओ-पियो...।"

इस पर छूटते ही वह पूछ उठी–"और आपने हाथ-मुँह धो लिया?"

जवाब में अपनी दिनचर्या शुरू करते हुए उन्होंने कहा–"मैं जल्द ही नहा-धोकर आ रहा हूँ। तुम भी तैयार हो जाओ...।"

अपने गृहस्थ जीवन को पटरी पर लाने के लिए अन्दर से व्यथित-विकल होते हुए भी बलेसर ने बाहर से अपने को सहज-सामान्य बनाने की कोशिश की। फ़िलहाल दो जनों की गृहस्थी में इसके सिवा कोई और विकल्प उनके समक्ष नहीं था...।

शाम होते-होते इस सूचना पर उनके तीनों बेटे शहर से आ पहुँचे। इस घटना पर कुलराखन की पहली प्रतिक्रिया थी–"शहर में ऐसा कुछ होता है तो एक सूचना पर

फायर ब्रिगेड की गाड़ियाँ दौड़ने लगती हैं। फिर बड़ी-से-बड़ी आग को बुझाते उन्हें देर नहीं लगती। लेकिन यहाँ गाँव में वैसा कोई इन्तजाम ही नहीं। कुएँ, तालाब या मशीन से जब तक लोग पानी का इन्तजाम करते हैं, तब तक आग बहुत-कुछ बर्बाद कर चुकी होती है...।''

इस बीच मनराखन भी डी.ए.वी. स्कूल में प्लस टू शिक्षक हो गया था। शहरी जीवन के आकर्षण में डूबा मनराखन भी अब बोल उठा—''कुलराखन भैया ने ठीक कहा था पिता जी। अब और विलम्ब न कर हमें अपने खेत बेच शहर में स्थायी आवास कायम कर लेना चाहिए। अब तक आप शहर में रह रहे होते तो ऐसा कुछ भी नहीं होता...। तब आप आराम से वहाँ पड़े रहते...। न अधो का लेना और न माधो का देना...। बिहारीपुर के हमारे दोस्त राघव के पिता भी इसी तरह खेती के झंझट से आजिज-परेशान थे। अन्ततः खेती बेचकर राघव के साथ शहर आ गये। अब ठाट से रहते हैं...। शहर चलने पर मैं आपसे उनको मिला दूँगा...। अभी गाँव में खेतों के कुछ खरीददार भी हैं...। खेती में निरन्तर बढ़ती परेशानी और लागत की अपेक्षा कम आय के चलते आगे के दिनों में खरीदार भी नहीं रहेंगे।

अपने इन दोनों बेटों की बातों का बलेसर ने कोई जवाब नहीं दिया। सुनते हुए भी अनसुना कर दिया। ठीक इसी समय कुलराखन के पास उसकी पत्नी का फोन आ गया। अपने पति से गाँव पहुँचने की सूचना प्राप्त कर उसने फोन अम्माँ जी को देने को कहा। बस, चतुर कुलराखन ने फोन का लाउडस्पीकर ऑन कर माँ की ओर बढ़ा दिया—''रूबी, आपसे बात करेगी माँ...।''

अब रूबी की आवाज सबको सुनायी पड़ने लगी—''प्रणाम अम्माँ।''

''खुश रहो। सदा सुहागिन बनी रहो...।''

''खेत में आग लगना सुनकर बहुत दुःख हुआ अम्माँ। यहाँ हम लोग आराम से हैं और बुढ़ापे में पिता जी के साथ वहाँ आपको कितनी परेशानी उठानी पड़ रही है, यह बात मुझे तनिक भी अच्छी नहीं लगती है। मेरे पिता जी बताते हैं कि खेती-गृहस्थी अब पहले जैसा भरोसेमन्द और रईसों का काम नहीं रहा...। अब मजदूर वर्ग के लोग ही खेत रख और सँभाल सकते हैं। आप लोग भी शहर में आ जाइये अम्माँ। यहाँ आप लोगों के आने पर मुझे भी आपकी और पिता जी की सेवा का अवसर मिल जायेगा। अब यहाँ नौकरी पर इनको अकेले छोड़कर मैं गाँव कैसे रह सकती हूँ?''

अपने इस कथन के बाद क्षण-भर मौन रहकर रूबी ने उनकी पत्नी का जवाब जानना चाहा। प्रतिक्रिया में उनकी पत्नी चुप बनी रही। बलेसर जानते थे, उनकी इच्छा के खिलाफ उनकी पत्नी अपनी सहमति नहीं दे सकती। अब, चालाक रूबी ने तत्क्षण प्रसंग बदल दिया—''आपकी और पिता जी की तबीयत तो ठीक रहती है न अम्माँ?''

इस पर उनकी पत्नी ने अत्यन्त संक्षिप्त जवाब दिया—''हाँ।''

शायद रूबी को लग गया कि उसके सास-ससुर अपने उसी निर्णय पर कायम हैं, जिस निर्णय पर उसकी शादी से पहले थे। कुलराखन ने निश्चय ही इसे सब-कुछ बता

दिया है तभी तो यह गाँव छोड़कर शहर आने का परामर्श उन्हें दे रही है। अब फोन ऑफ करते हुए उसने इतना ही कहा—"ठीक है अम्माँ। इसी तरह आप लोग अपना ख्याल रखियेगा...। प्रणाम।"

इस दौरान दोनों बेटों की बातों से गम्भीर बना बलेसर का चेहरा रूबी की यह बात सुनकर अब तन गया था। अपने दोनों बड़े भाइयों के साथ शहर में रहकर पढ़ते और नौकरी की तैयारियाँ करते छोटे जगपूरन ने इसी अवसर पर आग में घी की आहुति देने का काम किया—"भाभी ठीक कह रही हैं पिता जी...!"

लेकिन अन्दर से उबलते-उफनते बलेसर ने इससे आगे जगपूरन को अब एक शब्द भी कहने नहीं दिया। किसी विस्फोट की तरह फट पड़े—"क्या कहेगी वह शहरी छोकरी? उसका कहना हम सुन चुके...। तुम तीनों जो कह रहे हो, वही भाषा वह बोल रही है...।"—और बलेसर इन कथनों के सूत्रधार कुलराखन की ओर सीधे-सीधे मुखातिब हो गये—"तो कुलराखन, इस बात के अतिरिक्त तुम तीनों को और कुछ कहना है? इस बात पर मैं अपना निर्णय तुम तीनों को बता चुका हूँ। मैं अपने उसी निर्णय पर कायम हूँ। इस आगजनी पर भी तुम तीनों से मैंने किसी सहयोग के लिए तो नहीं कहा...।"

इस क्षण बलेसर का कर्मठ और समर्पित किसान अपने रौब के साथ पुत्रों से मुखातिब था। प्रतिक्रिया में उनके पुत्रों की आँखें झुक गयीं। बलेसर को लग गया, अब उनके पुत्र कतराकर इधर-उधर निकलना चाहेंगे। लेकिन माँ-बेटों को आपसी विमर्श के लिए एकान्त देना उचित समझ वे स्वयं उठ खड़े हुए—"कुलराखन की माँ, मैं अपने दोस्त चन्द्रदेव के यहाँ जा रहा हूँ। चन्द्रदेव से कुछ बात करनी है। शाम होने से पहले ही आ जाऊँगा...।"

और बलेसर चल पड़े उस रात उनके तीनों बेटे गाँव पर ही रहे। सुबह तीनों एक साथ शहर जाने के लिए तत्पर हो गये। इस पर माँ ने जगपूरन को रोकना चाहा—"उन दोनों की नौकरी है इसलिए वे जा रहे हैं। तुम तो अभी रुक सकते हो, रुको। दो-चार दिन बाद जाना...।"

जवाब में जगपूरन ने भी उन्हें समझा दिया—"बैंक पी.ओ. को मेरी तैयारी अन्तिम चरण में है माँ। इसी सप्ताह कोचिंग में उसका टेस्ट है... मेरा जाना बहुत जरूरी है...।"

बलेसर जानते थे, शहरी हवा लग चुके छोकरों को अब गाँव और खेत-बधार अच्छे नहीं लगते। जिस गाँव में जन्मे और पले वहाँ अब उन्हें पग-पग पर असुविधाएँ ही जान पड़ती हैं। शहर की तेज रफ्तार जिन्दगी के समक्ष गाँव की ठहरी हुई जिन्दगी अब उन्हें रास नहीं आती। लेकिन वे नहीं जानते कि इस ठहरी हुई जिन्दगी में जो शान्ति, इतमीनान और सुकून है, शहर की भागदौड़वाली जिन्दगी में वह कभी नसीब होनेवाली नहीं।

बलेसर अपने पुत्रों से जिस तरह मुखातिब हुए कि उनसे कुछ और कहने की हिम्मत उन्हें नहीं हुई। लेकिन अपनी माँ से उन्होंने सब-कुछ कहा, जो सोचकर वे आये थे। इस सम्बन्ध में बलेसर की कुशल गृहिणी और सहधर्मिणी पत्नी ने उनसे कुछ भी नहीं छिपाया। उनके शब्दों में ही सब-कुछ बता दिया। कुलराखन के अनुसार—"पिता जी हमारी बात सुनते ही नहीं माँ, अब आप ही उन्हें समझाइये। हम अपने लिये नहीं कह रहे। शहर में जब हम नौकरी कर रहे हैं तो अपने लिये क्यों कहेंगे? लेकिन यहाँ गाँव में तमाम असुविधाओं और असुरक्षाओं के बीच आप दोनों का अकेले रहना हमारे मन को बहुत सालता है। यहाँ कब क्या हो जाय, कोई ठीक नहीं...। पिता जी इस बात को समझ ही नहीं रहे कि हम खेत बेचकर भूमिहीन या सम्पत्तिहीन होने की बात नहीं कह रहे। गाँव की पूँजी शहर में ट्रान्सफर करने की बात कह रहे। यहाँ के खेत बेचकर हमें लुटाना और उड़ाना नहीं, शहर में जमीन लेकर अपना स्थायी घर बनाना है, जिसके एक हिस्से में हम स्वयं तो रहेंगे ही, उसके अन्य हिस्सों में तीन-चार किरायेदार रखकर स्थायी अर्जन का स्रोत कायम कर लेंगे...। वह अर्जन खेती की आय से अधिक ही होगा। उस अर्जन में खेती जैसी कोई परेशानी भी नहीं। उस अर्जन पर बाढ़, सूखाड़, आगजनी और चोरी-डकैती का कोई डर नहीं। आराम से वह अर्जन पिता जी पाते रहेंगे...। तब उन्हें स्वयं लगने लगेगा कि खेती के धन्धे से यह कितना अच्छा है...।

"और दूसरी बात यह माँ कि अभी आप लोगों का शरीर चल रहा है तो आप लोग अपनी दिनचर्या निभा रहे हैं। आगे चलकर बुढ़ापे में शरीर कमजोर होने पर आप लोग यहाँ गाँव में परेशानी में पड़ जायेंगे। जो लोग आज यहाँ आप लोगों की सेवा-टहल कर रहे हैं, वे आप लोगों के कमजोर पड़ते ही असहयोग शुरू कर देंगे। फिर अवसर मिलते ही चोरी और लूटपाट करने लगेंगे...। इस स्थिति में अपने खून के सिवाय दूसरों की सहायता नहीं मिल पाती माँ। सम्भव है, पिता जी आपकी बात समझ जायें। हमारी बात तो अब वे सुनना भी नहीं चाहते...।"

पत्नी के द्वारा कुलराखन की यह बात सुन बलेसर समझ गये, अपने पक्ष से माँ को प्रभावित और सहमत करने की पुरजोर कोशिश कुलराखन और उसके समर्थक उनके दोनों छोटे पुत्रों ने की है। उनकी पत्नी ने जिस तरह और जिस लहजे में पुत्रों की बात से उन्हें अवगत किया, उससे उन्हें यह भी समझते देर नहीं लगी कि पत्नी पर उन बातों का असर हो गया है। वह उन बातों से सहमत है। वे बातें ऐसी थीं ही कि हठात् उनसे असहमत नहीं हुआ जा सकता...। जिस दम्पती के तीन-तीन युवा पुत्र हों, उस दम्पती का गिरती उम्र में गाँव पर अकेले रहना किसी को भी उचित प्रतीत नहीं हो सकता। इसी अवस्था के लिए लोग सन्तति पैदा करते हैं। जीवन-भर यत्र-तत्र अपने काम, संघर्ष और भागदौड़ में लगे लोग इस अवस्था में पहुँचते ही अपने परिजनों के पास चले जाते हैं। फिर उनके आश्रम में रहकर ही अपना शेष जीवन व्यतीत करते

हैं। हालाँकि बलेसर जानते थे, कभी यह पारिवारिक परम्परा सुखकर थी। अपने परिवार के बुजुर्ग को अपने साथ पाकर वह परिवार अपने को पूर्ण और सन्तुष्ट महसूस करता था। लेकिन बदलते समय में इस परम्परा को लोग कायम नहीं रख सके। पति-पत्नी और बच्चों के अपने सीमित परिवार में घर के बुजुर्ग उन्हें बोझ प्रतीत होने लगे। इस सम्बन्ध में बलेसर ने अपनी जानकारी, समझ और अनुभव से अपनी पत्नी को भी अवगत करने की कोशिश की—''हमारे पुत्रों ने जो कहा है कुलराखन की माँ, उसे मैं बिल्कुल गलत करार नहीं दे सकता। हमारी स्थिति को देखते हुए कोई और भी यही कहेगा। लेकिन सिक्के के दो पहलू होते हैं। हमारा ध्यान दोनों पहलुओं की ओर होना चाहिए। पुत्रों ने सिर्फ एक पहलू दिखाया है जो उनके पक्ष का है। इसमें हमारे पक्ष का दूसरा पहलू बिल्कुल गौण हो गया है। तुम डूबकर सोचोगी तो सारी बात तुम्हारे सामने भी उजागर हो जायेगी...।

''मान लो अपनी खेती बेचकर हम शहर चल पड़े। लेकिन नया घर बनाने और नयी गृहस्थी बसाने की अब हमारी उम्र नहीं रही। इस स्थिति में खेतों की रकम पुत्रों को ही सौंप देनी होगी। फिर वही जमीन खरीदेंगे और घर बनायेंगे...। अब वह घर शहर में उनका स्थायी ठिकाना हो जायेगा। इसके लिए हमारे प्रति न तो वे कृतज्ञ होंगे और न एहसानमन्द। वे जानते हैं कि उत्तराधिकार के तहत हमारी सम्पत्ति पर उनका जन्मजात अधिकार है। फिर किरायेदार वही ढूँढ़ेंगे। वहाँ के लिए हम नये चाहते हुए भी अपने से कुछ कर नहीं सकेंगे। उनके संकेत और परामर्श पर ही हमें रहना होगा। अभी शहर में अपनी स्थिति अनुकूल बनाने के लिए वे हमारी चिरौरी भी कर रहे हैं। लेकिन खेत बेचकर हमारे शहरवासी होते ही उनके रंग बदल जायेंगे...। फिर हमारे प्रति वे ऐसा तत्पर कभी नहीं रहेंगे जैसा अभी हैं। तब अपनी आवश्यकताओं पर हमें ही उनकी चिरौरी करनी पड़ेगी...। यह सब उनके पक्ष में होगा...।

''कुलराखन की माँ, ऐसे मामले में हमें भावुकता में आकर कोई निर्णय नहीं लेना है। भावुकता में निर्णय लेकर तो हम न घर के रहेंगे और न घाट के। अभी हम चाहे जिस भी स्थिति में हैं, अपने खेतों के स्वामी हैं। गाँव के एक बड़े समाज के साथ हैं। लेकिन अपने खेत बेचते ही इस समाज से कटकर अपनी जगह-जमीन से हम बेदखल हो जायेंगे। हमारे लड़के, हमारे साथ यहाँ गाँव पर रहते और अपनी जमीन से जुड़े होते तो हमारी उपेक्षा नहीं कर पाते। गाँवों के संयुक्त परिवार में ऐसा सम्भव ही नहीं होता...। यहाँ सम्पत्ति और आय का स्रोत एक होता है, जिससे सभी बँधे रहते हैं। लेकिन शहरी हवा लग चुके लड़के अपने और अपनी पत्नी तथा बच्चों तक ही सीमित हो जाते हैं। उनके उस छोटे परिवार की परिधि में वृद्ध माँ-बाप नहीं आते...।''

''अभी हमारे बच्चे सेवा और सहयोग का जो प्रलोभन दे रहे हैं, यह कह रहे हैं कि उम्र के आखिरी पड़ाव पर जब हम अशक्त हो जायेंगे तो हमारे वे खून (वंशज) ही काम आयेंगे...। सुनने में ये बातें कितनी अच्छी लगती हैं। लेकिन इसका यथार्थ पक्ष मन

को तिक्त कर देता है कुलराखन की माँ। गाँव की परम्परा के अनुसार तुम घर की परिधि में रहती हो। लेकिन मैं अपने गाँव एवं इलाके के ऐसे अनेक लोगों को जानता हूँ जो अपने शरहवासी बेटों के साथ शहर जाकर रहते हैं। उनकी व्यथा-पीड़ा से भी अवगत हूँ। सुनोगी तो रोंगटे खड़े हो जायेंगे। जैसे हमारे लड़के खेत बेचकर हमें शहर ले जाने का प्रलोभन दे रहे, वैसे हीं अपने लड़कों के प्रलोभनों पर अपने खेत बेच वे शहर चले गये। लेकिन कुछ ही समय बाद बेटों की उपेक्षा पर न वहाँ के रहे और न यहाँ के। दुःख-तकलीफ की चरम अनुभूति पर उसे सुनाकर हल्का होने के लिए यहाँ गाँव आते रहे। लेकिन यहाँ भी अब उनका कुछ शेष नहीं। अपना दुखड़ा बयान कर जहाज के पंक्षी की तरह पुनः शहर लौट जाते हैं।

''शहर में बेटों के साथ मुझे जो भविष्य नजर आ रहा है कुलराखन की माँ, उसे सुन लो। फिर अपनी राय बताना। तुम जो कहोगी, वही होगा। तुम्हारी इच्छा के खिलाफ मैं कुछ नहीं कर सकता।''

''जैसा कि तुम जानती हो, हमें शहर ले जाकर प्रारम्भ में हमारे तीनों बेटे हमारे साथ रहेंगे। फिर शहर में हमारा घर बनने और उसमें अपनी आवासीय व्यवस्था स्थायी करने तक वे हमारे साथ ही बने रहेंगे। लेकिन शहरी हवा और आत्मकेन्द्रित जीवन के चलते धीरे-धीरे वे हमसे किनारा करते जायेंगे। यह तय है कि कुलराखन की तरह मनराखन और जगपूरन भी अपनी इच्छा के अनुसार शहरी छोकरियों से शादियाँ करेंगे। कुलराखन ने जो राह अपनायी है, उसके अनुज अब उसी राह पर जायेंगे। फिर तीनों की पत्नियाँ किसी भी स्थिति में तीनों भाइयों को एक साथ नहीं रहने देंगी। बस, उसी घर में तीनों पृथक्-पृथक् रहने लगेंगे। आय का स्रोत एक रहता तो वे हमारे साथ रहते भी। लेकिन सब अपनी-अपनी आय के स्रोत पर अपनी मर्जी से रहेंगे...। तब उस घर के एक हिस्से से प्राप्त किराया लेकर हमें भी अलग रहना पड़ेगा। उस वक्त बुढ़ापे में अपने साथ रखने के अपने वादे पर हमारे पुत्र कायम नहीं रहेंगे। उस स्थिति में उन पर हमारा कोई भी दबाव कारगर नहीं होगा। तब हम चाहकर भी गाँव नहीं लौट सकेंगे, क्योंकि यहाँ रहने का हमारा आधार भी खिसक चुका रहेगा। विवश होकर हम उनकी बात की याद दिलायेंगे तब किराये की हमारी आय पर ही हमारे लिये वे दाई-नौकर का इन्तजाम कर देंगे। लेकिन विभिन्न घरों में काम करनेवाले वे दाई-नौकर चन्द क्षणों के लिए जिस तेजी से आयेंगे, फिर त्वरित गति से अपने कार्य निपटा उसी तेजी से चले जायेंगे। तब हमारा दुखड़ा सुननेवाला भी कोई नहीं रहेगा। लेकिन कुलराखन की माँ यहाँ गाँव पर कूदन का परिवार हमारे साथ कभी वैसा नहीं कर सकता। अभी हम कूदन के परिवार को जितना देते हैं हमारे लिये उससे अधिक का काम वे करते हैं। फिर भी हमारे प्रति कृतज्ञ बने रहते हैं। अगर हम उन्हें और अधिक देने लगेंगे तो वे हमें सर-आँखों पर उठाकर रखेंगे। हमारे बेटे सब-कुछ लेकर भी हमारे लिये वैसा नहीं कर सकते कुलराखन की माँ जैसा कूदन का परिवार करेगा। इसलिए हमें भी अपना यह दृष्टिकोण बदलना

होगा कि खून का सम्बन्ध ही अपना होता है। व्यावहारिक जीवन का यथार्थ तो हमें यह बताता है कि जो हमारे लिये उपयोगी है, हमारे सुख-दुःख के साथ है, वही हमारा अपना है। उसके लिए हमें भी वैसा ही करना चाहिए जैसा हम अपने परिवार के लिए करते हैं...। फिर हमारे जीवन को अपनी जगह-जमीन पर ही मजबूत अवलम्ब मिल जायेगा।"

पत्नी के चेहरे के परिवर्तित भावों को लक्ष्य कर बलेसर अनुभव कर रहे थे, उनकी बातों का असर पत्नी पर हुआ है। गाँव की परम्परा के अनुसार भले ही उनकी पत्नी घर के अन्दर रहती है, लेकिन समय, समाज और परिवार की बदलती स्थितियों से अनभिज्ञ नहीं है। बलहारी गाँव में हो पुत्रों की उपेक्षा के शिकार राम सुन्दर सिंह और बजरंग तिवारी को वह जानती है। राम सुन्दर सिंह और बजरंग तिवारी को लेकर पत्नी से उनकी बातें भी होती रही हैं। शायद बलेसर की बातों के साथ इन सबके सम्मिलित प्रभाव का ही यह परिणाम था कि पुत्रों की बातों से उद्विग्न और अशान्त पत्नी का मन अब शान्त हो गया था। उनके चेहरे से तनाव और चिन्ता की रेखाएँ गायब थीं...। पत्नी की ओर से बलेसर का मन अब आश्वस्त हो गया। अब जले धान की भरपाई की ओर उनका ध्यान पुनः चला आया। जितने के धान का नुकसान हुआ है, उतना पुनः हासिल करने के लिए मन के धरातल पर वे प्रयत्नशील हो गये।

बलहारी और उसके आसपास के गाँवों में अपनी पूँजी बढ़ाने के लिए बलेसर जैसे किसान दो कार्य करते थे—पहला सूद पर रुपये चलाना तथा दूसरा पशु मेले से गाय-भैंस की बाछियों और पाड़ियों को खरीदकर उन्हें पालने के लिए गरीब परिवारों को अधिया पर देना...। इन दोनों कार्य-व्यापारों से उन्हें अच्छे फायदे होते। लेकिन बलेसर को पहला कार्य नहीं जँचता। अपनी आवश्यकता के तहत सूद पर रुपये ले जानेवाले उस वक्त कृतज्ञता का हजहार करते। लेकिन बढ़ते सूद के साथ मूल वापस करते हुए न सिर्फ आनाकानी करते, बल्कि नाराज होकर जाते—"मुगलों की तरह इतना सूद ले लिया...। मूल से आधा तो सूद में ही चला गया।"

लेकिन अधिया पर मवेशी पालने को देना सबसे निरापद कार्य था। पालने के लिए दी गयी बाछी या पाड़ी जब दुधारू धेन के रूप में तैयार होती तब पालक और मालिक दोनों की उपस्थिति में उसका मूल्य निर्धारित किया जाता। अब पालक अगर उस धेन को रखना चाहता तो निर्धारित मूल्य का आधा उसे मालिक को देना पड़ता। लेकिन वह अगर नहीं रखना चाहता तो मालिक, पालक को आधी रकम देकर वह धेन अपने घर लेते आता। फिर दूध-दही खाने के लिए या तो उसे अपने यहाँ बनाये रखता या मेले में बेचकर पूरी रकम हासिल कर लेता। बलेसर को यह व्यापार जँचता था। धान जलने से एक दिन पहले ही ठेगु के यहाँ दी गयी उनकी पाड़ी धेन हुई थी। धान जलने की उनकी पीड़ा को इस बात ने कम कर दिया था। उन्होंने मन-ही-मन ईश्वर का धन्यवाद किया कि वे एक हाथ से लेते हैं तो दूसरे हाथ से दे भी देते हैं। अब वे प्रतीक्षा

कर रहे थे कि दो दिन बाद ठेगु के यहाँ पहुँचकर उस धेन का मूल्य निर्धारित किया जाय। नयी ब्यायी धेन का मूल्य निर्धारण तीन-चार दिन बाद ही किया जाता था, क्योंकि तब तक वह अपना दूध उतार चुकी होती थी। दूध की मात्रा पर ही उस धेन का मूल्य निर्भर करता था।

अनुभवी बलेसर इस जीवन-सत्य से अवगत थे कि कभी ख़ुशी पर ही ख़ुशी मिलती है तो कभी दुःख पर ही दुःख...। उनके साथ यह दूसरी स्थिति ही कायम हो गयी। धान जलने के ठीक अगले दिन सुबह के एकदम तड़के ही ठेगु रोते हुए उनके यहाँ आ पहुँचा—"हम लुट गये बाचा बाबू, कहीं के न रहे। उसी धेन पर आस लगाये बैठे थे। उसी धेन के भरोसे कर्ज ले रखा था। लेकिन दुष्ट चोरों ने हमें उजाड़ दिया...। रात में ही उस धेन को ले भागे...। उन दुष्टों का कभी भला नहीं होगा। बाचा बाबू। हमारे जैसे गरीब को उन्होंने लूटा है। हमारी आह से वे सही-सलामत नहीं रह पायेंगे। भगवान का कोप जब उन पर कहर बनकर टूटेगा तब उन्हें पता चलेगा कि गरीब को लूटना क्या होता है...। हमारा इस तरह रोना-कलपना अकारथ नहीं जायेगा।"

बलेसर को यह सूचना धान जलने से अधिक कष्टकर प्रतीत हुई। धान जलने के बाद इस धेन ने उनके मन को इस सान्त्वना से आश्वस्त कर दिया था कि बहुत हद तक यह धेन उसकी क्षतिपूर्ति क़र देगी। दुधारू धेनों का भाव जिस तेजी से बढ़ता जा रहा था, उसने घेन के व्यवसाय को भरोसेमन्द बना दिया था। लेकिन ठेगु की सूचना ने उनके इस भरोसे पर भी वज्रपात कर दिया। इस औचक सूचना से वे अवाक् हो उठे। आश्चर्य से उनका मुँह खुला-का-खुला रह गया। उनके उस खुले मुँह से सिर्फ एक ही शब्द निकला—"क्या?"

ठेगु को यह समझते देर नहीं लगी कि बाचा बाबू को विस्तार से बताने की जरूरत है ताकि उनका आश्चर्य सन्देह में तब्दील न हो। बस, वह शुरू हो गया—"हमारा नाच देखना हमारे गले का फाँस बन गया बाचा बाबू। हम नाच देखने नहीं जाते तो अइसा नहीं होता। बाकिर लाखन बिहारी के नाच के नाम पर बहक गया। समूचा इलाका जुटा हुआ था। मैं खाली दो घण्टे के वास्ते गया था। अपनी घरवाली और बच्चों को चेता दिया था कि पलानी के मवेशियों पर नजर रखेंगे। मैं जल्द ही आ जाऊँगा। उस धेन के साथ और दो पाड़ियाँ उस पलानी में ही थीं। लेकिन पत्नी और बच्चों की आँख लग गयी। जरूर वे हरामी चोर इस फिराक में ही होंगे। पाड़ियों को उन्होंने छोड़ दिया। उन्हें ले जाने में वे फँस जाते। बिना हाँके, डाँटे पाड़ियाँ आगे बढ़ती ही नहीं। बाकिर नयी ब्यायी घेन अपने बछड़े के पीछे चुपचाप लग जाती है। अवश्य उसके बछड़े को गोद में उठाकर वे चल पड़े होंगे। ऐसे में धेन को अपने साथ ले जाना उनके लिए आसान हो गया होगा। मेरा ध्यान अपनी पलानी पर ही था बाचा बाबू। मैं रात अधियाते ही नाच छोड़कर आ गया था। फिर अपनी धेन को न देख बदहवास हो उठा। मैं समझ गया कि मेरी गफलत पर चोर उसे ले भागे। मुझे अपने पर ही गुस्सा आया कि नयी

ब्यायी धेन को छोड़कर नाच देखने क्यों गया? मेरा मन किया कि पलानी के पाये से सर टकराकर अपना माथा फोड़ लूँ। फिर अपने परिवारवालों को भी डाँटा कि दो घण्टे भी निगरानी नहीं कर सके। उसके बाद तत्क्षण अपने परिवार और पड़ोस के साथ उसे खोजने के लिए हम दौड़ उठे। हमने चारों दिशाओं में दौड़-दौड़कर उस धेन की आहट पाने की कोशिश की। लेकिन वे चतुर चोर इस बीच-फरार हो चुके थे। अपने बछड़े के पीछे-पीछे उस धेन को दौड़ाते ले गये होंगे। बाकिर हमारी वर्षों की आशा पर पानी फेरनेवाले उन चोरों को भगवान का दण्ड अवश्य मिलेगा। वे सब-कुछ देखते हैं। उनके यहाँ देर है, अन्धेर नहीं। मैं उसी रात आपके यहाँ आ रहा था। लेकिन पड़ोसियों ने रोक दिया। रात में आपको परेशान करना मुझे ठीक नहीं लगा...।''

अनुभवी बलेसर का मस्तिष्क ठेगु की बातों से उसकी विश्वसनीयता की भी थाह लगाता जा रहा था। बलेसर जानते थे बीती रात उनके गाँव लाखन बिहारी का नाच आया था। विमल महतो की बेटी की शादी थी। विमल महतो ने काफी दहेज दिया था। उस दहेज की तुलना में उनकी बेटी की बरात भी बढ़-चढ़कर आयी थी। वही बराती लाखन बिहारी का नाच लेकर आये थे। बलहारी के पूरे इलाके में उस नाच पार्टी के आने की चर्चा थी। ऐसे महफिल में 'नाच देखवा' पाँच-पाँच, सात-सात कोस की यात्रा कर नाच देखने आते थे। ठेगु जैसे वंचित लोग कुछ देर के लिए भी ऐसा नाच देखना नहीं छोड़ते। कभी जवानी के दिनों में कुछ क्षणों के लिए बलेसर भी ऐसी महफिलों का लुत्फ उठाने जाते थे। लेकिन पिछले काफी समय से ऐसे महफिलों का आकर्षण अब उनके मन से जाता रहा था। विमल महतो के दरवाजे बरात लगने तक वे उपस्थित थे। फिर विमल महतो के हाथ पर 'नेवता' का लिफाफा सौंप आ गये थे।

ठेगु की उस पलानी से भी बलेसर अच्छी तरह परिचित थे। ठेगु के घर के दरवाजे पर ही उसकी पलानी थी। जैसे सम्पन्न किसानों के घर के आगे दालान होता है वैसे ही गरीब परिवार अपने दरवाजे पर बाँस की थुम्भियों के सहारे फूस की पलानी गिरा लेते थे। वह पलानी तो उनका बैठका होता ही, उसी में वे अपने मवेशियों का पालन भी करते। पलानी से माल-मवेशियों की चोरी आसानी से हो जाती, क्योंकि कमरे की तरह दीवारों से वह घिरी नहीं, चारों ओर से खुली रहती थी।

बलेसर यह भी जानते थे कि धेन मवेशियों की चोरी सबसे आसान होती है। अपने बछड़े के पीछे बिना किसी विरोध या अवरोध के वे चल पड़ती हैं। उनकी तुलना में दूसरे मवेशियों की चोरी कठिन होती है। बिना हाँके, डाँटे और मारे वे आगे बढ़ते ही नहीं...।

इससे पहले भी बलेसर ने दो पाड़ियाँ खरीदकर ठेगु को दी थीं। वे दोनों पाड़ियाँ भी बारी-बारी से धेन हुई थीं। फिर उनका मूल्य निर्धारित हुआ था, उससे ठेगु के साथ-साथ बलेसर भी लाभान्वित हुए थे। अगर ठेगु के मन में छल-कपट और बेईमानी की बात होती तो उसी वक्त वह उनको चकमा दे दिया होता। इस तीसरी पाड़ी तक प्रतीक्षा न

करता... । इस सम्बन्ध में बलेसर ने अपने मन को समझा दिया कि ठेगु झूठ नहीं बोल रहा। उस धेन को अवश्य चोर ले भागे हैं। लेकिन इस अनुभूति पर भी वे मौन बने रहे। वे समझ नहीं पा रहे थे कि अब ठेगु से कहें तो क्या कहें? उनके इस मौन को लक्ष्य कर अब ठेगु पुनः बोल उठा—"मैं उन चोरों को छोड़ूँगा नहीं बाचा बाबू। देर-सबेर सब पता चल ही जायेगा। ऐसे मामलों में ज्यादा चोर बाहर के ही होते हैं। बाकिरं टोला-पड़ोस के भेदियों के बिना यह काम नहीं होता... ।"

बलेसर अब अपने को रोक नहीं सके—"किसी और पर तुम्हें नहीं जाना है ठेगु। तुम्हारी अपनी लापरवाही के चलते ऐसा हुआ है। उस तरह की धेन को पलानी में छोड़कर तुम्हें नाच देखने जाना ही नहीं चाहिए था। पलानी, कमरा नहीं होता कि उसमें मवेशी सुरक्षित रह सकें... ।"

बलेसर की इस सहमति पर अब ठेगु के मुँह से स्वतः निकल गया—"आप ठीक कह रहे हैं मलिकार। हमारी वह धेन किसी कमरे में होती तो चोरी नहीं जाती। मवेशियों के लिए कमरा बनाने की बात सोचकर ही रह गया। हाथ पर कभी उतने पैसे ही नहीं आये... ।"

अनुभवी बलेसर ने अब तक अपने को प्रकृतिस्थ कर लिया था। जो हो गया, वह अब वापस आनेवाला नहीं। जले धान की तरह इस धेन की चोरी का नुकसान भी अब उन्हें झेलना ही होगा। उन्होंने ठेगु से कहा—"जाओ और अपने काम में लगो। तुम्हारे जिम्मे जो और मवेशी हैं उनको लेकर अब इस तरह की लापरवाही मत बरतना। जो धेन चली गयी वह अब लौटकर नहीं आयेगी...!"

ठेगु को विदा कर बलेसर भी अपनी दिनचर्या में लग गये। आर्थिक बर्बादी के ऐसे औचक हमले उन पर पहले नहीं हुए थे। अपने मन को शान्त-सहज बनाने के लिए मित्र चन्द्रदेव के यहाँ चल पड़े। अपनी गली में अभी आगे बढ़ ही रहे थे कि घुरफेंकन उनके सामने आ गया—"आप ही के यहाँ जा रहा था बाचा बाबू। अच्छा हुआ, यहीं मिल गये। आप ठेगुआ को नहीं समझियेगा। मैं उसकी रग-रग पहचानता हूँ। वह जानता था कि अब एक-दो दिन में ही उस धेन का दाम लगाया जायेगा। बस, नाच के बहाने रातोंरात उस धेन की अपने किसी रिश्ते में पहुँचा आया। आप उसकी बातों पर न आकर जरूर पता लगाइयेगा... ।"

बलेसर जानते थे, घुरफेंकन, ठेगु का पक्का दुश्मन था, उन दोनों के बीच लम्बे समय से अनबन चली आ रही थी। उन्होंनें उसे किनारा करते हुए कहा—"अब कैसे क्या हुआ मुझे कुछ पता नहीं...!"

और बलेसर आगे चल पड़े। अपनी गली को लाँघकर दूसरी गली के मोड़ पर उनके पहुँचते ही घुरफेंकन की तरह बूटन भी सामने आ गया। उसने भी परिवर्तित शब्दावली में वही कहा जो घुरफेंकन ने कहा था। बलेसर जानते थे, घुरफेंकन की तरह बूटन भी ठेगु से मुखालिफत रखता था। इस सम्बन्ध में बूटन को भी उन्होंने वही जवाब दिया

जो घुरफेंकन को दिया था। लेकिन आगे जितराम मिल गया जिसकी बात ने उन्हें अचम्भित कर दिया। जितराम को बलेसर ठेगु का मित्र समझते थे। ठेगु के मुहल्ले में ही जितराम का घर था। दोनों को कई बार साथ आते-जाते भी देखा था। जितराम ने कहा—"हमको ठेगु की बात पर तनिक भी विश्वास नहीं बाचा बाबू। नाच देखने तो मैं भी गया था। भीड़ जरूर थी, लेकिन वह हमें कहीं दिखा नहीं। दूर से देखकर भी मैं उसे पहचान जाता। जरूर उसने उस घेन को कहीं छिपा दिया है। आपको अपना समझकर मैं कह रहा हूँ। किसी से कहियेगा मत। बस चुपाचाप थाने पर केस लिखवा दीजिये। उसके बाद देखियेगा, ठेगु से पुलिस कैसे सच उगलवा लेती है...।"

क्षण-भर के लिए बलेसर जितराम को देखते रह गये, ठेगु का मित्र होकर जितराम ऐसा कह रहा। फिर अपने अनुभव एवं प्रति उत्पन्नमतित्व से वे समझ गये, मुहल्लेवासी होने और साथ दिखने से ही कोई किसी का मित्र नहीं हो जाता। सीधा वैर-विरोध न होने के बावजूद ऐसे लोग ईर्ष्यावश अपने साथ रहनेवाले का अनिष्ट चाहते रहते हैं ताकि उनकी तुलना में वे विशिष्ट बने रह सकें...। इस सम्बन्ध में बलेसर ने जितराम को भी वही जवाब दिया जो घुरफेंकन और बूटन को दिया था। अब वे तेजी से चन्द्रदेव के यहाँ चल पड़े...।

बलेसर जब पहुँचे, चन्द्रदेव अपनी निगरानी में अपने मवेशियों को दाना-भूसा खिलवा रहे थे। बलेसर, चन्द्रदेव के मवेशी प्रेम से परिचित थे। लगहर धेनों को वे अपने परिजनों से कम नहीं मानते थे। लेकिन अपने दरवाजे बलेसर को देखते ही सारा काम छोड़ पूरी आत्मीयता और गर्मजोशी से इस तरह मिले जैसे उनकी प्रतीक्षा ही कर रहे हों। फिर दालान के अपने कमरे में प्रेम से उन्हें बैठाते हुए बोल उठे—"अच्छा हुआ, तुम आ गये बलेसर! नहीं तो आज शाम मैं तुम्हारे यहाँ अवश्य पहुँचता। धान जलने के साथ-साथ ठेगु के यहाँ ब्यायी नयी धेन की चोरी। क्षति पर ही क्षति। लेकिन इससे तुम्हें तनिक भी घबराना नहीं है। जीवन है तो ऐसी समस्याओं को आना हो है। मैंने अनुभव किया है, ऐसी घटनाओं की भरपाई होते भी देर नहीं लगती। देखना, अगला साल आते-आते तुम्हारी सारी कमी दूर हो जायेगी। यह मैं अपने मन से नहीं कह रहा। यह प्रकृति का नियम है, सुख के बाद दुःख और हानि के बाद लाभ को आना ही है। दोनों एक-दूसरे के पूरक हैं, इसलिए सुख भोगनेवाले बराबर सुख ही नहीं भोगते तथा दुःख झेलनेवाले भी सदैव दुःखी नहीं रहते...। फिर भी इन तात्कालिक घटनाओं को लेकर कोई अभाव महसूस हो, किसी चीज़ की जरूरत पड़े तो निस्संकोच कहना। वक्त-मुसीबत हम एक-दूसरे के काम नहीं आयेंगे तो फिर मित्र किस दिन के लिए हुए।"

चन्द्रदेव के इस कथन ने बलेसर के मन को हल्का कर दिया। क्षति और नुकसान का सारा मलाल अब उनके मन से जाता रहा। इस गाँव में चन्द्रदेव जैसे मित्र के रहते वे बड़ी-से-बड़ी समस्याओं से निपट लेंगे—"मैं ठीक हूँ चन्द्रदेव। अभी किसी चीज़ की

जरूरत नहीं। जो धान शेष बचे हैं, कल उनकी कटनी कराऊँगा। वे आधे से अधिक हैं। मेरा अनुमान है कि एक चौथाई धान ही जला है। मेरी एक और पाड़ी धेन होनेवाली है। वह दुखन चौधरी के यहाँ है। तुम ठीक कह रहे हो, समस्याएँ जैसे आती हैं, वैसे ही चली भी जाती हैं...।''

इसके बाद बलेसर ने ठेगु के यहाँ से चोरी धेन पर लोगों की प्रतिक्रियाओं से चन्द्रदेव को अवगत किया। वह सब सुन चन्द्रदेव ने कहा—''दूसरे जो कह रहे हैं उन्हें कहने दो बलेसर। हम किसी का मुँह नहीं रोक सकते। लेकिन तुम्हारा मन क्या कहता है, वही तुमको मानना है...।''

''मेरा मन कहता है कि ठेगु झूठ नहीं बोल रहा।''

''तो बस, तुम्हें यही मानना है। मेरी जानकारी में भी ठेगु चोर, बेईमान नहीं...। गाँव में कौन क्या है, किसी से छिपा नहीं है...।''

बलेसर देर तक चन्द्रदेव के यहाँ बैठे रहे। एक-दूसरे से जी भरकर उन्होंने बातें कीं। शाम गहराने पर बलेसर जब अपने घर की ओर चले तो अपने को तनावरहित महसूस कर रहे थे, एकदम हल्का और तरो ताज़ा, जैसे उनके साथ कुछ हुआ ही न हो। चन्द्रदेव के यहाँ वे जब भी कोई चिन्ता या तनाव लेकर जाते, लौटते हुए उस चिन्ता और तनाव से अपने को मुक्त पाते थे। तब उन्हें यह समझते देर नहीं लगती कि यह सब चन्द्रदेव की सच्ची मित्रता का ही प्रभाव और परिणाम है। अब उन्हें यह उक्ति सत्य प्रतीत होने लगी थी कि अगर जीवन में एक भी सच्चा मित्र मिल जाय तो इस जीवन समर को हँसते-हँसते पार किया जा सकता है...।

●

किसी के अपने जीवन से मिलती-जुलती त्रासद घटनाएँ जब उसके आसपास भी घटने लगती हैं। तब अपनी त्रासदी उसे कम प्रतीत होती है। बलेसर के साथ भी ऐसा ही हुआ। उनके ग्रामीण रविनाथ सिंह के परिवार से सम्बन्धित घटना बलेसर की घटनाओं से कम त्रासद नहीं रही। रविनाथ सिंह न सिर्फ बलहारी के अच्छे किसान थे, बल्कि बलेसर के निकटतम पड़ोसी भी। उनके यहाँ का कुछ भी बलेसर से गोपनीय नहीं था। उनके घर की उस घटना के उत्स से लेकर उसकी अन्तिम परिणति तक के बलेसर साक्षी, द्रष्टा और महसूसकर्त्ता थे।

रविनाथ सिंह 28 बीघे के काश्तकार थे। बलेसर की ही भाँति अपने अट्ठाईस बीघे को उन्होंने भी एक ही चक बनवा लिया था। वे चार भाई थे। रविनाथ बड़े, उनके बाद दूसरे चन्द्रनाथ, तीसरे देवनाथ और छोटे छविनाथ। पिता की मृत्यु के बाद जिस मुस्तैदी से रविनाथ ने कृषि कार्य और अपने परिवार को सँभाला उसकी चर्चा पूरे गाँव में थी। जहाँ एक ओर लोग कहते—"भाई हो तो रविनाथ की तरह...।"

वहीं दूसरी ओर लोग यह कहने से भी बाज नहीं आते—"किसानी करना हो तो कोई रविनाथ से सीखे...।"

रविनाथ के पिता सुमेरनाथ अपने परिवार के इकलौते व्यक्ति थे। लेकिन चार पुत्रों के आगमन ने उनके घर एवं जीवन को परिपूर्ण कर दिया था। गाँव-जवार के परिवारों की तरह वे भी चाहते थे कि उनके दो लड़के नौकरी में रहें और दो खेती में। फिर उन्हें किसी चीज की कमी नहीं रहेगी। लेकिन रविनाथ, चन्द्रनाथ और देवनाथ हाईस्कूल से आगे पढ़ ही नहीं सके। पढ़ाई में उनका मन लगा ही नहीं। अपने पिता के साथ खेती में ही रमते चले गये। अपने गाँव समाज की परम्परा के अनुसार सुमेरनाथ ने छोटी उम्र में ही बारी-बारी से उनकी शादियाँ भी कर दीं। अब अपने छोटे पुत्र छविनाथ पर वे केन्द्रित हो गये कि किसी भी तरह पढ़ा-लिखाकर इसे योग्य बनाना है, ताकि किसी अच्छी नौकरी में जा सके। वे कहते भी—"अपने छविनाथ को मैं खूब आगे तक पढ़ाऊँगा। इसे किसी अच्छी नौकरी में भेजकर मानूँगा। इसके लिए कुछ भी उठा नहीं

रखूँगा। जब तक यह कोई अच्छी जगह पकड़ नहीं लेगा अपने अट्ठाईस बिगहवा की आय का एक हिस्सा इसमें लगाता रहूँगा...।"

लेकिन सुमेरनाथ सोचकर ही रह गये। अचानक एक रात साँप काटने से अकाल-मृत्यु को प्राप्त हो गये। उस शाम अपने अट्ठाईस बिगहवा में वे पानी चढ़ा रहे थे। उस दिन रविनाथ और चन्द्रनाथ पास के बाजार में आटा पिसवाने और खाद खरीदने गये थे। इस स्थिति में सुमेरनाथ अपने तीसरे बेटे देवनाथ के साथ पानी चढ़ा रहे थे। बरसात का मौसम था। अट्ठाईस बिगहवा में जहाँ अधिक पानी था वहाँ की मेंड़ को काटकर कम पानीवाले स्थान में वे चढ़ा रहे थे। इस बीच शाम होने से पहले ही उन्होंने देवनाथ को घर भेज दिया। दरवाजे पर बँधे मवेशियों को सानी-पानी देना भी आवश्यक था। अब पानी चढ़ाकर उनके लौटते हुए अँधेरा घिर गया। अपने अट्ठाईस बिगहवा की जिस मेंड़ से वे लौट रहे थे वह बरसाती घासों से ढँकी थी। उस मेंड़ पर घासों के बीच केंचुल से माता हुआ एक गेहुँअन साँप इस तरह पड़ा था कि सुमेरनाथ को दिखा ही नहीं। बस, उनके पाँव से वह दब गया। प्रतिक्रिया में मुड़कर उसने ऐसा काटा कि उनके पैर का मांस नुच गया। अब उस साँप पर नजर पड़ते ही वे काँप उठे। किसी तरह गिरते-पड़ते घर पहुँचे। फिर जितना सम्भव हो सका, बेटों ने उनका ग्रामीण उपचार और झाड़-फूँक कराया। लेकिन कोई फायदा नहीं। तब उन्हें खटिया पर लादकर वे भागते हुए रामपुर कस्बे के अस्पताल चल पड़े। लेकिन उस गेहुँअन का विष ऐसा तगड़ा था कि वे अस्पताल भी नहीं पहुँच सके। रास्ते में ही गुजर गये...।

सुमेरनाथ की मृत्यु के बाद गाँव को लगा कि अब उनका परिवार बिखर जायेगा। पिता के चलते बेटे बँधे हुए थे। भाई, भाई के साथ एक-दूसरे से बँधकर नहीं रह सकते। लेकिन रविनाथ ने अपने भाइयों को इस तरह बाँधकर रखा कि गाँव के लोग दंग रह गये। अपनी खेती को भी उसने चमका दिया। चालीस बीघे के जोतदार भी उतनी और वैसी खेती नहीं कर पाते जैसी अट्ठाईस बीघे में ही रविनाथ और उसके भाई करते। तीनों भाई अट्ठाईस बिगहवा में ही लगे रहते। तब उनकी लहलहाती फसल और उससे प्राप्त उपज देख लोगों के मुँह से बरबस निकल जाता—"खेती का मजा सवांगियों के बल पर ही निर्भर है। अकेले-दुकेले और आदमी जन के सहयोग पर भी ऐसी खेती सम्भव नहीं।"

अपनी इस खेती के साथ रविनाथ अपने पिता की उस इच्छा को भी पूरा करने में लग गया कि छोटे भाई छविनाथ को पढ़ा-लिखाकर शहर में किसी अच्छी नौकरी तक पहुँचाना है। छविनाथ को अपने पिता का अभाव महसूस न हो इसके लिए रविनाथ जी-जान से लगा रहा। इस कार्य में खेती की तरह ही उसके दोनों भाई भी पूरे मन से जुटे रहे। सच तो यह था कि रविनाथ की भूमिका ही ऐसी थी कि उसके अनुज उसे पितावत् मानते थे। एक पिता अपने पुत्रों के लिए जितना कर सकता है और जितनी आत्मीयता दे सकता है, रविनाथ अपने भाइयों को उससे कम करने और देनेवाला नहीं था। शायद इसीलिए एक-दूसरे से बँधे हुए वे घनिष्ठ थे। हालाँकि इसके मूल्य में आय

के स्रोत के रूप में उनकी कृषि का एक होना भी था। इस सम्बन्ध में रविनाथ द्वारा छविनाथ के प्रति तत्परता तथा विशेष खर्च गाँव के लोगों को अखरता था। इसको लेकर गाँव के लोग आपस में बातचीत भी करते थे—"रविनाथ भी अजब आदमी है। भाई होकर भाई के लिए गजब कर रहा। वह समझता क्यों नहीं कि वह भी उसका भाई ही है। शायद वह इस मुगालते में है कि छविनाथ नौकरी करके उसको आबाद कर देगा। लेकिन यह उसका कितना बड़ा भ्रम है? नौकरी करनेवाले किसी भाई को कहीं किसी भाई ने आबाद किया है?"

बहोरन सिंह के मन में जब बात पची नहीं तो एक दिन उन्होंने रविनाथ से भी कह ही दिया—"तुम्हें अपना समझकर कह रहा हूँ रवि। छविनाथ तुम्हारा बेटा नहीं; भाई है। भाई तो जन्मजात पट्टीदार होता है। तुम क्या समझते हो कि पढ़-लिखकर नौकरी के बाद वह तुम लोगों को देगा? यह बात अपने मन से निकाल देना। वह जो कुछ बनेगा, अपने और अपने परिवार के लिए...।"

यह सुन रविनाथ के चेहरे पर नाराजगी एवं सख्ती के भाव उभर आये। बस, तत्क्षण उन्होंने बहोरन सिंह को आगाह करते हुए कहा—"किसी और ने यह बात कही होती बहोरन भाई तो मैं उसे बर्दाश्त नहीं कर पाता। यह हमारे परिवार का निजी मामला है। इसमें हमें किसी और का सुझाव नहीं चाहिए। लेकिन जैसे तुम मुझे अपना समझते हो वैसे तुम्हें भी अपना समझकर ही कह रहा हूँ, घर फोरनेवाली ऐसी बात फिर कभी मुझसे या मेरे भाइयों से मत कहना...।"

रविनाथ का यह जवाब सुन बहोरन सिंह अचम्भित रह गये। उन्होंने गाँव के लोगों से कहा भी—"मैंने बहुत दुनिया देखी है। अनेक भाइयों को देखा है। अब रविनाथ और उनके भाइयों को भी देखता हूँ कि कब तक राम-लक्ष्मण बने रह पाते हैं। वे नहीं जानते कि राम-लक्ष्मण या राम-भरत का प्रेम, भाई का भाई से प्रेम नहीं, बल्कि भक्त का भगवान् से प्रेम था। भाई तो हर हालत में पट्टीदार बनकर ही आता और रहता है...।"

वैसे तो गाँव की इस गतिविधि से बलेसर भी अवगत थे। लेकिन बहोरन सिंह ने यह बात उनसे विशेष रूप से कही। बलेसर को वे आम ग्रामवासियों से अधिक तजुर्बेदार समझते थे। ग्रामीण जीवन के गूढ़ प्रसंगों पर कई बार उनसे बातचीत कर चुके थे। तब हर बार बलेसर का जवाब उन्हें आश्वस्त कर देता। इस मामले में भी बलेसर ने उनके मन को आश्वस्त कर दिया—"तुम्हारा कहना जायज है बहोरन। दुनियादारी की समझ रखनेवाला हर आदमी यही कहेगा। लेकिन पिता की मृत्यु के बाद बड़े भाई रविनाथ ने पिता की तरह ही अपने पूरे परिवार का स्वामित्व सँभालते हुए यह स्मरण ही नहीं रखा कि वह बड़ा भाई मात्र है, अपने भाइयों का पिता नहीं। यह ठीक है कि अपने छोटे भाई छविनाथ को पढ़ा-लिखाकर वह किसी अच्छी नौकरी में भेजना चाहता है। इसमें किसी और को क्या आपत्ति हो सकती है? लेकिन जिस तरह अपने

सारे परिवार को एक ओर और छविनाथ को उसने एक ओर कर दिया है, यह बात खटकती है। किसी पर जब नया-नया आदर्श सवार होता है तो यथार्थ को वह भूल जाता है। लेकिन कोरा आदर्श अधिक समय तक नहीं ठहर पाता। यथार्थ की जमीन पर ही वह कायम रह सकता है। एक-न-एक दिन वह यथार्थ रविनाथ के सामने आयेगा ही। तब गांव के लोगों की बातों का अर्थ उसकी समझ में आ जायेगा...।''

छुट्टियों में छविनाथ जब गाँव आता और अपने भाइयों के बीच होता तो गाँव को अपनी टीका-टिप्पणियाँ प्रत्यक्ष साकार जान पड़तीं। जहाँ एक ओर छविनाथ साफ-सुथरे और अच्छे कपड़ों में सजा-सँवरा दिखता वहीं अपनी खेती-बारी में लगे उसके तीनों भाई मजदूरों की तरह गन्दे, पुराने और फटे कपड़ों में अपने को सँभालते-सहेजते हुए। उन्हें एक साथ देखकर कोई कह ही नहीं सकता कि छविनाथ उन तीनों का ही भाई है। रविनाथ के हम उम्र और मुँहलगू ग्रामीण चुटकी भी लेते—''रविनाथ! शहर में रहकर तुम्हारा छोटा भाई छविनाथ ऐसा हो गया है कि लगता ही नहीं कि वह तुम्हीं लोगों का भाई है...। अनजान आदमी तो तुम लोगों के साथ उसे देखकर तुम्हारे आपसी सम्बन्ध को कभी नहीं समझ सकेंगे...। हम गाँव के लोग सब जानते हैं, फिर भी अचानक तुम लोगों के बीच उसे देखकर गफलत खा जाते हैं...।''

जवाब में रविनाथ उनके इस चुहल को भी ध्वस्त कर देता—''आँख नहीं रहनेवाले को तो आन्हर कहा जाता है, लेकिन आँख रहते जिसे नहीं दिखता वह 'चोन्हर' होता है। अब कोई किसी चोन्हर को यह कैसे समझा सकता है कि खेती-किसानी करनेवाले साफ-सुथरे कपड़े पहनकर नहीं रह सकते—जबकि पढ़ने लिखनेवालों का काम बिना साफ कपड़े के सम्भव ही नहीं...।''

गाँव के लोगों की तरह रविनाथ के तीनों भाइयों की पत्नियों को भी यह बात अखरती थी। वे जानती थीं कि छविनाथ उनका पुत्र नहीं, देवर है और देवर तो भाई का पट्टीदार होता है, बराबर का हिस्सेदार। लेकिन घर के मुखिया रविनाथ के कड़े अनुशासन की वजह से छविनाथ की उपस्थिति में वे कुनमुना और भुनभुनाकर रह जातीं। आवाज नहीं निकाल पातीं। इस सम्बन्ध में अपने मन की पीड़ा और उद्वेग को आपस में एक-दूसरे से बाँटती रहतीं जिससे गाँव को भी पता चल जाता। यह कहावत कि दीवारों के भी कान होते हैं, गाँव पर सटीक बैठती थी। किसके यहाँ क्या चल रहा? कौन-सी खिचड़ी पक रही? किसकी अब क्या योजना है, सब एक-दूसरे से गोपनीय रखने की कोशिश करते, फिर भी सब जानते होते। रविनाथ के घर का प्रसंग भी ऐसा ही था।

लेकिन लोग जानते और अन्दाज-अनुमान लगाते रह गये, रविनाथ ने अपने निश्चय को पूरा कर ही लिया। अपने अनुज छविनाथ के लिए जिस निष्ठा और त्याग से वह लगा था उसे फलीभूत होना ही था 'जाको जासे सत्य सनेहू, ता वह मिलै न कछु सन्देहू।' उक्ति को उसने चरितार्थ कर दिया। पढ़ाई समाप्त होते ही छविनाथ को शहर के कोर्ट में पेशकार की नौकरी मिल गयी। पढ़ने के साथ-साथ वह नौकरी के लिए

प्रयास भी करता था। अब बलहारी के लोगों की चर्चा का विषय बदल गया। लोग अब यह कहने लगे–"रविनाथ के त्याग और सहयोग की भरपाई अब सूद मूल के साथ हो जायेगी। बिना मोटा दहेज लिये छविनाथ की शादी वह करेगा ही नहीं। ऐसे ही अवसर के लिए तो उसने उसे योग्य बनाया है...।"

लेकिन लोगों की इस सम्भावना को भी छविनाथ ने ख्याली पुलाव साबित कर दिया। अपने कोर्ट के एक सहायक अधिकारी की बेटी से शादी करना तय कर लिया। इस सूचना से रविनाथ खफा हो उठे। उनके चेहरे के परिवर्तित भावों को गाँव के लोगों ने भी लख लिया। सबको लग गया, पानी फिर गया रविनाथ के अरमान पर। हालाँकि लोग इस बात को समझ भी रहे थे कि रविनाथ उसके भाई थे, पिता नहीं। छविनाथ की इच्छा के खिलाफ नहीं जा सकते। उसकी शादी उस सहायक कोर्ट अधिकारी की बेटी से ही उन्हें करनी पड़ी। इस अवसर पर गाँव के कुचरे और रविनाथ के मुँहलगुओं ने खूब चुटकी ली–"लखन ने राम का अच्छा साथ निभाया। अरे भाई, इसमें उसका दोष ही क्या? अब समय और समाज की गति यही है तो वह क्या करे? कलियुग को वह सतयुग तो बना नहीं सकता।"

रविनाथ अब यह सब सुनकर रह जाते। उन्हें अब यह बात सही जान पड़ने लगती थी कि आदमी अपने अन्दर से ही कमजोर होता है, बाहर से नहीं। उनके अन्दर की विरोध-क्षमता को उनके भाई ने ही कमज़ोर कर दिया था, तब गाँव के लोगों को वह क्या जवाब दें? गाँव की तरह ही घर के अन्दर भी अब उनका अनुशासन धराशायी होने लगा था। शादी के बाद जब पहली बार छविनाथ की पत्नी ससुराल आयी तो दो-चार दिन के अन्दर ही गोतिनियों ने उसे समझा दिया कि वह घर में सबसे छोटी है इस नाते रसोई का काम अब उसे ही सँभालना है। साथ ही बड़ी गोतिनियों के आदेश का पालन भी उसे करना है। वर्षों से इस घर की यही परम्परा चली आ रही है। इस परम्परा के निर्वाह से ही संयुक्त परिवार की व्यवस्था कायम रह सकेगी।"

पिता की इच्छा के अनुसार छोटे भाई छविनाथ को पढ़ाने के नाम पर रविनाथ अपने घर की औरतों को चुप करा देते थे। लेकिन उसकी पत्नी के मामले में जानते हुए भी हस्तक्षेप नहीं कर सके। क्योंकि यह मामला न सिर्फ नाजुक और घर की स्त्रियों से सम्बन्धित था, बल्कि इसको लेकर परिवार टूटने का भी डर था। इस सम्बन्ध में छविनाथ की पत्नी ने स्वयं निर्णय कर लिया। अपनी गोतिनियों की तरह वह किसान की पत्नी नहीं, शहर में कार्यरत एक नौकरीशुदा व्यक्ति की पत्नी है। जब यहाँ रहेगी तभी गोतिनियाँ अपना दबेल चलायेंगी। लेकिन उसे यहाँ रहना ही नहीं। उसने समय से अपना मुँह खोल दिया–"अपने से ये बनाते-खाते नहीं। होटल का रद्दी खाना खाते हैं। लेकिन मेरे रहते अब यह उचित नहीं होगा। यहाँ मुझे कोई कठिनाई नहीं, लेकिन इनक लिए शहर जाना ही पड़ेगा।"

अपनी पत्नी की इसी बात को कुछ घुमा-फिराकर छविनाथ ने भी रविनाथ से कहा–"वहाँ सब-कुछ ठीक है भैया। लेकिन होटल के खाने से मेरा पेट बराबर खराब

रहता है। होटलवाले बिना मिलावट के खाना बनाते ही नहीं। फिर न जाने कौन-सा तेल डालते हैं कि पूरे समय तक अनपच की तरह डकारें आती रहती हैं। बहू को अभी मैं नहीं ले जाता। लेकिन अकेले खाना बनाना मुझसे पार नहीं लगता। शायद घर के खाने से अब मेरा पेट ठीक हो सके...।''

रविनाथ सब-कुछ समझते थे। लेकिन अब सब-कुछ उनके नियन्त्रण से बाहर था।

छविनाथ की पत्नी उस पहली बार के बाद फिर गाँव नहीं आयी। उस शहरी लड़की से शादी के बाद छविनाथ का गाँव आना भी लगभग समाप्त ही हो गया। हालाँकि गाँव और रविनाथ के घर की जिज्ञासा उसके आने को लेकर उतनी नहीं थी जितनी इस बात को लेकर थी कि नौकरी करने के बाद वह घर को क्या भेज रहा? छविनाथ के पिता सुमेरनाथ इसी उद्देश्य से अपने एक बेटे को नौकरी में भेजना चाहते थे ताकि नौकरी की आय के साथ खेती की आय का संयुक्त परिणाम उनके जीवन को खुशहाल बना दे। सुमेरनाथ की मृत्यु के बाद उनके इस उद्देश्य की पूर्ति के लिए ही रविनाथ प्राण-पण से लगे रहे। इस सम्बन्ध में परिणाम को लेकर निराश रविनाथ अन्दर-ही-अन्दर आहत और व्यथित थे। फिर भी घर के मुखिया के रूप में बाहर से अपने को सहज-सामान्य बनाये हुए थे। लेकिन उनके मुँहलग्गू और कुचरे जो उनके सटीक जवाब से पस्त हो जाते थे, अब उन पर भारी पड़ने लगे थे—''छविनाथ की आय से अब तुम लोगों का क्या कहना रविनाथ! इस समय तुम लोगों के यहाँ चानी-ही-चानी है...। उसे पढ़ा-लिखाकर नौकरी कराने की तुम्हारी मिहनत कामयाब हो गयी। अब गाँव में कोई तुम लोगों से हाथ नहीं मिला सकता...।''

लेकिन अन्दर से हारे-टूटे रविनाथ इन बातों से जल-भुनकर भी मुँह नहीं खोलते। वे जानते थे कि, इस प्रसंग पर उनका बोलना गाँव के लोगों की अपेक्षा उनके परिवार के लिए भी नागवार गुजरता। लेकिन उनके चुप रहने से भी परिवार के लोग शान्त नहीं हुए। जो बात गाँव के लोग कह रहे थे, वह पीड़ा के रूप में उनके अन्दर भी उमड़-घुमड़ रही थी। शुरूआत घर की औरतों ने की। उनकी बातों से प्रेरित रविनाथ के भाइयों ने भी कहना शुरू किया—''नौकरी करते हुए छविनाथ को इतने दिन हो गये लेकिन घर के लिए उसने एक पैसा भी नहीं भेजा। जिस घर-परिवार के लिए वह पढ़-लिखकर नौकरी में आया उस घर-परिवार की उसे तनिक भी चेत नहीं...।''

रविनाथ सुन रहे थे और समझ रहे थे कि भाई उन्हें ही सम्बोधित कर रहे। लेकिन जवाब के लिए उनके तरकस में अब कोई तीर ऐसा नहीं बचा था जिससे अपने भाइयों को वे आश्वस्त कर सकें। अपनी हार एवं मेहरी की मार को लोग जैसे अपने अन्दर ही जडब किये रहते हैं; रविनाथ की भी वही स्थिति थी। लेकिन बीतते समय के अनुसार भाइयों की बढ़ती उद्विग्नता से उन्हें रू-ब-रू होना ही पड़ा। भाई अब सीधे सवाल करने लगे थे—''घर के जरूरी कामों में कटौती कर, हम सबकी इच्छाओं को रोक-कर क्या इसीलिए छविनाथ को आपने पढ़ाया कि वह नौकरी में आकर अपनी पत्नी

के साथ शहर का सुख भोगे? हम तो संकोचवश नहीं कह पाते थे कि आप बड़े भाई पिता के तुल्य हैं। लेकिन गाँव के लोग तो कहते ही थे। तब आपको लगता था कि गाँव के लोग हमारा घर फोर रहे। लेकिन वे दुनियाबी बात कहते थे। उनका कहना बिलकुल जायज था। इसी मुगालते में थे कि छविनाथ को कुछ बना देंगे तो हमारे पाँव मजबूत हो जायेंगे। लेकिन उसने हम सबको धोखा दे दिया...।''

रविनाथ को लग गया कि यह और इस तरह के सवाल अब उनके परिवार जन निरन्तर करते रहेंगे, इसलिए अपने बचाव में माकूल एवं सटीक तर्क उन्होंने दे दिया—''छविनाथ के लिए हमने अलग से कुछ भी किया दिया नहीं। उतना तो उसका हक था। हम तीनों शादीशुदा और बाल-बच्चेदार थे और वह अकेला, जबकि खेती की आय में हमारे बराबर का एक हिस्सेदार वह भी था। उसके उसी हिस्से से मैं उसे पढ़ा रहा था। उसके लिए अलग से कुछ भी नहीं कर रहा था।''

रविनाथ के इस जवाब ने उसके भाइयों को चुप करा दिया। इस कटु यथार्थ की अवहेलना वे नहीं कर सकते थे। इस बात के माध्यम से उन्होंने गाँव को भी बता दिया कि उसने किसी लोभ-लालच और भ्रम में ऐसा नहीं किया। हालाँकि रविनाथ यह बात कहना नहीं चाहते थे। पिता की मृत्यु के बाद अपने परिवार को एक आदर्श संयुक्त परिवार के रूप में लेकर वे चलते थे। उन्होंने कभी सपने में भी नहीं सोचा था कि उनके मुँह से अपनी खेती में हिस्सेदारी जैसी कोई बात भी निकलेगी। लेकिन मामला ऐसा फँस गया था कि बगैर इस यथार्थ का उद्‌घाटन किये अपने परिवार को वह नियन्त्रण में नही रख सकते थे...।

कहते हैं, हमारे मुँह में सरस्वती का वास होता है। हमारी जिह्वा पर वे कब सवार हो जायँ, कोई नहीं जानता। फिर उस क्षण उच्चरित हमारा शब्द एक-न-एक दिन चरितार्थ होकर रहता है, क्योंकि शब्द मरते नहीं और उनकी सत्ता कभी समाप्त नहीं होती। इसलिए अपशब्द और अप्रिय संवाद का निषेध किया जाता है। रविकान्त ने अपने मुँह से अपशब्द तो नहीं निकाला था, लेकिन अप्रिय संवाद उन्हें कहना पड़ा था। वह अप्रिय संवाद कुछ ही समय पश्चात् अब मूर्त रूप लेकर सामने आ गया था। अपनी नौकरी के कुछ ही वर्षो बाद जाड़े की एक शाम छविनाथ गाँव आ पहुँचा। उस समय जाड़े के हर मौसम की तरह दालान के कमरे में बिछे पुआल पर इस छोर से उस छोर तक बिस्तरे लगा दिये गये थे। अब एक-एक कम्बल ले घर के सारे पुरुष पात्र वहाँ सोते तथा महिलाएँ घर के अन्दर सोतीं। शायद मौसम के अनुसार अपने घर की इस व्यवस्था को ध्यान में रखकर ही छविनाथ पहुँचा था ताकि अपने सभी भाइयों की उपस्थिति में अपनी बात कह सके। इसलिए रात का खाना खा जब सभी भाई दालान के कमरे में अपनी-अपनी जगह पर आ गये, तब रविनाथ के पास बनायी गयी अपनी विशेष जगह पर कायम छविनाथ ने रविनाथ को सम्बोधित करते हुए कहना शुरू किया—''भैया! मैं एक जरूरी काम से आया हूँ। वहाँ शहर में सबसे बड़ी समस्या

आवास की है। वहाँ रहनेवाले अपने अनुसार कोई-न-कोई काम पकड़ लेते हैं। लेकिन आवास की समस्या को लेकर भटकते रहते हैं। शहर की एक बड़ी आबादी फुटपाथ पर सोती है वहाँ जमीन के भाव आसमान छूते हैं। जमीन वहाँ मिलती भी नहीं...। बड़े-बड़े बहुमंजिले अपार्टमेण्ट बनाकर वहाँ क्वार्टर बेचे जाते हैं। अब दस तल्ले का वह क्वार्टर लेना जमीन की जगह आसमान खरीदना हीं है...। लेकिन मैंने एक जमीन देखी है। मैं चाहता हूँ कि जैसे यहाँ हमारा एक स्थायी घर है, वैसे ही शहर में भी हमारा एक छोटा-सा अपना घर हो जाय। मैंने अपने ऑफिस में बातचीत की है। जितना सम्भव हो सकेगा उतना लोन वहाँ से मिल जायेगा। लेकिन उस लोन के बल पर जमीन लेकर मैं घर नहीं बना सकता, इसलिए चाहता हूँ कि अपने खेतों का एक हिस्सा बेच-कर यह बड़ा काम सम्पन्न कर लूँ। जैसे यहाँ गाँव में खेत हमारी स्थायी सम्पत्ति हैं वैसे ही शहर का मकान भी है।''

छविनाथ की यह बात सुन कुछ क्षण के लिए तो रविनाथ की जैसे बोलती बन्द हो गयी—''यह क्या कह रहा है छविनाथ...?''

उसके अन्य दोनों भाई चन्द्रनाथ और देवनाथ भी सकते में आ गये...। उस क्षण उनके दालान का माहौल गम्भीर हो गया। गाँव पर रह रहे तीनों भाइयों के लड़के भी सरेख (बड़े) हो रहे थे। वे भी इस बात की गम्भीरता को समझ रहे थे। लेकिन रविनाथ ने देर तक सबको असमंजस में नहीं रहने दिया। अपने मन के तूफानी आवेग-आवेश को नियन्त्रित कर छविनाथ को प्रेम से समझाना शुरू कर दिया—''सच पूछो तो खेतों पर हमारा कोई अधिकार नहीं छविनाथ। वह हमारे पुरखों की पुश्तैनी सम्पत्ति है। पिता जी बताते थे कि हमारे वे खेत पुश्त-दर-पुश्त चले आ रहे हैं। पुरखों के जो वंशज उस पुश्तैनी खेती को बढ़ाते हैं, पुरखे उस पर सदैव सहाय रहते हैं। पुरखों की विरासत बेचने और नष्ट करनेवालों पर पुरखे प्रसन्न नहीं रहते...। पिता जी तो कहते थे कि जो चीज हम खरीद नहीं सकते उसे बेचने का हमारा कोई अधिकार नहीं। मैंने तो देखा है, तब मैं होशगर था। माँ बहुत बीमार थी। इलाज में इतने रुपये लग रहे थे कि लोग पिता जी को खेत बेचने की सलाह दे रहे थे। लेकिन उन्होंने कर्ज लेकर इलाज कराया। अपने जीवनपर्यन्त उस कर्ज की भरपाई की। लेकिन खेत नहीं बेचा। वे स्पष्ट कहते थे कि हमारे पुश्तैनी खेत पुरखों की निशानी हैं तथा हमारे कुल-खानदान के वंशजों की जीविका का स्थायी आधार हैं...।''

बड़े भैया की बात ने जहाँ एक ओर छविनाथ को पस्त कर दिया, उसकी बोलती बन्द हो गयी, वहीं दूसरी ओर बड़े भैया की बात से प्रेरित और आश्वस्त चन्द्रनाथ तथा देवनाथ नहले पर दहले की तरह छविनाथ पर टूट पड़े। चन्द्रनाथ ने कहा—''तुम्हें पढ़ा-लिखाकर योग्य बनाने के लिए पूरा परिवार लगा था। सबके मन में यह बात थी कि नौकरी में आने पर तुम घर की मदद करोगे। पिता जी का भी यही सपना था कि नौकरी करनेवाले बेटे की आय से हमारी खेती चमक उठेगी। लेकिन तुम तो इसके बिल्कुल उल्टी बात बोल रहे हो...।''

देवनाथ ने कहा—"तुमने ऐसा सोच कैसे लिया छविनाथ? तुम्हारी तरह हम भी सोचते होते तो तुम्हें पढ़ा-लिखाकर नौकरी में नहीं भेजते? जिन तीन भाइयों के परिवार ने तुम्हें बेटे की तरह पढ़ाया, उन भाई-परिवारों को पेट पर लात मारने के लिए तुम तैयार हो गये। तुम तो अपनी नौकरी से अपने परिवार का भरण-पोषण कर लोगे। लेकिन अपने खेत बेचकर हम अपने परिवार को कैसे सँभाल पायेंगे...? खेत बेचने की बात करने से पहले तुम्हें सोचना चाहिए था कि तुम्हारे तीन भाइयों का परिवार उसी पर अवलम्बित है, इसलिए अब भूलकर भी कभी ऐसी बात मत करना। यह हमारे जीने-मरने का माध्यम है...।"

इस दौरान छविनाथ की जो चुप्पी बँधी तो फिर बँधी ही रही। शहर में रहकर पढ़ने और नौकरी करने तक वह जब भी गाँव आता था, अपने पूरे परिवार की आँखों का तारा था। सब उसे सर आँखों पर उठाये रहते। लेकिन नौकरी के बाद घर की कोई सहायता नहीं करने और अब खेत में बेचने की बात कर छविनाथ न सिर्फ सबकी आँखों की किरकिरी बन गया, बल्कि सबको अपना शत्रु जान पड़ने लगा। प्रतिक्रिया में अपने खिलाफ कुपित अपने भाइयों एवं भतीजों की नाराजगी का सख्त एहसास उसे भी होने लगा। चतुर रविनाथ सब-कुछ भाँप रहे थे और समझ रहे थे। अब अपने परिवार के गर्म और गम्भीर माहौल को बदलकर शान्त-सहज बनाने की कोशिश उन्होंने शुरू की—"तुम्हें समय से नौकरी मिल गयी छविनाथ, इस बात से हमें बहुत खुशी है, नहीं तो काफी पढ़कर भी लोग दर-दर भटकते रहते हैं...। अब हर माह तुम्हें समय से एक निश्चित दरमाहा मिल जाता है जिससे घर खर्च चलाना तुम्हारे लिये आसान हो जाता है। यह बड़ा कार्य तुम्हारे जीवन में सम्भव हो गया है। इसे तुम कम मत समझो। हमारे सन्तों ने कहा है—'ताते पाँव पसारिये, जाते लम्बी सौर', यह हमारे जीवन के लिए अत्यन्त महत्त्वपूर्ण सुझाव है। तुम्हें अभी नौकरी करते हुए ही कितने वर्ष? अपने गाँव-जवार के अनेक लोगों को मैं जानता हूँ जो पूरी नौकरी किराये पर रहे। रिटायरमेण्ट के बाद जब बड़ी रकम मिली तब घर बनाया। कुछ लोग तो रिटायरमेण्ट के बाद अपने पुश्तैनी गाँव में ही आ गये। इसलिए अभी इतनी जल्दी शहर में जमीन लेकर घर बनाने की परेशानी और चिन्ता में मत फँसो। यहाँ गाँव में तुम्हारा अपना स्थायी घर है ही। शहर की नौकरी से तो आदमी रिटायर भी हो जाता है। शहर ताड़ की छाँव है। यहाँ अपने गाँव-घर और खेत-बधार से आदमी कभी रिटायर नहीं होता। इसलिए खूब आराम से रहो। इस नये झमेले में मत पड़ो...। तुम्हारी इच्छा शहर में रहने की होगी तो रिटायरमेण्ट के समय विचार करना। तब तक तुम्हारे और हमारे हाथ मजबूत हो चुके रहेंगे...। तब तक समय भी हमें बहुत-कुछ समझा-सिखा देगा। समय से बड़ा नियामक और कुछ नहीं होता...।"

रविनाथ की इस बात पर छविनाथ ने कुछ नहीं कहा। उसके भाई भी मौन ही रहे। शायद इस अवसर पर यह ऐसी बात थी कि इससे असहमत और सहमत रहनेवाले

दोनों पक्षों को मौन ही रहना था। लेकिन इस मौन की परिणति अलग-अलग हुई। सुबह छविनाथ सीधे शहर वापस हो गया। जाते हुए उसकी बेरुखी और नाराजगी का एहसास सबने किया। लेकिन आपस में संगठित रविनाथ तीनों भाइयों ने इसकी परवाह नहीं की। यह कहावत उन्हें आश्वस्त करती रही कि अकेला चना भांड़ नहीं फोड़ता...। जब वे तीनों भाई एक साथ संगठित हैं तो यह अकेला क्या कर सकता है? जब तक आपस में खेतों का बँटवारा नहीं हो जाता, इसे कुछ करने का अधिकार नहीं...।

रविनाथ के परिवार ने इस बात को गोपनीय रखने की पूरी कोशिश की। घर के लड़कों तक को सख्त हिदायत दे दी गयी कि यह बात गाँव के किसी व्यक्ति के कान में नहीं पड़नी चाहिए, क्योंकि वे जानते थे, उनके गाँव में ऐसे लोगों की कमी नहीं थी जो किसी परिवार का मेल-मिलाप और सुख-चैन देखना नहीं चाहते। वैसे लोग न सिर्फ बात का बतंगड़ बना देते हैं बल्कि सुई के छेद से ऊँट का निकलना भी सम्भव कर देते हैं। लेकिन रविनाथ के परिवार की गोपनीयता किसी काम न आ सकी। जो बात उन भाइयों के बीच निकल गयी थी वह गाँव तक पहुँच ही गयी।

दरअसल, जिला मुख्यालय के जिस शहर में छविनाथ नौकरी करता था वहाँ बलहारी के एक-दो और लोग भी काम करते थे। साथ ही कोर्ट-कचहरी और इलाज के मामलों में बलहारी के लोगों का वहाँ आना-जाना होता रहता था। इस सम्बन्ध में बहोरन सिंह का कहना था कि छविनाथ ने उनसे कहा है कि मेरे भाई मेरे हिस्से का खेत बेचने देना नहीं चाहते। लेकिन इस बात का दावा विमल महतो भी कर रहे थे कि छविनाथ ने उनसे भी कहा है। सम्भव है, दोनों व्यक्तियों से छविनाथ ने कहा हो। भाइयों के इनकार पर उसे कहना ही था। शायद उसके भाई इस मुगालते में थे कि उनके असहयोग और सख्ती पर वह महटिया जायेगा। लेकिन अगर उसे महटियाना ही होता तो वह भाइयों के बीच खेत बेचने की बात कहने आता ही नहीं। फिर तो वह बात विद्युत् की गति की तरह गाँव के इस छोर से उस छोर तक ब्याप गयी। अब इस बात को लेकर लोग अपनी-अपनी समझ और तरीकों से तर्क देने लगे। उस तर्क के माध्यम से अपना पक्ष भी निर्धारित करने लगे। रविनाथ परिवार के विरोधी या उनसे ईर्ष्या करनेवालों की राय स्पष्ट थी—"छविनाथ का कहना गलत नहीं। पुश्तैनी जायदाद के एक चौथाई हिस्से पर उसका अधिकार है। अब अपना हिस्सा वह रखे या बेचे, यह उस पर निर्भर है। उस हिस्से से कोई उसे वंचित नहीं कर सकता...।"

"भाई तो जन्मजात हिस्सेदार होता है। उस पर अधिकार जताने और उसे अंकुश में रखने को कोई जायज नहीं ठहरा सकता। उसके भाई उसे चाहकर भी अंकुश में नहीं रख सकेंगे।"

"इन तीनों भाइयों के रोकने में कुछ नहीं है। वह जिस दिन चाहेगा, इनसे लड़कर अपना हिस्सा ले लेगा। कानून के अनुसार भी कोई उसका हक नहीं मार सकता...।"

लेकिन ऐसी बात सुनकर भी रविनाथ के परिवार के लोग उसे अनसुनी कर देते। जहाँ ऐसी बात होती वहाँ से चल देते। जहाँ उन्हें सुनाकर लोग ऐसा कहते तो वहाँ कोई जवाब न दे कहनेवालों को वे ऐसी हिकारत से देखते जैसे इस तरह की बातों की उन्हें कोई परवाह ही न हो...। रविनाथ ने अपने परिवार को समझा दिया था कि जब तक किसी बात की हम नोटिस लेते हैं तभी तक वह बात ठहरती और प्रचारित होती है। लेकिन जैसे ही उसकी नोटिस लेना बन्द कर देते हैं, वह स्वतः समाप्त हो जाती है...।

हालाँकि इस घटना पर बलेसर की प्रतिक्रिया दूसरे ढंग की थी। बलेसर ने स्पष्ट कहा–"दुनिया नियम-कानून पर नहीं चलती। माँ-बेटे, पिता-पुत्र, भाई-भाई का सम्बन्ध नियम-कानून से परिचलित नहीं होता। किसका कहाँ और कितना अधिकार है, सब जानते हैं। लेकिन घर-परिवार और समाज, अधिकार की अपेक्षा व्यावहारिक जीवन के आदर्श से बँधकर चलता है...। अधिकार और नियम-कानून की ही बात होती तो रविनाथ तीनों भाइयों ने अपने और अपने परिवार की इच्छाओं की कटौती कर छविनाथ को नहीं पढ़ाया होता। अपने पड़ोसी होने के चलते मैं उन्हें निकट से जानता हूँ। उन्हें तनिक भी इस बात का भान होता कि पढ़-लिखकर नौकरी में आते ही छविनाथ अपना हिस्सा बेचने आ जायेगा तो वे भूलकर भी ऐसा नहीं करते। तब अपने इन तीनों भाइयों के साथ वह भी खेती कर रहा होता...। इस दृष्टि से छविनाथ द्वारा खेत बेचने की बात को मैं कभी जायज नहीं ठहरा सकता। उन खेतों में उसका हिस्सा है और रहेगा। अव्वल तो भाइयों के स्नेह-सहयोग के जवाब में उसे उनकी मदद करनी चाहिए थी। लेकिन इसके विपरीत वह उनकी जीविका के आधार को ही खिसका रहा है, उसका यह कार्य न सिर्फ सम्बन्धों की दृष्टि से बल्कि मानवता के नजरिये से भी गलत है...।"

गाँव के अधिकांश लोग बलेसर की इस राय से ही सहमत थे। रविनाथ परिवार से व्यक्तिगत द्वेष रखनेवालों को छोड़कर बलहारी गाँव के जो मूलतः किसान थे वे बलेसर की बात के ही पक्ष में थे। जो हो, रविनाथ के कहे अनुसार यह बात जैसे उठी थी वैसे ही बैठ गयी, क्योंकि रविनाथ के परिवार ने उसकी नोटिस ही न ली।

कहते हैं, किसी बीज का जब रोपण (बीजारोपण) हो जाता है तो उसका अंकुर जमीन फोड़कर बाहर आता ही है। चिनगारी जब निकलती है तो हवा और ईंधन का सहयोग पा आग के रूप में भड़क ही उठती है। छविनाथ की उस बात ने ऐसा ही रूप ले लिया। बीतते समय के अनुसार रविनाथ के परिवार ने तो यह समझ लिया था कि वह बात आयी गयी हो गयी। छविनाथ जान गया कि उसके भाई खेत बेचने नहीं देंगे। इस सम्बन्ध में गाँव के लोगों ने भी यही समझ रखा था कि जिन भाइयों ने पढ़ा-लिखा-कर उसे नौकरी लगाया उनकी इच्छा के खिलाफ वह नहीं जा सकता। वैसे भी वह उन तीनों भाइयों से छोटा है। लेकिन सबकी यह धारणा धरी-की-धरी रह गयी। अपने भाइयों

के बीच छविनाथ ने जो कहा था उसे सच करके उसने दिखा दिया। वह कार्य कैसे, कहाँ और कब किया किसी को पता तक नहीं चला। लेकिन जब परिणाम के रूप में वह गाँव के सामने आया तो सब दंग रह गये। बलहारी गाँव में कभी ऐसा नहीं हुआ था। लोगों के आश्चर्य की सीमा नहीं रही। भाइयों के मुँह से हठात् निकल भी गया—"चुपके-चुपके छविनाथ ने ऐसा कर दिया।"

वह आषाढ़ का महीना था। कृषि का शुरुआती समय। आषाढ़ में ही धान के बीज डाले जाते। फिर धान की खेती के बाद गेहूँ, मटर, चना आदि रबी की खेती होती। लेकिन प्रारम्भ आषाढ़ से ही होता है। रविनाथ तीनों भाई भी अब बीज डालने की तैयारी कर रहे थे। समय से बीज तैयार होने पर ही रोपनी, सोहनी, कटनी और दवनी के कार्य रबी फसल से पहले ही सम्पन्न हो जाते हैं। लेकिन ऐन ऐसे ही समय जग्गी सिंह, पंचायत के मुखिया नारायण महतो तथा अपने और तीन-चार लोगों को लेकर बलहारी आ धमका। नारायण महतो, बलहारी, खवासडीह और रतनपुर नामक तीन गाँवों को मिलाकर बने पंचायत के मुखिया थे। जग्गी सिंह खवासडीह का निवासी था। उस पूरे इलाके में किसी भी तरह के विवादित जमीन की खरीद-बिक्री का वह सबसे बड़ा सरगना था। इस कार्य के तहत उसने न सिर्फ सैकड़ों बीघे जमीन हासिल कर ली थी, बल्कि एक कुख्यात भू-माफिया के रूप में उस इलाके में जाना जाता था। वह जग्गी सिंह अपने दल-बल सहित सुबह कृषि-कार्य प्रारम्भ होने से पहले ही रविनाथ के दरवाजे आ पहुँचा था। उस समय रविनाथ तीनों भाई अपने दरवाजे पर ही थे। जग्गी ने वहाँ पहुँचते ही कहा—"रविनाथ मैं तुम लोगों से यह कहने आया हूँ कि अब छविनाथ के हिस्से की जमीन छोड़कर ही अपनी खेती के कार्य प्रारम्भ करना। छविनाथ ने अपने हिस्से की जमीन मेरे नाम वय कर दी है... ।"

जग्गी सिंह की इस बात पर रविनाथ तीनों भाइयों के मुँह आश्चर्य से खुल गये—"क्या?"

फिर रविनाथ ने अपने को सँभालते—सहेजते हुए पूरी गम्भीरता के साथ कहा—"हमें तो कुछ भी मालूम नहीं... ।"

जवाब में जग्गी ने कहा—"यही मालूम कराने तो सुबह-सुबह आया हूँ। छविनाथ के हिस्से पर इस वर्ष से अब मेरी खेती होगी। उसने बजाप्ता अपना हिस्सा मेरे नाम (रजिस्ट्री) किया है। इसके लिए मुझसे मोटी रकम भी ली है।"

यह सुन रविनाथ से पहले ही देवनाथ, जो अपने तीनों भाइयों में दबंग था, बोल उठा—"यह कैसे हो सकता है? आपस में जब हमारा बँटवारा हुआ ही नहीं तो छविनाथ कैसे अपना हिस्सा बेच सकता है? उसका वह हिस्सा तो अभी हमने बाँटकर अलग किया ही नहीं... ।"

इस पर जग्गी सिंह ने जोर देते हुए कहा—"तो अब तुम तीनों भाई मिलकर उसका हिस्सा बाँट दो। अपने 'अट्ठाईस बिगहवा' में उसका जहाँ हिस्सा तुम लोग निकाल दोगे मैं उसी पर सन्तोष कर लूँगा... ।"

इस पर आपे से बाहर होते हुए देवनाथ बोल उठा—"यह गलत बात है। ऐसा कहीं नहीं होता। हम इसे नहीं मानेंगे...।"

लेकिन इससे पहले कि इस बात पर आवेशित जग्गी द्वन्द्व और संघर्ष के लिए देवनाथ को सीधे चुनौती दे, रविनाथ को तत्क्षण बीच में कूद जाना आवश्यक जान पड़ा। वे जग्गी की शक्ति और पहुँच से परिचित थे। अब सबसे पहले देवनाथ को डाँटते हुए उन्होंने कहा—"जब जग्गी सिंह से मैं बात कर रहा हूँ तो तुम्हें बीच में बोलने की क्या जरूरत? अब इसके बाद एक शब्द भी तुम्हें नहीं बोलना है देवनाथ...।"

फिर जग्गी सिंह से रू-ब-रू होते हुए उसने अपना पक्ष रखा—"हम छविनाथ से बात करेंगे जग्गी जी। उसने ऐसा कैसे कर दिया? क्यों किया? क्या बगैर हमारी सहमति के वह ऐसा कर सकता है?"

इस पर अब जग्गी की ओर से मुखिया नारायण महतो बोल उठे—"तुम लोग पता करते रहना रविनाथ। रजिस्ट्री ऑफिस जाकर भी पूछताछ कर लेना। जग्गी सिंह ने जब बैनामे की रजिस्ट्री का पक्का प्रमाण मुझे दिखाया तब मैं उनके साथ आया हूँ। तुम तीनों भाइयों ने जब छविनाथ को उसका हिस्सा बेचने नहीं दिया तब उसने यह कार्य किया। भाई के नाते उसने तुम लोगों पर यह मुरौव्वत की कि उसके हिस्से का कोई भी टुकड़ा तुम लोग जग्गी सिंह को दे दो। अब अगर अपने अट्ठाईस बिगहवा के बीच में वह टुकड़ा दोगे तो तुम लोगों को परेशानी होगी। इसलिए किसी एक किनारे से ही दे दो। रही बात ऐसे बैनामे की, तो मैं जानता हूँ, ऐसा होता रहा है। जहाँ आपस में फरीख एक-दूसरे का हिस्सा देना नहीं चाहते, वहाँ ऐसे ही बैनामे होते हैं। फिर बैनामे के बाद फरीखों को उसका हिस्सा निकालना पड़ता है।"

रविनाथ, नारायण महतो को भी अच्छी तरह जानता था। पंचायती राज व्यवस्था में तिकड़म से मत हासिल कर मुखिया बने लोग राजनेताओं की तरह अपने पूरे कार्यकाल में निरीह ग्रामीण जनता का दोहन कर अपनी तिजोरी भरते जाते हैं। इनके पास सारे छल-छद्म होते हैं। नयी व्यवस्था में प्राप्त अधिकार से ये अपने छल-छद्मों पर संवैधानिक जामा पहना देते हैं। अवश्य जग्गी सिंह से कोई सौदेबाजी कर यह मुखिया आया है। इससे उलझकर तो छविनाथ के साथ-साथ और परेशानियों में फँसना पड़ जायेगा। इस सम्बन्ध में रविनाथ अब यह तय नहीं कर पा रहा था कि इस मुखिया से कहे तो क्या कहे? बस, उसकी इस चुप्पी का लाभ उठाते हुए मुखिया ने कहा—"कल अमीन बुलाकर छविनाथ का हिस्सा छिनगा देना रविनाथ, अन्यथा खून-खराबा होगा तो फिर मेरी कोई जवाबदेही नहीं होगी...। जग्गी सिंह के पास उपलब्ध बैनामे के सारे प्रमाण से मैं सन्तुष्ट हूँ, इसलिए तुम सबों से कहने आ गया। मैं नहीं चाहता हूँ कि मेरी पंचायत के किसी गाँव में कोई बड़ा विवाद या मारकाट हो...।"

इतना कहकर मुखिया यह कहते हुए जग्गी सिंह और उसके लोगों को लेते गया—"फल अमीन से नापी कराकर छविनाथ का हिस्सा अलग करा लेना। जब

कायदे-कानून से तुमने बैनामा कराया है तो इसमें झगड़े-फसाद की कोई गुंजाइश नहीं। मैं भी यही चाहता हूँ कि मेरी पंचायत में कोई बड़ा बवाल न हो। ऐसी स्थितियों में जहाँ लोग मेरी बात नहीं मानते वहाँ नियम-कानून के पक्ष में मुझे खड़ा होना ही पड़ता है...।''

जग्गी सिंह, मुखिया नारायण महतो और अपने अन्य लोगों के साथ जैसे आया था, वैसे ही चला गया। लेकिन रविनाथ के परिवार पर तो जैसे वज्रपात करके गया। अब न सिर्फ रविनाथ तीनों भाइयों के चेहरे म्लान पड़ गये, बल्कि उनके घर की सारी खुशी जाती रही। उन्होंने तो सपने में भी नहीं सोचा था कि छविनाथ कभी ऐसा भी कर सकता है? कुछ देर के लिए वे अपने को हताश, परेशान और निरुपाय अनुभव करने लगे। फिर उनके संघर्षशील कृषक मन ने उन्हें ललकारा--एक चौथाई कम होने से उनका कुछ नहीं बिगड़नेवाला। अब तीन चौथाई पर ही उतनी फसल पैदा कर वे गाँव को दिखा देंगे। अधिक खेती में अधिक मिहनत और अधिक लागत से भी बच जायेंगे...।

इधर गाँव को चर्चा के लिए एकदम नया और माकूल विषय मिल गया था! वैसे सबको इस बात का भान था कि एक-न-एक दिन छविनाथ अपना खेत बेचेगा। लेकिन बिना बँटवारे के संयुक्त खेत को ही बेच देगा, यह किसी ने नहीं सोचा था, इसलिए इस नयी और अनपेक्षित घटना ने पूरे गाँव को न सिर्फ अचम्भित और विस्मित कर दिया था, बल्कि सब एक-दूसरे से कहने-सुनने लगे थे। इस बार अपने तर्क की सफलता पर बहोरन सिंह हर जगह विश्वास के साथ बोलने लगे थे--''मैंने तो रविनाथ को अपना समझकर प्रारम्भ में ही समझा दिया था। लेकिन वह तो मुझी से उलझ गया कि मैं उसका घर फोड़ रहा। वह तो आदर्श भाई बन रहा था। अब उसे सब पता चल गया। मैं तो पहले से ही जानता था कि जिस दिन छविनाथ अपने हिस्से के लिए अड़ जायेगा, फिर किसी भाई की हिम्मत नहीं कि उसका हिस्सा रोक सके। भला, भाई का हिस्सा कोई भाई कहीं रोक सका है।''

रविनाथ के मुखालिफ और उसके परिवार से ईर्ष्या करनेवालों की राय बहोरन सिंह से ही मिलती-जुलती थी। लेकिन छविनाथ के इस कृत्य के खिलाफ बलेसर की राय स्पष्ट थी--''यह तो भाई होकर भाई की पीठ में छुरा घोंपना हुआ। छल और धोखे जैसा निन्दनीय कार्य। उसका हिस्सा तो कहीं जा नहीं रहा था कि इस तरह बगैर भाइयों की सहमति और आपसी बँटवारे के उसे बेचना पड़ा। छविनाथ जैसे लोग ही आपसी सद्भाव और सहयोग पर चल रहे परिवार को तोड़ते हैं। छविनाथ ने भाइयों की नेकी का बदला बदी से दिया है। छविनाथ की इस घटना के सुनकर अब अधिकांश भाई, भाई पर विश्वास करना छोड़ देंगे...। छविनाथ को इस कार्य को कोई भी सही नहीं ठहरा सकता...। उसका यह कार्य न सिर्फ परिवार और समाजविरोधी है, बल्कि कृषक विरोधी भी है। कृषि में लगे अपने परिवार पर आघात कर उसे कमजोर करना है...।''

बलेसर जैसे अधिकांश किसानों की राय भी यही थी। अगर हर घर में ऐसी घटना घटने लगे तब फिर पारिवारिक स्तर पर मिल-जुलकर खेती करने की सफल और पुरानी परम्परा समाप्त हो जायेगी। जैसे माँ किसी बच्चे को जन्म देती है, वैसे ही किसान अपने खेतों में फसलें उगाते हैं। इस दृष्टि से कृषि के प्रति समर्पित किसानों ने इस घटना को निन्दनीय माना। छविनाथ के इस कार्य की भर्त्सना की।

यह देखकर बलेसर का मन आश्वस्त हो उठा कि बलहारी के बहुसंख्यक किसानों की राय उनकी राय से ही मिलती-जुलती थी। बलेसर कृषिकार्य को पवित्र, उत्तम और कल्याणकारी कार्य मानते थे, मानव-जीवन के लिए सबसे बेहतर कार्य। इसलिए कृषि जीवन से सम्बन्धित व्यवधान और बाधाएँ उनके मन को विचलित कर देती थीं। लेकिन खेत-बधार को लेकर ऐसी घटनाएँ घटती ही रहती थीं। बलहारी में इससे सम्बन्धित और दो घटनाएँ घट चुकी थीं। छविनाथ की इस घटना ने बलेसर के मन में उन दोनों घटनाओं की भी याद ताज़ा कर दी।

पहली घटना गोमती काकी को लेकर घटी। गोमती काकी, आकाशरंजन काका की पत्नी थी। आकाशरंजन काका तीन भाई थे—आकाशरंजन, घररंजन और बनरंजन। दूर के नाते में वे बलेसर के पिता जी के भाई लगते थे, इस नाते बलेसर के काका थे। आकाशरंजन बड़े थे, उनके बाद माँझिल थे घररंजन तथा छोटे वनरंजन। आकाशरंजन की शादी गोमती नदी के कगार पर बसे एक गाँव में हुई थी। शायद इसे लक्ष्य कर ही लोग उनकी पत्नी को गोमती कहते। आकाशरंजन से बड़ों के लिए वह गोमती बहू थी, उनसे छोटी उम्रवालों के लिए गोमती भाभी, बलेसर जैसे लोगों के लिए गोमती काकी तथा नयी पीढ़ी के लड़के-लड़कियों के लिए गोमती दादी।

अपने पिता की मृत्यु के बाद से ही आकाशरंजन को उनके छोटे भाई घररंजन और वनरंजन पिता की तरह ही मानते थे। आकाशरंजन के अभिभावकत्व में ही उनका घर-परिवार चलता था। उन तीनों भाइयों के जिम्मे 24 बीघे की खेती थी। अपनी उस खेती में ही तीनों भाई लगे रहते। परिणाम के रूप में खा-पीकर अपने बाल-बच्चों को पढ़ाने-लिखाने भर कुछ बचा भी लेते। उनके वे खेत खूब उपजाऊ थे—गाँव के नमूने खेत। उन खेतों में जब फसल लगती तो राहगीर देखकर दंग रह जाते।

आकाशरंजन की आबाद खेती के बल-बूते उनका परिवार इसी तरह चल रहा था कि पचास वर्ष की अवस्था में ही आकाशरंजन असामयिक मृत्यु को प्राप्त कर गये। आकाशरंजन अभी नहीं गुजरते। लेकिन बदपरहेजी और लापरवाही के शिकार हो गये। नयी उम्र से ही उन्हें कुश्ती लड़ने का खूब शौक था। गाँव के तीन-चार ताकतवर पहलवानों में उनकी गिनती होती थी। इस नाते वे दण्ड-बैठक भी खूब करते। इसके एवज में जमकर खाते भी। मीठा उन्हें इतना प्रिय था कि हलवा, खीर या पुआ खाने बैठते तो खाते चले जाते। इस अति भोजन ने ही उस दिन उनकी जान ले ली।

उस दिन जयराम सिंह के बेटे का तिलकोत्सव था। उस तिलकोत्सव में जयराम सिंह ने बलहारी गाँव के प्रचलित और परम्परित भोज हाथीकान पूड़ी, आलू, कटहल

का दम और रसदार बुँदिया का इन्तजाम किया था। हाथी के कान जितनी बड़ी-बड़ी और घी चुती मुलायम पूड़ियों को हाथीकान पूड़ी कहा जाता, उसके साथ आलू और कटहल का दम (दमदार सब्जी) तथा मीठे के रूप में रस से भरी बुँदिया। बलहारी के लोगों का तो यह खाना प्रिय था ही, आकाशरंजन इस खाने के विशेष दीवाने थे। खिलानेवाले भी उन्हें जानते थे, इंसलिए एक किनारे बैठा देते ताकि साथ खानेवाली पाँत उठ भी जाती तो कोई बात नहीं होती। वे अपनी इच्छाभर खाकर ही उठते।

उस दिन भी जयराम सिंह के यहाँ उन्हें एक किनारे बैठा दिया गया। वे जब खाने लगे और चलानेवाले उधर से गुजरते तो उन्हें खनीहार जानकर अवश्य पूछते—"पहलवान जी। कुछ चाहिए?"

जवाब में हर बार उनके मुँह से निकल ही जाती—"थोड़ा बुँदिया दे-दो...।"

इस तरह दो पाँत उठ गयी और वे खाते रहे। जयराम सिंह के उस तिलकोत्सव में बुँदिया चलानेवाले के अनुसार लगभग एक बाल्टी बुँदिया वे खा गये थे। इस बात का रहस्योद्घाटन उस बुँदिया चलानेवाले ने उनके निधन के बाद किया था, क्योंकि ग्रामीण परम्परा के अनुसार किसी के खाने और अपने यहाँ उसे खिलाने का उपहास निन्दनीय माना जाता था।

हाँ तो उस भोज में छककर खाने के बाद आकाशरंजन के लिए अब उस ठहर से उठना भी मुश्किल था। जमीन पर हाथ रखकर उन्होंने उठने की कोशिश की। लेकिन स्वयं नहीं उठ सके। तब वहाँ खाना चलानेवाले दो युवकों ने दोनों ओर से उनकी काँख में हाथ लगाकर उन्हें खड़ा किया। वे देख रहे थे कि अधिक खाने के चलते वे स्वयं नहीं उठ पा रहे थे।

आकाशरंजन अब चल पड़े। लेकिन चाहते हुए भी तेजी से कदम नहीं बढ़ा सके। अपने घर की अपेक्षा गाँव के भोज में वे अक्सर अधिक खा लेते थे। उस दिन वे स्वयं महसूस कर रहे थे कि अन्य दिनों की अपेक्षा अधिक खा चुके हैं। उन्हें लगा कि बढ़ती उम्र में अब इस तरह उन्हें नहीं खाना चाहिए। लेकिन अब तो वे खा चुके थे।

अपने घर पहुँच वे बिना विलम्ब किये अपने बिस्तरे पर पड़ गये। गोमती काकी उनकी दिनचर्या से अवगत थी। उनके बिस्तरे के पास एक लोटा जल भरकर रखती थी। कहीं भी भोज से आने पर वह भर लोटा जल ग्रहण करते। तब सोते। लेकिन उस दिन अब जल भी उनसे नहीं पिया गया। गोमती काकी जान गयी। खाने की अधिकता के चलते ऐसा हुआ है। उनका तना हुआ पेट देखकर बोल उठी—"अब उम्र इस तरह खाने की नहीं रही...। जरूरत समय के अनुसार अपने पर नियन्त्रण रखने की है।"

गोमती काकी के ऐसे कथन पर पहले वे बोल उठते थे—"जब पचाने की क्षमता है, तभी तो खाता हूँ। तुम लोगों की तरह मेरा पेट सुगसुगाह नहीं कि तनिक भी अधिक या गरिष्ठ खा लूँ तो न पचे...।"

लेकिन उस दिन अब यह भी नहीं कह सके। शायद अपनी क्षमता को अब वे स्वयं जवाब देते पा रहे थे कि यह अति अब स्वीकार नहीं। यह अति अब सीमा से बाहर है। उस दिन अन्य दिनों की अपेक्षा बीतते समय के अनुसार खाना हजम भी नहीं हुआ बल्कि अपच और बदहजमी का रूप लेता चला गया। फिर रात गहराते ही वे शौच का अनुभव करने लगे। वे समझ गये, पेट की स्थिति ठीक नहीं...। रात में शौच की हाजत उन्हें कभी महसूस नहीं होती थी। उन्हें लगा, शायद शौच के बाद पेट हल्का हो जाय और वे राहत का अनुभव करने लगें। बस, शौच के लिए घर से निकल वे चल पड़े।

उस समय सिर्फ आकाशरंजन के ही घर में नहीं, बल्कि बलहारी के अधिकांश घरों में शौचालय की व्यवस्था नहीं थी। महिलाएँ गाँव के किनारे गड्ढे, तालाबों और बगीचों में जातीं तो पुरुष गाँव से बाहर के आहर-पोखरों और पेड़-पौधों की ओर। इस सम्बन्ध में आकाशरंजन अपने प्रिय और चिर-परिचित जगह पश्चिमी आहर के किनारे सतहवा पेड़ों के पास चले गये। पश्चिमी आहर गाँव का सबसे पुराना आहर था। वहाँ आम के सात पेड़ एक कतार में थे जिसे सतहवा पेड़ कहा जाता था। शौच के बाद वे घर चल पड़े। निर्जन रात के बावजूद यहाँ आने और यहाँ से जाने में उन्हें असुविधा नहीं हुई, क्योंकि इस चिर-परिचित रास्ते पर वे इतनी बार आ-जा चुके थे कि आँख मूँद-कर भी इस पर चल सकते थे। लेकिन अभी दस कदम ही आगे बढ़े थे कि पुनः शौच की हाजत महसूस हुई। वे वापस लौटकर पुनः शौच से निवृत्त हो चल पड़े। लेकिन आगे बढ़ने पर पुनः इसी तरह की हाजत। अब उनका पहलवान मन जाग उठा। यह पेट अब ऐसे ठीक होनेवाला नहीं। इस बार निवृत्त हो सतहवा पेड़ के पास वे दण्ड-बैठक करने लगे। यहाँ प्रतिदिन सुबह वे दण्ड-बैठक करते थे। उन्हें लगा, दण्ड-बैठक के बाद सब खाया पच जायेगा और वे आराम से घर जा सकेंगे। लेकिन उनकी इच्छा और योजना के विपरीत ही घटित हो गया। कुछ ही देर के दण्ड-बैठक के बाद शौच की हाजत इतनी तेजी से बढ़ती गयी कि वे जल्द ही पस्त हो गये। अब चाहते हुए भी घर वापस लौटने की उनकी स्थिति नहीं रही।

इधर घर पर उनकी प्रतीक्षा में बैठी गोमती काकी को जब अत्यधिक विलम्ब का एहसास हुआ तो उन्होंने घररंजन और वनरंजन को जगाया। वस्तुस्थिति से अवगत होते ही वे दोनों भाई उनकी खोज में दौड़ पड़े। बस, जल्द ही उनके पास पहुँच गये। फिर उनकी पस्त हालत देख वे दोनों भाई बेचैन हो गये। अब तत्क्षण उन्हें किसी तरह टाँग-कर घर लाये। वे इस स्थिति में कैसे पहुँचे, आकाशरंजन ने अब स्वयं सब को बता दिया। उनकी बात सुन गोमती काकी ने अपना माथा पीट लिया—''जिसका पेट इतना खराब हो जायेगा, वह भला दण्ड-बैठक करेगा? लेकिन इनकी मोटी बुद्धि जो न करा दे।''

गोमती काकी बचपन से ही सुनती आ रही थी कि पहलवान लोगों की बुद्धि मोटी होती है। लेकिन उसे इस बात पर विश्वास नहीं होता था। भला शरीर के अनुसार बुद्धि

मोटी या पतली कैसे हो सकती है? लेकिज जब पहलवान पति से शादी हुई तब इस बात का एहसास उसे हो गया।

आकाशरंजन की बिगड़ती हालत को देख उसी रात टोला-पड़ोस के सहयोग से उन्हें खटिया पर लाद उनके भाई रामपुर अस्पताल की ओर भाग चले। बलहारी से कुछ ही किलोमीटर की दूरी पर रामपुर कस्बे में एक छोटा-सा सरकारी अस्पताल था। अस्पताल के बरामदे में अपने कन्धे से खटिया नीचे रखते हुए घररंजन और वनरंजन ने पाया कि आकाशरंजन निश्चेष्ट पड़े थे। दौड़कर वे डाक्टर को ले आये। लेकिन आकाशरंजन को देखते ही डाक्टर ने उन्हें मृत घोषित कर दिया। डॉक्टर के अनुसार तीव्र डायरिया के प्रकोप में पानी की कमी से रास्ते में ही उनकी मृत्यु हो चुकी थी।

आकाशरंजन के गुजरते ही गोमती काकी पर परेशानियों का पहाड़ टूट पड़ा। घररंजन और वनरंजन की पत्नियों में तनिक भी नहीं पटती थी। लेकिन अपने पहलवान जेठ के डर से वे चूँ नहीं करती थीं। अब वह अंकुश समाप्त हो गया था। बस, उनके निधन के चन्द दिनों बाद ही एक-दूसरे से अलग होने के लिए वे अड़ गयीं। उनके पति भी एक-दूसरे से भिड़ गये। लेकिन बीच में गोमती काकी समस्या बनकर खड़ी हो गयीं। गोमती काकी अपने दोनों देवरों को पुत्रवत् समझती थीं। इन नाते अपने देवरानियों को भी बहुओं की ही तरह मानती थीं। इस बात को दोनों देवरानियाँ भी जानती थीं, इसलिए वे चाहती थीं कि बँटवारे में गोमती काकी उनके साथ रहें। इसके मूल में गोमती काकी का निःसन्तान होना भी था। उनकी तुलना में वे दोनों बाल-बच्चेदार थीं। लेकिन एक अकेली गोमती काकी किधर रह सकती थीं? इस देवर के साथ रहतीं तो वह देवर दुःखी हो जाता और उसके साथ रहतीं तो यह देवर? इसी असमंजस और धर्मसंकट की स्थिति में बलेसर उनका समाचार जानने पहुँचे। इससे पहले भी आकाशरंजन काका की मृत्यु पर वे पहुँचे थे। इस बार उन्हें देखते ही गोमती काकी फफक पड़ीं—"अब क्या करूँ बलेसर कुछ भी समझ में नहीं आता। कैसे रहूँ? किसके साथ रहूँ, मेरा दिमाग काम नहीं कर रहा। अब तुम ही कोई रास्ता बताओ...।"

इससे पहले भी गोमती काकी अपनी समस्याओं और उलझनों पर बलेसर की राय लेती रही थीं। बलेसर को अपने बेटे की तरह ही जानती थीं। इस गाँव में बहू बनकर आते ही उसे पता चल गया कि उसके पति, बलेसर के पिता के जिगरी दोस्त हैं। इस नाते बलेसर के बचपन में उसके पति उसे अपने कन्धे पर बैठाकर खूब घुमाया करते थे। बलेसर ने भी इस बात को याद रखा था। इसलिए गोमती काकी की समस्या से अवगत होते ही उन्हें समझाते हुए कहा—"काका की मृत्यु के बाद यह समस्या आनी ही थी काकी। काका के रहते किसी भाई की हिम्मत अलग होने की नहीं थी। लेकिन अब उन्हें कौन रोक सकता है? आपकी परेशानी भी मैं समझ रहा हूँ। बायाँ हाथ काटो तो जितना दुःख है, उतना ही दुःख दायाँ हाथ काटने पर भी है। अपने दोनों देवर-परिवारों को आप अपनी सन्तान की तरह ही समझती है। लेकिन बँटवारे में दोनों परिवारों के साथ कैसे रह सकती हैं? अगर बँटवारे में अपनी खेती दोनों को आप

आधा-आधा दे देती हैं तब तो आप कहीं की नहीं रह जायेंगी। आपका अपना जीवन भी संकट में पड़ जायेगा। ऐसी स्थिति में बेहतर है कि अपने कलेजे पर पत्थर रखकर आप भी अपना एक हिस्सा उन लोगों से अलग करा लें। उस हिस्से को ठिका-बटाई पर दे दिया जायेगा। फिर जिस देवर-परिवार की आवश्यकता हो, जो मुसीबत में जान पड़े अपने हिस्से की खेती से आप उसकी मदद कर सकती हैं...।"

इस विषम परिस्थिति में यही बात गोमती काकी के मन में भी उठ रही थी। अब बलेसर की सहमति ने उनके इस विचार को निर्णायक स्वरूप प्रदान कर दिया। तीनों भाइयों के बीच अब खेतों का बँटवारा हो गया। हर भाई के हिस्से में आठ बीघे जमीन आयी। एक पेट गोमती काकी के लिए यह आठ बीघे जमीन बहुत थी। खेत तो बाहर बधार में थे। अमीन से नापी कराकर बाँट दिये गये। लेकिन घर तो एक ही था। उसमें तीन गेड़ियाँ लगाना मुश्किल था। इस स्थिति में कमरे बाँट दिये गये। अब बँटवारे के दिन से ही दोनों देवर-परिवार इस प्रयास में लग गये कि गोमती काकी अपना हिस्सा लेकर उनके साथ आ जायँ। इसके लिए वे कुछ भी उठा नहीं रखते। जिसे अब गँव लगता, गोमती काकी की सेवा-टहलकर उन्हें अपने साथ मिलाने की कोशिश करता। जीवन-भर उन्हें सर आँखों पर बैठाये रखने के वादे करता। अपने इन दोनों देवर-परिवारों से आजिज आकर शान्ति और इतमीनान के लिए गोमती काकी अपने मायके जा पहुँची। लेकिन वहाँ भी उनके मन को शान्ति नहीं मिली। मायके में अब उनके माँ-बाप जीवित तो थे नहीं, भाई-भौजाई और उनके परिवारजन थे। उनके मायके पहुँचने के तीन-चार दिन के अन्दर ही उनके दोनों भाई उनसे कह उठे—"जब पाहुन नहीं रहे तो अब बलहारी में तुम्हारा कुछ भी शेष नहीं रहा गोमती। वहाँ के खेत बेचकर अब इतमीनान से यहाँ आ जाओ। यहाँ तुम्हें किसी चीज की कमी नहीं होगी। यहाँ अपने भाई-भतीजों के बीच रहोगी। यहाँ सब तुम्हारी सेवा में लगे रहेंगे...।"

लेकिन भाइयों की यह बात सुनते ही गोमती का मन तिक्त हो उठा। मायके आने की सारी खुशी उसके मन से जाती रही। कुछ समय बिताकर या गोमती काकी के जीवन की कोई ठोस व्यवस्था कर उसके भाई यह बात कहते तो वह सोचती भी। लेकिन प्रारम्भ में ही ऐसा कहकर उनके मन को तोड़ दिया। इस स्थिति में चन्द दिनों के बाद ही मायके से बलहारी आ गयीं। अपने भाई-परिवारों के रोकने पर भी नहीं रुकीं। अब मायके से जो व्यथा लेकर आयी थीं उसे सुनाकर हल्का होने या उस दर्द को किसी से बाँटने के लिए उनका मन बेचैन था। इस अवसर पर उन्हें बलेसर से उपयुक्त कोई और नहीं जान पड़ा। बस, बलेसर के समक्ष भूकम्प के लावे की तरह फट पड़ीं। जवाब में बलेसर ने भी अपनी समझ से उन्हें आश्वस्त कर दिया—"आपको कहीं जाने की जरूरत नहीं है काकी। और अपना खेत तो भूलकर भी किसी को नहीं लिखना है। खेत लिखकर जिस दिन आप अपना हाथ काट देंगी, उसी दिन से खुद लिखवानेवाले के लिए आप दूध की मक्खी बन जायेंगी। यहाँ बलहारी में आप अपनी जगह-जमीन की

स्वामिनी हैं। यहाँ सबकी नजर में आपका मान-सम्मान है। इस बलेसर को भी अपना बेटा ही समझिये। आपकी एक आवाज पर हाजिर हो जाऊँगा। अभी आपके देवर-परिवार आपको मिलाने और आपका हिस्सा लेने के लिए प्रयासरत हैं। लेकिन जब अपने निर्णय पर आप दृढ़ बनी रहेंगी तो वे स्वयं तटस्थ हो जायेंगे...। फिर आपका इतमीनान कंभी भंग नहीं होगा। आपका जीवन आराम और शान्ति से कंट जायेगा... ।''

बलेसर की बात से गोमती काकी के व्यथित-पीड़ित मन ने बहुत राहत का अनुभव किया। मायके से लौटने के बाद उनके मन में भी यही विचार उमड़-घुमड़ रहा था। अब अपने विश्वासपात्र बलेसर से सलाह-मशविरा के बाद उन्हें जीने की राह मिल गयी। अब चुपचाप उस राह पर ही उन्हें चलना है। उससे विचलित होना और भटकना नहीं।

लेकिन गोमती काकी के चाहने और तटस्थ रहने से कुछ नहीं हुआ। जो चीज हमें सम्बल प्रदान करती है। जिसे हम अपनी सुरक्षा का आधार समझते हैं, कभी-कभी वही चीज हमें असुरक्षित भी बना देती है। वही हमारे पाँवों के नीचे से जमीन खिसका देती है। गोमती काकी के साथ भी यही हुआ। अपने हिस्से के जो खेत उनके जीवन के आधार थे, वही उनके जीवन के लिए संकट भी बन गये। वैसे वे रह तो अपनी शर्तों पर रही थीं। लेकिन यथासम्भव अपने दोनों देवर-परिवारों की सहायता ही करती थीं। पर दुष्ट संगति के प्रभाव से बच नहीं सकीं। वे सन्तों की इस उक्ति से अवगत थीं—'भल बरुवास नरक कर ताता। दुष्ट संग जनि देहु विधाता... ।'

लेकिन दुष्टों की यह संगति उनकी नियति में ही निर्धारित थी। उन्हीं देवर-परिवारों के बीच उनका रहना था जिनकी गिद्ध दृष्टि उनके खेतों पर लगी थी। उन दोनों देवर-परिवारों को जब लग गया कि गोमती काकी सेवा-टहल और प्रेम-समर्पण के साथ आनेवाली नहीं तो वे अन्य विकल्पों की भी प्रतीक्षा करने लगे। ऐसी ही प्रतीक्षा में वनरंजन को यह विकल्प हाथ आ गया।

उस समय घररंजन के साले की शादी तय हुई थी। घररंजन का एक ही साला था, पाँच बहनों के बाद पैदा हुआ अकेला। घररंजन की पत्नी ही उसकी पाँचवी बहन थी। इस नाते उसकी शादी में घररंजन को सपरिवार जाना पड़ा। कोई और सम्बन्ध होता तो घररंजन इस तरह सपरिवार नहीं जाता। लेकिन उसके ससुराल का यह अत्यन्त प्रिय सम्बन्ध था। जाते हुए उसने यह पूरी कोशिश की कि गोमती भाभी भी साथ चलें। लेकिन वनरंजन ने रोक दिया—''यहाँ भाभी के बिना हम लोगों का मन तनिक भी नहीं लगेगा। घर एकदम सूना-सूना हो जायेगा... ।''

इसके बाद गोमती काकी के साथ कब, कहाँ, कैसे और क्या हुआ, पूरे गाँव में किसी को पता तक नहीं चला। घररंजन के ससुराल जाने के तीसरे दिन बाद ही वनरंजन ने गाँव को बता दिया कि पेटदर्द से गोमती भाभी का निधन हो गया। उसने यह सूचना

भी दी कि मरने से पहले गोमती भाभी ने मुझे अपना प्रिय समझ मेरे नाम अपने खेत लिख दिये। वे मुझे अपने बेटे की तरह मानती थीं।''

अपने कथन के समर्थन में उसने शहर के एक चिकित्सक का पुर्जा भी दिखाया। उस चिकित्सक का पता शहर के उस रजिस्ट्री ऑफिस के आसपास का ही था जहाँ उसने गोमती काकी की जमीन अपने नाम करायी थी। लेकिन गाँव को उसकी बात पर तनिक भी विश्वास नहीं हुआ। सबको लग गया कि गोमती से जबरन खेत लिखवाकर वनरंजन ने उसकी हत्या कर दी। लेकिन ऐसा महसूस कर भी वनरंजन से किसी ने सवाल नहीं किया। अब शहरों की तरह गाँवों में भी लोग दूसरों के मामलों में हस्तक्षेप करना नहीं चाहते। लेकिन बलेसर अपने को रोक नहीं सके। गोमती काकी को अपनी सगी काकी से कम नहीं समझते थे। वे जानते थे, अपने नाम के अनुसार ही वनरंजन कठोर और हृदयहीन है। मन के धरातल पर वह जंगल की संस्कृति को ही जीता है कि अपनी शक्ति से जो हासिल कर लो, वह अपना हो गया। बलेसर प्रारम्भ से ही यह सुनते आ रहे थे कि मनुष्य के व्यक्तित्व पर उसके नाम का प्रभाव पड़ता है। सामान्य और आंशिक रूप से इसे देख भी रहे थे। लेकिन वनरंजन के इस मामले ने उसे पूर्णता प्रदान कर दी। इस सम्बन्ध में बलेसर की पत्नी ने उन्हें रोकने की कोशिश की–''वनरंजन अच्छा आदमी नहीं। उससे उलझकर हम अपना ही अहित कर लेंगे। आप उसके यहाँ न जायें...।''

लेकिन बलेसर नहीं माने। वह वनरंजन के यहाँ पहुँच ही गये। उन्होंने वनरंजन से सीधे पूछा–''गोमती काकी के बारे में आपके यहाँ से जो कहा जा रहा है, क्या वह सच है?''

जवाब में उसने जोर देते हुए कहा–''सोलह आने सच। जिसे पता करना हो, पता कर ले...। मैं जानता हूँ बलेसर, तुम उन्हें अपनी काकी से कम नहीं समझते थे। लेकिन मेरे लिये तो वे माँ की तरह थीं। बड़ी भाभी, माँ से कम नहीं होती। सारा गाँव जानता है कि उनकी शादी में मैं छोटा बच्चा था। माँ की तरह ही उन्होंने मुझे पाल-पोसकर बड़ा किया था...।''

अपनी इस बात से वनरंजन ने क्षण-भर के लिए बलेसर की बोलती बन्द कर दी उन्हें यह समझ में नहीं आया कि अब और क्या कहें? यहाँ तो उल्टा चोर कोतवाल को डाँटेवाली स्थिति उनके समक्ष साकार हो गयी थी। अब चलते हुए बलेसर ने इतना ही कहा–''सच क्या है, सबको पता चल जाता है। सच को छिपाया नहीं जा सकता है।''

इस पर वनरंजन ने नहले पर दहला दे मारा–''तुम बिल्कुल ठीक कह रहे हो बलेसर। भला सच कहीं छिपा है और सच को कोई छिपा सका है...?''

घररंजन को अपने ससुराल में अभी और दो-तीन दिन रुकना था। शादी के बाद चौठारी तक की रस्मों के लिए सारे रिश्तेदार रुके हुए थे। लेकिन गोमती भाभी के

निधन की सूचना पर घररंजन का परिवार अब क्षण-भर भी वहाँ नहीं ठहर सका। तत्काल बलहारी आ पहुँचा। यहाँ उन्हें सारी जानकारी मिल गयी। इस घटना पर उनके मन में भी यही बात थी। बस, सीधे वनरंजन पर उसने मुकदमा दायर कर दिया कि गोमती भाभी से जबरन खेत लिखवाकर साक्ष्य मिटाने के लिए उसने उनकी हत्या कर दी। इस मुकदमे के बाद अपने आँगन में अब उन दोनों ने एक मोटी दीवार खड़ी कर ली। अब दोनों परिवार एक-दूसरे को देखना तक नहीं चाहते थे। इस सम्बन्ध में घररंजन का कहना था—"सच्चाई को मैं सामने लाकर रहूँगा। इस तरह भाभी के खेत किसी को हड़पने नहीं दूँगा और भी पर हुए अत्याचार का बदला भी लूँगा...।"

इस पर वनरंजन की दहाड़ अलग थी—"केस लड़ाते-लड़ाते अगर घररंजन को मुआ नहीं दिया तो मेरा नाम वनरंजन नहीं...। वह क्या खाकर मुझसे लड़ेगा। वह कितने पानी में है, मुझसे छिपा नहीं...।"

इस विषय पर गाँव की राय स्पष्ट थी—"यह केस लम्बा चलेगा। ऐसे मुकदमों का फैसला जल्द नहीं होता। अब गोमती के खेतों का लाभ न तो वनरंजन को मिलेगा और न घररंजन को। एक-दूसरे से केस लड़ते हुए अब वे दोनों उजड़ जायेंगे...।"

गाँव की यह राय गाँव के अनुभव पर आधारित थी। बलहारी में इससे मिलते-जुलते दो-तीन केस पिछले पन्द्रह-बीस वर्षों से चले आ रहे थे। इस केस में भी प्रारम्भिक आदेश यह आया कि जब तक इस मुकदमें का फैसला नहीं हो जाता तब तक गोमती के खेत परती रहेंगे। उस पर खेती करने का अधिकार न तो घररंजन का होगा और न वनरंजन का।

इस मुकदमे को चलते हुए आज कई वर्ष बीत गये। इस मुकदमे के खर्च ने दोनों भाइयों को तोड़ दिया है। दोनों कमजोर हो गये हैं। तभी से गोमती काकी के खेत परती पड़े हुए हैं। वे खेत गाँव के उस छोर पर हैं। बलेसर का उधर जाना नहीं के बराबर होता है। लेकिन जब भी जाते हैं तो उन परती खेतों को देखकर उनका मन विकल हो उठता है। अभी पिछले दिनों बगल के गाँव शिवपुर में रामायण सम्मेलन हुआ था। इलाके के एक गण्यमान्य और प्रबुद्ध व्यक्ति के रूप में बलेसर भी वहाँ नियन्त्रित थे। उस सम्मेलन से अपने घर लौटते हुए गोमती काकी के खेतों से होकर ही उन्हें आना था। अब जैसे ही उन परती खेतों के पास बलेसर के कदम पहुँचे, वे रुक गये। बलेसर जहाँ भी उपजाऊ जमीन को परती देखते हैं, वे धरती का अपमान समझते हैं। जब आकाशरंजन काका जीवित थे तब बलेसर जब भी इस ओर आते थे तो इन खेतों में मौसम के अनुसार किसी-न-किसी फसल को लहराते पाते थे—कभी धान की, तो कभी गेहूँ की, तो कभी चना की, तो कभी सरसों, मटर, खेसारी, तीसी आदि की। अब वही जमीन बंजर की तरह परती पड़ी है। बलेसर का किसान मन व्यथित हो उठा। पता नहीं, इस जमीन का भाग कब जगेगा? कब इसमें फसलें लहरायेंगी?

इस जमीन के पास ही सतहवा पेड़ों के इस छोर पर खड़े थे बलेसर। आकाशरंजन काका इन्हीं सतहवा पेड़ों के पास दण्ड-बैठक करते थे। उनके खेत इन्हीं सतहवा पेड़ों

से शुरू हो जाते थे। जब कभी गाँव में आकाशरंजन काका की खोज होती और वे नहीं मिलते तो लोग इस सतहवा पेड़ों के पास ही आ जाते। तब आकाशरंजन काका यहीं बैठकर अपने खेतों की निगरानी कर रहे होते। इस अवसर पर बलेसर को लगा जैसे आकाशरंजन काका कहीं से उन्हें देख रहे हैं और कह रहे हैं, सारे गाँव के रहते मेरी पत्नी की हत्या हुई, लेकिन किसी ने कुछ नहीं किया। उसके बाद आज तक मेरी जमीन में किसी ने फसल नहीं उगायी। ये दोनों पीड़ाएँ अब मुझसे सही नहीं जातीं...। बलेसर का मन रुआँसा हो गया तथा पाँव बोझिल। यह क्या स्मरण हो आया उन्हें? इस जमीन पर यह कैसे विचार उठने लगे उनके मन में। अचानक इसी क्षण बैजू के गीत की मधुर ध्वनि उनके कानों में गूँज उठी—

"खेतवा घूमे रे किसनवा
झूमे खेतवा में धनवा..."

यह गीत सुनते ही बलेसर का मन अब बदल गया। जैसे मुर्झाते फसलों को पानी देकर तरो ताज़ा कर दिया जाय, इस गीत ने उनके किसान मन को हरा कर दिया। बस, उनका ध्यान इन परती खेतों से हटकर पूरे बधार में लहराते गेहूँ की फसलों की ओर चला गया। टेंड़ने से पहले ईख की तरह तनकर खड़ी गेहूँ की हरी-हरी फसलें। अगर समय से इन्हें खाद-पानी मिलता रहा तो इस वर्ष का गेहूँ उत्पादन पिछले वर्षों को मात कर देगा।

बलेसर अब बैजू के पास चल पड़े। सतहवा आम के उस छोर पर बैठा था बैजू जहाँ से रामपुर बाजार आने-जानेवाले लोग गुजरते थे। बलेसर को यह समझते देर नहीं लगी कि उनको देखकर ही बैजू ने यह गीत गाया है। वह जानता है कि उन्हें यह गीत विशेष प्रिय है। उसके समीप पहुँचकर बलेसर ने देखा, बैजू के आगे कुछ सिक्के पड़े थे। उन्होंने पूछा—"खाने भर का मिला कि नहीं बैजू?"

जवाब में उसने माथा हिलाकर 'हाँ' की स्वीकृति दी। फिर भी बलेसर ने दस का एक नोट उसे थमाते हुए कहा—"इसे भी रख लो। और जैसा कि मैं तुम्हें कह चुका हूँ। जब भी खाने भर का इन्तजाम न हो तो दरवाजे आ जाना। तुम तो जानते हो। तुम्हारे लिए मेरा दरवाजा बराबर खुला रहता है...।"

जवाब में उसने हाथ जोड़कर बलेसर को सलाम किया तथा कृतज्ञता भरी नजरों से उन्हें देखता रहा। बलेसर अब अपने घर की ओर चल पड़े। बैजू अब पुनः उन्हें सुना-कर उनका वह प्रिय गीत गाने लगा—

"खेतवा घूमे रे किसनवा
झूमे खेतवा में धनवा
मनवा हुलसे ला किसनवा
मजिगर होइहें अबकी धनवा

चमकल गाँव के खलिहनवा
विहंसे घरनी के मनवा
खूब मगन बा किसनवा
खेतवा घूमे रे किसनवा...''

गोमती काकी के बाद जिस दूसरी घटना ने बलेसर के मन को आहत किया, वह उपेन्द्र और गजेन्द्र को लेकर थी। रमेन्द्र चौधरी के दो पुत्र थे उपेन्द्र और गजेन्द्र। उपन्द्र बड़ा था तथा गजेन्द्र छोटा। हालाँकि दोनों के उम्र में मात्र एक वर्ष का फासला था। हालाँकि उम्र के इस फासले के विपरीत उपेन्द्र दुबला-पतला तथा औसत कद का व्यक्ति था जबकि गजेन्द्र लम्बा-तगड़ा और हृष्ट-पुष्ट। इन दोनों के पिता रमेन्द्र, बलेसर के पिता के हमउम्र थे। बलेसर के पिता से आकाशरंजन की तरह उनकी गहरी मित्रता तो नहीं थी। लेकिन दोनों के बीच अच्छी पटती थी। आवश्यकतानुसार कृषि-कार्य में दोनों एक-दूसरे को सहयोग भी करते थे। उनके पुत्र होने के नाते उपेन्द्र और गजेन्द्र, बलेसर के ग्रामीण दोस्त थे। बलेसर के साथ आठवीं कक्षा तक वे पढ़े भी थे।

रमेन्द्र चौधरी को अट्ठारह बीघे जमीन थी, करैल मिट्टी की एकदम उपजाऊ जमीन। उनके लड़कों का मन पढ़ाई-लिखाई में नहीं लगता था। इसके पीछे उनके पिता रमेन्द्र चौधरी का भी हाथ था। उन्हें आगे पढ़ाने की अपेक्षा खेती-गृहस्थी के गुर ही वे अधिक सिखाते थे। वह खेती का ही समय था। बलेसर भी उस समय की ही उपज थे। तब खेती-किसानी का जीवन इतमीनान भरा सन्तुष्ट और स्वतन्त्र जीवन था। उसके समक्ष शहर की चाकरी को गौण समझा जाता था। समय के इस माँग के अनुसार ही रमेन्द्र चौधरी ने उपेन्द्र और गजेन्द्र को अपने साथ कृषि कार्य में लगाते हुए उनकी शादियाँ भी कर दीं। रमेन्द्र चौधरी की पत्नी तो पहले ही गुजर गयी थी। बाद में जब वे भी बीमार पड़े और उन्हें लगा कि अब नहीं बचेंगे तो उन्होंने अपने दोनों बेटों को प्रेम से समझाते हुए कहा—''उपेन्द्र और गजेन्द्र, मेरी एक बात तुम लोग गाँठ की तरह बाँध लेना, कभी न भूलना! तुम दोनों भाई जीवनपर्यन्त एक-दूसरे का साथ न छोड़ना। अकेले का जीवन कोई जीवन नहीं होता। खेती-किसानी भी अकेले की बात नहीं होती। मैं अकेला खेती करके देख चुका हूँ। तुम दोनों के सहयोग के बाद उसी खेत में दुगुना उपज होने लगा था जिसमें चाहते हुए भी अकेले मैं नहीं कर पाता था...। इसलिए तुम दोनों एक-दूसरे के साथ बने रहना। तुम दोनों भाई संगठित बने रहोगे तो हर समस्या का सामना कर लोगे और कभी किसी चीज की तुम्हें कमी नहीं होगी...।''

लेकिन रमेन्द्र चौधरी के गुजरने के चन्द वर्षों बाद ही दोनों अलग हो गये। इस अलग होने में मुख्य भूमिका बड़े भाई उपेन्द्र की ही थी। उपेन्द्र की पत्नी प्रारम्भ से ही अस्वस्थ रहती थी। समय के अनुसार गजेन्द्र की पत्नी को चार सन्तानें हुईं—दो लड़के और दो लड़कियाँ। लेकिन उपेन्द्र की पत्नी को कोई सन्तान नहीं। सन्तान के लिए उपेन्द्र की पत्नी जब इलाज कराने को कहती तो यह कहकर उपेन्द्र हाथ झाड़ लेने की

कोशिश करता—"तुम्हारी किस्मत में ही अब औलाद नहीं तो दवा-वीरों से कुछ होनेवाला नहीं... ।"

अन्ततः पत्नी के बहुत कहने पर उसने रामपुर के एक ऐसे चिकित्सक से उसका इलाज कराया जिसने उसकी जान ही ले ली... । उस चिकित्सक की दवा से उपेन्द्र की पत्नी की तबीयत इतनी बिगड़ गयी कि एक रात वह सोयी तो सोयी ही रही। फिर नहीं उठी।

वैसे तो उपेन्द्र प्रारम्भ से ही अपने कमजोर स्वास्थ्य की आड़ में खेती-किसानी के सामान्य कार्य ही करता था, मुख्य कार्य गजेन्द्र के जिम्मे था। उपेन्द्र को तो जब भी अवसर मिलता, गाँव के ब्रह्म चबूतरे पर बैठकर पुजारी जगहरण की बातें सुनता रहता। पत्नी की मृत्यु के बाद तो उसका वहाँ बैठना और बढ़ गया। इस सम्बन्ध में गाँव के लोगों की राय उसको लेकर निर्धारित हो चुकी थी—"उपेन्द्र कामचोर आदमी है, आरामफरोश और मतलबी। जब उसने अपनी पत्नी का ख्याल नहीं रखा तो भाई परिवार का ख्याल वह क्या रखेगा?"

इस सम्बन्ध में छोटा भाई होने के चलते गजेन्द्र चाहते हुए भी कुछ नहीं कह पाता। उसे लगता कि भाभी के निधन से उखड़े अपने मन को शान्त-सहज बनाने के लिए ही भैया ब्रह्म चबूतरे पर बैठ रहे। लेकिन वहाँ पुजारी जगहरण के साथ तो उपेन्द्र की कोई और ही खिचड़ी पक रही थी।

ब्रह्मस्थान की अपेक्षा गाँव के अन्य मन्दिर ठाकुरबाड़ी, शिवाला, काली मन्दिर और हनुमान स्थान गाँव के अन्दर थे, विभिन्न टोलों में। लेकिन ब्रह्म चबूतरा गाँव से बाहर था। गाँव के पश्चिमी छोर पर। वहाँ एक विशाल पीपल का वृक्ष था। वहीं पर गाँव का पुराना पोखरा भी था। इस दृष्टि से वह स्थान बहुत रमणीक था। पुजारी जगहरण ने वहाँ एक वाटिका, चापाकल और एक कमरा बनाकर उस स्थान को और मनोरम और मनभावन बना दिया था। उस रास्ते से गुजरते राहगीर वहाँ ठहरकर पानी तो पीते ही ब्रह्म चबूतरे पर सुस्ताकर रास्ते की थकावट भी दूर करते। उस स्थान का महत्त्व इस बात को लेकर था कि बलहारी और आसपास के गाँवों के औरत-मर्द वहाँ भूत-प्रेत के चंगुल से छुटकारा पाते तथा सन्तान-प्राप्ति की कामनाएँ भी किया करते। चर्चा के अनुसार ब्रह्मबाबा की कृपा से यहाँ निःसन्तान दम्पतियों को सन्तान की प्राप्ति तथा भूत-प्रेत की बाधाओं से मुक्ति मिलती थी।

इस ब्रह्मस्थान के इतिहास और पुजारी जगहरण के आगमन से पूरा बलहारी गाँव अवगत था। ब्रह्मस्थान के इतिहास के अनुसार वर्षों (मुद्दतों) पहले एक ब्राह्मण कुमार की मृत्यु इस स्थान पर आहर की बाढ़ में डूबने से हो गयी थी। उस वर्ष यहाँ खूब जबर्दस्त बाढ़ आयी थी। वही ब्राह्मण कुमार ब्रह्म बन गये। उन्होंने अपने परिवार जनों को स्वप्न दिया कि इस स्थान पर चबूतरा बनाकर वे उनकी पूजा किया करें। वे लोगों की बाधाएँ दूर करते हुए उनकी मनौतियों को पूरा करेंगे। तभी से उनके परिजन वहाँ

पूजा करते और कराते रहे। धीरे-धीरे उनके परिजनों की संख्या कम होती चली गयी। उनके आखिरी परिजन पण्डित गुरुदयाल ने मरने से पहले अपने एक निःसन्तान विधुर मौसेरे भाई जगहरण को यहाँ का पुजारी बना दिया। तभी से जगहरण ब्रह्म स्थान पर रहने लगा।

जगहरण को लेकर बलहारी में तरह-तरह की चर्चाएँ थीं। लोगों के अनुसार चरित्र के मामले में जगहरण बहुत खराब इन्सान था। ब्रह्म चबूतरे के आसपास के बधार में घास गढ़नेवाली गरीब महिलाओं को बहला-फुसलाकर अपनी काम-वासना की पूर्ति करता। सन्तान-प्राप्ति के लिए तथा भूत-प्रेत की बाधाओं से मुक्ति के लिए आनेवाली चालू किस्म की महिलाओं को भी वह अपने जाल में फँसाकर अपना उल्लू सीधा करता। उसकी दृष्टि ऐसी पारखी थी कि चालू औरतों को वह पहचान जाता। चूँकि कभी किसी भद्र महिला के साथ उसने जोर-जबर्दस्ती नहीं की और किसी महिला ने उसके खिलाफ आपत्ति भी नहीं उठायी, इसलिए अपने दुष्कर्मों के बावजूद वह सीना तानकर ब्रह्मस्थान पर बना हुआ था। इससे अलग उसकी एक बड़ी विशेषता यह भी थी कि वह बातों का धनी था। उसके पास इतने और ऐसे धार्मिक दृष्टान्त और आध्यात्मिक कथाएँ थीं कि सुननेवाले सामान्य लोगों को वह जल्द ही अपने प्रभाव में ले लेता। उपेन्द्र उसके इसी प्रभाव में आ गया था। वह न सिर्फ जगहरण को सुनता रहता, बल्कि अक्सर जगहरण का बनाया खाना खाकर वहीं ब्रह्म चबूतरे पर सो भी जाता। इस सम्बन्ध में गजेन्द्र के साथ गाँव के अधिकांश लोगों को लग गया था कि अवश्य पुजारी जगहरण ने अपने किसी षड्यन्त्र या विशेष उद्देश्य के तहत उपेन्द्र को अपने वश में किया है। फिर जल्द ही इस रहस्य का उद्घाटन भी हो गया। जिसने सबकी शंका को सही साबित कर दिया...।

वह आषाढ़ का महीना था। गजेन्द्र बिया डालने की तैयारी कर रहा था। ठीक इसी समय उपेन्द्र ने अपना पक्ष उसके समक्ष रख दिया—"मेरे हिस्से के खेत अलग कर दो गजेन्द्र। अब तुम अपने हिस्से में ही खेती करना। मेरी खेती अब अलग होगी।"

यह सुन गजेन्द्र क्षण-भर के लिए अवाक् और विस्मित रह गया—"आप यह क्या कह रहे हैं भैया!"

फिर अपने को सँभालते हुए कहा—"मेरा परिवार तो आपका ही परिवार है। फिर आपको अलग खेती करने की क्या जरूरत? मेरे रहते आपको खेती-किसानी के झंझट में नहीं पड़ना। आप जो कहियेगा, मेरा पूरा परिवार वही करेगा। आप घर के अभिभावक की तरह चुपचाप दरवाजे पर पड़े रहिये...। अब आप क्यों और किसके लिए अलग खेती करेंगे?"

इस पर उपेन्द्र ने सधी और गम्भीर आवाज़ में जवाब दिया—"भगवान से अपना कोई और नहीं होता गजेन्द्र। उनको अब यही मंजूर है कि उनका होकर ही अब मैं शेष जीवन व्यतीत करूँ। मुझे परिवार के साथ ही उन्हें रखना होता तो मेरी पत्नी को समय से

नहीं उठाते और मुझे निःसन्तान नहीं बनाते। शायद पूर्व जन्म के मेरे शुभ कर्मों के चलते ही अब वे मुझे अपना रहे। अब वही मेरा परिवार है, मेरा सब-कुछ है...।''

यह सुन गजेन्द्र अब अपने को रोक नहीं सका—''अवश्य पुजारी जगहरण ने आपकी मति फेर दी है भैया। वह अच्छा आदमी नहीं। आप भूलकर भी उसकी बातों में मत आइये...। उसकी करनी का पता सारे गाँव को है...।''

जवाब में उसी गम्भीरता से कहा उपेन्द्र ने—''लोगों को कहने दो गजेन्द्र। यहाँ सब एक-दूसरे के पीठ पीछे एक-दूसरे की निन्दा ही करते हैं। लेकिन मैंने जो महसूस किया है, जगहरण भगवान ब्रह्म का भक्त है। उसे भगवान ब्रह्म की कृपा प्राप्त है...।''

''तो आप जगहरण के कहने पर खेत बँटवा रहे?''

''नहीं गजेन्द्र। कोई और मुझे क्या कहेगा? यह मेरा अपना निर्णय है। मैं कोई बच्चा नहीं कि कोई और मुझे बहला-फुसला सके। अपने नफे-नुकसान की समझ है मुझे...।''

''लेकिन आप ऐसा मत कीजिये भैया। कोई भी इसे अच्छा नहीं कहेगा। आप चाहे जो कहें, जगहरण के बहकावे में ही ऐसा कर रहे हैं...। मेरी मानें तो अपने दरवाजे पर ही पूजा-पाठ किया करें। 'रामचरितमानस' अपने घर है ही। उससे बड़ा धार्मिक ग्रन्थ दूसरा नहीं...। आपको जो भी जरूरत हो कहियेगा। हमारा पूरा परिवार आपकी सेवा में तैयार रहेगा।''

''अब चाहे तुम जो कहो गजेन्द्र, लेकिन मेरा हिस्सा अलग करके ही अपनी खेती करना...।''

यह सूचना क्षण भर में ही गाँव के इस छोर से उस छोर तक पसर गयी। लोगों के मुँह स्वतः खुल गये—''पुजारी जगहरण ने बाजी मार ली। उसने उपेन्द्र का कान ऐसा फूँका कि अब वह किसी की बात सुननेवाला नहीं। जगहरण अब नौ बीघे खेत का स्वामी हो जायेगा। हाथ डोलाते हुए इस गाँव में आया था। लेकिन भगवान के नाम पर यहाँ अपनी सत्ता कायम कर ली। यह कलयुग है भैया, कलयुग। सच्चे साधु-सन्तों को कोई नहीं पूछता और जगहरण जैसा कुकर्मी अपनी चालबाजी से स्थायी सम्पदा हासिल कर लेता है।''

उपेन्द्र को अपना बाल-सखा समझ बलेसर ने भी उसे समझाने की कोशिश की—''तुम्हारा यह निर्णय सुनकर मैं दंग हूँ उपेन्द्र। समझ नहीं पा रहा हूँ कि तुम ऐसा क्यों कर रहे हो? भाई का परिवार तो अपना ही होता है। और फिर तुम तो भाग्यशाली हो कि गजेन्द्र जैसा तुम्हें छोटा भाई मिला है। उसकी नजर में तुम पिता तुल्य हो...। सारा गांव जानता है कि तुम दोनों की संयुक्त खेती में वह तुम्हें कुछ भी करने नहीं देता। मालिक की तरह तुम्हें बैठाकर स्वयं खटता रहता है। जिस धर्म और भगवान के नाम पर वैसे भाई के परिवार से खेत बाँटकर तुम उसे अभावग्रस्त और कमजोर बनाते जा रहे हो यह धर्म का नहीं, अधर्म का काम है। इससे बड़ा अधर्म और कुछ हो ही नहीं सकता।''

बलेसर की यह बात सुन आवेश में आ गया उपेन्द्र—"धर्म और अधर्म की बात तुम मुझे मत बताओ बलेसर। तुम्हारे जैसे घोर सांसारिक जीव क्या जानेंगे कि धर्म क्या होता है और अधर्म क्या? जिस परिवार को तुम अपना समझते हो, वह अपना नहीं। यह माया का संसार है। भगवान को छोड़कर यहाँ कोई अपना नहीं...।"

"ठीक है उपेन्द्र, तुम्हारी यह बात मैं मानता हूँ। लेकिन भगवान कहाँ हैं—मठों, मन्दिरों, पूजा स्थलों में या लोगों के बीच? सन्त कबीर ने तो कहा है,—'मुझको कहाँ ढूँढ़ो बन्दे, मैं तो तेरे पास हूँ।' हमारे भगवान तो हमारे अन्दर हैं, हमारे परिवार के बीच हैं, हमें अपने सत्कर्मों से उन्हें वहीं पाना और जानना है...।"

"तुम फिर भटकनेवाली बात कहने लगे बलेसर। परिवार से बढ़कर भटकन और विचलन कुछ और होता ही नहीं। तुम जब परिवार को इतना महत्त्व दे रहे हो, तो फिर अपने जीवन में अपने परिवार की बात क्यों नहीं मान लेते हो? तुम्हारे लड़के चाहते हैं कि तुम खेत बेचकर उनके साथ शहर में रहो। तो क्यों नहीं ऐसा करते हो?"

"वे गलत बात कह रहे हैं उपेन्द्र। अभी उनके अन्दर परिपक्वता और समझदारी नहीं। बाद में वे स्वयं समझ जायेंगे कि उनके लिए ही मैं खेत बचाकर रख रहा था। तब अपनी भूल का एहसास उन्हें होगा और मेरे निर्णय पर वे गर्व करेंगे...। मेरा उपार्जन उनके लिए ही है और अन्ततः उनके साथ ही हमारा जीना-मरना है...। परिवार में ही सब-कुछ है उपेन्द्र, धर्म-कर्म, सुख-दुःख और भगवान...।"

"यही तुम्हारी भूल है बलेसर। यहीं पर तुम माया के चक्कर में हो। जिस परिवार को तुम अपना समझ रहे हो, अन्तिम समय में भगवान के सिवा तुम्हारा वह परिवार भी काम नहीं आयेगा। परिवार के लिए जीने-मरनेवाले अन्तिम समय में जब घाटसायी हो जाते हैं, उनकी दिनचर्या उनके बिस्तरे तक ही सिमट जाती है, तब वही परिवार उनसे दूरी बनाने लगता है, लोग उस व्यक्ति से घृणा करने लगते हैं। सब चाहते हैं कि वह जल्द-से-जल्द गुजर जाय। लेकिन भगवान के दरबार में ऐसा नहीं होता। भगवत शरण को जो व्यक्ति अपना लेता है, उसका अन्त कभी दुखदायी हो ही नहीं सकता। भगवत कृपा उस पर सदैव बनी रहती है...।"

"तुम्हारी बात मैं समझ नहीं रहा उपेन्द्र। मुझे पहेलियाँ न बुझाओ। मठ, मन्दिर और पूजा-पाठ से जुड़े लोगों का भी अन्त मैंने देखा है। वृद्धावस्था की चरम परिणति में सामान्य मनुष्य की तरह ही उन्हें भी कष्ट सहना और उपेक्षा पाना होता है...। यह शरीर का धर्म है। जिसने शरीर पाया है उसे कष्ट झेलना और उपेक्षा सहना ही है...।"

"नहीं बलेसर, सबके साथ ऐसा नहीं होता। भगवान के लिए किसका त्याग और समर्पण कितना है, इस पर लोगों का जीवन और अन्त निर्भर करता है...। तुम तथ्य की बात नहीं समझोगे तो अब तुम्हें उदाहरण के साथ समझा रहा हूँ, अपने ही गाँव में जो जीवन ठाकुरबारी के स्वामी जी ने जीया और जैसा अन्त उनका हुआ वैसा इस गाँव में किसी का नहीं हुआ। किसी भी पारिवारिक व्यक्ति के जीवन को वह मान-सम्मान कभी मिल ही नहीं सकता...।"

उपेन्द्र की इस बात ने क्षण-भर के लिए बलेसर को निरुत्तर कर दिया। निरुत्तर और हतप्रभ! फिर अपने को सँभालते हुए उन्होंने कहा–"तो यह बात है? तो अब तुम भी ठाकुरबारी के स्वामी जी की तरह बनना चाहते हो। लेकिन सब स्वामी जी नहीं बन जाते। और हमारे गाँव, परिवार तथा कृषक समाज के लिए यह अच्छा भी नहीं। यह तो अपने घर-परिवार और समाज से कटकर सिर्फ अपने लिसे जीना हुआ। अगर हर खेतिहर किसान ऐसा ही करने लगे तब फिर खेती-किसानी और कृषक समाज का कोई जीवन ही नहीं रह जायेगा!"

बलेसर को लग गया, गाँव का प्राचीन इतिहास अब फिर अपने को दुहरा रहा है। मुद्दतों पहले जो घटना घटी थी और जिसे लोग भूल गये थे, वह घटना अब नये रूप में फिर अंकुरित हो उठी थी। बलेसर के साथ उपेन्द्र की इस बात ने अब पूरे गाँव को वस्तुस्थिति से अवगत कर दिया। सारा गाँव यही जानता था कि पुजारी जगहरण के बहकावे में आकर ही उपेन्द्र ऐसा कर रहा। हालाँकि सबके मन में यह संशय भी था कि एक बाहरी व्यक्ति के बहकावे में उपेन्द्र इतना बड़ा निर्णय कैसे ले रहा है? लेकिन स्वामी जी के उदाहरण ने अब सबकी शंका दूर कर दी। उपेन्द्र के निर्णय के पीछे के यथार्थ से सब अवगत हो गये। सम्भव है, पुजारी जगहरण ने उपेन्द्र को समझाने के लिए ही बलहारी के उस अतीत को उजागर कर दिया हो।

उस अतीत के अनुसार बलहारी के वे स्वामी जी जो बचपन से ही भक्त प्रकृति के थे, साधु-सन्तों की संगति में ही रहते थे। अपने परिवार के लाख कहने के बावजूद उन्होंने शादी नहीं की और अपने मन में बढ़ती भगवत भक्ति के चलते अपने हिस्से की जमीन ठाकुर जी के नाम लिखकर स्वामी की महिमा हासिल कर ली। फिर तो ठाकुरबारी में ठाकुर जी की ही तरह स्वामी जी भी पूजे जाने लगे। अपनी जनीन लिखकर भगवान के प्रति उन्होंने ऐसा समर्पण जाहिर किया जिसने सबकी नजरों में उन्हें महान बना दिया। वह ऐसा समय भी था। फिर तो उनकी इच्छा के अनुसार ही ठाकुरबारी में भोग लगता। स्वामी जी की इच्छा और सुख-सुविधा का ख्याल ठाकुरबारी में सर्वोपरि माना जाता। नये-पुराने सभी तरह के साधु उनके आदेश के अनुसार सक्रिय रहते। ठाकुरबारी की ओर से ही उनकी खेती होती। तब स्वामी जी खेती की निगरानी पर भी निकलते तो सहयोगी के रूप में एक-दो साधु उनके साथ होते। इस तरह वृद्धावस्था तक ठाकुरबारी में पूजनीय बने स्वामी जी जब अन्तिम समय में खाटशायी हुए तो ठाकुरबारी के साधु-संन्यासियों के बीच उनकी सेवा की होड़ लग गयी। उनकी सेवा को सब भगवान की ही सेवा मानते। इस तरह सब उन्हें सर-आँखों पर उठाये रहते। लोग उन्हें सामान्य इन्सान नहीं, पहुँचा हुआ सन्त समझते, क्योंकि कोई पहुँचा हुआ सन्त ही अपनी सारी सम्पत्ति भगवान को समर्पित कर सकता है। इस प्रकार सुखद जीवन की तरह स्वामी जी का अन्त भी सुखमय हुआ। वर्षों तक स्वामी जी के इस अतीत की याद बलहारी के लोग करते रहे। फिर समय के अनुसार लोग उसे विस्मृत

भी करते चले गये। कई पीढ़ियों के बाद तो अब लोग उसे भूल चले थे। लेकिन उपेन्द्र ने फिर से स्वामी जी की याद ताज़ा कर दी। सम्भव है, पुजारी जगहरण ने ब्रह्मस्थान के प्रति उपेन्द्र के मन को पूरी तरह समर्पित करने के लिए ही उस अतीत से उसे रू-ब-रू कर दिया हो। जो हो, उपेन्द्र का आदर्श अब अपने गाँव के वे स्वामी जी ही बन गये थे।

फिर तो उपेन्द्र की खेती ब्रह्मस्थान की ओर से होने लगी। अब खेतों के रूप में एक स्थायी सम्पत्ति पाते ही ब्रह्मस्थान, ब्रह्माश्रम बन गया। ब्रह्मस्थान की अपनी जमीन पाँच फट्ठे थी। उसी दायरे में ब्रह्मस्थान था। अब उस दायरे को चहारदीवारी के अन्दर ले लिया गया। फिर उस चहारदीवारी के भीतर कुछ कमरों का निर्माण कर वहाँ और लोगों के रहने की व्यवस्था कर दी गयी। इस चर्चा पर जगह-जगह से नये-पुराने साध ु वहाँ आने लगे। ब्रह्माश्रम में नये-नये धार्मिक अनुष्ठान शुरू हो गये। उपेन्द्र को ब्रह्मबाबा की तरह महत्त्व मिलने लगा। यह बात प्रचारित की गयी कि ब्रह्मबाबा की पूजा का फल तभी प्राप्त होगा जब ब्रह्म भक्त उपेन्द्र का आशीर्वाद मिलेगा। इस प्रकार के तहत अब ब्रह्मपूजा के बाद उपेन्द्र का आशीर्वाद लोग अवश्य लेते। हालाँकि इस सबके बावजूद ब्रह्माश्रम की व्यवस्था पुजारी जगहरण के जिम्मे ही थी। ब्रह्माश्रम की डोर उसने अपने ही हाथ में रखी थी। वह जो चाहता था, ब्रह्माश्रम में वही होता था। उपेन्द्र को भी उसने अपने मायावी व्यक्तित्व में बाँध रखा था। उपेन्द्र को भी वही अच्छा लगता जो पुजारी जगहरण चाहता, क्योंकि ब्रह्माश्रम में चतुर जगहरण ने उपेन्द्र की सुख-सुविधा और इच्छा को सर्वोपरि करार दे दिया था...।

ब्रह्मस्थान को अपनी खेती सौंपने के बावजूद उपेन्द्र ने प्रारम्भ में अपनी जमीन ब्रह्मबाबा के नाम पर नहीं लिखी थी। शायद वह यह देखना चाहता था कि ब्रह्मस्थान से ब्रह्माश्रम बने मठ में उसका क्या और कितना महत्त्व है? इस सम्बन्ध में पारखी जगहरण ने उपेन्द्र के मन को तनिक भी भटकने और विचलित होने नहीं दिया। बस, अपने भाई गजेन्द्र से अलग होने के दो वर्ष बीतते-बीतते उपेन्द्र ने पुजारी जगहरण की इच्छा के अनुसार अपनी पूरी खेती ब्रह्मबाबा के नाम लिख दी। इस लिखा-पढ़ी (रजिस्ट्री) के लगभग एक वर्ष के अन्दर ही पुजारी जगहरण ने कुम्भ स्नान के लिए उपेन्द्र को ब्रह्माश्रम के एक मजबूत साधु के साथ प्रयाग भेज दिया। लेकिन वहाँ से फिर न तो उपेन्द्र ही वापस आया और न वह साधु ही। इस सम्बन्ध में जगहरण ने बलहारी गांव के साथ-साथ थाने को भी सूचना दे दी थी। हालाँकि अपनी सूचना में उसने हर जगह उपेन्द्र को अकेले जाना बताया। लेकिन गाँव के कई लोगों ने एक अज्ञात साधु के साथ उसे जाते हुए देखा था। बाजार से आ रहे जयराम सिंह से रास्ते में उपेन्द्र की भेंट भी हुई थी। जयराम सिंह के यह पूछने पर कि, "इस साधु जी के साथ कहाँ जा रहे हो उपेन्द्र?"

उपेन्द्र ने कहा था–"प्रयाग में कुम्भ स्नान के लिए। अकेले कहीं जाना पार लगता नहीं, इसलिए साधु नरोत्तम को ले लिया है।"

इस सम्बन्ध में पुजारी जगहरण अपनी इस बात पर कायम रहा कि उपेन्द्र किसी के साथ नहीं, अकेले ही गया है। उस अज्ञात साधु नरोत्तम के बारे में कोई जानकारी बलहारी में किसी को नहीं थी। इस स्थिति में सबको लग गया कि उपेन्द्र से खेत लिखवाकर कुम्भ स्नान के नाम पर पुजारी जगहरण ने उसे खत्म करा दिया। बलहारी में ऐसा करता तो शायद लोगों को इसकी भनक लग जाती, इसलिए कुम्भ स्नान के नाम पर बाहर भेजकर ऐसा कराया। किसी परिचित साधु की जगह अज्ञात साधु को उसने साथ लगाया ताकि कोई उसका भेद न जान सके।

उपेन्द्र के गायब होने, पुजारी जगहरण द्वारा ही थाने में उसकी गुमशुदगी की सूचना देने तथा गाँव की चर्चा से गजेन्द्र को स्पष्ट महसूस हो गया कि उपेन्द्र से खेत लिखवाने के बाद उसे अपने रास्ते का रोड़ा समय पुजारी जगहरण ने उसका सफाया करा दिया। बस, भाई होने के नाते पुजारी जगहरण के खिलाफ उसने मुकदमा दायर कर दिया। हालाँकि इसके पीछे उसके शुभचिन्तकों ने यह परामर्श भी दिया कि अगर जगहरण का दोष प्रमाणित हो जायेगा तो उपेन्द्र के खेत फिर उसके जिम्मे आ जायेंगे। लेकिन ऐसा नहीं हुआ। पहले तो थाने ने केस लेने से ही इनकार कर दिया, क्योंकि आरोपी जगहरण ने पहले ही उपेन्द्र के गायब होने की सूचना स्वयं थाने में दर्ज करायी थी। अन्ततः गजेन्द्र ने अपनी संचित आय खर्च कर शहर के एक वकील के बनाये मजमून पर उस वकील के सहयोग से ही केस दर्ज कराया। इस पर थाने की ओर से ब्रह्माश्रम में जब तहकीकात की गयी तो वहाँ कभी किसी नरोत्तम नामक साधु का होना साबित नहीं हुआ। ब्रह्माश्रम के किसी भी व्यक्ति ने उसके होने की पुष्टि नहीं की। साथ ही सबने पुजारी जगहरण की इस बात का ही समर्थन किया कि उपेन्द्र अकेले ही कुम्भ स्नान के लिए गये थे। इस सम्बन्ध में गवाही के नाम पर जयराम सिंह भी मुकर गये। अचानक पुजारी जगहरण और ब्रह्माश्रम से विरोध मोल लेना तथा कोर्ट-कचहरी के चक्कर में पड़ना जयराम सिंह को अपने लिये उचित प्रतीत नहीं हुआ...।

गाँव को विश्वास था कि गोमती काकी के केस की तरह अन्तिम फैसला आने तक उपेन्द्र के खेत भी परती रहेंगे, इससे गजेन्द्र के विश्वास को बल प्राप्त होगा। लेकिन ऐसा नहीं हुआ। चूँकि ब्रह्मबाबा के नाम उपेन्द्र के खेतों की रजिस्ट्री होने के पहले से ब्रह्माश्रम की ओर से ही उसकी खेती होती आ रही थी, इसलिए कोर्ट ने अन्तिम फैसला होने तक यथास्थिति बरकरार रखते हुए उपेन्द्र की जमीन पर पूर्वतः ब्रह्माश्रम द्वारा की जानेवाली खेती को कायम रखा।

उसी समय एक दिन उपेन्द्र और गजेन्द्र के खेतों की ओर से आ रहे थे बलेसर। वह रबी फसल का मौसम था। यह देखकर बलेसर के पाँव ठिठक गये कि पुजारी जगहरण अपने माथे पर मुरेठा बाँधकर एक किनारे खड़ा उपेन्द्र के खेतों में गेहूँ की

कटनी करवा रहा था। वहाँ दो युवा साधु उसके अनुचर के रूप में मौजूद थे। इस दृश्य ने बलेसर के मन को तिक्त और कसैला कर दिया। किसानों को बलेसर धरतीपुत्र मानते थे। धरती को सिंचित बनाकर उसमें रोपने, बोने और काटने का नैसर्गिक अधिकार किसानो का ही होता है। किसान धरती के लिए होते हैं और धरती किसानों के लिए। ऐसे में किसी किसान के खेत पर जब दूसरी प्रवृत्ति का व्यक्ति अपना दखल जमाता है तो बलेसर का मन कचोटकर रह जाता है। अब और वहाँ न रुककर बलेसर आगे बढ़ चले। ठीक इसी समय पास ही आम के एक पेड़ के नीचे बैठा गजेन्द्र उन्हें नजर आ गया। वह भी उपेन्द्र के खेतों में कटनी करा रहे पुजारी जगहरणं को ही देख रहा था। गजेन्द्र के खेत भी वहीं पर दूसरे हिस्से में थे। उसमें भी गेहूँ की फसलें लगभग तैयार थीं। सम्भव है उनमें कटनी कराने के लिए ही गजेन्द्र उसका निरीक्षण कर रहा हो। लेकिन गजेन्द्र जिस रूप में उनको नजर आ रहा था, उससे उसके दुःखी, निराश और हताश होने का संकेत मिल रहा था। बस, तत्क्षण बलेसर उसके पास पहुँच वहीं वृक्ष की जड़ के पास बैठ गये। प्रारम्भिक समाचारों के आदान-प्रदान के बाद गजेन्द्र ने गम्भीर होते हुए पूछा–''तुम तो कहते हो बलेसर कि सत्य की विजय होती है। हमें सत्य की राह पर ही चलना चाहिए। लेकिन मैं तो देख रहा हूँ कि यहाँ असत्य ही विजयी है। असत्य की राह पर ही लोग सुखी हैं...।''

जवाब में गजेन्द्र को बल प्रदान किया बलेसर ने–''नहीं गजेन्द्र, तुम जो देख रहे हो वह क्षणिक है, स्थायी नहीं। देर-सबेर सत्य को स्थापित होना ही है। कुछ समय तक सत्य को आवरण में छिपाकर जरूर रखा जा सकता है, लेकिन देर तक सत्य छिपा नहीं रह सकता...। मुझे पूरा विश्वास है, उपेन्द्र की हत्या का रहस्य सामने आकर रहेगा। फिर तुम्हारे भाई के खेत तुम्हारे होंगे, पुजारी जगहरण के नहीं...।''

बलेसर की इस बात से गजेन्द्र के चेहरे की मायूसी तत्क्षण गायब हो गयी। उसने आशा भरी नजरों से बलेसर को देखा। इस पर बलेसर ने पुनः कहा–''ऐसा ही होगा गजेन्द्र, ऐसा ही!''

अब वे चल पड़े। लेकिन रास्ते-भर यही सोचते रहे कि क्या वैसा होगा, जैसा गजेन्द्र को उन्होंने आश्वस्त किया है। फिर उन्हें लगा इसके सिवा और वे कह ही क्या सकते थे?

●

किसी निर्णय के आलोक में जब हमारे क्रिया-कलाप निर्धारित हो जाते हैं, तब हमारे कार्यक्रमों को एक संगति प्राप्त हो जाती है। फिर हमारा समय कैसे कटता चला जाता है, हमें पता तक नहीं चलता। खेती-किसानी करनेवाले अनेक लोग अपनी बँधी और निर्धारित दिनचर्या के बीच इसी तरह जब वृद्धावस्था को प्राप्त करते हैं, तब उन्हें पता चलता है कि इतना समय कैसे बीत गया। उनकी उम्र इतनी हो गयी...।

अपने निर्णय के बाद बलेसर भी इसी प्रक्रिया से गुजरने लगे थे। अपनी योजना के अनुसार कूदन और उसके परिवार पर बलेसर और अधिक खर्च करने लगे थे। जब अपने बेटे उनके साथ गाँव पर रहने और खेती में उनका सहयोग करनेवाले नहीं तब कूदन जैसे अपने पुराने आसामी के परिवार को ही अपना बनाकर उन्हें गाँव में रहना और खेती-किसानी करना था। फिर तो अपने इष्ट-मित्रों के साथ कूदन के सहयोग ने बलेसर की खेती को चमका दिया। खरीफ और रबी दोनों की उपज से उनका मन हुलसित, पुलकित और आशान्वित रहने लगा। उनकी कुशल गृहिणी जो सच्चे अर्थों में उनकी अनुगामिनी और सहधर्मिणी भी थी, प्रसन्न रहने लगी। अपनी बहू-बेटी से कहीं अधिक कूदन की पत्नी उनकी सेवा-टहल में लगी रहती...। तब कुछ खाने और पाने की आस में बत्तीस बिगहवा से लेकर बलेसर के घर तक जब भी पहुँचता बैजू तो उनका मनपसन्द गीत अवश्य सुनाता—

"खेतवा घूमे रे किसनवा
झूमे खेतवा में धनवा
मजिगर होइहें अबकी धनवा
चमकल गाँव के खलिहनवा
बड़की ढेरी लागल धनवा
विहँसे घरनी के मनवा
लक्ष्मी उतरली अँगनवा
खूब मगन बा किसनवा
खेतवा झूमे रे किसनवा"

तब दरवाजे पर आये बैजू को वे खाना अवश्य खिलाते। अगर बत्तीस बिगहवा के पास बैजू पहुँच जाता तो दस-पाँच का नोट थमा देते। तब घर से बत्तीस बिगहवा तक एक सफल और सन्तुष्ट किसान का जीवन वे जी रहे होते। तब अपनी खेती की सीमाओं के बावजूद मन लायक अनाज वे उपजा लेते। बलेसर की जिन्दगी के वे सबसे अच्छे दिन थे, आत्मनिर्भर किसान का सन्तुष्ट कृषिमय जीवन...। इस दौरान समय बीतता चला गया। इस बीतते समय के अनुसार उनके पुत्रों का जीवन भी अपनी सीमाओं में विकसित और परिवर्तित होता चला गया। इस बीच मनराखन डी.ए.वी. स्कूल में शिक्षक हो गया था तथा जगपूरन भी विश्वविद्यालय सेवा में सहायक हो चुका था। दोनों की शादियाँ भी हो गयी थीं। पुत्रों का सब-कुछ बलेसर दोनों पति-पत्नी की जानकारी में ही हुआ। लेकिन उनकी इच्छा के अनुसार कुछ भी नहीं हुआ।

बी.ए. के बाद प्रतियोगिता परीक्षा देते-देते मनराखन जब परेशान हो गया, और किसी भी प्रतियोगिता परीक्षा से नौकरी तक नहीं पहुँच सका तब अपने बड़े भाई कुलराखन के सुझाव तथा अपने मित्रों और शुभचिन्तकों की राय पर उसने बी.एड. के रूप में शिक्षक प्रशिक्षण प्राप्त किया। इस सम्बन्ध में बलेसर ने पूर्व की ही भाँति अपना सहयोग जारी रखा। हालाँकि उन्होंने अपनी पत्नी से कहा—''जब किसी भी नौकरी की परीक्षाओं में यह सफल नहीं हो सका तो अब इसे अपनी पुश्तैनी खेती में लौट आना चाहिए था। लेकिन कुलराखन की देखा-देखी यह भी शहर छोड़नेवाला नहीं। बी.एड. करके एक सामान्य शिक्षक बनेगा, लेकिन अपनी खेती का एक सम्मानित किसान नहीं।''

इस पर उनकी पत्नी ने बताया—''डी.ए.वी. स्कूल में इसने बात कर ली है। वहाँ इसके दो मित्र हैं, जो इसके लिए पैरवी कर रहे हैं। कुलराखन भी अपने स्तर से लगा हुआ है। मनराखन मुझसे कह गया है कि बी.एड. करते ही वह डी.ए.वी. में शिक्षक नियुक्त हो जायेगा।''

यह सुनते ही बलेसर का मन जवान हो गया। अपनी स्वतन्त्र खेती होते हुए भी प्राइवेट संस्थान डी.ए.वी. का सामान्य वेतन भोगी शिक्षक। इस पीड़ा को मन-ही-मन महसूस कर रह गये बलेसर। इसे व्यक्त कर अपनी पत्नी के मन को भी दुःखित करना उन्हें उचित प्रतीत नहीं हुआ। इस सम्बन्ध में वैसा ही हुआ, जैसा उनकी पत्नी से कह गया था मनराखन। बी.एड. की डिग्री हासिल करते ही वह डी.ए.वी. स्कूल में शिक्षक नियुक्त हो गया। फिर तो बलेसर के यहाँ उसकी शादी के लिए अगुओं का आना शुरू हो गया। इस पर कुछ समय के लिए हतप्रभ रह गये बलेसर। उनका मन सहम और थथम गया। उन्होंने अपनी पत्नी से कहा—''समझ नहीं आता है कि मनराखन के अगुओं को क्या जवाब दूँ? अपने बड़े भाई कुलराखन के साथ शहर में रहने और उसे आदर्श बनानेवाला मनराखन अपने मन से शादी नहीं करेगा। इसका क्या भरोसा?''

इस पर उनकी पत्नी ने समझाया—''अपने पुत्रों का अभिभावक होकर हमें ऐसी बात अपने मन में नहीं लानी चाहिए। कोई जरूरी नहीं कि कुलराखन ने जैसा किया, वैसा

ही मनराखन भी करेगा। हमें अपने स्तर के परिवारवाले अगुओं से बात करनी है। एक लड़के में हमारी मुराद पूरी नहीं हुई तो क्या, सम्भव है, इस दूसरे लड़के में हो जाय...। फिर उसके लिए जाँच-परखकर हम जो रिश्ता तय करेंगे, वह अच्छा ही होगा...।''

पत्नी के इस परामर्श पर आनेवाले अगुओं से बलेसर बातचीत करने लगे। बलहारी के एक प्रतिष्ठित और खानदानी किसान के रूप में उनकी जो पहचान थी, वह अच्छे-अच्छे अगुओं को आमन्त्रित करने के लिए पर्याप्त थी। इस वजह से अगुओं का ताँता लग गया। उनमें से दो अगुओं के प्रस्ताव और उनकी लड़कियों की तस्वीरें बलेसर दोनों पति-पत्नी को जँच भी गयीं। लेकिन इसकी सूचना मिलते ही मनराखन ने छोटे भाई जगपूरन को गाँव भेजकर किसी भी जगह बात आगे बढ़ाने से मना करा दिया। अनुभवी और पारखी बलेसर को जिस बात की आशंका थी, वही हुई। जगपूरन ने उनसे तो कुछ भी नहीं कहा, लेकिन अपनी माँ को सब-कुछ बता दिया—''मनराखन भैया जब बी.ए. में पढ़ रहे थे तभी से अपने साथ पढ़ रही एक लड़की के यहाँ आ-जा रहे थे। उससे शादी का वचन भी दे चुके हैं। लड़की के घरवाले उनकी नौकरी की ही प्रतीक्षा कर रहे थे। अब डी.ए.वी. में उनके ज्वायन करते ही वे सक्रिय हो गये हैं। इस सप्ताह शादी का प्रस्ताव लेकर पिता जी के पास आनेवाले हैं। मनराखन भैया उस लड़की को छोड़कर कहीं दूसरी जगह शादी कर ही नहीं सकते...।

पुत्रों के आचरण और विचार से खफा बलेसर को इस बार फिर पर्वत की चढ़ाई से उल्टे मुँह वापस गिरने का एहसास हुआ। इस बार फिर उनका मन आग बबूला हो उठा, अन्दर से उद्वेलित और आवेशित। उनकी इच्छा हुई कि जगपूरन को बैरन वापस कर दें—''जाकर कह देना मनराखन से कि जिस लड़की से शादी करना चाहता है, चुपचाप कर ले। मेरे पास किसी को न भेजे। किसी रस्म के लिए न तो हमें बुलाये और न अपनी पत्नी को लेकर यहाँ आये। उसका बड़ा भाई कुलराखन वहाँ है ही। उससे अभिभावक की भूमिका अदा करा ले।''

लेकिन अपनी पत्नी को ध्यान में रखकर ऐसा नहीं कह सके। उनकी पत्नी, पत्नी के साथ-साथ पुत्र-वत्सला माँ भी थी। पुत्रों से वह कभी टूट नहीं सकती थी। अपनी पत्नी के सन्दर्भ में यह उक्ति उन्हें सार्थक प्रतीत होती थी—''पुत्र कुपुत्र भले ही हो सकता है, मातु कुमातु न हो सकती...।''

अन्ततः खून का घूँट पीकर मौन रहते हुए उस प्रक्रिया से उन्हें फिर गुजरना पड़ा जिस प्रक्रिया से कुलराखन की शादी के समय गुजरे थे। अपनी पत्नी को मनराखन ने भी चौठारी की उस रस्म तक ही गाँव पर रखा जिस रस्म तक कुलराखन ने रखा था। कुलराखन की पत्नी से मनराखन की पत्नी में अन्तर यही था कि यह देखने-सुनने में उससे अच्छी थी तथा धान और चावल का भेद जानती थी। अनाजों की उसे पहचान थी तथा खेत-खलिहान से भी परिचित थी। अपने परिवार और खानदान का स्थायी

निवास वह गाँव को ही बताती थी। सम्भव है, अपने परिजनों के साथ उस गाँव में उसका आना-जाना हो। फिर भी गाँव की तुलना में शहर को ही वह रहने योग्य मानती थी। चौठारी के बाद मनराखन के साथ शहर जाते हुए उसने भी उनकी पत्नी से कहा—"अब गाँव पहलेवाले नहीं रह गये अम्माँ जी। गाँव का जीवन अब पहले जैसा शान्त, सहज और सुरक्षित नहीं रहा। मेरे पिता जी बताते हैं कि गाँव में किसके यहाँ कब क्या हो जाय, कोई ठीक नहीं। चाहे बच्चों को पढ़ाना हो या बीमारी पर इलाज हो या सुरक्षा और सुविधा के साथ रहना हो, वह शहर को छोड़कर गाँव में सम्भव नहीं...। हमारे गाँव के कई बड़े किसान शहर में रहकर ही अपने गांव की खेती करते हैं। निगरानी के लिए किसी ग्रामीण को रख लेते हैं। अगर खेत-मजदूर नहीं मिलते हैं तो छोटे किसानों को ही कुछ ले-देकर तैयार कर लेते हैं। हम लोग भी ऐसा कर सकते हैं अम्माँ जी। आप पिता जी को समझाइयेगा। आप और पिता जी हमारे साथ शहर आ जावँ तो हमें बहुत खुशी होगी। आप लोगों की सेवा का हमें भी अवसर मिल जायेगा।"

बलेसर को यह समझते देर नहीं लगी कि मनराखन ने अपनी पत्नी को सब-कुछ समझा दिया है। इस बात से भी आगाह कर दिया है कि खेत बेचने की बात पर पिता जी भड़क जायेंगे, इसलिए शहर रहने का प्रस्ताव उसने चतुरता से दिया...। जवाब में उनकी हँसकर रह गयी, न उसने हाँ कहा और न ना। बलेसर अपनी पत्नी के इस जवाब से परिचित थे। कुलराखन की पत्नी के जाने के बाद कूदन के परिवार को जिस तरह उन्होंने अपनाया था और उसके परिवार ने जिस तरह उनकी पत्नी को सर-आँखों पर उठाकर रखा था उससे उनकी पत्नी के मन में भी अब बहुओं के घर में न रहने का गम जाता रहा था। फिर भी मनराखन की शादी के बाद जब दोनों बहू-बेटे जगपूरन के साथ पुनः शहर चले गये, तब उनकी पत्नी ने अपने मन की प्रतिक्रिया से उन्हें अवगत किया—"आपका कहना सही निकला। अब बेटे-बहू हमारे साथ गाँव पर रहनेवाले नहीं। शहरी लड़कियों को गाँव जँच ही नहीं सकता। जिन्हें शहर की हवा लग गयी है वह भला क्यों गाँव पर रहना चाहेंगी?"

जवाब में बलेसर ने कहा—"ऐसा नहीं है कुलराखन की माँ। हमारे बेटे चाहते तो उन्हें गाँव पर रहना ही पड़ता। ऐसे अनेक अच्छे किसान परिवार हैं जहाँ बहुएँ गाँव पर संयुक्त परिवार के साथ ही रहती हैं तथा निकट के शहरों में काम करनेवाले उनके पति आते-जाते रहते हैं। सप्ताह में अवकाश के तहत दो दिन शनिवार और रविवार को वे गाँव में ही रहते हैं। वे भरे-पूरे सम्पन्न और सफल किसान परिवार हैं। लेकिन हमारे लड़के ऐसा नहीं कर सकते...। पता नहीं, हममें कहाँ खोट रह गयी कि हमारे लड़के ऐसे निकल गये।"

इस पर उनकी पत्नी ने उनके मन को सान्त्वना पहुँचाने की कोशिश की—"उन्हें जहाँ अच्छा लगता है, वहाँ रहें। हम माँ-बाप तो यही चाहेंगे कि हमारे बच्चे जहाँ भी रहें सुखपूर्वक रहें। हम भी तो यहाँ ठीक हैं। वे कहीं भी रहें, हैं तो हमारी ही औलाद हमारे ही खून...।"

बलेसर के मन में आया कि कह दें—''यह खून का कैसा सम्बन्ध कुलराखन की माँ जिन्हें पढ़ा-लिखाकर हमने योग्य बना दिया लेकिन हमारे सुख-दुःख में साथ रहना अब उन्हें गवारा नहीं। इससे अलग जो हमारी अपनी औलाद नहीं, हमारा खून नहीं, जिन्हें हम सिर्फ आर्थिक सहयोग दे रहे हैं, लेकिन वे हमारी हर इच्छा पर तत्पर और मुस्तैद रहते हैं। हमारे लिये आसमान सर पर उठाने को तैयार हैं। इंस स्थिति में अब हमें खून के रिश्ते को ही अपना नहीं मानना चाहिए। जो रात-दिन और पग-पग पर हमारे सुख-दुःख में शामिल है, वही हमारा अपना है।''

लेकिन चाहते हुए भी ऐसा नहीं कह सके। जानते थे, ऐसी बात सुनकर पुत्र-वत्सला उनकी पत्नी दुःखी हो जायेगी। अपनी सीधी, सच्ची, निश्छल और समर्पित पत्नी को दुःखी बनाना उन्हें उचित प्रतीत नहीं हुआ।

जगपूरन, बलेसर का छोटा पुत्र था। बलहारी गाँव में यह उक्ति प्रचलित थी कि बड़ा बेटा बाप का और छोटा माँ का। अपनी पत्नी और जगपूरन के सम्बन्ध में बलेसर इसे सही भी पा रहे थे। वाकई जगपूरन उनकी पत्नी का लाड़ला था। वह अक्सर चिन्ता किया करती कि शहर में जगपूरन ठीक से खा-पी रहा है या नहीं? अपनी दुनिया में मस्त उसके बड़े भाइयों को उसकी देख-भाल की फुर्सत ही कहाँ रहती होगी? इस दृष्टि से जब कभी शहर से घर आता जगपूरन तो बलेसर अनुभव करते कि उनकी पत्नी उस पर इस तरह तत्पर रहती जैसे वह गोद का बच्चा हो। अपनी कद-काठी के अनुसार उसका स्वास्थ्य बलेसर को ठीक जान पड़ता। फिर भी उनकी पत्नी उसके पीछे पड़ी रहती—''तुम बहुत दुबले हो गये हो जग्गू। लगता है, ठीक से अपना ख्याल नहीं रख पाते हो। रात में सोते वक्त दूध जरूर ले लिया करना बेटा। अब मैं तो वहाँ हूँ नहीं कि तुम्हारी निगरानी कर सकूँ! लेकिन मेरा ध्यान तुम्हारी ओर ही लगा रहता है...।''

बलेसर अनुभव करते कि जगपूरन जब तक गाँव पर रहता उनकी पत्नी इस प्रयास में ही रहती कि उसे रोज अच्छा-से-अच्छा खाना खिला सके। उसकी सुख-सुविधा का ख्याल रखते और उसके प्रति लाड़ जताते हुए वह ऐसा प्रतीत होती जैसे उसे आँचल में छिपाकर रखना चाह रही हो। लेकिन अपने भाइयों के नक्शे कदम पर चलनेवाला जगपूरन दो-तीन दिन से अधिक गाँव पर नहीं रह पाता।

माँ-बाप और बड़े भाइयों के स्नेह-दुलार में रहनेवाला जगपूरन पढ़ाई-लिखाई के मामले में मनराखन से भी कमजोर था। बी.ए. तक की सामान्य शिक्षा तो उसने हासिल कर ली लेकिन प्रतियोगिता परीक्षाओं में नहीं आ सकने तथा बी.एड. डिग्रीधारियों की भरमार को देखते हुए असमंजस की स्थिति में आ गया। उसके इस असमंजस को तोड़ कर बलेसर से पहले उसकी माता ने ही अपने इस लाड़ले को साथ रखने का प्रयास किया—''जितना पढ़ना था तुम पढ़ गये जगपूरन। अब कहीं नौकरी न होने से चिन्तित होने की जरूरत नहीं है। भगवान जो करते हैं वह अच्छा ही करते हैं। उन दोनों भाइयों को शहर में नौकरी करने दो। तुम यहाँ हम लोगों के साथ गाँव पर रहो। तुम्हारे

पिता जी यहाँ गाँव में तुम्हें किसी चीज़ की कमी नहीं होने देंगे। यहाँ तुम्हें कुछ करना भी नहीं है। सब-कुछ पिता जी करते-कराते हैं। तुम्हें सिर्फ घूम-फिरकर देख-भाल करनी है। यहाँ तुम अपने शहरी भाइयों से अच्छी जिन्दगी जी सकोगे...।''

अपनी माँ की इस बात का तत्काल कोई जवाब नहीं दे सका जगपूरन। इस बात ने उसका असमंजस और बढ़ा दिया, क्योंकि नौकरी न मिलने के साथ-साथ नौकरी की राह पर मजबूती से वह कायम भी नहीं था।

लेकिन उसके बड़े भाई कुलराखन ने तत्काल इस असमंजस से उसे उबारते हुए कम्प्यूटर शिक्षा से जोड़ दिया। बाद में बलेसर को सब पता चल गया कि इसके मूल में उसके बड़े भाई का उद्देश्य क्या था? इससे सम्बन्धित पहली सूचना कुलराखन ने ही माँ को दी—''मुझसे नजर बचाकर जगपूरन कब मेरी साली बिनी से प्रेम करने लगा, मुझे कुछ भी पता नहीं था माँ। मैं तो पूरा दिन सचिवालय में रहता था। बाद में मेरी सास ने सब-कुछ बताया। जगपूरन अब स्पष्ट कह रहा है कि वह बिनी से ही शादी करेगा. ..कहीं दूसरी जगह नहीं...। अपने ससुर के कहे अनुसार इसे कम्प्यूटर की शिक्षा दिलवा रहा हूँ। उन्होंने किसी ऑफिस के लिए बात की है। कम्प्यूटर की शिक्षा पाते ही उस ऑफिस में इसे नौकरी दिलवा देंगे...।''

इस सूचना से बलेसर दुःखी जरूर हुए। पहले भी ऐसी सूचनाओं से उनका मन व्यथित हुआ था लेकिन उन्हें आश्चर्य तनिक भी नहीं हुआ। वे जानते थे, जगपूरन भी वैसा ही कुछ करेगा जैसा उसके भाई कर चुके हैं। इस सम्बन्ध में कुलराखन की बात से सम्बन्धित यथार्थ के उस पक्ष से उन्होंने अपनी पत्नी को अवगत करा देना वाजिब समझा, जिसका अन्दाजा उनके दूरदर्शी मन को हो गया था और जिसे कुलराखन ने परिवर्तित करके पेश किया था। उन्होंने अपनी पत्नी को समझाते हुए कहा—''बात ऐसी नहीं है कुलराखन की माँ जैसा कुलराखन कह रहा है। ससुराल के पक्ष में उसने बात को उलटकर प्रस्तुत किया है...। बिनी को तुम देख ही रही हो। अपनी बड़ी बहन रूबी जैसी नाक-नक्शवाली बिनी में वैसा कुछ भी नहीं जिसके चलते कोई लड़का उसके पीछे पड़ सके। मेरा मन साफ कहता है कि अपनी सोची-समझी चाल के तहत कुलराखन के सास-ससुर ने बिनी का संसर्ग जगपूरन से कराया, ताकि अपनी बड़ी बेटी की तरह इसकी भी शादी हमारे यहाँ कर सके।

नयी उम्र में संसर्ग के बाद कैसी भी लड़की उस लड़के को रूपसी जान पड़ने लगती है। कुलराखन के उस्ताद ससुर ने फिर बाजी मार ली। वह खेतों के रूप में हमारी स्थायी मिल्कियत से परिचित है। वह जानता है कि हमारे लड़कों के पाँवों के नीच जमीन है, जो उसकी लड़कियों के लिए मजबूत सम्बल है...।''

बलेसर के इस कथन के अनुसार जल्द ही जगपूरन ने भी वही किया जैसा उसके दोनों बड़े भाइयों ने किया था। हालाँकि अपनी लड़की से शादी कराने के झाँसे में जगपूरन के ससुर ने जगपूरन को नौकरी लगाने का कोरा आश्वासन दिया था, जबकि

बाद में कुलराखन के प्रयास से ही उसे नौकरी मिली। विश्वविद्यालय के कुलपति का एक कार्य मुख्यमन्त्री सचिवालय में फँसा था। उस जटिल कार्य में कुलपति का भरपूर सहयोग कर कुलराखन ने जगपूरन को विश्वविद्यालय सहायक बनवा दिया।

इस तरह बलेसर के तीनों पुत्रों ने अपनी पत्नियों के साथ शहर को ही अपना बसेरा बना लिया। गाँव पर उनका आना किसी कार्यवश या पर्व-त्योहारों में ही होता। हालाँकि वे जब भी आते, अपने साथ चावल और गेहूँ लेकर ही जाते। कहते—"ऐसा मन माफिक अनाज वहाँ नहीं मिलता माँ।"

इस पर उनकी माँ कह उठती—"जिसके यहाँ धान और गेहूँ की खेती होती हो उसके बच्चों को अनाज खरीदने को कोई अच्छा नहीं कह सकता...। बहुत दूर के शहर में रहना होता ले जाने की परेशानी भी होती। नजदीक के शहर में ले जाने की कोई समस्या नहीं। इसलिए भूलकर भी वहाँ अनाज नहीं खरीदना है।"

अपनी माँ की बात से आश्वस्त उनके बेटे ऐसा ही करते। अगर माँ न भी कहती तब भी बेटे होने के अधिकार के तहत वे इसे अपना हक मानते। इस सम्बन्ध में बलेसर को भी कोई आपत्ति नहीं होती। उन्हें तो खुशी ही होती कि उनके उपार्जन से कृषि विरोधी उनके बेटे भी लाभान्वित हो रहे हैं।

अपनी शादियों के बाद बलेसर के बेटे शहर में एक साथ तो नहीं रह पाते थे। लेकिन एक-दूसरे के निकट ही रहते थे। सचिवालय में नौकरी लगने के बाद कुलराखन ने जो किराये का घर लिया था, वह छोटा ही घर था। फिर भी मनराखन और जगपूरन ने वहीं रहकर शिक्षा हासिल की थी तथा नौकरी के लिए संघर्ष किया था। लेकिन बाद में शादीशुदा होने पर उस छोटे घर में उनका रह पाना सम्भव नहीं हो सका। इस स्थिति में कुलराखन के आसपास ही उन्होंने किराये के छोटे-छोटे घर ले रखे थे। वे शहर के विभिन्न मुहल्लों में दूर-दूर के घर भी ले सकते थे। लेकिन अपने ग्रामीण संस्कार की वजह से एक-दूसरे के इर्द-गिर्द ही बने रहे...। इसके मूल में कृषि सम्पदा के तहत ग्रामीण विरासत की उनकी संयुक्त हिस्सेदारी भी थी।

अलग-अलग नौकरियाँ करने तथा अलग-अलग घरों में रहनेवाले बलेसर के बेटों की एक ही समस्या थी तथा उनका उद्देश्य भी एक ही था। उनकी समस्या आवास को लेकर थी। किराये के जिन छोटे-छोटे घरों में वे रहते थे, वे उनके लिए अनुपयुक्त और अपर्याप्त थे। शहरी जीवन में वे यह जान चुके थे कि शहर की मुख्य समस्या आवास की ही होती है। शहर आने और शहर में रहनेवाले लोग अपने-अपने लायक जीविका के स्रोत पा ही जाते हैं। लेकिन उनमें आवासीय सुख सबको उपलब्ध नहीं होता, इसलिए शहर की एक बड़ी आबादी फुटपाथों पर सोने के लिए विवश होती है। गाँवों में ऐसा नहीं होता। इस सम्बन्ध में प्रायः हर शहरी की कामना अपने घर को लेकर ही रहती है। लेकिन इस कामना में सभी सफल कहाँ हो पाते हैं। शहर में आवासीय जमीन और बने-बनाये फ्लैटों के भाव निरन्तर बढ़ते जाने से उन्हें खरीदने की क्षमता

सबके वश में नहीं होती। बलेसर के बेटे भी जिन नौकरियों में थे उससे भी शहर में अपना स्थायी घर कायम कर लेना उनके लिए सम्भव नहीं था, इसलिए उनका ध्यान गाँव के अपने खेतों की ओर ही लगा हुआ था। इस एक उद्देश्य की वजह से छुट्टियों में या रविवार के दिन वे एक जगह अवश्य एकत्रित होते। इस सम्बन्ध में कुलराखन का घर ही उनके लिए उपयुक्त स्थल था। वैसे भी वह बड़ा भाई था। मनराखन और जगपूरन उसके स्नेह-संरक्षण में रहकर ही पढ़े-लिखे और नौकरियों से जुड़े थे। अब उन तीनों का यह संयुक्त सपना था कि शहर में उनका अपना घर हो जिसमें आराम से रहते हुए वे अपने घर का स्थायी सुख महसूस कर सकें। उन्हें विश्वास था कि अकेले पिता जी उनके असहयोग पर लम्बे समय तक खेती नहीं कर सकते। तब खेतों को बेचकर शहर में मन लायक मकान बनाना उनके लिए आसान हो जायेगा। लेकिन फिलहाल उनके पिता का किसान मन खेती-किसानी बेचने या समेटने की बात पर भड़क उठता था। इस सम्बन्ध में वे जो भी बात तय करते सीधे माँ के कानों तक पहुँचा देते। अब उनका एकसूत्रीय कार्यक्रम माँ को अपने पक्ष में कर लेना था। वे जानते थे, पिता जी की शक्ति माँ ही हैं। बेटों की बात को नकारकर पूर्ववत् गाँव में पिता जी के बने रहने की वजह उनके साथ माँ की उपस्थिति ही थी। माँ जब तैयार हो जायेंगी कि बेटों के साथ शहर में रहना है तब न चाहते हुए भी पिता जी को हथियार डालने पड़ेंगे...।

तेजी से बदलते समय में खेती-किसानी को लेकर बढ़ती परेशानियों और समस्याओं से कुलराखन ने पिता जी को समय-समय पर अवगत किया था जिसे उनके अड़ियल पिता ने सिरे से खारिज कर दिया था। अब उन्हीं समस्याओं को नयी सूचनाओं के साथ वे माँ तक पहुँचाने लगे थे। कभी जगपूरन आकर कह जाता—"सरकार बटाइदारी कानून बना चुकी है माँ। अब खेत जोतनेवालों का भी उस खेत में मालिकाना हक हो जायेगा। सरकार का कहना है कि जो स्वयं खेती नहीं करेंगे वे खेतों से बेदखल हो जायेंगे। स्वयं खेती करनेवालों का ही खेतों पर स्वामित्व कायम रहेगा...। इसलिए अब अच्छे और समझदार किसान अपने खेत बेचकर शहरों में स्थापित होते जा रहे हैं। लेकिन पिता जी यह बात समझते ही नहीं। उन्हें लगता है कि खेती बेचकर हम बर्बाद हो जायेंगे। लेकिन हमारा मानना है कि ऐसा करके हम आबाद हो उठेंगे। खेती की पूँजी को लेकर उपार्जन के ऐसे और इतने माध्यम शहर में हैं कि हमारी दुनिया ही बदल जायेगी माँ। अभी हमारे उन खेतों में जो अनाज उपजता है वह उस उपार्जन की तुलना में नगण्य साबित होगा। तब शहर के अपने बड़े घर में पिता जी की जो गरिमा और प्रतिष्ठा कायम हो जायेगी उसका अन्दाज उन्हें नहीं है। तब उस घर की स्वामिनी के रूप में आप वहाँ मौजूद होंगी। आप की उपस्थिति से हमें बहुत बल मिलेगा माँ! बहुत अच्छा लगेगा! हम शहर में और आप यहाँ गाँव में यह बात हमारे मन को रास नहीं आती है काश पिता जी कुलराखन भैया की बात समझ पाते। शहर के हमारे परिचित

मित्र जब पूछते हैं कि हम तीनों भाइयों के शहर में रहते हुए हमारे वृद्ध माँ-बाप गाँव पर क्यों रहते हैं तब इधर-उधर की बातें कहकर हम अपना बचाव करते हैं। इस पर वे कही ही उठते हैं—"अब खेती-किसानी से बढ़कर परेशानी का कार्य कुछ और नहीं रह गया है। खेती की बदहाली से निरन्तर किसान आत्महत्याएँ करते जा रहे हैं। इस कार्य से वे त्रस्त और दुःखी हैं। इसलिए अपनी खेती का कोई इन्तजाम कर या उसे किसी ठिकाने लगा आप लोग अपने माँ-बाप को यहाँ शहर ले आइये...। गिरती उम्र में कृषि के लिए उनका गाँव पर रहना एकदम उचित नहीं।

"उनकी इस बात पर हमें चुप रहना पड़ जाता है माँ। उनका कहना सही है। जिनके हम तीन-तीन बेटे शहर में रहते हों उनके माँ-बाप का गाँव में अकेले और असुरक्षित रहने को वाजिब नहीं ठहरा सकता...।"

कभी मनराखन आकर कह जाता—"लगता है, आप लोगों के साथ शहर के अपने मकान में रहने का हमारा सपना, सपना ही रह जायेगा माँ। अभी कूदन के सहयोग से किसी तरह अपनी खेती करा रहे हैं पिता जी। लेकिन आनेवाले समय में चाहकर भी ऐसा नहीं कर सकेंगे...। गाँवों के खेत-मजदूर जिस तेजी से शहर की ओर भाग रहे हैं कि खेती में सहयोग के लिए वे रहेंगे ही नहीं...। हमारे मित्र बताते हैं कि कई गाँवों में मजदूरों के अभाव में अनेक किसानों के खेत परती रह रहे हैं। लेकिन समस्या यहीं तक नहीं है। उन खेतों को परती देख उन पर अपना स्वामित्व कायम करने के लिए नक्सलवादी लाल झण्डे गाड़ देते हैं। बस, वे खेत विवादित हो उठते हैं। अब वे बिक भी नहीं पाते। लाल झण्डे गड़े खेतों का कोई खरीदार नहीं होता माँ। भैया को और हम सबको इस बात का डर बना रहता है कि पिता जी की जिद के चलते कहीं हमारे साथ भी ऐसा न हो जाय। तब फिर न हम घर के रहेंगे और न घाट के। तब हमें लेने के देने पड़ जायेंगे। जिस खेत-बधार को पिता जी स्थायी कृषि सम्पदा समझते हैं, वह मिनटों में ध्वस्त हो जायेगी। इसलिए पिता जी को आप समझाइये माँ। मैं आपको दो-चार-दस नहीं, सैकड़ों किसानों का नाम पता बता दूँगा जो गाँव की अपनी खेती बेचकर उस पूँजी से शहर में आराम से रह रहे हैं। अब आनेवाले समय में गाँव के उपेक्षित और वैसे पिछड़े लोग ही खेती कर सकेंगे जो स्वयं उसमें लगे रहेंगे। जो दूसरे कार्यों के लिए या तो सक्षम नहीं होंगे या उनकी सामर्थ्य नहीं होगी, ऐसे ही लोग गाँव के खेतों के हकदार और खरीदार होंगे। अब ऐसे लोग क्या मूल्य चुकायेंगे, यह आप समझ सकती हैं माँ! इसलिए समय रहते पिता जी को समझाइये...। हमारा उद्देश्य पुरखों की जायदाद को खत्म करना नहीं, गाँव से उसे शहर में स्थापित करना है...। जैसे आप और पिता जी यहाँ मालिक हैं वैसे ही वहाँ भी आपकी छत्रच्छाया में ही हम सब रहेंगे...!"

कभी कुलराखन आकर कह जाता—"वहाँ शहर में आप और पिता जी का अभाव हमें बहुत महसूस होता है माँ। लेकिन समझ में नहीं आता है, क्या करूँ? आप लोगों

के रहते हमारे ऊपर वहाँ कोई छत्रच्छाया नहीं। कितना अच्छा होता अगर वहाँ आप और पिता जी के स्नेह-संरक्षण में हम रहते। अगर नौकरी नहीं होती तो पत्नी को लेकर मैं सीधे यहाँ आ जाता। लेकिन अब नौकरी छोड़कर आना तो किसी भी दृष्टि से उचित नहीं हो सकता। वहाँ नौकरी करते हुए हम अपनी पत्नियों को भी यहाँ नहीं रख सकते, क्योंकि ऑफिस से थके-हारे आकर खाना बनाना और घर की व्यवस्था सँभालना हमारे वश की बात नहीं होती। इस स्थिति में आप और पिता जी को ही शहर चलना है माँ। आपकी तीनों बहुएँ आप और पिता जी की सेवा के लिए बेचैन रहती हैं। छुट्टियों में या रविवार को मनराखन और जगपूरन अपनी पत्नियों को लेकर हमारे यहाँ आ जुटते हैं। तब हम सबको लगता है कि काश हमारे बीच आप दोनों भी होते। मैंने तीनों बहुओं को आपस में बात करते हुए सुना है। वे कहती हैं कि माँ-पिता जी के आशीर्वाद के बिना हमारा जीवन सँवरनेवाला नहीं। वे शहर आ जाते तो उनकी सेवा का अवसर हमें भी मिल जाता...।

''गाँव के खेत शहर की नौकरियों की तरह नहीं होते जिन्हें छोड़ा नहीं जा सके। और फिर छोड़ने की बात हम कहाँ कह रहे, हम तो सिर्फ खेतों की आमदनी बदलने की बात कह रहे। अपने जिन खेतों को बेचकर अभी हम शहर में जगह-जमीन लेंगे और घर बनायेंगे, उसे जब चाहेंगे अच्छे भाव में बेचकर गाँव में खेत खरीद सकते हैं। शहर की जमीन और मकान के भाव जिस तेजी से बढ़ रहे हैं, उस तेजी से गाँव के खेतों के भाव नहीं बढ़ रहे, बल्कि उल्टे कम ही होते जा रहे हैं। इस दृष्टि से भी हमारे लिए यह घाटे का काम नहीं है। लेकिन पिता जी इसे समझ नहीं रहे। समझने की बात तो दूर, इस ओर वे सोचना भी नहीं चाहते। समय पर किसी का वश नहीं होता माँ। हम जब तक स्वस्थ हैं, चल-फिर रहे, देख-सुन रहे तभी तक हमारे लिये सब-कुछ है। यहाँ कोई अमृत पीकर नहीं आया है माँ। पिता जी की अवस्था के लोग अपने बाल-बच्चों के बीच अपने को कायम कर रहे हैं। सारा जीवन तो उपार्जन करते रहे। अब दायित्व लेनेवाले बाल-बच्चे जब जिम्मेवार हो चुके तो क्या उपार्जन करना और किसके लिए उपार्जन करना? पिता जी को भी जो कुछ करना था कर चुके। अब गिरती उम्र और बदलते समय में उन्हें आराम की जरूरत है। आप दोनों के वर्तमान जीवन के समक्ष अब किसी भी तरह की खेती का कोई महत्त्व नहीं...। अब अपना शेष जीवन अपने बाल-बच्चों के बीच हँसी-खुशी के साथ व्यतीत कीजिये।

और हाँ माँ, एक बात तो मैं भूल ही रहा था, मन्त्रिमण्डल से फोर लेन की योजना स्वीकृत हो चुकी है। बहुत समय से फोर लेन बनाने की माँग होती आ रही थी। मैंने फोर लेन का नक्शा देखा है। एकदम हमारे बत्तीस बिगहवा के बीचोंबीच होकर गुजर रहा है। तब आधे से अधिक हमारे खेत उसी में चले जायेंगे। तब पिता जी चाहकर भी उसे रोक नहीं सकेंगे। सरकारी योजनाओं को रोका नहीं जा सकता। फिर मुआवजे के रूप में सरकारी दर पर सरकार से रकम पाना भी आसान काम नहीं होता...। तब पिता जी पछताकर रह जायेंगे माँ, कुछ कर नहीं सकेंगे...। पिता जी से कुछ भी कहने

में डर लगता है। खेत-बधार के नाम पर वे कुछ सुनना ही नहीं चाहते, इसलिए समय रहते आपको अवगत कर देना मैंने अपना फर्ज समझा है...।''

माँ तो ममतामयी होती है। माँ का हृदय स्वभाव से ही कोमल होता है। पिता का मन माँ से अलग रहता है। पुत्रों के कथन के पीछे मन्शा क्या है, पिता इसे भाँप लेता है। लेकिन माँ तो पुत्रों की बातों में बह जाती है। पुत्र याचन करें और माँ उसे अनसुनी कर दे, यह हो ही नहीं सकता। शायद इसी उद्देश्य से बलेसर की पत्नी हर पुत्र की बात से बलेसर को अक्षरशः अवगत कर देती, पुत्रों के प्रति अपने अनुराग के साथ। लेकिन अनुभवी और सूझ-बूझसम्पन्न बलेसर जब उन बातों के पीछे छिपे यथार्थ से उन्हें रू-ब-रू करते तो वह असमंजस्य में पड़ जाती। बलेसर की पारखी दृष्टि के पुष्ट तर्कों को नकार पाना उनके लिए सम्भव नहीं होता। जैसे पुत्रों के प्रति उनके मन में अनुराग था, वैसे ही बलेसर के प्रति भी उनका मन श्रद्धा और प्रेम से भरा रहता था। बलेसर उनकी इच्छा का सदैव सम्मान करते थे। उन्हें सर-आँखों पर बैठाकर रखते थे। इस सम्बन्ध में वे गाँव की अन्य किसान पत्नियों से अपने को भिन्न समझती, क्योंकि किसी भी किसान पत्नी को अपने पति का ऐसा प्रेम और संग-साथ प्राप्त नहीं था। गाँव में किसी के यहाँ की कोई बात छिपती नहीं थी। बलेसर पति-पत्नी का एक-दूसरे के प्रति मेल-भाव, संग-साथ और सहयोग-समर्पण से पूरा गाँव अवगत था। पति-पत्नी के आपसी रिश्ते की जहाँ भी बात चलती, बलेसर पति-पत्नी का उदाहरण लोग अवश्य प्रस्तुत करते...।

अपनी समझ और विवेक से परिचालित बलेसर विचलित नहीं होते। लेकिन हृदय और भावना के बीच जीनेवाली बलेसर की पत्नी का मन अब पहले की तरह शान्त-सहज नहीं रह पाता। लगता पुत्र पुकार रहे हैं—''हमारे बीच आ जाओ माँ।''

दूसरी तरफ बलेसर की आवाज उन्हें सुनायी पड़ती—''मुझको छोड़कर कहाँ जाओगी कुलराखन की माँ। तुम्हारे बिना मैं नहीं रह सकता...।''

इस स्थिति में उनका मन अब पहले की तरह शान्त, सहज और सन्तुष्ट नहीं रह पाता। उनकी यह स्थिति बलेसर से छिप नहीं पाती। जहाँ पहले खेत-खलिहान से लौटने पर अपनी पत्नी को कूदन की पत्नी के साथ गृहकार्य में सक्रिय और प्रसन्न तथा सन्तुष्ट पाते थे, वहाँ अब उदास और चिन्तातुर देख पूछ उठते—''क्या बात है कुलराखन की माँ? अवश्य कोई चिन्ता तुम्हारे मन को परेशान कर रही है। इधर अक्सर मैं तुमको उदास पा रहा हूँ। तुम्हें इस रूप में देखकर मेरा मन बेचैन हो उठता है। कहीं बेटे-बहुओं की याद तो नहीं आ रही?''

जवाब में जबरन अपने को सहज बनाते हुए वह कह उठती—''नहीं, ऐसा कुछ नहीं। कोई बात नहीं...।''

लेकिन ऊपर के इस झूठ से अपने मन को चाहते हुए भी वह पूर्ववत् शान्त और निश्चिन्त नहीं बना पाती। इन स्थितियों में आन्तरिक तनाव से ग्रस्त वह अनिद्रा की

शिकार होती चली गयी। अब रातों में बलेसर की आँख खुलती तो उन्हें जागते देख पूछ उठते—"अब तक सोयी क्यों नहीं? अवश्य कोई बात तुम्हें परेशान कर रही है। इस तरह रात में जागना अच्छा नहीं है...। सो रहो...।" और बलेसर पत्नी के माथे पर अपना हाथ फिराने लगते। तब बलेसर को चिन्तामुक्त बनाने के लिए वह कह उठती—"प्रारम्भ में ही आँख लग गयी थी। बस, अभी-अभी खुली है। फिर सो ज़ाऊँगी...। आप निश्चिन्त होकर सोइये।"

इस तरह अक्सर बलेसर की पत्नी अपनी पीड़ा से पति को अनभिज्ञ रखने की कोशिश करती। लेकिन प्रकृति से निर्मित हमारा यह शरीर अप्राकृतिक आचरण को देर तक बर्दाश्त नहीं कर पाता। नींद इस प्राकृतिक शरीर की स्वाभाविक प्रक्रिया होती है। जब तक मन शान्त और सहज नहीं हो जाता, नींद नहीं आती। मानसिक उलझन, तनाव और चिन्ताएँ अनिद्रा की मुख्य वजहें होती हैं। बलेसर की पत्नी जाने-अनजाने इन वजहों की चपेट में आ गयी थी। अब इसका परिणाम भी उन्हें भुगतना ही था। बस, एक सुबह बलेसर की उपस्थिति में ही रसोई-घर के दरवाजे के पास चक्कर खाकर ऐसे गिरी कि अगर पास खड़ी कूदन की पत्नी ने सँभाला नहीं होता तो उनका माथा फट जाता...। उस समय बलेसर के लिए वह नाश्ता लेकर आ रही थी। उनके हाथ से नाश्ते का प्लेट भी छिटक गया। नाश्ते की रोटियाँ, सब्जी, सलाद और अचार के टुकड़े भी आँगन में इधर-उधर विखर गये। वहीं पास ही बलेसर आँगन के ओसारे में चौकी पर बैठे थे। उन्हें गिरते देख वे भी दौड़कर उनके पास पहुँच गये। फिर कूदन की पत्नी के सहयोग से उन्हें बिस्तरे पर लाकर लिटा दिया। इससे पहले बलेसर की पत्नी के साथ ऐसा कभी नहीं हुआ था। इसे देख वे काफी घबरा उठे।

घबराहट और बेचैनी में ही पूछा—"यह तुम्हें क्या हो गया कुलराखन की माँ? अब कैसी हो?"

जवाब में उन्होंने कहा—"बहुत चक्कर आ रहा है। माथा खूब घूम रहा है...।"

इस पर उन्होंने कहा—"तुम्हारी तबीयत इधर ठीक नहीं रह रही है। इधर लगातार मैं तुम्हें अस्वस्थ देख रहा हूँ। अभी कूदन को रामपुर भेजकर कोई सवारी मँगाता हूँ और तुम्हें ले चलकर किसी डाक्टर से दिखाता हूँ।"

इस पर उन्होंने कहा—"कूदन को कहीं भेजने की जरूरत नहीं। मेरे बेटों को खबर कर दीजिये। वे स्वयं आकर ले चलेंगे...। रोज शहर चलने को कहते थे। वहाँ के डाक्टरों की तारीफ भी करते थे। अब वहीं किसी डाक्टर से दिखा लेंगे...।"

बेटों के नाम पर क्षण-भर के लिए ठिठक गये बलेसर। जब से खेती बेचने की बात उन बेटों ने की थी, तब से उनसे कोई सहयोग न लेने का निर्णय उन्होंने किया था। लेकिन पत्नी की इस इच्छा की अवहेलना न करते हुए उन्होंने फोन से बेटों को अवगत कर दिया। माँ-बेटों के बीच दीवार बनना उन्हें उचित प्रतीत नहीं हुआ। वह भी माँ की बीमार स्थिति में...।

इसके बाद सचमुच माँ के विश्वास के अनुसार दोपहर ढलते-ढलते भाड़े की कार लेकर मनराखन और जगपूरन आ पहुँचे। बलेसर जानते थे, उनके बेटे ऐसा ही करेंगे। उनको परास्त करने के लिए माँ को माध्यम बनाने के सिवा दूसरा विकल्प उनके पास नहीं। बलेसर के कृषक जीवन की भी शक्ति उनकी पत्नी ही थी। गाँव में अकेले रहते हुए खेती-किसानी के पीछे घर के अन्दर कुशल गृहिणी के रूप में पत्नी की उपस्थिति ही थी। बलेसर को स्मरण था, उनकी पत्नी पहले कभी इस तरह बीमार नहीं हुई थी कि उसे शहर ले जाना पड़ा हो। रामपुर कस्बे के चिकित्सक की दवा से ही वे दोनों पति-पत्नी ठीक हो जाते थे। इस सम्बन्ध में उन्हें यह समझते देर नहीं लगी कि बेटों के शहरवासी होने ने ही उनकी पत्नी का ध्यान शहरी इलाज की ओर आकृष्ट किया है। खैर, जो हो बेटों के साथ वे भी सक्रिय हो गये। बेटे, माँ को इलाज के लिए शहर ले जायँ और पति होकर वे यहाँ गाँव के घर में पड़े रहें, यह सम्भव नहीं...।

पत्नी के साथ शहर चलने की तैयारी करते हुए बलेसर ने मन-ही-मन तय कर लिया, चिकित्सक से दिखा तथा दवाएँ ले वे गाँव लौट आयेंगे। किसी भी चिकित्सक से दिखाने में दो दिन से अधिक समय नहीं लग सकता। इसलिए घर की कुंजी कूदन को सौंपते हुए उन्होंने कहा—''घर और बत्तीस बिगहवा पर नजर रखना, डाक्टर से दिखाकर एक-दो दिन के अन्दर ही हम आ जायेंगे...।''

इस पर कूदन से पहले ही उसकी पत्नी बोल उठी—''आप निफिकिर होकर मालकिन का इलाज कराइये मलिकार। मैं घर को सूना नहीं छोड़ूँगी। रोज समय पर दीया-बत्ती दिखाऊँगी...और पलटू के बाबू जी बत्तीस बिगहवा की देख-भाल करेंगे...।''

पलटू, कूदन का बड़ा लड़का था। उसकी पत्नी कूदन को पलटू के बाबू जी कहकर ही सम्बोधित करती थी। इस पर कूदन ने भी अपनी सहमति व्यक्त की—''यह ठीक कह रही है बाचा बाबू। हमारे रहते यहाँ की कोई चिन्ता आपको नहीं करनी। आप मालकिन को शहर के किसी अच्छे डाक्टर से दिखवाइये...।''

शाम होते-होते बलेसर अपनी पत्नी के साथ शहर पहुँच गये। अपने तय कार्यक्रम के अनुसार मनराखन और जगपूरन सीधे उन्हें कुलराखन के आवास पर ले गये। वहाँ कुलराखन की पत्नी के साथ-साथ मनराखन और जगपूरन की पत्नियाँ भी उपस्थित थीं। बलेसर को यह समझते देर नहीं लगी कि उनकी पत्नी के मन में बेटे-बहुओं के साथ शहर में रहने का आकर्षण जगाने के उद्देश्य से ही इस अवसर पर वे एकत्रित हुई थीं। वैसे उन्हें देखने से लगता ही नहीं था कि अपनी बीमार सास की प्रतीक्षा में बैठी हों। वे तो ऐसे बन-सँवरकर आयी थीं जैसे किसी जश्न में भाग लेने जा रही हों...। जो हो, सेवा के अपने अभिनय से उन दोनों को सुख पहुँचाने की उन्होंने पूरी कोशिश की। मधुर वचन से शाम का चाय नाश्ता कराने के साथ अपनी सास के हाथ, पाँव और माथे को वे तब तक सहलाती रहीं जब तक कुलराखन आ नहीं गया।

अपने साथ कुलराखन सवारी लेकर आया था। वह शहर के एक अच्छे चिकित्सक से माँ को दिखाने का नम्बर भी लगा चुका था। अपने कार्यालय में फोन से उसे यह

सूचना मिल गयी थी कि माँ को लेकर छोटे भाई और पिता जी शहर आ गये हैं। अपने निवास पर माँ-पिता जी को देख कुलराखन ने ऐसी खुशी प्रकट की जैसी खुशी गाँव पर उन दोनों से मिलते हुए उसने कभी प्रकट नहीं की थी। दौड़कर उसने माँ-पिता जी के पाँव छुए तथा माँ को ऐसे पकड़कर बैठ गया जैसे माँ का सबसे बड़ा हितैषी वही हो–"यह आपको क्या हो गया है माँ? आप तो बिल्कुल ठीक थीं। अभी मैं आपको शहर के बड़े चिकित्सक के पास ले चलता हूँ। पहले ही नम्बर लगा चुका हूँ। आप जल्द ही ठीक हो जाइयेगा माँ...।"

चिकित्सक के पास माँ के साथ चलने के लिए अपने पतियों के साथ सभी बहुएँ तैयार हो गयीं। लेकिन कुलराखन ने पिता जी एवं जगपूरन को छोड़कर किसी को साथ नहीं लिया। इस अवसर पर कुलराखन के इस निर्णय से सभी स्वतः अवगत हो गये। चिकित्सक के पास भीड़ के रूप में जाना उचित नहीं होता। चिकित्सक के साथ-साथ उसके सहयोगी और कम्पाउण्डरों को भी मरीज के साथ की भीड़ नागवार लगती है। माँ के साथ पिता जी और जगपूरन को ले जाने की बात भी सब समझ गये। माँ के साथ रहनेवाले पिता जी का सब-कुछ जानना आवश्यक था तभी वे समय में दवाएँ दे सकेंगे तथा पथ्य-कुपथ्य का ख्याल रख सकेंगे। और छोटा जगपूरन तो माँ का प्यारा लाड़ला था। इस अवसर पर तो उसे माँ के साथ होना ही था।

जाँच-पड़ताल के बाद चिकित्सक ने माँ को हाई ब्लड प्रेशर की बीमारी बतायी तथा दवा लिख दी। यह सुन बलेसर ने चौंकते हुए अपनी जिज्ञासा प्रकट की–"इन्हें तो यह सब-कुछ नहीं था डाक्टर साहब। फिर यह बीमारी कैसे हो गयी?"

जवाब में डॉक्टर ने कहा–"किसे, कब कौन-सी बीमारी हो जाये, यह कोई नहीं बता सकता। वैसे उच्च रक्तचाप की मुख्य वजहों में आरामतलब जीवन, गरिष्ठ खानपान, वंशपरम्परा और तनाव को मुख्य माना जाता है...।

इस पर बलेसर पुनः बोल उठे–"लेकिन इनके साथ ऐसा कुछ भी नहीं है डाक्टर साहब। एक किसान परिवार की कुशल गृहिणी हैं। आरामतलब जीवन तो है ही नहीं। हमारा खानपान भी एकदम सामान्य है। इनके माँ-बाप को भी यह बीमारी नहीं थी और फिर तनाव की तो कोई वजह है ही नहीं...।"

यह सुन डाक्टर ने अब अपनी अन्तिम राय जाहिर कर दी–"अब चाहे जैसे हो, कोई-न-कोई वजह तो रही ही होगी...। जो दवा लिख दी है उसे चलाते रहिये। अपने से दवा बन्द मत कीजियेगा...। और खाने में नमक की मात्रा एकदम कम होनी चाहिए।"

बलेसर भी अब मौन हो गये। उन्हें लग गया, कोई-न-कोई वजह तो होगी ही। इस सम्बन्ध में उन्हें यह समझते देर नहीं लगी कि तनाव ही वह वजह रही है। खेती बेचकर शहर चलने के लिए इनके बेटे इनका कान भरते रहे। इनके मन में शहर का आकर्षण जगाते रहे...। दूसरी तरफ गाँव में रहते हुए कृषि से जुड़े रहने की उनकी इच्छा को

भी वे समझती रहीं। पुत्र और पति के बीच शहर और गाँव के खिंचाव ने ही इन्हें तनावग्रस्त बनाया जिसने उच्च रक्तचाप की बीमारी कायम की...।

चिकित्सक से पत्नी को दिखाने और दवाएँ लेने के बाद बलेसर दूसरे ही दिन गाँव आ सकते थे। लेकिन यह कहकर कुलराखन ने और एक दिन के लिए उन्हें रोक लिया–"यहाँ रहकर ही दवाएँ शुरू कर दीजिये माँ। कभी-कभी कोई दवा सूट नहीं करती है तो चिकित्सक से कहकर उसे बदलवानी पड़ती है। दवा जब सेट कर जाती है तो फिर कहीं रहकर वह खायी जा सकती है...।"

कुलराखन की यह बात ऐसी थी कि चाहते हुए भी बलेसर इसका विरोध नहीं कर सके। इस तरह पत्नी के साथ उन्हें दो दिन शहर रहना पड़ा। इस दो दिन में बेटे और बहुओं ने उन दोनों पति-पत्नी को माथे पर उठाकर रखा। उनकी हर इच्छा का ख्याल और सम्मान किया। माँ-पिता जी को अच्छा-से-अच्छा खिलाने और अच्छी-से-अच्छी सुविधा में रखने के लिए वे जी-जान से लगे रहे। वैसे तो उन दोनों पति-पत्नी का ठहराव कुलराखन का घर ही था लेकिन मनराखन और जगपूरन दोनों पति-पत्नी भी पूरे समय तक उन दोनों पति-पत्नी की सेवा में ही लगे रहते। सुबह एकदम तड़के अपनी पत्नियों के साथ कुलराखन के यहाँ आ जाते और रात दस बजे के करीब वापस होते। बलेसर उनकी मन्शा समझ रहे थे। लेकिन परिस्थिति प्रदत्त बेटे-बहुओं के इस आतिथ्य को ठुकराना उनके लिए सम्भव नहीं था। यहाँ अपनी किसी भी हरकत से अस्वस्थ पत्नी का मन उन्हें दुखाना नहीं था।

दो दिनों के बाद गाँव लौटने पर बलेसर को यह एहसास होना शुरू हो गया जिसकी आशंका उनके मन में थी। इस दो दिनों के अन्दर ही बेटे और बहुओं ने उनकी पत्नी के मन में शहर का आकर्षण जगा दिया था। अपने भरे-पूरे परिवार के साथ शहर में रहने का आकर्षण। अब जब भी अवसर मिलता, उनकी पत्नी शहर की तारीफ करने लगती। शहर के साथ-साथ अपने बेटे-बहुओं की भी। कितने अच्छे हैं उनके बेटे-बहू। वक्त-मुसीबत जितनी उन्होंने मदद की, कोई और नहीं कर सकता...। बलेसर के मन में आता कि पर्दे के पीछे के यथार्थ से पत्नी को अवगत कर दे। लेकिन चाहते हुए भी ऐसा नहीं कर पाते। ऐसा करके पत्नी का ब्लडप्रेशर उन्हें और बढ़ाना नहीं था...।

इस विश्वास के साथ बलेसर पत्नी को नियमित दवा लेने की ताकीद करते रहते थे कि दवा से उनका ब्लडप्रेशर नियन्त्रण में रहने लगेगा। फिर कुछ अनिष्ट नहीं कर पायेगा। अपने परिचितों और रिश्ते-नाते में वे ऐसे अनेक लोगों को जानते थे जो ब्लडप्रेशर की बीमारी से ग्रस्त थे। इनमें प्रायः अधिकांश ने नियमित दवा के सेवन से अपने ब्लडप्रेशर को नियन्त्रित कर रखा था। लेकिन बलेसर अनुभव कर रहे थे, बीतते समय के अनुसार दवा लेने के बावजूद उनकी पत्नी का ब्लडप्रेशर सामान्य नहीं हो पा रहा था। उनके गाँव का एक युवक चनेसर रामपुर कस्बे के एक डॉक्टर का कम्पाउण्डर

था। बलहारी से ही प्रतिदिन वह रामपुर आता-जाता था। चिकित्सक के साथ रहने का लाभ उठाते हुए वह गाँव पर भी आवश्यक दवाएँ रखता था, जिसे गाँव के लोगों में बेचकर अलग से कमाता था। उसने ब्लडप्रेशर मापने की मशीन भी रखी थी। बलेसर उसी से अपनी पत्नी का ब्लडप्रेशर नपवाते। लेकिन हर बार बढ़ा हुआ ही ब्लडप्रेशर मिलता। आजिज आकर उन्हें पत्नी के साथ पुनः शहर जाना पड़ा। कुलराखन के साथ वे पुनः उस चिकित्सक के पास पहुँचे। उस चिकित्सक की जाँच में भी ब्लडप्रेशर बढ़ा हुआ ही मिला। इस पर उसने कहा–"दवा तो मैंने बहुत अच्छी दी थी। लगता है, दवा के साथ संयम, नियम का पालन नहीं किया गया। उन कारणों से दूर रहने की कोशिश नहीं की गयी जो ब्लडप्रेशर के जनक होते हैं...। दवा का पावर मैं थोड़ा बढ़ा देता हूँ। लेकिन उन कारणों से इन्हें अपने को अलग रखना होगा जो ब्लडप्रेशर बढ़ाते हैं...। इसमें नमक कम-से-कम लेना है...।"

बलेसर पुनः गाँव लौट आये। अब वे उन कारणों को समझने लगे थे जो पत्नी के ब्लडप्रेशर के जनक और प्रेरक थे। बेटे-बहुओं ने शहर में अपने भरे-पूरे परिवार के साथ रहने का जो सपना उन्हें दिखा दिया था, वह सपना अब उन्हें चैन से रहने नहीं दे रहा था। इधर पति के प्रति अनुराग और समर्पण की वजह से उस सपने को वे व्यक्त भी नहीं कर पा रही थीं। उनके मन का यह तीव्र अन्तर्विरोध ही उनके ब्लडप्रेशर को सामान्य होने नहीं दे रहा था। इस स्थिति में अब पत्नी को समझाना उन्होंने प्रारम्भ कर दिया–"कुलराखन की माँ, अपनी बीमारी से मुक्त होने के लिए तुम स्वयं प्रयास नहीं करोगी तो दवाओं से कुछ नहीं होगा। बेटे और बहुओं ने शहर में अपने साथ रहने का जो आकर्षण हमें दिखाया है वह सब मृग-मरीचिका है। उसे भूल जाओ...। जैसे ही अपनी खेती बेचकर शहर में हम उनके पराश्रित हो जायेंगे, वे हमे पूछेंगे तक नहीं। अभी अपनी जरूरत पर हमारी आवभगत कर रहे हैं। यहाँ अपनी खेती-किसानी में जिस सुख-सन्तोष, स्वाभिमान और स्वतन्त्रता के साथ हम जी रहे हैं, वहाँ हमारा यह सब-कुछ समाप्त हो जायेगा...।"

पति के इस कथन पर उनकी पत्नी ऊपर से हामी भर देती। लेकिन अपने मन से शहर और बेटे-बहुओं का खिंचाव वह निकाल नहीं पाती। वह माँ थी। माँ के निश्छल हृदय में बेटों की बात जम गयी थी। चाहकर भी वह उससे मुक्त नहीं हो पा रही थी। इस स्थिति में जैसा और जो परिणाम घटित होना था एक दिन वह हो ही गया।

वह शाम का समय था। बत्तीस बिगहवा से घूमकर बलेसर घर आ गये थे। अब आँगन के बरामदे में पत्नी के साथ बैठे भुंजा फाँक रहे थे। शाम में चने के भुंजे के साथ वे चाय पीते थे। रसोई में कूदन की पत्नी चाय बना रही थी। बलेसर देख रहे थे, रोज की अपेक्षा पत्नी का चेहरा अधिक तमतमाया और लाल हो गया जान पड़ रहा था, जैसे उसके चेहरे पर खून उतर आया हो। उन्होंने पूछा–"कैसी तबीयत है कुलराखन की माँ? आज तुम्हारी तबीयत मुझे ठीक नहीं लग रही...।"

जवाब में उन्होंने कहा—"वैसी ही हूँ...। इस नयी दवा से कोई अन्तर नहीं पड़ा है...।"

कूदन की पत्नी अब चाय लेकर आ गयी। बलेसर ने अपनी चाय ले ली। लेकिन जब उनकी पत्नी चाय लेने लगी तो उनका हाथ ऐसे काँपने लगा, जैसे कँपकँपी की बीमारी हो। फिर भी काँपते हाथों से उन्होंने चाय की प्याली पकड़ने की कोशिश की। ऐसे में प्याली गिरकर टूट गयी। चाय जमीन पर पसर गयी। यह देख बलेसर बोल उठे—"यह तुम्हें क्या हो गया है कुलराखन की माँ? तुम्हारे हाथ ऐसे काँप क्यों रहे हैं?"

जवाब में वह कुछ बोलना चाह रही थी कि उनका पूरा बदन थर-थर काँपने लगा। इससे पहले कि बलेसर उन्हें सँभालते, वह स्वतः चौकी से लुढ़ककर नीचे गिर पड़ी और चिल्लाने लगी—"पकड़िये-पकड़िये कुलराखन के पापा...। मुझे यह क्या हो गया...? मेरा बायाँ हाथ-पाँव अब उठ ही नहीं रहा...।"

कूदन की पत्नी के सहयोग से बलेसर ने उन्हें टाँगकर चौकी पर लिटाया। इस घटना से हताश-परेशान बलेसर के मुँह से स्वतः निकल गया—"यह तो लकवा का असर लगता है।"

कूदन की पत्नी अब भागते हुए चनेसर के घर पहुँची। चनेसर अभी रामपुर से लौटा ही था। लेकिन सूचना पाते ही बलेसर के यहाँ पहुँच गया। टोला-पड़ोस के लोग भी इस सूचना पर आ धमके। किसी ने कहा—"हवा लग गयी है।"

किसी ने कहा—"लकवा मार दिया है...।"

चनेसर ने भी लकवा का अटैक ही बताया—"चाची का ब्लडप्रेशर लगातार बढ़ा रहता था। अभी भी बढ़ा हुआ है। इसी बढ़े हुए ब्लडप्रेशर से यह लकवे का अटैक आया है...।"

इस पर पड़ोस के नरेश सिंह ने कहा—"लकवा सिर्फ ब्लडप्रेशर से ही नहीं मारता चनेसर। शिवजतन काका को कभी ब्लडप्रेशर नहीं था। फिर भी उन्हें कसकर लकवा लगा था। उनका तो पूरा बदन अकड़ गया था...।"

जवाब में व्यवहारकुशल चनेसर ने उनकी बात को सीधे-सीधे न काटते हुए कहा—"आपका कहना सही है नरेश काका...! लकवा के अनेक कारण होते हैं। किसी को कुछ और कारणों से मारता है तो किसी को कुछ दूसरे कारणों से। लेकिन मुझे लगता है, चाची के बढ़े हुए ब्लडप्रेशर से ही उन्हें लकवा लगा है...।"

बलेसर जानते थे, ऐसे गम्भीर मर्ज का इलाज रामपुर में सम्भव नहीं। अब न चाहते हुए भी उन्होंने तत्क्षण फोन से बेटों को इसकी सूचना दी। बेटे तो जैसे सहयोग की प्रतीक्षा में ही थे। सूचना पाते ही कुलराखन ने अपना दुःखद आश्चर्य व्यक्त करते हुए उन्हें आश्वस्त किया—"हम सवारी लेकर शीघ्र ही आ रहे हैं पिता जी। आप परेशान मत होइयेगा। दो से तीन घण्टे के अन्दर हम आ जायेंगे...।"

बलेसर जानते थे, इस अवसर पर बेटे सहयोग से पीछे नहीं हटेंगे। शहर की उपयोगिता साबित करने तथा शहर में उन्हें भी बसाने के लिए इस अवसर का वे भरपूर उपयोग करेंगे। खैर चाहे जैसे हो, पत्नी को उन्हें ठीक करना ही होगा। पत्नी के बिना इस गाँव में अकेले रहते हुए खेती-किसानी करने का उनका मकसद ही समाप्त हो जायेगा। तब इस निष्ठा से वह किसके लिए खेती करेंगे और क्यों खेती करेंगे? घर में पत्नी की उपस्थिति ही उनके लिए खेती-किसानी की प्रेरणा थी। कृषि के उपार्जन पर उनसे कम खुशी उनकी पत्नी को नहीं होती थी। दोनों की समवेत खुशी पर ही कृषि जीवन की उनकी गृहस्थी कायम थी।

चनेसर ने दर्द के लिए टेबलेट तथा मालिश के लिए तेले देकर शहर ले जाने की सलाह दी। बलेसर ने कराहती पत्नी को वह टेबलेट दे दिया तथा शहर ले जाने की तैयारी करते हुए बेटों की प्रतीक्षा करने लगे। इधर कूदन की पत्नी उनके जकड़ते अंगों में चनेसर का दिया वह तेल मलती रही।

रात लगभग दस बजते-बजते मनराखन और जगपूरन शहर से ऐम्बुलेन्स लेकर आ गये। इस बीच बलेसर तैयारी कर चुके थे। पत्नी को ऐम्बुलेन्स में लिटा बेटों के साथ वे भी बैठ गये और घर की कुंजी कूदन के हाथ में सौंप दी। इससे पहले कि वे कुछ कहते, कूदन स्वयं बोल उठा—"यहाँ घर और बत्तीस बिगहवा को लेकर कवनो चिन्ता मत कीजियेगा बाचा बाबू। हम सब सँभाल लेंगे। आप जइसा छोड़कर जा रहे हैं आने पर सब-कुछ वइसा ही पाइयेगा...। आप खाली मालकिन पर रहिये...। उनको किसी तरह ठीक करवाइये...।

रात लगभग 3.00 बजे के आसपास बलेसर अपनी पत्नी के साथ शहर पहुँचे। पोलियो और लकवे से सम्बन्धित जिस अस्पताल का वह ऐम्बुलेन्स था, उन्हें लेकर सीधे उस अस्पताल में ही पहुँच गया। कुलराखन फोन पर लगातार अपने भाइयों से जानकारी ले रहा था। शायद फोन की उस सूचना के अनुसार ही उस अस्पताल में वह पहले से मौजूद था। वहाँ पहुँचने पर बलेसर को पता चला कि यह चौबिसों घण्टे खुला रहनेवाला अस्पताल है। उनकी पत्नी को वहाँ तत्काल भर्ती कर लिया गया तथा रात की ड्यूटी पर तैनात चिकित्सकों ने उनका इलाज भी प्रारम्भ कर दिया। उनकी पत्नी को जो कमरा दिया गया उसमें मरीज के साथ उसके परिजनों के लिए भी जगह थी। इस सम्बन्ध में कुलराखन ने बलेसर से कहा—"आप इस पर लेट रहिये पिता जी! अब तक जगे और थके हैं। हम माँ को देखते रहेंगे। इस अस्पताल में जो करना होता है यहाँ के चिकित्सक और नर्स समय से स्वयं करते हैं...। मरीज के साथ के लोगों को यहाँ कुछ करना नहीं होता...।"

इस पर बलेसर ने कहा—"मैं ठीक हूँ। मैं भी बैठा ही रहूँगा।"

यह सुन उनकी पत्नी ने उन्हें लेट रहने का संकेत किया। पत्नी की इच्छा के अनुसार बलेसर अब वहीं लेट गये।

उस अस्पताल में उनकी पत्नी को एक सप्ताह रहना पड़ा। इस दौरान उनके बेटे-बहू घर और अस्पताल एक किये रहे। बलेसर भी यहाँ अधिक-से-अधिक समय तक पत्नी के पास अस्पताल में ही रहना चाहते थे। लेकिन बेटे-बहू और पत्नी के अनुरोध पर ऐसा नहीं कर पाते। इस स्थिति में प्रतिदिन कुछ ही घण्टे वह अस्पताल में व्यतीत करते। शेष समय कुलराखन के यहाँ पड़े रहते। इस सम्बन्ध में कुलराखन ने उन्हें आश्वस्त किया था—"हम लोगों के रहते आपको तनिक भी चिन्ता नहीं करनी है पिता जी! माँ को हम ठीक करके रहेंगे। अब यह बीमारी ही ऐसी है कि जल्द ठीक नहीं होती...। कभी-कभी तो वर्षों लग जाते हैं।"

इस एक सप्ताह के अन्तर्गत उस अस्पताल ने उनकी पत्नी के लिए जरूरी दवाएँ निर्धारित कर दी थीं तथा आवश्यक व्यायाम बता दिया था। साथ ही प्रत्येक सप्ताह जाँच के लिए उन्हें अस्पताल ले जाना था ताकि उनके स्वास्थ्य में सुधार का आकलन करते हुए दवाओं की मात्रा बढ़ायी-घटायी जा सके या दवाओं में परिवर्तन किया जा सके। अस्पताल के अनुसार यह सब तब तक चलते रहना था, जब तक वे स्वयं चलने-फिरने लायक न हो जायँ।

अस्पताल से माँ को अपने घर लाते ही कुलराखन ने उनके लिए अलग बेड निर्धारित कर दिया था। अब प्रतिदिन एक फिजियोथिरेपिस्ट सुबह-शाम आकर उन्हें इक्सारसाइज करा जाता। माँ को समय से दवाएँ देने तथा नित्य क्रिया से निबटने में सहयोग का दायित्व बहुओं के जिम्मे था। कुलराखन की पत्नी तो वहाँ रहती ही थी, मनराखन और जगपूरन की पत्नियाँ भी समय निकाल-निकालकर पहुँच आतीं। इस सम्बन्ध में उनकी बहुएँ अक्सर उन्हें याद भी दिलाती रहतीं—"कितना अच्छा होता अम्माँ जी अगर इस शहर में हम लोगों का एक अपना संयुक्त घर होता। तब हम सब साथ ही रह रहे होते। तब आपकी सेवा के लिए इस तरह हमें दौड़-दौड़कर आना नहीं पड़ता। लेकिन किराये के इस छोटे घर में चाहते हुए भी हम एक साथ नहीं रह सकते...।"

पत्नी के उस कमरे में ही एक किनारे बलेसर का बेड भी था। वहीं पड़े-पड़े वे सब-कुछ देखते-सुनते थे। अपनी पत्नी से बात भी करते थे। लेकिन चाहते हुए भी अब बेटे-बहुओं की किसी बात का वे विरोध नहीं कर पाते थे। अब उनकी स्थिति विरोध करने की थी ही नहीं...। उनका ध्यान तो पत्नी पर लगा था कि वे जल्द-से-जल्द ठीक हो जायँ। लेकिन वे पा रहे थे, पत्नी के स्वास्थ्य में सुधार की गति नगण्य थी। इस सम्बन्ध में फिजियोथिरेपिस्ट ने उनके पूछने पर उन्हें समझा दिया था—"यह बीमारी ही ऐसी है बाबा कि इससे शीघ्र मुक्त होना आसान नहीं है...। नियमित इक्सरसाइज इसलिए कराया जाता है कि लकवाग्रस्त अंग अकड़कर नाकाम न हो जायँ। हम प्रयास में हैं कि ये अपनी नित्य क्रिया लायक स्वयं हो जायँ। इस बीमारी में मरीज के साथ-साथ उनके परिजनों को भी धैर्य बनाये रखना है...।"

फिजियोथिरेपिस्टवाली यही बात अस्पताल के डाक्टर ने भी बलेसर से बतायी थी। इस सम्बन्ध में बलेसर यह भी जान चुके थे कि पत्नी अब जल्द गाँव जानेवाली नहीं।

गाँव पर अब उन्हें अकेले ही जाना और रहना था। उन्होंने सपने में भी नहीं सोचा था कि उनके समक्ष कभी ऐसी स्थिति भी कायम हो सकती है। अब इस स्थिति में विवश-लाचार वे उदास रहने लगे थे।

अगहन का महीना था। धान की खेती का मौसम। उस साल बत्तीस बिगहवा में खूब जमकर धान की फसलें लगी थीं। कई वर्षों के बाद धान की ऐसी मजिगर फसलें आयी थीं कि उस रास्ते से गुजरते राहगीर देखते तो देखते ही रह जाते...। बलेसर भी जामुन के चबूतरे से बत्तीस बिगहवा की धनहर क्यारियों को लहराते देखते रहते। वे अन्दाज लगा चुके थे, पन्द्रह से बीस दिनों के अन्दर धान की फसलें पककर तैयार हो जानेवाली हैं। लेकिन ऐन मौके पर पत्नी की बीमारी ने उनका सब-कुछ अस्त-व्यस्त कर दिया था। सब-कुछ छोड़कर उन्हें पत्नी के साथ शहर भागना पड़ा। उन्हें विश्वास था, पिछली बार की तरह इलाज के बाद स्वस्थ हो चुकी पत्नी के साथ वे शीघ्र ही गाँव लौट आयेंगे। फिर उनकी कृषि और गृहस्थी पुनः पटरी पर आ जायेगी। लेकिन इस बार स्थिति बिल्कुल विपरीत घटित हो गयी। अब पत्नी जल्द गाँव नहीं लौट सकती। कब तक लौट सकेगी, इसका भी कुछ ठीक नहीं। सम्भव है, कुछ समय बाद लौट सके। सम्भव है, यह बीमारी अब उसे कभी गाँव लौटने न दे...। जो हो, इस स्थिति में पत्नी के पास बैठे बलेसर का ध्यान रह-रहकर बत्तीस बिगहवा में लहराते धानों पर चला जाता। यह देख बेटे पूछ उठते—"क्या सोच रहे हैं पिता जी? किस बात की चिन्ता कर रहे हैं? माँ का इलाज सही ढंग से चल रहा है। हम उन्हें अगर किसी दूसरे चिकित्सक के पास भी ले जायेंगे तो इस बीमारी में उनका यही इलाज हर जगह होगा...।"

लेकिन लम्बे समय तक बलेसर के साथ रह चुकी उनकी पत्नी उनकी चिन्ता का कारण जानती थी। अब वह भी अपने को रोक नहीं सकी—"मैं समझ रही हूँ कुलराखन के पापा! बत्तीस बिगहवा को लेकर आप परेशान हैं। लेकिन आप चिन्ता मत कीजिये...। अब मैं यहाँ ठीक हूँ। मेरा इलाज चल ही रहा है। वहाँ जाने लायक मैं कब तक हो सकूँगी, कुछ पता नहीं। इस स्थिति में वहाँ जाकर आप घूम-फिर आइये...। आपका मन भी बदल जायेगा। सब-कुछ देख-सुन भी लीजियेगा।" बलेसर के मन में भी यही बात थी। लेकिन यह असमंजस उन्हें घेरे हुए था कि बीमार पत्नी को छोड़कर गाँव जाना उचित होगा? कहीं बीमार पत्नी इससे दुखित तो नहीं हो जायेगी? लेकिन इस सम्बन्ध में पत्नी ने स्वयं कहकर उनका मार्ग प्रशस्त कर दिया। वैसे यहाँ रहते हुए भी वे कुछ कर नहीं पाते थे। उन्हें सिर्फ पड़े रहना था। इस स्थिति में पत्नी की बात के अनुसार गाँव जाने के लिए वे तैयार हो गये। उन्हें सब पता था, यहाँ से तड़के चलकर अपना घर-द्वार और बत्तीस बिगहवा देख-सुनकर शाम गहराते-गहराते यहाँ वापस आया जा सकता था। रामपुर के लिए इस शहर से बसें और ट्रेन दोनों चलती थीं। उन्हें सिर्फ बलहारी से रामपुर तक ही पैदल चलना था।

बस, एक सुबह बलेसर एकदम तड़के निकल गये। अपनी योजना के अनुसार वे शाम गहराते-गहराते वापस आ गये। जिज्ञासु पत्नी को सब-कुछ बता भी दिया। लेकिन इस दौरान काफी थकान का उन्होंने अनुभव किया। फिर भी उस थकान को अपने ऊपर हावी होने से रोकने का प्रयास किया। उन्होंने मन-ही-मन तय कर लिया, अब प्रतिदिन इसी तरह अपने घर और बत्तीस बिगहवा तक वे पहुँचते रहेंगे। फिर शहर में पत्नी का इलाज कराते हुए वे गाँव की खेती-बारी भी सँभाल लेंगे। इस तरह दूसरे दिन भी पुनः उन्होंने ऐसा ही किया। फिर तीसरे दिन भी। लेकिन इस तीन दिन की आवाजाही ने ही उन्हें बेतरह थका दिया। पहली बार उन्हें लगा कि अब उनकी उम्र ऐसी आवाजाही की नहीं रही। इस अतिशय थकान से अब उन्हें अपने सारे अंग नाकाम जान पड़ने लगे। वैसे उम्र के अनुसार विशेष थकान का अनुभव उन्होंने पहले दिन ही किया था, लेकिन उसे अनदेखा कर दूसरे और तीसरे दिन भी आते-जाते रहे। परिणामतः इस तीसरे दिन अपने बिस्तरे पर वे इस तरह पटकाये कि तीन-चार दिनों तक गाँव जाने की उनकी हिम्मत जाती रही।

उनके बेटे-बहू सब-कुछ देख और समझ रहे थे। सम्भवतः ऐसे अवसर की ही प्रतीक्षा में थे। वे यह जान चुके थे कि पिता जी अब उनके सुझाव और प्रस्ताव को पहले की तरह सीधे-सीधे झटक नहीं सकते। लोहा जब गर्म हो तभी चोट करनी चाहिए, इस सिद्धान्त के अनुसार बेतरह थके पिता जी को अब उन्होंने नये सिरे से समझाना शुरू कर दिया। कुलराखन ने कहा—“यही सोचकर मैं आपको सलाह दे रहा था पिता जी! हम अपनी स्थिति से अवगत हैं। शहर में नौकरी कर रहे हम तीनों भाइयों में से किसी के लिए भी गाँव में रहकर खेती-गृहस्थी सँभालना सम्भव नहीं होगा। तब फिर आपके बाद वहाँ कौन जायेगा? तब हमारा वह बत्तीस बिगहवा बर्बाद हो जायेगा। आसपास के लोग दखल करने लगेंगे। लाल झण्डावाले उसमें झण्डा गाड़ देंगे...। इसलिए समय रहते खेतों के रूप में गाँव में बिखरी अपनी पूँजी हमें शहर में स्थानान्तरित कर लेनी चाहिए। मैंने आपसे नहीं कहा था कि आप चिन्तित हो जायेंगे। लेकिन अवसर के अनुसार अब मुझे कहना पड़ रहा है। चिकित्सक ने मुझे बताया है, माँ अब पहले जैसी गाँव में जाकर खेती-गृहस्थी सँभालने लायक कभी नहीं हो सकेंगी...। वे अपने दैनिक कार्य स्वयं कर सकें, इतना ही काफी होगा। मानसिक या शारीरिक किसी भी तरह की परेशानी से दुबारा अटैक आने पर फिर उन्हें सँभाल पाना मुश्किल हो जायेगा। इस स्थिति में माँ को अब हमें शहर में ही रखना है पिता जी!”

कुलराखन की इस बात को चुपचाप पड़े-पड़े सुनते रहे बलेसर। न उन्होंने हाँ कहा और न ना। इस पर मनराखन अब बोल उठा—“शहर के उत्तरी हिस्से में अच्छी आवासीय जमीन बिक रही है पिता जी। शहर का विकास उसी दिशा में हो रहा है। अभी हम उधर मन लायक जमीन ले भी सकेंगे। भविष्य में उधर की जमीन के भाव बहुत बढ़ जायेंगे। हमारी जमीन जैसे बिकेगी वैसे ही वह जमीन हम खरीद लेंगे...। यह काम जल्द हो जाता तो बहुत अच्छा था...।”

बलेसर ने इस पर भी कोई प्रतिक्रिया जाहिर नहीं की। वे यथावत् पड़े रहे। इस पर अब जगपूरन ने भी अपनी राय जाहिर की—"कुलराखन भैया और मनराखन भैया ठीक कह रहे हैं पिता जी। लेकिन मुझको लगता है, हमारे गाँव में हमारे बत्तीस बिगहवा का कोई खरीदार कहाँ है? जो दो-चार पैसेवाले थे, वे तो हमसे पहले ही शहर जा बसे। अब साधारण खेत-बधारवाले लोग हैं। वे हमारें बत्तीस बिगहवा को कैसे खरीद सकेंगे? उनके पास उतने रुपये हो ही नहीं सकते...।"

बलेसर पुनः मौन रहे। लेकिन जगपूरन की बात ने कुलराखन को फिर कुछ कहने का अवसर दे दिया—"जगपूरन ठीक कह रहा है पिता जी! बलहारी में हमारे बत्तीस बिगहवा का कोई खरीदार नहीं। आप अगर कहेंगे तो मैं किसी प्रोपर्टी डीलर से बात करूँगा। किसी-किसी राइसमिलवाले या फार्म हाउस बनाने के इच्छुक किसी व्यवसायी से भी बात की जा सकती है। चूँकि फोर लेन उसी ओर से गुजरनेवाली है, इसलिए बड़े कारोबारी उसे ले भी सकते हैं। मैंने फोरलेन का नक्शा देखा है। हमारे बत्तीस बिगहवा का कुछ हिस्सा भी उसमें जा रहा है। इसलिए समय रहते हमें उसे बेच देना चाहिए पिता जी। सरकार की किस योजना के तहत हमारे कितने खेत कब चले जायेंगे, कुछ कहा नहीं जा सकता...।"

बलेसर ने कुलराखन की इस बात पर भी अपना मौन नहीं तोड़ा। ऐसा लग रहा था, जैसे बेटों की बात वे सुन ही नहीं रहे। हालाँकि वे सुन रहे थे और सुनते हुए उसे अनसुना कर रहे थे। पास लेटी उनकी पत्नी भी सब-कुछ सुन और समझ रही थी। अब वह भी बोल उठी—"बेटे ठीक कह रहे हैं कुलराखन के पापा। जब समय अनुकूल था तब आपने खूब खेती की। हमने भी आपका साथ दिया। लेकिन अब इस बीमारी ने मुझे कहीं का नहीं छोड़ा। वहाँ गाँव की खेती अब आप अकेले के वश की बात नहीं रही, वह भी इस गिरती उम्र में। हमारे बेटे भी हमारे भले के लिए ही कह रहे हैं। उनकी बात मान जाइये कुलराखन के पापा। मैं पहले कभी नहीं कहती थी। लेकिन अब विवश होकर कह रही हूँ...। जब जिस आदमी का जहाँ का दाना-पानी नसीब होता है तब उस आदमी को लौटकर वहाँ जाना ही पड़ता है। खेत-बधार और गाँव के साथ हम बहुत रह लिये। अब शहर में रहने का हमारा समय आ गया। शहर के बिना अब हमारा काम चल ही नहीं सकता...।"

पत्नी की इस बात पर बलेसर की चेतना जैसे जाग्रत हो गयी। अब तक सुनकर भी अनसुना कर रहे थे, लेकिन अब वैसा नहीं कर सके। आश्चर्य से पत्नी की ओर देखने लगे, जैसे उनकी आँखें कह रही हों, "अब तुम भी ऐसा कहने लगी कुलराखन की माँ।"

इसके बाद फिर किसी ने कुछ नहीं कहा। बेटों को लग गया, माँ ने उनका काम कर दिया है। अब देर-सबेर उसका असर होना ही है। उस तीन दिन की नियमित आवाजाही के परिणामस्वरूप बलेसर को और तीन-चार दिन बिस्तरे पर पड़े-पड़े व्यतीत

करने पड़े। खाना खाकर लेटते तो फिर उठने की हिम्मत ही नहीं होती। तीन-चार दिन बाद जब उस थकान से मुक्त हुए तो फिर गमगीन रहने लगे। बैठे-बैठे इस तरह ध्यानमग्न हो जाते कि वर्तमान का उन्हें चेत ही नहीं रहता। इस पर उनकी पत्नी पुनः बोल उठी—मैं आपकी स्थिति समझ रही हूँ, कुलराखन के पापा। जब तक धान की कटनी नहीं करा लीजियेगा, तब तक आपको चैन कहाँ। यह आवश्यक भी है। खेत में तैयार धान को छोड़कर हम आये हैं। उसकी कटनी अब करानी होगी। लेकिन इस बार आने-जाने का काम मत कीजियेगा। वहाँ अपना घर है। कूदन का परिवार है। दो-तीन दिन रहकर कटनी करा लीजियेगा। कूदन की पत्नी खाना बना देगी। दरवाजे पर कूदन सोयेगा ही। जगपूरन को भी साथ ले लीजिये। दो-तीन दिन की छुट्टी लेकर वह भी आपके साथ चला जायेगा...।''

पत्नी की इस बात ने बलेसर को प्रकृतिस्थ कर दिया। अब यही मार्ग उन्हें भी सूझ रहा था। पत्नी के समर्थन ने उनके मन के निर्णय पर मुहर लगा दी। अब उन्हें जाकर उसी दिन आना नहीं है। अपने घर तीन-चार दिन रुककर कटनी करा लेना है। इस पर वे बोल उठे—''मैं भी यही सोच रहा था कुलराखन की माँ। आ-जाकर कटनी कराना सम्भव नहीं। अब कटनी कराकर ही आऊँगा। अनाज खेत से घर आ जायँ तो फिर हमारे मन को इतमीनान हो जायेगा। फिर अपनी इच्छा के अनुसार हम उसका उपयोग करते रहेंगे। हालाँकि इसके लिए जगपूरन को क्या ले जाना? वह जाकर क्या करेगा? वहाँ के लिए तो मैं अकेला काफी हूँ...।''

और फिर एक दिन तड़के बलेसर पुनः गाँव के लिए चल पड़े। इस बार पूरी तैयारी के साथ निकले। अब उन्हें जाकर उसी दिन आना नहीं, तीन-चार दिन रहना था। यहाँ बेटे-बहू पत्नी को देख ही रहे हैं। और फिर वहाँ गाँव के लिए क्या सोचना। वह तो उनका अपना चिर-परिचित गाँव-घर है। अपने उस गाँव-घर की मिट्टी में ही वे पैदा हुए। वहीं खेले-कूदे और बड़े होकर खेती-किसानी तथा घर-गृहस्थी का दायित्व सँभाला। वहाँ अकेले रहने में कोई कठिनाई नहीं। नयी जगह और नये माहौल में अकेलापन खलता भी है। लेकिन जहाँ के खेत-खलिहान और गाँव-घर के चप्पे-चप्पे से परिचय हो, वहाँ क्या अकेलापन? और कैसा अकेलापन? एक आवाज पर उनके गाँव को जुटते देर नहीं लगती। उनके खेतों में जब आग लगी थी तो वे कहाँ किसी को कहने गये थे लेकिन सारा गाँव एकत्रित हो आया था। फिर लोगों को आग बुझाते देर नहीं लगी। अपने वैसे गाँव में उनके लिए अकेलापन हो ही नहीं सकता...।

बलेसर जब अपने घर पहुँचे दोपहर होने में अभी देर थी। तीन-चार दिनों के बाद अचानक उनकी उपस्थिति देख कूदन का परिवार एकदम खुश हो उठा। उन्हें विश्वास था, कूदन का परिवार अपने घर में उन्हें किसी चीज की कमी महसूस होने नहीं देगा...। यहाँ आने पर अब वे ऐसा महसूस भी कर रहे थे।

आँगन में अपने चापाकल के ठण्ढे पानी से खूब नहाये बलेसर। उनका मन तरोताज़ा हो गया। लगा जैसे रास्ते की सारी थकान दूर हो गयी हो। इस बीच कूदन

की पत्नी उनके लिए खाना बनाने में फुर्ती से भिड़ गयी थी। स्नान कर बलेसर आँगन के बरामदे में आकर बैठ गये। अपने आँगन के इसी बरामदे में वे चाय-नाश्ता करते और खाना खाते थे। यह देखकर उन्हे सुखद आश्चर्य हुआ कि उनके बैठते ही कूदन की पत्नी खाना लेकर आ गयी—दाल, भात और सब्जी। इस पर वे पूछ उठे—"बिना दूकान से कुछ खरीदकर आये इतनी शीघ्रता से तुमने खाना कैसे बना लिया कूदन बहू?"

जवाब में उसने कहा—"कुछ भी खरीदना नहीं था मलिकार। चावल, दाल और चना, प्याज घर में पहले से था ही। बस, भात, दाल और चना प्याज की सब्जी बना दी...।"

बलेसर का यह प्रिय ग्रामीण खाना था—भात, दाल और चना प्याज की सब्जी। मन लायक खाना खाकर उनका मन तृप्त हो गया। उनकी पत्नी के साथ रहते-रहते कूदन बहू भी स्वादिष्ट खाना बनाना जान गयी थी। दाल और सब्जी तो ऐसा बनायी थी कि रोज की अपेक्षा कुछ अधिक ही खा लिये।

उन्हें खाना खिलाकर कूदन की पत्नी चली गयी। उनके आगमन की सूचना पर कूदन पहले ही आकर उनसे मिल गया था। अब वह अधिक समय तक बत्तीस बिगहवा के पास ही रहता था। खेतों में तैयार हो रहे धान की निगरानी आवश्यक थी। आसपास के जंगलों के कटते जाने से इधर कुछ वर्षों से झुण्ड के रूप में नीलगायें आ जाती थीं। फिर तैयार फसल को खाने और बर्बाद करने में उन्हें देर नहीं लगती थी।

खाना खाकर बलेसर आँगन के बरामदे में ही लेट गये। उन्होंने मन-ही-मन तय किया, कुछ देर आराम के बाद वे भी बत्तीस बिगहवा की ओर चल देंगे...। लेकिन अब लेटते और घर को एकान्त पाते ही पत्नी की याद उन्हें आ गयी। यह पहला अवसर था जब इस तरह वे अपने घर में अकेले थे। अभी पत्नी होती तो आकर अवश्य पूछती—"क्या सोच रहे हैं?"

वे कहते—"कुछ भी नहीं।"

इस पर वह कहती—"अवश्य किसी बात की चिन्ता आपको सता रही है। मुझसे छिपाइये मत। मैं आपका चेहरा देखकर ही जान जाती हूँ।"

जवाब में उन्हें अपनी चिन्ता का कारण बताना पड़ता। फिर पत्नी ऐसा मधुर सुझाव देती कि उनके मन में वह चिन्ता दूर हो जाती। गाँव-घर, खेत-खलिहान किसी भी समस्या पर पत्नी की सलाह उन्हें बहुत जँचती। उन्हें बहुत बल मिलता। लगता, वे अकेले नहीं। पत्नी का मजबूत साथ उन्हें है। उस पत्नी की अनुपस्थिति अब अचानक उन्हें खलने लगी थी। पत्नी के बिना यह घर कैसा सूना-सूना लग रहा था। अभी पत्नी होती तो कभी उस कमरे से निकलती, तो कभी उस कमरे से। अपनी उपस्थिति से इस घर को गुलजार बनाये रहती। वह पत्नी अब इस घर में आने लायक नहीं रही। यह सोचकर अब उनका मन घबराने लगा। क्या उस पत्नी के बिना इस घर में वे अकेले

रह सकेंगे? वे उठकर बैठ गये। फिर अपने मन को ढाढ़स बँधाने लगे। अकेले रहकर ही खेती के कार्य से निपटने आये हैं। प्रारम्भ में ही इस तरह घबरा उठेंगे तो फिर यहाँ कैसे रह सकेंगे? उन्होंने अपने मन को दृढ़ किया। पत्नी का संग-साथ तो सिर्फ घर के अन्दर तक ही सीमित था। बाहर खेती-किसानी के सारे कार्यों से तो वे स्वयं निपटते थे। लेकिन अपने मन को दृढ़ करने के बावजूद रह-रहकर उन्हें लगता, पत्नी किसी कमरे में ही है। अब जल्द निकलकर बाहर आ जायेगी। तब फिर उनका मन पुनः अशान्त हो जाता। पत्नी तो शहर में अस्वस्थ पड़ी है। फिर वह यहाँ कैसे हो सकती है!

बलेसर ने तय किया था कि एक-दो घण्टे आराम के बाद ही वह बत्तीस बिगहवा की ओर चल देंगे। लेकिन घर का सूनापन और पत्नी का अभाव अब उन्हें ऐसा खलने लगा था कि चाहते हुए भी वे अब और आराम नहीं कर सके। समय से पहले बत्तीस बिगहवा की ओर चल पड़े। यहाँ यह प्रश्न उनके मन में उठ खड़ा हुआ कि पिछली बार लगातार तीन दिनों तक वे शहर से यहाँ आते-जाते रहे थे, लेकिन तब किसी भी दिन इस तरह पत्नी की याद उन्हें नहीं आयी थी। फिर इस बार ऐसी याद क्यों? इसका जवाब भी उन्हें अपने अन्तरमन से ही मिल गया। वह तीन दिन की यात्रा भागमभाग की यात्रा थी। गाँव पहुँचते ही माथे पर वापस लौटने की धुन सवार रहती। बार-बार नजरें घड़ी पर चली जातीं। रामपुर से शहर जाने के लिए आखिरी बस शाम 5 बजे थी। उसी के आसपास ट्रेन भी थी। इस अवधि में घर से बत्तीस बिगहवा होते हुए उन्हें वापस भी जाना था। ऐसे में पत्नी की याद आये भी तो कैसे? लेकिन इस बार उन्हें वापस होना नहीं था। यहाँ रहने के इस इतमीनान ने ही पत्नी की याद ताज़ा कर दी। वे जानते थे, जीवन की सुखद स्मृतियाँ परेशानियों और समस्याओं के बीच नहीं उभरतीं, मन के इतमीनान और सुकून पर ही आती हैं...।

बत्तीस बिगहवा पहुँचते ही बलेसर का कृषक मन अब हरा-भरा हो गया। पत्नी की याद और दूसरी चिन्ताएँ जाती रहीं। जामुन के अपने चबूतरे पर बैठकर बत्तीस बिगहवा की ओर देखने लगे तो फिर देखते ही रह गये। धान की पीली-पीली बालियों से पूरा खेत आच्छादित था। लगता था, जैसे पीले परिधान में लक्ष्मी उतर आयी हों खेतों में। चारों दिशाओं की यही स्थिति थी। हर जगह अपने-अपने खेतों की रखवारी में खड़े-बैठे किसान और उनके परिजन। पूरे बधार का दृश्य मनोरम जान पड़ रहा था। ऐसे दृश्य पर अक्सर की भाँति इस बार भी बलेसर ने महसूस किया कि धान के इस मौसम में गाँव-घर की अपेक्षा खेत-बधार ही अधिक सुहावने हो उठे हैं।

कूदन वहाँ पहले से ही उपस्थित था। अपने चबूतरे पर इतमीनान से बैठकर बलेसर ने जब जी भरकर बत्तीस बिगहवा का अवलोकन कर लिया तब कूदन ने कहा—"अभी और सात-आठ दिन समय लगेगा बाचा बाबू, तब हमारे धान कटनी लायक हो जायेंगे। मैं रोज घूमकर परखता रहता हूँ। अभी बालियाँ पूरी तरह पकी नहीं हैं...।"

इस पर बलेसर ने कहा—"हमें जल्दीबाजी नहीं करनी है कूदन। धान को पूरी तरह पकने दो, तभी वह घर में रखने और बेचने लायक हो सकेगा...।"

कूदन ने अब कुछ समय के लिए मुहलत ली—"आप यहाँ कुछ देर बैठिये बाचा बाबू! तब तक मैं घर से हो आता हूँ।"

जवाब में बलेसर ने सहर्ष अपनी सहमति प्रदान की—'जाओ-जाओ कूदन! घर से इतमीनान होकर ही आना। तब तक मैं यहाँ पड़ा रहूँगा। अभी मेरे जिम्मे कोई दूसरा काम भी नहीं है।"

कूदन चला गया। जामुन के तने से उठँगकर इतमीनान से बैठ गये बलेसर। लेकिन इतमीनान होते ही क्षण-भर पहले की कायम खुशी अब गायब हो गयी। बेटे तो इस बत्तीस बिगहवा को बेचने की बात कर ही रहे थे, पत्नी भी अब कहने लगी। लेकिन इन पुश्तैनी खेतों को वे कैसे बेच सकेंगे। पुरखों ने इसे सहेज और सँजोकर कायम रखा है। खुद बलेसर ने इसे अच्छी खेती के लिए एक चक बनाया। यहाँ बोरिंग करायी तथा जामुन के नीचे चबूतरा बनाकर इस स्थान को रमणीक बना दिया, घर से भी प्यारा। यहाँ कितनी शान्ति और सुकून पाते हैं वे। अपनी इस पुश्तैनी जगह-जमीन को बेचकर शहर में ऐसा सुख-सन्तोष वे कभी नहीं पा सकते। तो क्या करें? कुछ भी समझ नहीं पा रहे थे बलेसर। माथा चकराने लगा था उनका। यह किस घनचक्कर में वे आ फँसे थे?

इससे पहले कि बलेसर अपनी चिन्ता और उलझन में और अधिक व्यथित परेशान हो पाते, आसपास के अपने खेतों पर मौजूद जगतनन्दन और काशीनाथ उन्हें देखते ही उनके पास आ गये। फिर कुशल समाचार के बाद खेती-गृहस्थी और गाँव-घर की बातें शुरू हो गयीं। बलेसर का मन भी अब बदल उठा। यहाँ उनके जामुन के चबूतरे पर आसपास के किसान आ ही जाते हैं...। लेकिन उनके वे पड़ोसी किसान जल्द ही चले गये। धान के इस मौसम में सबके जिम्मे अपने-अपने कार्य थे। जिनके खेत पहले रोपे गये थे और अब वे पक गये थे, वे कटनी भी करा रहे थे।

ठीक इसी समय चन्द्रदेव वहाँ आ पहुँचे। कूदन के बेटे पलटू से बलेसर के आने की सूचना उन्हें मिल गयी थी। अपने मित्र चन्द्रदेव को देख बलेसर की खुशी की सीमा नहीं रही। उनके मन का सारा सन्ताप जैसे जाता रहा। अच्छे और सहृदय मित्र की उपस्थिति दुःख और पीड़ा को कैसे कम कर देती है इसका एहसास चन्द्रदेव से मिलने पर हर बार बलेसर करते थे। शहर से जब गाँव चल रहे थे तो उनकी दृष्टि में चन्द्रदेव भी थे। चन्द्रदेव जैसे मित्र के रहते उन्हें अकेलेपन का एहसास हो ही नहीं सकता।

चन्द्रदेव से पहले समाचारों का आदान-प्रदान हुआ। दोनों ने एक-दूसरे का सपरिवार हाल जाना। फिर बलेसर फट पड़े। अपने मन की सारी व्यथा, सारी पीड़ा चन्द्रदेव के समक्षँ उँड़ेल दी। इस पर चन्द्रदेव ने कहा—"कब कौन-सी स्थिति हमारे जीवन में आ जायेगी, हम नहीं जानते बलेसर। तुम अभी जिस स्थिति से घिर गये हो इसका तनिक भी भान हमें नहीं था। इस स्थिति में तुम्हारे बेटे अपनी बात अब पूरी मजबूती के साथ तुम्हारे समक्ष रखेंगे। उनके लिए अनुकूल अवसर आ गया है। लकवे की बीमारी में

तुम्हारी पत्नी शहर में इलाज के तहत अपने बेटों की ही पराश्रित हो गयी है। अब वह भी बेटों के खिलाफ नहीं जा सकती। बेटों का ही समर्थन करेगी...। इस स्थिति में तुम्हें धैर्य से काम लेना होगा। अब तक पत्नी की उपस्थिति और आन्तरिक सहयोग से तुम खेती-गृहस्थी सँभालते थे। अब तुम्हें अकेले सँभालना होगा। अगर तुम इसमें कमजोर पड़ोगे या विचलित होओगे तो फिर खेत-बधार बेचकर बेटों के कहे अनुसार तुम्हें शहरवासी होना पड़ेगा।''

यह सुन बलेसर बोल उठे–''मुझे कुछ भी समझ में नहीं आता है चन्द्रदेव। इस स्थिति में मैं क्या कर सकता हूँ। मुझे क्या करना चाहिए...!''

बलेसर को पीड़ा के इस मानसिक चकोह से भी निकालने की कोशिश की चन्द्रदेव ने–''जहाँ तक तक मेरी राय है बलेसर, तुम्हें यहाँ रहकर अकेले अपनी खेती-किसानी सँभालनी चाहिए। घर में पत्नी के रहते हुए भी तुम यहाँ अकेले ही अपनी खेती-गृहस्थी सँभालते थे। यहाँ तुम्हें कोई कठिनाई नहीं होगी। मुझको जब खोजोगे उपस्थित हो जाऊँगा। हर मोर्चे पर तुम्हारे लिये तैयार रहूँगा। आज तुम्हारे साथ यह स्थिति उत्पन्न हुई है। कल हमारे साथ भी सकती है। ऐसे में अगर दोस्त एक-दूसरे के काम नहीं आयेंगे तो फिर दोस्ती कैसी? बीच-बीच में शहर जाकर अपनी पत्नी का हात समाचार भी लेते रहना। अपनी ओर से आर्थिक सहयोग जारी रखना। तुम्हें कूदन जैसा भरोसेमन्द आदमी मिला है। अपने परिवार के साथ तुम्हारे हर मौके पर वह तत्पर रहता है। उसे और उसके परिवार को अब और अधिक आर्थिक सहायता प्रदान करना। फिर तुम्हें किसी और की जरूरत पड़ेगी ही नहीं। तुम्हारी खेती-गृहस्थी के सारे कार्य वह सलटवा देगा...। तब तुम्हें घर में पत्नी के होने और न होने से कोई खास फर्क महसूस नहीं होगा...। फिलहाल तुम्हारे लिये यही अनुकूल मार्ग है। लेकिन अगर घबराकर, पत्नी और बेटों की बात में आकर गाँव छोड़ना चाहोगे तो उसका परिणाम भी तुमसे छिपा नहीं है बलेसर। ऐसी स्थिति में जो लोग खेत बेचकर शहर गये हैं, उन्हें तुम सुखी नहीं पाओगे। तुम्हारा स्वाभिमान, सुख-सन्तोष और जीवन की स्वतन्त्रता जैसी यहाँ है वैसी शहर में अपने परिजनों के पराश्रित होकर कभी नहीं रह सकती। परिजन चाहे तुम्हारे हों या हमारे, वे अपने निहित स्वार्थ के चलते ही हमें-तुम्हें माध्यम बनाते हैं। फिर जैसे ही उनका स्वार्थ सध जाता है, वे उपेक्षा शुरू कर देते हैं...। यहाँ न जीना हमारे हाथ में है बलेसर और न मरना। जिन्दगी छोटी भी होती है और बड़ी भी। लेकिन अपने परिजनों से प्राप्त उपेक्षा और अपमान की जिन्दगी चाहे छोटी हो या बड़ी वह अत्यन्त पीड़ादायक होती है!''

चन्द्रदेव के इस सुझाव ने बलेसर के मन का अनिश्चय दूर कर दिया–''तुम वाकई मेरे सच्चे मित्र हो चन्द्रदेव। मुझे राह दिखा दी। मैं तो अँधेरे में भटक रहा था। अब मुझे यहीं रहना है। अपना खेत-बधार बेचकर शहर जाना नहीं। मेरा शेष जीवन शान्ति और आनन्द से यहीं कट सकता है। मेरे मन मन को जो चाहिए, वह यहीं मिल सकता है, शहर में नहीं...।''

चन्द्रदेव भी कुछ समय बाद बलेसर से विदा ले चले गये। अब बलेसर अकेले बैठे रहे। चन्द्रदेव की बातें उनके मानस में गूँजती रहीं। फिलहाल चन्द्रदेव ने उनके लिए जो राह सुझायी है उससे बेहतर राह कोई दूसरी हो ही नहीं सकती। शहर से जब यहाँ रहने के लिए वे अकेले चले थे तो यही बात उनके मानस में भी सूझ रही थी। इस सम्बन्ध में चन्द्रदेव ने उनकी सूझ को मजबूत आधार प्रदान कर दिया।

बलेसर ने देखा, अब शाम हो रही थी। उन्हें घर चलना चाहिए। यहाँ हठात् पत्नी की याद उन्हें फिर आ गयी। घर पर तो पत्नी है नहीं। वहाँ कौन उनकी प्रतीक्षा कर रहा है? घर में तो वे ताला लगाकर आये हैं। पत्नी होती तो अब तक उन्हें बुलवाने के लिए किसी को दौड़ा चुकी होती। यहाँ बलेसर का मन अब पत्नी के लिए आर्द्र हो आया। क्षण-भर के लिए चन्द्रदेव की बात विस्मृत हो गयी। घर लौटने की उनकी इच्छा मन्द पड़ गयी। वे पूर्ववत् बैठे रहे।

थोड़ी देर बाद कूदन का लड़का पलटू उनके पास आ पहुँचा—"माई भेजी है। आपके चाय-नाश्ते का टैम हो गया। मैं यहाँ रहूँगा। बाबू के आने पर जाऊँगा। बाबू जल्दिये आ जायेंगे...।"

बलेसर अब चल पड़े। कूदन की पत्नी बाहर दालान के ओसारे में अपने एक छोटे लड़के के साथ बैठी उनकी प्रतीक्षा कर रही थी। बलेसर द्वारा घर का ताला खोलते ही अन्दर घुसकर उनके चाय-नाश्ते की तैयारी में वह फुर्ती से लग गयी। बलेसर द्वारा हाथ-मुँह धोकर आँगन के बरामदे में बैठते ही चाय और भुंजा लेकर आ गयी। शाम को भुंजे के साथ वे चाय पीते थे, इस बात से कूदन की पत्नी अवगत थी। यहाँ बलेसर को अपनी पत्नी की याद फिर आ गयी।

घर लौटने पर पत्नी के साथ ही वे चाय पीते थे। किसी दिन खेत-बधार से लौटते हुए उन्हें काफी विलम्ब हो जाता। तब भी पत्नी चाय पर उनकी प्रतीक्षा करती रहती। अकेले चाय कभी नहीं पीती थी।

अँधेरा गहराने तक कूदन की पत्नी ने रसोई का कार्य निबटा लिया। अब जाते हुए उसने कहा—"रोटी, सब्जी, भुँजिया और सलाद तैयार कर रसोई में रख दी है। अचार वही मर्तबान में है। समय से खा लीजियेगा मलिकार...।"

बलेसर जानते थे, उनकी पत्नी के साथ रहते-रहते कूदन की पत्नी भी उनकी दिनचर्या और खानपान से अवगत थी। रात के खाने में वे रोटी, सब्जी, भुँजिया और अचार ही पसन्द करते थे। कूदन की पत्नी के जाते ही अब उन्होंने घर का मुख्य दरवाजा बन्द कर दिया। रात में वे मुख्य दरवाजा बन्द कर ही सोते थे। दरवाजे खुले छूट जाने पर गाँव के कई घरों में चोरियाँ हो चुकी थीं, इस सम्बन्ध में बलेसर दोनों पति-पत्नी सतर्क रहते थे। पत्नी की अनुपस्थिति में भी बलेसर के अन्दर वह सतर्कता कायम थी।

दरवाजा बन्द कर बलेसर अब अपने कमरे में आ गये। इसी कमरे में उनकी पत्नी भी सोती थी। डबल बेड का उनका बिस्तरा था। बिस्तरे पर लेटने के बाद पत्नी उन्हें

गाँव-घर के समाचार बताती। फिर खेत-बधार के हालचाल से वे पत्नी को अवगत करते। इसके बाद दोनों सो रहते। एक-दूसरे के साथ और पास होने के एहसास की निश्चिन्तता से शीघ्र ही उन्हें नींद आ जाती थी। लेकिन अब वे अकेले थे। अपने मित्र चन्द्रदेव की बात याद कर अकेले ही सोने का प्रयास करने लगे। पर बिस्तरे के एक किनारे पड़ी रहनेवाली पत्नी का अभाव अब उन्हें शिद्दत से महसूस होना शुरू हो गया...। बलेसर ने अपने मन को दृढ़ बनाने की कोशिश की, अब इस घर में उन्हें अकेले ही रहना और अकेले ही सोना है। लेकिन चाहते हुए भी मन से पत्नी का अभाव नहीं निकाल सके। इस अभाव ने अब उनके अन्दर एक अज्ञात बेचैनी पैदा कर दी। इस बेचैनी के चलते चाहते हुए भी अब वे सो नहीं सके। उन्हें लगने लगा कि चन्द्रदेव की बातों की ऊर्जा कहने-सुनने में ही थी, व्यावहारिक जीवन के लिए नहीं। अब इस ऊर्जा को वे अपने अन्दर कहीं महसूस नही कर रहे थे। पत्नी की याद अब इस ऊर्जा पर हावी थी। वे आँख मूँदते। पत्नी की याद को विस्मृत करने की कोशिश करते। लेकिन उन्हें लगता, पत्नी इस कमरे में ही है और उनसे पूछ रही है—"सो क्यों नहीं रहे हैं?"

जब कभी उन्हें नींद नहीं आती और इसका भान पत्नी को हो जाता तो वह अवश्य पूछती थी। लेकिन वह पत्नी तो यहाँ कहीं है नहीं। वह तो शहर में कुलराखन के यहाँ बीमार पड़ी है। यहाँ गाँव के अपने कमरे में वह अकेले हैं। यह उनका वही प्यारा कमरा था जिसमें कहीं से भी थके-हारे आने पर वे शान्ति और सुकून का अनुभव करते थे। लेकिन अब अपने इस कमरे में अकेलापन उन्हें डसने लगा था। पत्नी के अभाव में यह कमरा उन्हें कष्टदायक जान पड़ रहा था। उन्हें लगता था कि यहाँ और देर तक वे नहीं रह सकते। इस कमरे का अकेलापन अब और बर्दाश्त नहीं कर सकते...।

बलेसर को लगा कि शायद बन्द कमरे की वजह से ही वे ऐसा महसूस कर रहे हैं। अब एक चादर और तकिया ले वह कमरे से निकल आँगन के बरामदे में आ गये। यहाँ खूँटी पर टँगी लालटेन की रोशनी में घर-आँगन सब दिख रहा था। कूदन की पत्नी ने बताया था कि तीन-चार दिन से बिजली गुल है। शायद इसीलिए लालटेन जलाकर रख दी है। यहाँ अब कमरे की अपेक्षा उन्हें कुछ अच्छा महसूस हुआ। उन्हें लगा, शायद बन्द और एकान्त जगहों में ही अकेलापन ज्यादा खलता है, खुली और रोशनीयुक्त जगहों में कम...। इसके बावजूद यहाँ भी वे सो नहीं सके। अब उन्हें महसूस हुआ, उनका मन शान्त और सहज है ही नहीं, फिर उन्हें नींद आये भी तो कैसे? कमरे का सच, पत्नी के साथ जुड़े जीवन का सच था। इसलिए कमरे में पत्नी का अभाव ही अधिक महसूस हुआ। यहाँ अब मुख्य चिन्ताओं से वे रू-ब-रू थे जिससे चाहते हुए भी वे सो नहीं पा रहे थे।

बलेसर ने सुना था, दुश्मन अपने प्रतिद्वन्द्वी के बुरे वक्त की प्रतीक्षा में रहते हैं। फिर उसका बुरा वक्त आते ही उस पर टूट पड़ते हैं। अपने बेटों को वे अब ऐसे दुश्मनों

के रूप में ही पा रहे थे। पत्नी के खाटशायी होकर उनके आश्रय में जाते ही वे कमजोर पड़ गये। इस स्थिति में न सिर्फ वे स्वयं बल्कि पत्नी से भी खेत बेचने की बात कहवाने लगे। जब प्रारम्भ में ही उन्होंने स्पष्ट कर दिया था कि अपने जीते-जी इन पुश्तैनी खेतों को वे नहीं बेचेंगे, तब फिर यह बात उन्होंने क्यों उठा दी? इसका सीधा अर्थ कि वे अवसर की प्रतीक्षा में थे। अब जैसे ही अवसर उन्हें अनुकूल जान पड़ा वे उन पर टूट पड़े। इसके लिए उद्‌देश्य पत्नी का इलाज होता तो वे बात समझते भी। पत्नी के इलाज के लिए कृषि से संचित रकम वे लेकर गये थे। वह रकम पहले ही दिन कुलराखन को सौंपते हुए उन्होंने कहा था—"तुम लोगों की आय सीमित है कुलराखन। यहाँ शहरी जीवन में पारिवारिक खर्च अधिक है। इसे रख लो।"

इस पर नर्म आवाज में कुलराखन ने कहा था—"रहने दीजिये पिता जी। यहाँ तो हम कमा ही रहे हैं।"

उस नर्म आवाज के पीछे न लेने की इच्छा गौण थी, ले लेने की इच्छा ही मुखरित हो रही थी। इस पर उन्होंने पुनः कहा—"रख लो, रख लो। यहाँ इलाज में काम आयेंगे...।"

बस, उसने रख लिया था। उसे नहीं रखना होता तो इतनी आसानी से वह नहीं रख पाता। उसी समय उन्होंने तय कर लिया था कि पत्नी के इलाज का खर्च वे इसी तरह देते जायेंगे। अगर उनकी पत्नी के इलाज के लिए खेत बेचने की बात होती तो वे इसे समझ भी सकते थे। लेकिन पत्नी के लिए नहीं, वे अपने लिये ऐसा कह रहे थे। गाँव की उनकी दुनिया उजाड़कर शहर की अपनी दुनिया आबाद करना चाहते हैं। अव्वल तो उन्हें चाहिए था कि गाँव पर माँ के अभाव में बारी-बारी से अपनी पत्नियों को रखते जाते ताकि यहाँ की घर-गृहस्थी भी कायम रहती। कृषि-कार्य में कोई व्यवधान उपस्थित नहीं होता। उनकी पत्नियों को यहाँ वे तनिक भी असुविधा महसूस नहीं होने देते। रात में भी कूदन की पत्नी को उनके साथ रखते। फिर किसी एक को यहाँ रहना तो था नहीं। एक-एक सप्ताह भी रह जातीं तो यहाँ की व्यवस्था कायम रहती। लेकिन वे ऐसा क्यों करेंगे? ऐसा करने से तो उनका मकसद पूरा होनेवाला नहीं...।

बलेसर को यह बात समझ में नहीं आती है कि इन खेतों पर उनके बेटे क्यों अपनी गिद्ध दृष्टि लगाये हुए हैं? क्यों इसे अपनी जायदाद समझते हैं? जो चीज़ अपनी सामर्थ्य से हमने कायम नहीं की। जो हमारा अर्जन-उपार्जन नहीं। जिसे हमने खरीदा नहीं है। उन पुश्तैनी खेतों को हमें बेचने का क्या अधिकार? बेटों ने जब तक बेचने की बात नहीं की थी तब तक बलेसर यह जानते भी नहीं थे कि वे इन खेतों को बेच भी सकेंगे? वे तो इसे पुश्तैनी जायदाद समझ सिर्फ इसमें खेती करना ही अपना अधिकार समझते थे। उनके पुरखे भी इसमें खेती कर जीते आये थे। उनके पिता जी की जीविका के आधार भी यही खेत थे। खुद बलेसर इसी बत्तीस बिगहवा की खेती पर अवलम्बित रहे। जो बेटे आज इसे बेचने की बात कर रहे थे वे इसी बत्तीस बिगहवा

की उपज से पढ़-लिखकर शहरी बने। उन्हें गाँव-देहात का आदमी समझकर अब कैसा पाठ पढ़ा रहे हैं बेटे? कह रहे हैं कि बत्तीस बिगहवा की पूँजी शहर में स्थानान्तरित कर रहे हैं। गाँव की खेती की जगह शहर में किराये के घर बनाकर आय के स्थायी स्रोत कायम कर रहे हैं। इस रूप में वे उनको कैसा चूना लगा रहे हैं? भला खेतों का मुकाबला कभी मकान कर सकता है? मकान पुराने, जर्र-जर्र होकर ध्वस्त हो जाते हैं। लेकिन खेत पूर्ववत् बने रहते हैं। शहरों और कस्बों के निरन्तर विकास से कृषि योग्य जमीन इतनी कम होती जा रही है कि उसके भाव गिरने नहीं, बढ़ते ही जाने हैं। यह समय-समय का फर्क है। अभी समय कृषि के लिए अनुकूल नहीं है। लेकिन यही समय बराबर नहीं रहेगा। कृषि के उपार्जन पर ही मनुष्य का जीवन निर्भर है, इसलिए इसका महत्त्व आनेवाले समय में और बढ़ते ही जाना है। बलेसर ने निर्णय कर लिया है, इस पुश्तैनी आधार को उन्हें कभी नहीं बेचना। बेटे कहते रहें। वे जब तक बेचने के लिए तैयार नहीं होंगे तो बेटों के कहने से क्या होगा? लेकिन बेटे भी अब माननेवाले नहीं। माँ को आगे कर उन पर निरन्तर दबाव बढ़ाते जायेंगे। इस वार्धक्य में अकेले पत्नी और बेटों की बात को वे कब तक झटकते रहेंगे?

बलेसर उठकर बैठ गये। मन के धरातल पर चल रहे इस गहन अन्तर्द्वन्द्व में उनसे लेटकर नहीं रहा जा सका। नींद तो उनकी आँखों से जैसे कोसों दूर हो गयी थी। चिन्ताओं, विचारों और समस्याओं से उनका मन-मस्तिष्क आच्छादित था। लेकिन बैठने के बावजूद उनके मन को राहत नहीं। फिर भी बरामदे के पाये से पीठ टिका वे चुपचाप बैठे रहे। इस दौरान आँखें बन्दकर सोने का भी उपक्रम करते रहे। लेकिन नींद नहीं आयी। वे समझ रहे थे, नींद आनेवाली उनकी मानसिक स्थिति थी ही नहीं...।

अचानक कोनेवाले घर में किसी चीज़ के गिरने की आवाज़ से बलेसर के कान खड़े हो गये। आवाज़ हल्की नहीं, कुछ गम्भीर ही थी। क्या गिरा उस कोनेवाले घर में? कहीं कोई चोर उसमें छिपकर तो नहीं बैठा? गाँव में इस तरह की चोरियाँ भी होती रही हैं। शाम के अँधेर में, चौकी के नीचे या घर के किसी कोने में छिपकर चोर आ दुबकते हैं। फिर रात गहराते और घरवालों के सोते ही या तो कुछ सामान लेकर चम्पत हो जाते हैं या बाहर का दरवाजा खोल अपने अन्य दोस्तों को बुलाकर चोरी करते हैं। घरवालों के जागने पर तमंचा दिखा उन्हें चुप करा देते हैं। हालाँकि ऐसी चोरियाँ गाँव के उन घरों में ही होती हैं जो चोरों की नजर में कमजोर घर होते हैं, दबंग और सवंगगर (अधिक पुरुष सदस्योंवाले) किसानों के यहाँ ऐसी चोरियाँ नहीं होतीं। इस दृष्टि से बलेसर अपने घर को चोरों के लिए उपयुक्त घर ही समझ रहे थे। यहाँ उन जैसे अकेले वृद्ध व्यक्ति के सिवा और कोई था भी नहीं।

बलेसर का मस्तिष्क अब इस बात की छानबीन करने लगा कि चोर उनके घर में कब घुसा और कैसे घुसा? सारा दिन तो उनका घर बन्द था। शाम को घर खुला तो कूदन की पत्नी के साथ यहाँ वे मौजूद थे। फिर उन्हें लगा, कूदन की पत्नी जब रसोई

में खाना बना रही थी और वे अपने कमरे में थे तब अँघेरा भी गहरा गया था। तब बाहर का दरवाजा भी खुला था। सम्भव है, उसी वक्त वह घुसा हो। यहाँ उन्हें अपनी इस भूल का भी एहसास हुआ कि कूदन की पत्नी जब अन्दर आ गयी थी, अँधेरा घिर रहा था तब उन्हें बाहर का दरवाजा बन्द कर देना चाहिए था। कूदन की पत्नी जब जाने लगती तब दरवाजा खोल उसे बाहर भेजकर फिर दरवाजा बन्द कर देते। उनकी पत्नी ऐसे ही करती थी। भविष्य में उन्हें भी अब ऐसे ही करना था। लेकिन अब तो चोर घुस आया था।

बलेसर भयभीत हो उठे। सचमुच अब उनकी उम्र और समय अकेले रहने का नहीं। उनकी भयभीत नजरें अब उस कमरे की ओर ही टिकी थीं जहाँ से आवाज़ आयी थी। उनकी इच्छा हो रही थी कि चिल्लायें। फिर उन्हें लगता कि उनके चिल्लाते ही कमरे से तमंचा लेकर वह चोर दौड़ते हुए आयेगा और उनका मुँह बन्द कर देगा। अपनी जान पर खतरा महसूस कर उनकी हत्या भी कर सकता है। इस स्थिति में वे चुप्पी साधे रहे।

अब कुछ ही देर बाद उस कमरे से एक नेवला निकला। अपने जबड़ों में उसने एक चूहे को जकड़ रखा था। बलेसर की जान-में-जान आयी। अवश्य इस भागते, छिपते चूहे को नेवले द्वारा पकड़ते हुए ही कोई कृषि उपकरण गिरा होगा। वह उसी की आवाज़ थी। उस कमरे में कृषि उपकरण ही रखे जाते थे।

नेवला, चूहे को लेकर आँगन की नाली के रास्ते बाहर चला गया। बलेसर जानते थे, नेवले और बिल्लियाँ इस नाली के रास्ते ही बाहर से आते थे। नाली के मुँह पर उन्होंने एक जाली भी लगवायी थी, जिसे इन नेवले और बिल्लियों ने ही तोड़ दिया था। अब पुनः उस जाली को मजबूती के साथ लगवाना होगा।

नेवले के चले जाने के बाद भी भय से धड़कता बलेसर का हृदय कुछ समय तक धड़कता ही रहा। उन्हें ज्ञात था, भय चाहे सच्चा हो या मिथ्या, उसका सीधा आघात हृदय पर ही होता है। उन्होंने सुना है, साँप काटने पर अधिकांश लोगों की मृत्यु साँप के विष से नहीं, भय के आतंक से ही हो जाती है। अब अपने मन को शान्त करते हुए वे पुनः लेट गये। कुछ देर भी सो लेंगे तो मन सहज हो जायेगा। लेकिन आँखें बन्द करने पर भी वे जगे रहे। जो सवाल उनके समक्ष उठ खड़े हुए थे वे अपना जवाब और समाधान पाने तक उन्हें कैसे सोने दे सकते थे?

बलेसर को लगा, समस्या की मुख्य वजह उनका अकेलापन ही है। जब पत्नी साथ थी तब भी तो बेटों ने खेत बेचने की बात उठायी थी। लेकिन तब वे किसी भी दिन अनिद्रा के शिकार नहीं हुए थे। उन्हें स्मरण आया, यह पहला अवसर है जब अपने घर में वे अकेले हैं। जब वे छोटे थे, तब माँ-पिता जी के साथ थे। बड़े होने पर शादी के बाद पत्नी और बाल-बच्चों के बीच रहे। उन्हें लगा, किसी किसान का परिवार कभी इस तरह अकेला होता ही नहीं है। अकेला किसान खेती कर ही नहीं सकता। बेटे

अपनी जिद और माँ की शह पर बारी-बारी से नौकरीशुदा होते गये। कृषि की विरासत के लिए किसी-न-किसी को उन्हें रोकना चाहिए था। जिन सामान्य नौकरियों से वे जुड़े उससे अच्छी और स्वतन्त्र जिन्दगी यहाँ अपनी खेती में ही व्यतीत करते। इस सम्बन्ध में बलेसर को लगता है कि उन्होंने स्वयं अपने पैर में कुल्हाड़ी मारी है। गाँव के वे किसान सचमुच चतुर और दूरदर्शी रहे जिन्होंने अपने घर के एक-दो सदस्यों को कृषि की विरासत सँभालने के लिए अवश्य रखा...।

बलेसर ने घड़ी देखी। रात के दो बज रहे थे। उनका मन और बेचैन हो उठा। उन्हें लगा था कि इतना समय बीत गया है, अब भोर हो रही होगी। फिर इस तनाव और अकेलेपन से मुक्त हो वे बत्तीस बिगहवा के पास खुली हवा में चले जायेंगे। यहाँ यह उक्ति उन्हें सार्थक प्रतीत होने लगी कि व्यथा चाहे मानसिक हो या शारीरिक, उससे सम्बन्धित रात जल्द कटती ही नहीं...। पत्नी से पहले और पत्नी के साथ भी जब घर भरा रहता था तब सोने के बाद कैसे सुबह हो जाती थी, उन्हें पता तक नहीं चलता था। कभी-कभी तो लगता कि जल्द सुबह हो गयी। अभी वे और सोते। लेकिन वही रात अब पहाड़ बन गयी थी। काटे भी उनसे नहीं कट रही थी।

बलेसर अब पुनः लेट गये। इस तरह बैठे रहने पर तो नींद आने से रही। उन्होंने अपने मन को दृढ़ बनाने की कोशिश की। जब वे खेती बेच नहीं सकते। खेती ही उनका जीवन है। तब फिर अवसर के अनुसार अकेले रहने के लिए उन्हें तैयार रहना चाहिए। अपने मन-मस्तिष्क से भय, असुरक्षा और अकेलेपन को निकालने की कोशिश करनी चाहिए। लेकिन इस कोशिश के बावजूद वे सहज नहीं हो पा रहे थे। परिणामतः आँख बन्द करने पर भी नींद नहीं आती थी। बलेसर को लगा कि अगर यही स्थिति रही तो फिर जल्द ही वे स्वयं अस्वस्थ हो जायेंगे। तब खेती क्या, कुछ भी नहीं कर सकेंगे। अपना शरीर ही बोझ हो जायेगा। घाघ ने ठीक ही कहा है–'सबसे सुख निरोगी काया।'

बलेसर पुनः उठकर बैठ गये। तब फिर क्या पत्नी और बेटों की बात पर खेती बेच दें। जिस खेती से अब तक वे जीवनपर्यन्त जुड़े रहे, जिसके सुख दुःख और जिसकी सरस-नरम स्मृतियों से उनका जीवन गति और स्वरूप पाता रहा, इतमीनान और सुकून का बोध करता रहा, उसे बेच देने पर क्या उनका मन शान्त-सहज रह पायेगा? जो हो, लेकिन तब वे अपने परिवार के बीच तो रह सकेंगे। तब अकेलापन उन्हें इस तरह तो नहीं सतायेगा। इस पर चन्द्रदेव की बात याद कर अपने मन को पुनः दृढ़ बनाने की कोशिश उन्होंने की। उन्हें ऐसा कुछ भी नहीं करना है। उनके अकेले रहने की यह पहली रात है, इसलिए ऐसा महसूस हो रहा है। जल्द ही इस अकेलेपन के वे अभ्यस्त हो जायेंगे। फिर उनका मन स्वतः शान्त-सहज रहने लगेगा। इस निर्णय के बाद नींद न आने पर भी वे चुपचाप लेटे रहे। हालाँकि उनके मन के धरातल पर उथल-पुथल पूर्ववत् जारी रही। वे जानते थे, मस्तिष्क का निर्णय जीवन का सैद्धान्तिक पक्ष होता है, जबकि मन और बुद्धि का परिचालन व्यावहारिक सत्य पर ही निर्भर करता है। उनके

साथ भी ऐसा ही हो रहा है। उनका मस्तिष्क चन्द्रदेव के विचारों के साथ है, जबकि उनके जीवन की व्यावहारिक माँग कुछ और है।

बलेसर इस उक्ति से परिचित थे कि रात चाहे कितनी ही लम्बी क्यों न हो, सुबह तो होती ही है। उनकी इस रात के साथ भी यही बात हुई। अब सुबह होते ही बलेसर उठ खड़े हुए। रात ने उन्हें विवश-लाचार बना दिया था। अब वे विवश-लाचार नहीं थे। अब सबसे पहले उन्होंने बाहर का दरवाजा खोल दिया। कूदन की पत्नी तो जैसे प्रतीक्षा में ही थी। दरवाजा खुलते ही शीघ्र अन्दर आ गयी। फिर चौका-बर्तन और रसोई-पानी के कार्य में लग गयी। इस दौरान बलेसर पर नजर पड़ते ही बोल उठी—''लगता है, बीमार मालकिन की चिन्ता में आप भी बढ़िया से सोये नहीं मलिकार। आपका चेहरा भारी लग रहा है...।''

बलेसर को लग गया, नींद न आने को मन से झटकने के बावजूद उसके भारीपन के अवशेष उनके चेहरे पर बने ही हुए थे। उन्होंने कूदन की पत्नी से अपनी व्यथा छिपाने की कोशिश की—''नहीं, नहीं कूदन बहू। मैं सोया था। ठीक हूँ...।''

''आपका चेहरा देखकर मुझे लगा कि आप कुछ अस्वस्थ हैं मलिकार। कल आये थे तो एकदम ठीक थे...।''

''तुम्हें ऐसे ही लग रहा है कूदन बहू। मैं बिल्कुल ठीक हूँ...।''

बलेसर अब सुबह की अपनी दिनचर्या में लग गये। उन्होंने तय कर लिया, अपनी यह निजी व्यथा किसी को नहीं बतानी। इस सम्बन्ध में कवि रहीम की वह उक्ति उन्हें याद आ गयी—'रहिमन निज मन की व्यथा, मन ही राखो गोय। सुनि इठलैहैं लोग सब, बाँटि न लैहैं कोय।''

बलेसर हाथ-मुँह धोने और स्नान करने के बाद अब जैसे ही तैयार होकर बरामदे की चौकी पर आये, कूदन की पत्नी उन्हें चाय थमा गयी। वह रसोई से ही उनके तैयार होने की प्रतीक्षा कर रही थी—''आप चाय पीजिये मलिकार। मैं तब तक जल्दी से नाश्ता तैयार कर देती हूँ...।''

''नहीं कूदन बहू। अभी कुछ खाने की इच्छा नहीं है। मैं बत्तीस बिगहवा जा रहा हूँ। अभी रात का खाना ही ठीक से नहीं पचा है। तुम किसी से टिफिन भिजवा देना। अब वहीं नाश्ता, खाना एक ही साथ कर लूँगा।''

इस पर क्षण-भर के लिए ठिठक गयी कूदन की पत्नी। आश्चर्य से उसने बलेसर को देखा। बलेसर, कूदन की पत्नी का मनोभाव समझ रहे थे। बत्तीस बिगहवा पर उनके लिए टिफिन रोपनी, बोअनी और कटनी के दिनों में ही जाता था। तब सुबह से शाम तक उन्हें वहीं रहना पड़ता था। नाश्ते और खाने के लिए घर आने का समय नहीं रहता था। लेकिन अभी तो रोपनी, कटनी जैसा कुछ भी नहीं था।

चाय पीकर बलेसर सीधे बत्तीस बिगहवा चल पड़े। वे महसूस कर रहे थे, सचमुच न सोने से रात का खाना अच्छी तरह हजम नहीं हुआ था। शायद बत्तीस बिगहवा के

पास उनके मन को राहत मिल सके। शायद रात की पीड़ा से वहाँ मुक्ति पा सके। और वाकई बत्तीस बिगहवा पहुँचकर वहाँ के खुले वातावरण में बलेसर ने राहत का अनुभव भी किया। जामुन के चबूतरे पर ठण्डी हवा का स्पर्श उन्हें ताज़गी दे गया। सामने बत्तीस बिगहवा में झूमते-लहराते धान के पौधे। उनका अपना अर्जन। उनकी अपनी पुश्तैनी जमीन की उपज। इस बार के धान से घर भर जायेगा उनका। पत्नी रहती तो कितनी खुश होती। जिस वर्ष अच्छी खेती होती थी, उस वर्ष उनसे कम प्रसन्न पत्नी नहीं दिखती थी...।

लेकिन क्षण-भर बाद ही बत्तीस बिगहवा की यह दमदार फसल उनके मन को व्यथित कर उठी। इसी बत्तीस बिगहवा को उनके द्वारा बेचवाना चाहते हैं बेटे। पत्नी से भी अब कहवाने लगे हैं। बलेसर का मन पुनः कचोटकर रह गया।

यहाँ बत्तीस बिगहवा के पास गाँव के कई लोगों से उनकी मुलाकात हुई। जिनके खेत इधर थे वे घूमते हुए उनके जामुन के चबूतरे पर सुस्ताने आ ही जाते थे। उनमें से बलेसर को देखकर अधिकांश ने पूछ दिया–"तबीयत ठीक नहीं है क्या बलेसर भाई?"

जवाब में बलेसर ने सबको समझा दिया–"नहीं तो...। ठीक हूँ। मेरे चेहरे से ऐसे ही लग रहा है...!"

इस दौरान गाँव के कई लोगों से गाँव-घर और खेत-खलिहान को लेकर उनकी बातचीत भी होती रही। लेकिन ऊपर से बात करते हुए भी अन्दर-अन्दर उस चिन्ता से ही ग्रस्त रहे बलेसर जो चिन्ता सारी रात उन्हें जगाये हुए थी।

देखते-ही-देखते शाम हो आयी। अँधेरा घिरने लगा। खेतों में सियार बोलने लगे। इस बीच कूदन दो-तीन बार उनके निकट आकर कह चुका–"अब घर जाने का समय हो गया बाचा बाबू। रात होनेवाली है...।"

लेकिन घर वापसी का उनका उत्साह तो अब बुझ गया था। फिर भी यह सोचकर घर की ओर चल पड़े कि अँधेरे में राह न सूझने पर गिर सकते हैं। अब बढ़ती उम्र के अनुसार आँखों की रोशनी भी पहले जैसी नहीं रही थी। फिर गिरकर हाथ-पाँव तोड़ लेने पर तो वे कहीं के नहीं रहेंगे, न घर के और न घाट के...।

इस तरह घर पर बलेसर की वह दूसरी और तीसरी रात भी पहली रात जैसी ही व्यतीत हुई। उनका यह निर्णय कि धीरे-धीरे वे सहज सामान्य हो जायेंगे, यथार्थ की जमीन पर धराशायी हो गया। इसके विपरीत मानसिक और शारीरिक स्तर पर पहली रात की अपेक्षा दूसरी रात में तथा दूसरी रात की अपेक्षा तीसरी रात में उनकी समस्याएँ और परेशानियाँ बढ़ती चली गयीं। इन तीन रातों में चाहते हुए भी न तो वे सो सके और न तनिक भी राहत का अनुभव कर सके। उनके शान्त-सहज जीवन में बेटों ने जो जहर घोल दिया था उससे मुक्त होना उनके लिए अब आसान नहीं रह गया था। इस कड़ी की चौथी रात तो इन समस्याओं की विकट रात साबित हुई...। पिछली तीन रातों से अनिद्रा और उसकी जनक दुःश्चिन्ताओं ने न सिर्फ उन्हें बेतरह थका दिया

था, बल्कि अन्दर से कमजोर भी कर दिया था। पहले की तरह किसी बात पर अड़ने और उसके लिए लड़ने-भिड़ने की आन्तरिक शक्ति अब उनसे जाती रही थी। अब वे यह महसूस करने के लिए बाध्य हो गये थे कि बेटों की बात को अब और कब तक झटक सकेंगे? परिस्थितियाँ उनके प्रतिकूल और बेटों के अनुकूल बनती जा रही थीं। अपने जिस तन और मन के बल पर वे ऐसा कर रहे थे, वह तन और मन तो खुद अब उनके वश में नहीं था। उनका तन भहरा रहा था और मन व्यग्र-बेचैन था।

इस चौथी रात कूदन की पत्नी जब खाना बनाकर जाने लगी तो अपने को रोक नहीं सकी—"मैं देख रही हूँ मलिकार, आपकी तबीयत अच्छी नहीं रह रही है। मुझसे छिपाने के लिए आप कह देते हैं कि ठीक हूँ। मैं जानती हूँ, मालकिन की चिन्ता से आप गलते जा रहे हैं। लेकिन वे ठीक हो जायेंगी मलिकार। यह सब समय का फेर है। अब आप यहाँ की चिन्ता छोड़कर कल मालकिन के पास चले जाइये। पलटू के पापा आपको पहुँचा देंगे। हम बत्तीस बिगहवा की कटनी कराकर अनाज घर में रख देंगे। यहाँ का कुछ भी बर्बाद होने नहीं देंगे।"

इस पर बलेसर ने उसे समझाते हुए कहा—"स्वास्थ्य में उतार-चढ़ाव आता रहता है कूदन बहू। तुम चिन्ता न करो। सब ठीक हो जायेगा...।"

बलेसर नहीं चाहते थे कि गाँव का यह सहयोगी परिवार उनकी चिन्ता से दुःखी और परेशान हो। अब यह परिवार ही तो उनकी खेती-किसानी का सम्बल था। इस गाँव में उनका अपना और हितैषी। कूदन की पत्नी अब दरवाजे से बाहर निकलते हुए पुनः बोल उठी—"रसोई में खाना रखा है। खा लीजियेगा। मैं देख रही हूँ, किसी दिन भी आप पूरा खाना नहीं खा पा रहे हैं...।"

"खा लूँगा कूदन बहू, खा लूँगा। तुम चिन्ता न करो...।"—और बलेसर ने रोज की तरह अन्दर से दरवाजा बन्द कर लिया। अब पिछली तीन रातों की भाँति पुनः इस घर में वे अकेले रह गये। बत्तीस बिगहवा से यहाँ आने के लिए जब चल रहे थे तो कूदन ने भी यही बात कही थी—"मैं देख रहा हूँ बाचा बाबू। यहाँ मालकिन के न होने से आपकी तबीयत बिगड़ती जा रही है। इस तरह अकेले तो आप यहाँ कभी रहते ही नहीं थे। अब यहाँ की चिन्ता छोड़कर शहर चले जाइये। चार-पाँच दिन के बाद धान पकते ही मैं कटनी कराकर रख दूँगा। मैं जानता हूँ, बबुआ लोगों को नौकरी से फुर्सत नहीं मिलनेवाली। आपकी तबीयत ठीक हो जाय तो फिर आ जाइयेगा...।"

जवाब में कूदन को भी उन्होंने समझा दिया था—"मेरी तबीयत को लेकर चिन्ता न करो कूदन। तबीयत सरस, नरम होती ही रहती है। मेरे बबुआ लोगों को तो तुम जानते ही हो। इसलिए उनके बारे में क्या कहना? अभी तुम सिर्फ बत्तीस बिगहवा पर ही नजर रखो। मैं ठीक हो जाऊँगा...।"

लेकिन अब घर आने और अकेला होने पर वे महसूस कर रहे थे कि वाकई इस चौथी रात उनकी स्थिति गम्भीर हो गयी थी। अन्दर से चिन्ता खाये जा रही हो, मन

की उद्विग्नता और बेचैनी क्षण-भर के लिए भी सोने न दे रही हो, फिर भी दूसरों से यह कहकर बचा जाय कि ठीक हूँ, कोई समाधान तो था नहीं। उन्होंने चिन्ता के बारे में सुना था कि 'चिता जरे निर्जीव सम, चिन्ता जीव समेत।' अब इस उक्ति को वे स्वयं अपने ऊपर चरितार्थ महसूस कर रहे थे। उन्हें लग रहा था कि उनके अन्तर में ऐसी आग जल रही है, जिसकी जलन, लहर और टीस वे अपने पोर-पोर में महसूस कर रहे हैं।

बत्तीस बिगहवा से किसी तरह वे घर तो चले आये थे। लेकिन अब एक कदम भी चलने की उन्हें इच्छा नहीं हो रही थी। उनकी दोनों आँखें दर्द से ऐसे टभक रही थीं जैसे निकल जाना चाह रही हों। छाती में पूरा भारीपन वे महसूस कर रहे थे। माथे में चक्कर आ रहा था। उन्हें लगा कि कहीं पत्नी की तरह उन्हें भी तो हाई ब्लड प्रेशर की बीमारी नहीं हो गयी? बेटों ने ही चिन्ता देकर पत्नी को यह बीमारी दी थी। अब उन्हीं नालायकों द्वारा कायम दुश्चिन्ताओं ने उन्हें भी इस स्थिति तक पहुँचा दिया है।

बलेसर को लगा कि अब और उनसे खड़ा नहीं रहा जायेगा। चलकर बरामदे के बिस्तरे पर लेट रहना चाहिए। फिर उन्हें स्मरण आया कि रसोई में खाना रखा है। कूदन की पत्नी कह गयी है। अगर बिस्तरे पर लेट जायेंगे तो फिर दुबारा उठकर खाना खाने की उनकी हिम्मत नहीं होगी। बस, वे रसोई में चले आये। उनका तैयार खाना ढक-कर रखा था। लेकिन खाने की उन्हें तनिक भी इच्छा नहीं हो रही थी। इस अवसर पर पत्नी की वह बात उन्हें याद आ गयी। वह कहती थीं--"बिना खाये नहीं सोना चाहिए!"

इस पर उन्होंने एक बार पूछा था--"क्यों बिना खाये नहीं सोना चाहिए?"

जवाब में उसने कहा था--"यह क्यों क्या! बस, इतना जान लीजिये कि बिना खाये नहीं सोया जाता।"

तब बलेसर समझ गये थे, उनको खिलाने के लिए ही पत्नी ऐसा कहती है। अब इच्छा न रहते हुए भी खाना लेकर बरामदे में आ गये। लेकिन एक रोटी से अधिक नहीं खा सके। लगा कि अब और एक कौर भी खायेंगे तो वह खायी रोटी भी बाहर फेंक देंगे। इस स्थिति में थाली रसोई में रख बरामदे के अपने बिस्तरे पर ऐसे भहराये कि अब उठने की हिम्मत भी जाती रही...।

थके, परेशान और अस्वस्थ बलेसर को लगा कि शायद इस चौथी रात उन्हें नींद आ जाय। इतनी थकान और परेशानी के बाद नींद आती ही है। दर्द से टभकती आँखें पिछली तीन रातों की तरह अब खुली भी नहीं रह पा रही थीं। पलकें अपने-आप बन्द हो जाती थीं। इस स्थिति में बलेसर समझ नहीं पा रहे थे कि वे सो रहे हैं या जगे हैं? कभी उन्हें लगता, सो रहे हैं। कभी लगता, जगे ही हैं। सम्भवतः अर्ध विक्षिप्तावस्था की स्थिति में वे पहुँच गये थे। अब इस स्थिति में उनका वजूद खुद से संवादरत था--"घर-द्वार, खेत-बधार, गाँव-शहर और परिवार-संसार इन सब का सुख स्वस्थ

तन-मन पर ही निर्भर है। वे जिस स्थिति में पहुँच चुके हैं उस स्थिति में अपना क्या, समूचे संसार का खेत-बधार लेकर भी अब क्या करेंगे? उन्हें हवा के खिलाफ नहीं चलना चाहिए। धारा के विपरीत चलकर ही वे इस तरह चारों खाने चित हो गये। ज्ञानियों की बात का उन्हें अनुसरण करना चाहिए था—'जैसी बहे बयार, पीठ तैसी कर दीजौ।''

इस पर उनके अन्दर से ही जवाब आया—''सारे जीवन की कमाई का सौदा इस तरह चुटकियों में कैसे कर दें? बचपन से जिस खेती-किसानी के बीच जीते आये, उसे वार्धक्य में पहुँचकर अपने जीवन से कैसे निकाल दें? क्या उसे अलग कर सकेंगे वे? शायद खेती बेचने पर भी उसे अलग न कर सकें। जब हल और बैलों से खेती होती थी, तब से खेती से जुड़े हुए हैं वे। उस वक्त सिंचाई के लिए कुएँ, तालाब और मौसम की बारिश पर वे निर्भर थे। जिस वर्ष मौसमी बारिश अच्छी होती उस वर्ष की पैदावार भी मन लायक उपजती। लेकिन जब मौसमी बारिश नहीं होती या अधिक होकर बाढ़ का रूप ले लेती तब उस वर्ष की खेती नर्म पड़ जाती। उस समय खाद की जगह वे घूर-पात का प्रयोग करते। तब गाँव में घूर-पात की खरीद-बिक्री भी होती। उस वक्त खेती के लिए हलवाह और बैलों तथा अन्य मवेशियों के लिए घरवाह रखे जाते। भिखारी बहुत दिनों तक उनका हलवाह था तथा कूदन उसी समय से उनका घरवाह रहते आया था। हलवाह का काम खेत-खलिहान तक ही सीमित होता था, जबकि घरवाह के जिम्मे, घर-बाहर सब-कुछ देखना-सँभालना था। उसके बाद ट्रैक्टर और हार्वेस्टर का समय आया। सिंचाई के लिए नहर, ट्यूबवेल, स्टेट बोरिंग, पम्पिंगसेट का आगमन हुआ। घूरपात की जगह केमिकल खाद दिये जाने लगे। हलवाह के साथ हल-बैल की उपयोगिता भी समाप्त हो गयी। अब इस नयी खेती को ही जी रहे थे बलेसर। लेकिन पुरानी खेती को भी भूल नहीं पाये थे। वह खेती तो उनकी आत्मा में रची-बसी थी।

भिखारी कन्धे पर हल लेकर बत्तीस बिगहवा की ओर जा रहा है। उनके दोनों बैलों के पगहे उसने थाम रखे हैं। आगे-आगे भिखारी और पीछे-पीछे दोनों बैल। एक बैल भूरा था और दूसरा सफेद। भूरा मरखाह था तथा सफेद सीधा। अपरिचित आदमी को देखकर भूरा टूट पड़ता। लेकिन सफेद का किसी से कुछ मतलब नहीं होता। अचानक भिखारी के हाथ से पगहा खींचकर भूरा भाग चला। खेत जोताई में वह जाना नहीं चाहता। पहले भी एक-दो बार भाग चुका था। भिखारी हल जमीन पर रख भूरे को आगे से घेरने लगा ताकि वह दूर न निकल भागे। इस पर भूरा टूट पड़ा भिखारी पर। गिरा दिया भिखारी को। बलेसर चिल्ला उठे—''अरे-अरे! भिखारी को बचाओ-बचाओ...! भूरा को पकड़ो...पकड़ो!''

अचानक आँख खुल गयी बलेसर की। अन्दर से घबरा उठे थे वे। यह क्या देखा उन्होंने? उस घटना को बीते तो वर्षों हो गये थे। भूरे के उस प्रहार से भिखारी की बाँह टूटते-टूटते बची थी। बहुत समय तक उसकी उस बाँह में दर्द रहा था। लेकिन इतने वर्षों बाद वह घटना क्यों याद आयी? क्या सपने में आयी है? तो क्या वे सो गये थे?

फिर उन्हें लगा, सोये कहाँ थे? सोते तो तन-मन को राहत का एहसास हुआ रहता। उनके अन्दर जो बेचैनी कायम थी वह बनी हुई थी। जो आग जल चुकी थी वह बुझी कहाँ थी। इस सम्बन्ध में उन्हें लगा कि यह जागती आँखों का सपना था। उन्होंने सुना था, जागती आँखों में भी सपने आते हैं। शायद यह वैसा ही था। अब अपने घबराये मन को वे शान्त-सहज करने की कोशिश में लग गये। इस दौरान उनकी पलकें फिर स्वतः बन्द होने लगीं...। फिर वे चेतन-अचेतन के बीच झूलने लगे...।

ट्रैक्टर से बत्तीस बिगहवा की जोताई हो रही है। ट्रैक्टरचालक नन्दकिशोर ने पूरे बत्तीस बिगहवा की जोताई का ठीका ले रखा है। अपने सहयोगी सुखराम को भी उसने साथ रखा है। अब जोताई के बाद बत्तीस बिगहवा के एक कोने पर हेंगा चलाने का काम चल रहा है। जामुन के चबूतरे पर बैठकर देख रहे हैं बलेसर। बत्तीस बिगहवा की मेड़ पर खड़ा होकर मुआयना कर रहा है कूदन। जहाँ हेंगा चलाया जा रहा है वह बियड़ की टोपरी (क्यारी) है बलेसर की। उसी टोपरी में धान के बीज डाले जाते हैं। जोताई के बाद उस टोपरी को पानी से भर दिया गया है। अब ट्रैक्टर के पीछे हेंगा बाँध-कर उसके बीचों-बीच खड़ा है सुखराम। नन्दकिशोर ट्रैक्टअर आगे बढ़ा रहा है। पांक-पानी के ऊपर चलता हेंगा जमीन को बीज डालने लायक बनाता जा रहा है। अचानक पाँव फिसल जाता है सुखराम का। हेंगे में बँधी रस्सी उसके हाथ से छूट जाती है। अब सुखराम आगे की ओर ऐसे फेंका जाता है कि अपने को सँभाल नहीं पाता। इस क्षण कमर में लिपटी उसकी धोती का एक छोर ट्रैक्टर की पहिये से जुड़े लोहे में फँस जाता है। बलेसर चिल्लाते हैं—"ट्रैक्टर रोको नन्दकिशोर, ट्रैक्टर रोको...। सुखराम गिर गया है।" कूदन भी चिल्लाता है—"रोको ट्रैक्टर, रोको, सुखराम पहिये से जोता रहा है...।"

बलेसर की आँख फिर खुल गयी। वे फिर घबड़ा उठे। इस बार घबराहट पिछली बार से अधिक महसूस करते रहे। घबराहट में कुछ हाँफ भी रहे थे...। यह सब क्या देखने लगे वे। गड़े मुर्दे उनके मन में क्यों उखड़ रहे? मुद्दतीं पहले की घटी वह घटना। उनके और कूदन के चिल्लाने पर भी ट्रैक्टर की तेज़ आवाज में नन्दकिशोर को कुछ सुनायी नहीं पड़ा था। जब सुखराम का दायाँ पैर ट्रैक्टर के नीचे आ गया और उसके मुख से तेज़ चीख निकली तब नन्दकिशोर ने ट्रैक्टर रोका। उस दुर्घटना में सुखराम का एक पैर टूट गया। बलेसर ने उसे यथासम्भव आर्थिक सहयोग प्रदान किया...। उसका इलाज भी कराया।

इस बार चाहते हुए भी अपने को जल्द सहज नहीं कर पा रहे थे बलेसर। जिस दिन वह घटना उनके समक्ष घटी थी, वैसा ही वे पुनः महसूस कर रहे थे। लेकिन अस्वस्थ तन-मन पर इस महसूस ने उन्हें स्वयं भी आहत कर दिया था। देर तक वे असहज और असामान्य बने रहे। फिर कुछ देर बाद उनकी पलकें पुनः बन्द होनी शुरू हुईं...। इस बार वे चेतन स्थिति में ही रहे। यह जानते हुए कि वे चेतन स्थिति में ही हैं, कब अचेतन में चले गये, उन्हें कुछ पता भी नहीं चला...।

रजिस्ट्री ऑफिस पर पहुँचे हैं बलेसर। बेटों के कहे अनुसार अपने खेत बै कर रहे हैं तथा शहर की अवासीय जमीन का एक प्लाट भी खरीद रहे हैं। अपनी तत्परता से दोनों पार्टियों को एक ही जगह जुटा दिया है बेटों ने। शहर की जमीन खरीदने के बाद अब उसमें मकान बनाने का काम भी जोर-शोर से शुरू हो गया है। जिस ठीकेदार ने मकान बनाने का जिम्मा लिया है वह देखते-ही-देखते मकान तैयार कर दे देता है—चार फ्लैटों का दोमंजिला मकान। ऊपर और नीचे मिलाकर आठ फ्लैट। नीचे के मकान में बेटे और बहुओं के साथ अब वे रहने लगे हैं—तीन फ्लैटों में तीनों बेटों का परिवार और एक फ्लैट में अपनी पत्नी के साथ वे। ऊपर के चारों फ्लैट किराये पर दिये जा चुके हैं। कुलराखन कहता है—"खेतों से जो आय होती थी पिता जी, उससे कम हमारे चारों किरायेदार नहीं देंगे। फिर हाथ पर और पैसे आते ही हम इसे तीन मंजिला भी बना देंगे। तब आठ फ्लैटों के किराये आने लगेंगे...।

बलेसर महसूस कर रहे थे, जब तक मकान बनकर तैयार नहीं हुआ था और किरायेदार नहीं आये थे तब तक बेटों ने घर की एक संयुक्त व्यवस्था कायम रखी थी जिसके स्वामी वे दोनों पति-पत्नी थे। लेकिन मकान तैयार होते और अपने-अपने फ्लैटों पर अधिकार जमाते ही उनके बेटे स्वतन्त्र होकर रहने लगे। अपने लिये बनाना खाना और अपने परिवार तक ही सीमित रहना। बलेसर पति-पत्नी के लिए उन्होंने दाई-नौकर का इन्तजाम कर दिया था। लकवाग्रस्त उनकी पत्नी की देख-रेख अब एक दाई ही करती थी तथा एक नौकर आकर उनके लिए दोनों जून खाना बना जाया करता था। इस व्यवस्था ने बलेसर के मन को क्षुब्ध और कुपित कर दिया...। उनकी इच्छा हुई कि चारों बेटों को अपने इस घर से निष्कासित कर दें। फिर उन्हें लगा कि अगर उनके आदेश पर भी वे घर से नहीं निकलेंगे तब? कहेंगे कि पुश्तैनी खेतों को बेचकर यह घर बनाया गया है, इस पर उन सबका भी उतना ही अधिकार है, जितना उनका है...। बलेसर जानते थे, कानून पुश्तैनी जायदाद पर सारे वंशजों का समान अधिकार होता है। इस स्थिति में बेटों की उपेक्षा सहकर भी अब उन्हें मौन ही बने रहना था। गाँव के खुले वातावरण से एक घर की परिधि में कैद अब उन्हें ऐसा महसूस हो रहा था जैसे खुले गगन में उड़ाने भरनेवाले पंक्षी को पिंजड़े में बन्द कर दिया गया हो। बेटों की दुनिया उनकी अपेक्षा हरी-भरी थी। यहाँ के माहौल और समाज को उन्होंने साध लिया था। उनके परिचित और हित-मित्र उनके यहाँ आते-जाते थे। वे भी उनके यहाँ तथा शहर के विभिन्न जलसों और आयोजनों में जाते रहते थे। वे अपने समाज और अपनी दुनिया में इतने मग्न थे कि उसी मकान के एक कोने में पड़े माँ-बाप का हाल पूछने भी नहीं आते। उनके लिए किराये की आय और दाई-नौकर की व्यवस्था के बाद उनके प्रति अपने दायित्व की उन्होंने इतिश्री समझ ली थी। बेटो की इस उपेक्षा और इस शहरी तन्हाई से तंग आकर उनकी पत्नी ने भी कहा—"हमारे बेटे हमारे साथ ऐसा करेंगे, मैंने तो सपने में भी नहीं सोचा था! माँ का हृदय उनकी बातों में आ गया था।

यहाँ शहर में लाकर हमें कैद में डाल दिया। वहाँ गाँव पर हम कितने अच्छे थे। कूदन की पत्नी हमें रोज पूरे गाँव का हाल बता जाती थी। हमारे सुख-दुःख का कितना ख्याल रखती थी। उसके साथ ठाकुरबारी, ब्रह्मस्थान और काली मन्दिर भी मैं जाती रहती थी। वहाँ इस तरह उसका परिवार कभी हमें छोड़कर अलग हो ही नहीं सकता था।"

इस तन्हाई और जीवन की एकरसता से ऊबकर बलेसर घर से बाहर निकलते तो सामने सड़क पर रंग-बिरंगी सवारियों का रेला पाते। पैदल चलनेवालों के लिए यहाँ कोई जगह नहीं। बलेसर के लिए सारे चेहरे अपरिचित। सारे स्थान नये और अजनबीयत से भरे। इस स्थिति में एक दिन उनके मन ने बगावत कर दिया। वे नहीं रहेंगे इस कैद, अजनबीयत और दमघोंटू माहौल में। अभी लौट जायेंगे अपने गाँव। और फिर एक दिन वे सीधे दौड़ चले अपने गाँव की ओर। लेकिन यह क्या? घर पहुँचकर उन्होंने देखा, घर पर तो एक बड़ा-सा ताला लटक रहा था। अब वे बत्तीस बिगहवा की ओर भागे। लेकिन वहाँ पहुँचे तो आश्चर्य से उनके रोंगटे खड़े हो गये। बत्तीस बिगहवा की जगह तो एक बड़ी-सी राइस मिल खड़ी थी। बोरिंग की उनकी कोठरी, जामुन का पेड़ और वहाँ का उनका चबूतरा सब-कुछ गायब। वहाँ तो राइस मिल के भूसे का ढेर लगा था, पहाड़ की तरह भूसे का ढेर। अब वे अपने को रोक नहीं सके। पागलों की तरह चिल्ला उठे—"कहाँ गया मेरा बत्तीस बिगहवा? उसके स्थान पर यह राइस मिल कैसे आ गया? मैं यहाँ किसी राइस मिल को नहीं रहने दूँगा...। हटाओ इस राइस मिल को...। खाली करो मेरी जमीन! हटाओ...! हटाओ...! अभी हटाओ...!"

अब तक बलेसर की आँख खुल चुकी थी और चिल्लाते हुए वे हाँफते जा रहे थे। आँख खुलने पर वर्तमान स्थिति के बोध से अब उन्होंने चिल्लाना बन्द कर दिया। लेकिन अतिशय आवेश से उत्पन्न उनका काँपना और हाँफना जारी रहा...। यह क्या देखा उन्होंने? क्यों देखा ऐसा सपना? पिछली दोनों घटनाएँ तो उनके जीवन में घट चुकी थीं, इसलिए स्मृतियों में उनका आना स्वाभाविक था। लेकिन यह अनहोनी जैसी घटना क्यों उनकी स्मृति में आ गयी? सम्भव है, विगत की तरह आगत (आनेवाली) घटनाएँ भी स्मृतियों में आती हों...।

पहले से ही अस्वस्थ और गम्भीर बलेसर को इस मानसिक आघात ने अब और अधिक परेशान और बेचैन कर दिया। उनके हृदय की धड़कनें अब और तेज़ हो गयीं। अब उन्हें अन्दर से ऐसा उमस महसूस हो रहा था कि बदन से चादर उन्होंने परे हटा दी। अगहन के इस महीने में भी पसीने से भीग गये थे वे। माथे का भारीपन और आँखों का दबाव अब और बढ़ चला था। इस दौरान उनका कण्ठ अब सूखने लगा था। तेज प्यास का सख्त अनुभव वे करने लगे थे। अब पास ही मेज पर रखा पानी का लोटा उन्होंने उठा लिया। कूदन की पत्नी हर रोज जाने से पहले एक लोटा ताजा पानी उनकी मेज पर ढँककर रख जाती थी। उन्होंने लोटा मुँह में लगाया और पूरा खाली कर दिया।

प्यास तो बुझ गयी लेकिन अन्दर की बेचैनी शान्त नहीं हुई, बल्कि बढ़ती ही गयी। इस बेचैनी में अब चाहते हुए भी उनसे बिस्तरे पर नहीं रहा जा सका। बिस्तरे से उतर-कर वे आँगन में आ गये। लेकिन बेचैनी और परेशानी बढ़ती ही चली गयी। अब उन्हें साँस लेने में भी कठिनाई का अनुभव होने लगा। यह क्या हो गया उन्हें? ऐसा पहले तो कभी नहीं हुआ था। एकदम घबड़ा उठे वे। लगने लगा कि कहीं से भी हवा उन्हें मिल नहीं पा रही है। अब पागलों की तरह हवा के लिए वे आँगन के इस छोर से उस छोर तक तेज-तेज चलने लगे। फिर भी हवा ग्रहण करने की अनुभूति से वंचित रहे। इस दौरान अब एक ऐसी स्थिति भी आयी कि उन्हें लगा, अगर खुली हवा में वे अभी तत्काल नहीं निकलते हैं तो उनका दम घुँट जायेगा। बस, अन्दर का दरवाजा खोल वे तेज़ी से बाहर की ओर निकल भागे...।

* * * * *

सुबह एकदम तड़के ही यह देखकर कूदन के होश उड़ गये कि बाचा बाबू बत्तीस बिगहवा में गिरकर मरे पड़े हैं। वे यहाँ कब आये? कब गिरे? कैसे मरे? वह तो यहीं जामुन के चबूतरे पर सोया था। अब उसने चिल्ला-चिल्लाकर लोगों को जुटाना शुरू कर दिया। बलहारी के लिए यह अनहोनी घटना थी। इससे पहले बलहारी में कभी इस तरह की कोई घटना नहीं घटी थी जब अपने खेत में आकर ही कोई मरा हो...। इस सूचना पर क्षण-भर में ही वहाँ सारा गाँव एकत्रित हो गया। लोग यह देखकर दंग रह गये कि बलेसर अपने बत्तीस बिगहवा में धान की तैयार फसलों पर हाथ-पाँव पसारे एकदम चित पड़े थे। उनकी आँखें खुली तथा सफेद होकर बड़ी-बड़ी हो गयी थीं। इस दृश्य ने सबके होश उड़ा दिये। अब सब लगातार यही पूछे जा रहे थे—"यहाँ कब आये बलेसर? कैसे मरे? क्यों मरे?" लेकिन जवाब कहीं से भी नहीं आ रहा था...।

इस दौरान जामुन के चबूतरे के एक कोने में बैठा बैजू लगातार जार-बेजार होकर रोते जा रहा था। उसकी रुलाई के तहत ही विकल स्वर में यह बोल भी फूट रहे थे—

"खेतवा घूमे रे किसनवा
झूमे खेतवा में धनवा...।"

लोग जानते थे, इस अपाहिज़ बैजू को बलेसर बहुत मानते थे। यह उनका प्रिय गीत था...।

●